CONTENTES FANTASTIQUES

II

Du même auteur
dans la même collection

CONTES FANTASTIQUES TOME I :
Sur Hoffmann et les compositions fantastiques par Walter Scott. Le Majorat. Le Sanctus. Salvator Rosa. La Vie d'artiste. Le Violon de Crémone. Marino Falieri. Le Bonheur au jeu.

CONTES FANTASTIQUES TOME II :
Mademoiselle de Scudéry. Zacharias Werner. Maître Martin, le tonnelier et ses apprentis. L'Église des Jésuites. L'Homme au Sable. La Cour d'Artus. Don Juan. Gluck. Agafia. La Leçon de violon. Le Spectre fiancé.

CONTES FANTASTIQUES TOME III :
Les Contemplations du Chat Murr. Kreisleriana.

PRINCESSE BRAMBILLA.

HOFFMANN

CONTES FANTASTIQUES

II

Traduction de Loève-Veimars

Chronologie, introduction, notices et notes
de José LAMBERT

GF-Flammarion

ISBN 2-08-070358-7

CHRONOLOGIE

1776 : Naissance de Ernst Theodor Wilhelm Hoffmann à Königsberg, le 24 janvier ; les prénoms seront changés en Ernst Theodor Amadeus.

1786 : Débuts de l'amitié avec Theodor Gottlieb von Hippel.

1792 : Étudie le droit à l'Université de Königsberg.

1795 : Hoffmann commence sa carrière de juriste.

1798 : Fiançailles ; de Glogau à Berlin ; Johann Friedrich Reichardt lui enseigne la musique.

1802 : Fiançailles rompues (conflit avec le milieu bourgeois) ; mariage avec Maria Thekla Michalina Rohrer.

1803 : Premier écrit : *Schreiben eines Klostergeistlichen an seinen Freund in der Hauptstadt.*

1804 : Contacts avec Zacharias Werner et Julius Eduard (H)Itzig.

1805 : Activités musicales.

1806-1808 : Hoffmann perd sa place de juriste ; il vit à Berlin.

1808 : Maître de chapelle à Bamberg.

1809 : Enseigne la musique ; collabore à une feuille musicale ; publie *Ritter Gluck.*

1811-1813 : Activités musicales ; préparation et publication des *Fantasiestücke.*

1813-1814 : A Dresde et à Leipzig ; *Der goldne Topf* et 1er vol. des *Elixiere des Teufels ;* suite des *Fantasie-*

stücke; liens avec Lamotte-Fouqué, Chamisso, Bernhardi, Tieck.

1816 : Soirées des Frères Sérapion, avec notamment Hitzig, Contessa, David Ferdinand Koreff; suite des *Elixiere*; *Nachtstücke*.

Entre **1816** et **1822,** Hoffmann complète beaucoup d'ouvrages dont la publication avait été entamée : il publie des textes importants comme *Prinzessin Brambilla* et *Kater Murr*.

1822 : Mort de E. T. A. Hoffmann (le 25 juin).

Pour la chronologie des publications françaises, on se reportera à notre introduction; pour la chronologie de la « Fortune d'Hoffmann en France », on consultera le livre d'Elizabeth Teichmann.

INTRODUCTION

Hoffmann en France. Histoire d'une naturalisation*.

La seule présence des *Contes fantastiques* dans une collection réservée aux grands textes littéraires signifie qu'Ernst Thomas Amadeus Hoffmann compte parmi les grands classiques étrangers en France. A vrai dire, c'est depuis cent cinquante ans qu'il a, en France, pris place dans différents panthéons littéraires destinés au grand public. Rien n'est plus paradoxal, à en juger d'après deux livres capitaux intitulés *De l'Allemagne*. Au début du XIXe siècle, Mme de Staël ne pouvait que passer sous silence le futur maître du fantastique, qui venait à peine d'entamer sa carrière. Si elle avait pu le connaître, elle ne lui aurait pas pardonné les écarts de son imagination. Dans l'autre *De l'Allemagne* (1835), qui est un véritable « Contre Mme de Staël », Henri Heine conjure la France de ne pas renier sa nature profonde en s'inoculant les produits bizarres d'un esprit malade :

> Français, vous devriez enfin vous rendre compte que l'horrible n'est pas votre domaine et que la France n'est pas un sol favorable aux fantômes de ce genre. Quand vous évoquez des fantômes, nous ne pouvons nous empêcher de rire [1].

Comme le laisse entendre ce témoignage, c'est à la surprise générale de l'Allemagne entière que les œuvres d'Hoffmann connaissent une véritable vogue dans un

* Pour la vie et l'œuvre d'Hoffmann, on se reportera à l'introduction du premier volume (G.F. 330). On y trouvera également une bibliographie générale.

pays qui ne peut lire sans irritation Goethe, Schiller, voire Klopstock. La France adore ainsi tout d'un coup ce qu'elle n'a cessé de brûler: un art qu'elle a déclaré incompatible avec l'esprit français. Elle s'attache même à des œuvres et à un écrivain qui n'est pas célèbre dans sa patrie. Bref, rien n'était moins prévisible que le brusque succès d'Hoffmann en France. C'est un de ces caprices de l'histoire littéraire (et de l'histoire tout court) qui s'expliquent, mais après coup seulement, et qui ont des conséquences très importantes pour la postérité. Éclairons donc les circonstances de la découverte progressive d'Hoffmann et ses principales implications pour la littérature et la culture françaises [2].

Premières traces.

Avant d'être reconnu comme le maître du « fantastique », Hoffmann a été découvert en France sous des formes quelque peu clandestines. Un des écrivains réputés du moment, Henri de Latouche (né en 1785), publie en 1823 un roman intitulé *Olivier Brusson :* cette publication anonyme — le procédé n'a rien d'exceptionnel à l'époque — constitue une adaptation de *Mademoiselle von Scuderi*. Deux illustres inconnus, Béreaud et Chaudezon, en tirent une pièce de boulevard, *Cardillac* (1824) qui, à en croire Loève-Veimars, aurait enthousiasmé tout Paris. En 1829, une des œuvres maîtresses d'Hoffmann, *L'Élixir du diable,* est publiée en traduction française, mais elle est attribuée à Carl Spindler.

Ces histoires de plagiat et de fausse attribution jouent à peine un rôle dans la diffusion des œuvres d'Hoffmann. Elles susciteront quelques querelles au-delà de 1830, il est vrai, et ces querelles sont de bon augure, puisqu'on n'imagine pas de meilleure propagande. Les plagiats et les fausses attributions des années 1820-1830 illustrent en premier lieu que dans le monde du théâtre de boulevard et même dans le monde de la prose, les sujets passent aisément de main en main et permettent aux « bestsellers » du moment de conquérir la foule en très peu de temps.

La percée.

C'est à partir de 1828 seulement que le nom et les textes d'Hoffmann commencent à circuler, de façon inattendue, certes, mais d'autant plus systématique. D'abord dans plusieurs revues, et non des moindres, grâce à une série de critiques et de traducteurs célèbres. Entre 1830 et 1840, plusieurs grands éditeurs se disputeront Hoffmann comme une marchandise privilégiée. D'autres querelles, beaucoup moins commerciales, opposeront des hommes de lettres à propos du maître conteur allemand. Par l'intermédiaire d'un de ses amis berlinois d'antan, le docteur Koreff, Hoffmann inspire même les conversations et les comportements dans les salons parisiens. Interpréter cette actualité comme un simple phénomène de mode serait ignorer que les modes ont, elles aussi, leur cohérence et leur logique.

On sait que la France du XIXe siècle avait des idées un peu dépassées sur l'évolution de la culture et de la littérature germaniques (voir notre Introduction au tome Ier) : même Mme de Staël a pris le XVIIIe siècle allemand pour la Germanie de son temps. Les romantiques d'Outre-Rhin sont restés largement inconnus, et tel sera le cas jusqu'en plein XXe siècle. Hoffmann — et en partie Heine — sera la grande exception, lui qui représente une des dernières phases du romantisme dans son pays.

La nouveauté de son œuvre constitue un des aspects les plus curieux et même un des facteurs de son succès : la France romantique est lasse de ses traditions et veut du neuf à tout prix. Trois textes d'Hoffmann paraissent en revue en 1828 ; le chiffre monte à dix en 1829 et à vingt et un en 1830. Si nous exceptons les ouvrages mal identifiés que nous avons mentionnés ci-dessus, les premières traductions en volume, dès 1830, s'insèrent d'emblée dans deux vastes entreprises d' « Œuvres complètes » qui se combattent sans pitié et qui entraînent la grande presse dans leurs litiges. Ce n'est pas la *Revue germanique* qui défend les intérêts d'Hoffmann : elle adopte trop le point de vue des Allemands, et les *Contes fantastiques* sont une affaire française ! Les textes et les commentaires pénètrent dans les hautes sphères de la presse, dans *Le Globe* et dans le *Journal des Débats*, par exemple ; dans la *Revue de Paris*, puis dans *L'Artiste*, périodiques qui optent hardiment et avec succès pour une littérature nouvelle ; dans *Le Voleur*, *Le Pirate*, *La Mode*, dont les seuls titres révèlent tout un programme. La prolifération des commentaires et des traductions prend les allures d'une campagne de presse bien organisée : Renduel et Lefebvre, les éditeurs des *Œuvres complètes*, font appel à des associés pour défendre leurs intérêts ; Loève-Veimars, qui prête sa plume de traducteur à Renduel, la prête en même temps aux grands périodiques novateurs afin de répandre la gloire de l'écrivain allemand, ou afin de recruter des lecteurs pour Renduel ; ses relations et amitiés littéraires lui permettent en même temps de demander les mêmes services à plusieurs célébrités du moment. Entre 1828 et 1840, bien rares sont les écrivains et critiques renommés qui s'abstiennent d'exprimer leurs opinions sur Hoffmann et sur son fantastique. Charles Nodier, Gérard de Nerval, Théophile Gautier, Sainte-Beuve, Balzac, Janin, Musset, George Sand ont commenté d'une manière explicite les productions de l'écrivain allemand ; la liste des auteurs qui s'en inspirent serait bien plus longue, et elle comprendrait aussi bien les grands maîtres (Hugo, Vigny, Musset, Sainte-Beuve, Balzac, Gautier et bientôt Baudelaire) que les génies plus discrets mais doués (Nerval, Aloysius Bertrand) et les auteurs populaires (Scribe, Dumas, Alphonse Karr). La critique, si elle ne manque pas de protester contre certains excès de ce génie d'Outre-Rhin — et contre les excès de ses imitateurs — est unanime à reconnaître son originalité et son pouvoir de séduction. Ses adeptes se recrutent parmi les jeunes romantiques, parmi les défenseurs de la tradition (Gustave Planche) et parmi les modérés (Nodier, Saint-Marc Girardin, Sainte-Beuve, etc.). Hoffmann favorise ainsi les conversions littéraires, car plusieurs critiques influents insistent précisément sur le caractère libérateur de son art : en se tournant contre son rival allemand, Walter Scott se serait compromis comme le théoricien d'un art dépassé [3]. Duvergier de Hauranne, de l'état-major du

Globe, ne manque pas d'établir des liens étroits entre les ambitions de Victor Hugo en matière de théâtre et de poésie d'une part, et la signification de l'art d'Hoffmann pour la prose. En s'enthousiasmant devant cet art nouveau, si nouveau qu'il entraîne la création d'un mot nouveau, fantastique, Jean-Jacques Ampère et Charles Nodier insèrent Hoffmann dans le programme littéraire de l'avenir. Il a acquis le statut d'un modèle hautement actuel, susceptible de rajeunir et d'élargir la littérature, au-delà des querelles d'école.

Rayonnement.

C'est à partir de ce modèle que la France littéraire réinterprète l'Allemagne, souvent avec beaucoup de naïveté du reste. La plupart des prosateurs d'Outre-Rhin, même ceux qui l'ont précédé d'une ou de deux générations, sont qualifiés de « rivaux d'Hoffmann », et ils n'obtiennent jamais les mêmes éloges, qu'ils s'appellent Tieck, Kleist, Zschokke, Vandervelde ou Jean-Paul Richter. Devant les charmes du fantastique hoffmannesque, les résistances à l'imagination germanique finissent par s'affaiblir, et la mode de la prose allemande (des contes ou des « petits romans allemands ») envahit la France au point de susciter la polémique et la parodie. Walter Scott semble avoir pressenti le danger : en tant que modèle de la prose narrative, il se fait supplanter — en France — par un autre modèle étranger, par le père d'un genre nouveau, à savoir le conte fantastique.

Selon les linguistes, le recours au néologisme s'explique souvent par la découverte d'un phénomène ou d'un problème inconnu qu'on ne parvient pas à situer. Telle est bien l'interprétation qui rend compte et de la création du néologisme de sens (« fantastique ») et des multiples tentatives de donner ensuite un contenu satisfaisant à ce néologisme. Né d'un contresens [4], « fantastique » aura une valeur lexicale flottante, de 1828 (chez Jean-Jacques Ampère) à nos jours. Le mot se prêtera d'autant plus aisément à l'exploitation commerciale et littéraire. Hoffmann n'apparaît pas uniquement comme le père du fantastique, mais aussi comme le père d'un *conte* nouveau : qu'il soit fantastique, drolatique, brun, nocturne ou propre à faire « tourner la tête à l'envers », le conte des années 1830 a complètement rompu avec le conte en vers de la tradition. La prose nouvelle, c'est le conte plutôt que le roman historique, si ce n'est une combinaison des deux, dont on trouve également des exemples chez Hoffmann. La mode du fantastique appellera également des réactions sous forme de polémiques et de parodies, tel *Onuphrius. Ou les vexations fantastiques d'un admirateur d'Hoffmann* (Théophile Gautier). Or, les querelles autour d'Hoffmann ont généralement eu pour effet de consolider son prestige. L'auteur des *Contes fantastiques* est même promu au rang de personnage littéraire, ce qui lui donne un statut en quelque sorte mythique, de 1830 (dans la biographie romancée par Loève-Veimars) à 1881 (chez Offenbach), et même jusque chez Albert Béguin, en plein XXe siècle.

L'auteur des *Kreisleriana* acquiert surtout une valeur de modèle polyvalent parce que son univers ne peut être confiné dans les cadres stricts de la littérature fictive ou de la littérature tout court. Chez les plus intelligents parmi ses critiques, *Don Juan*, *Le Chevalier Gluck*, *Le Conseiller Krespel* et les *Kreisleriana* révèlent des vues profondes et très nouvelles sur l'artiste et sur les beaux-arts. La thématique des arts a engendré de multiples discussions dès 1830, parmi les lecteurs d'Hoffmann. C'est *L'Artiste* — noblesse oblige — mais aussi *La Gazette musicale de Paris* qui fournissent aux artistes et musicologues de tout bord l'occasion de révéler en Hoffmann un génie musical et un théoricien de la musique. Les connaisseurs comme Maurice Schlesinger et surtout Fétis se passionnent pour son œuvre en vertu de ce qu'elle leur apprend sur la musique. Le jeune Henri Blaze de Bury, fils du compositeur Castil Blaze, s'engoue pour *Don Juan* et en tire une œuvre littéraire, *Le Souper chez le commandeur*. Les revues spécialisées analysent les théories d'Hoffmann ; les représentations du *Don Juan* de Mozart bénéficient d'une actualité renouvelée, grâce au conte d'Hoffmann ! Et le virtuose Paganini est paré de toutes les séductions d'un personnage des *Contes fantastiques,* bref, il ressemble à leur auteur. Qu'on parle de Gluck, de Beethoven ou de Meyerbeer, il est toujours de bon ton, en ces années, de se référer à l'écrivain allemand. En 1836, la *Symphonie fantastique* de Berlioz fait éclater l'actualité des modes littéraires dans le monde musical. Un peu plus tard, George Sand et Franz Liszt rapprocheront à leur tour littérature et musique par le biais d'Hoffmann [5]. En 1851, une œuvre musicale intitulée *Les Contes d'Hoffmann* exploite les principales recettes du mythe et fournit ainsi à Nerval l'occasion d'écrire *Aurélia,* un des grands textes du XIXe siècle. Trente ans plus tard, la même formule « lyrique » revivra sous le nom de Jacques Offenbach et donnera aux *Contes d'Hoffmann* une popularité qu'ils n'ont même pas eue durant les années romantiques. En effet, pour le grand public actuel, le nom d'Hoffmann fait souvent songer en tout premier lieu à un morceau de musique ou à certains airs devenus populaires. Il sert donc de trait d'union à deux arts qui se sont contaminés sans cesse tout au long du XIXe siècle.

Il remplit un rôle semblable, mais plus discret, dans les arts de l'illustration. Le portrait d'Hoffmann nous est devenu familier entre autres grâce à Gavarni, dont les vignettes accompagnent même les éditions allemandes des *Contes* [6]. L'habitude d'illustrer les textes littéraires s'est vraiment répandue comme une nouveauté vers 1830; cet honneur était réservé auparavant aux seuls livres célèbres. C'est surtout Tony Johannot qui a renouvelé sur ce point l'art de l'édition. Des vignettes, des gravures, des lithographies seront même désormais un élément du prestige de certains livres (outre l'*Histoire naturelle* de Buffon, un classique, citons *Notre-Dame de Paris,* illustré par Célestin Nanteuil, *Scènes de la vie des animaux, La Pléiade,* les innombrables keepsakes); *L'Artiste,* le *Magasin pittoresque,* le *Journal des Dames* et beaucoup d'autres périodiques doivent une part de leur charme et de leur pittoresque aux illustrations disséminées à travers leurs pages. Une telle conception du livre convient admirablement à Hoffmann, qui est un maître de la caricature narrative et de la caricature dessinée, et qui ne manquera pas d'inspirer ses collègues dessinateurs en même temps que les écrivains. Dès les premières traductions, les éditeurs exploitent cette veine, et la légende qui fait de l'écrivain un personnage littéraire extravagant, fumant la pipe et buvant sa petite liqueur, permet d'insérer les illustrations « fantastiques » dans un genre pictural déjà existant. A vrai dire, le dessinateur Hoffmann n'est pas tellement éloigné de l'art de Gavarni, de Grandville ou de Daumier. Le *Voyage où il vous plaira,* œuvre due à la collaboration de P.-J. Stahl, T. Johannot et P. de Musset, est un bel exemple de cet art narratif et pictural de type fantastique, à la manière germanique. Les gravures de Gavarni serviront d'ornement à une des traductions qui se diffusera le mieux — faute d'être bien faite — celle de Christian.

A l'aide de ces vues picturales sur Hoffmann, on réinterprétera même les maîtres du crayon et du pinceau. La France moderne a publié un Hoffmann illustré par... Jacques Callot[7]; Sainte-Beuve, Champfleury et beaucoup d'autres rapprochent sans hésitation Goya et Hoffmann. Depuis les surréalistes, les innombrables livres consacrés au fantastique dans la littérature, dans les beaux-arts, au cinéma, les livres sur le roman policier et sur la science-fiction renvoient tous, explicitement ou implicitement, à celui que Marcel Schneider appelle l' « Initiateur ».

Née au sein de la vie littéraire, la légende d'Hoffmann le fantastiqueur se détache ainsi des combats littéraires et fournit des schémas de création aux écrivains et artistes les plus divers. La véritable vogue du fantastique perd de son essor après 1836, mais elle se maintient dans des recoins secrets et restera féconde, souvent sans que le renvoi au conteur allemand puisse encore être perçu. Les idées et schémas créateurs ne portent jamais longtemps le nom de celui qui les a lancés. Mais le nom d'Hoffmann reste assez actuel après les principales batailles romantiques. Théophile Gautier verra en lui, dès les années 1830, un grand « réaliste », formule qui sera utilisée aussi par Champfleury, Erckmann-Chatrian et d'autres prosateurs « réalistes » [8]. Sa gloire sera diminuée, mais non éclipsée, par celle d'Edgar Allan Poe, qui jouera auprès des symbolistes le double rôle de maître du fantastique et d'esthéticien qu'Hoffmann a tenu auprès des romantiques.

Le prestige français d'Hoffmann est si bien établi qu'il va déborder les frontières de la France, même après 1850, comme s'il s'agissait d'un compatriote de Victor Hugo ! L'Allemagne n'a-t-elle pas mal compris un de ses plus illustres fils ? Serait-elle jalouse des découvertes germaniques faites à Paris ? Champfleury n'est pas le seul à raisonner en ces termes, lui qui dispose d'une vue assez panoramique du dossier. Et, en effet, l'Allemagne a fini par mieux situer dans sa littérature l'écrivain des *Fantasiestücke* et des *Kreisleriana ;* elle continue pourtant de mépriser la plupart des textes qui ont fait sa gloire en France et qui lui ont valu de fonder les traditions du fantastique. Mais Hoffmann pénétrera en Russie et, à partir de là, partout en Europe, grâce à Gogol et à Dostoïevski. Les profondeurs et la complexité de l'âme humaine que les Russes découvriront chez lui passionneront également des Américains appelés à conquérir l'Europe : Poe et Hawthorne. Et on sait ce que Sigmund Freud a lu dans *Der Sandmann* (cf. Introduction, t. I), chez Hoffmann et chez les romantiques allemands en général. L'univers d'Hoffmann est donc omniprésent dans la culture occidentale moderne, mais sous une forme voilée, comme un modèle lointain et polyvalent dont les derniers secrets restent à percer. Il le doit à sa propre richesse, certes, mais aussi et surtout à la naturalisation que lui ont accordée avec tant de chaleur les Français. Si la France, ce nombril de l'Europe, n'avait cru trouver en lui ce que la nouvelle littérature germanique avait produit de plus envoûtant, l'art européen du XIXe et du XXe siècle n'aurait jamais fait du fantastique un genre international et relevant de la culture plutôt que de la seule littérature.

Hoffmann francisé.

Champfleury et ses compatriotes en voudront aux Allemands d'avoir si mal compris l'auteur des *Kreisleriana ;* les spécialistes modernes retourneront souvent ce reproche contre la France. Nous observons dans l'histoire de ces malentendus et de ces reproches les signes évidents d'un conflit entre deux littératures, voire entre deux cultures, qui ne cessent de s'interpénétrer tout en se maintenant dans leurs traditions. En effet, l'image française d'Hoffmann porte les marques des traditions françaises, et met ainsi à nu des incompatibilités bien nettes. Ses principales limites se reflètent déjà dans le dossier Loève-Veimars dont la présente édition dessine les lignes de force. La sélection — et l'exclusion — des textes, la réduction au fantastique, l'interprétation biographique et légendaire, l'insensibilité à l'ironie romantique et à ses implications dans le langage des fictions, sont les principales caractéristiques de cette francisation. Les témoins privilégiés — Sainte-Beuve, Balzac, Nerval, Baudelaire — et les témoins les mieux informés — Ampère, Béguin, Marcel Brion — entrevoient sous les aspects pittoresques de l'univers hoffmannesque les traits d'une esthétique plus riche et plus souple, moins obsédée par les parallélismes entre l'art et le réel, bref par l'idéologie de l'imitation. Hoffmann a fourni à la littérature française des images, des personnages, des recettes propres à donner le frisson, un genre narratif, puis une série d'intuitions artistiques et psychologiques. Cependant, les subtilités de son art narratif et de ses fictions — engendrées par l'idéalisme de toute une culture — ont échappé systématiquement au XIXe siècle français et ont même été ignorés durant le XXe siècle. La révélation et la naturalisation d'Hoffmann sont intervenues trop tôt dans l'histoire des lettres françaises pour permettre à ses adeptes de lire chez lui et chez les autres romantiques allemands ce qu'on attribue maintenant à Joyce, à Pirandello, au nouveau roman, aux formalistes et structuralistes de tout bord : que la création artistique n'est pas le résultat de l'imitation, mais d'une fabrication imaginaire à l'aide de séries de procédés. L'absence du récit-cadre dans les traductions de contes tirés des *Serapionsbrüder,* dès 1830, et les transformations imposées aux ruptures de la fiction dans la plupart des traductions ont une valeur symbolique : les enchevêtrements de l'art et de la vie dans la technique même de l'écriture et dans les théories esthétiques, voilà un des grands secrets qui sépare l'Hoffmann germanique et son frère naturalisé français.

Rencontre.

Entre 1829 et 1835, la vogue d'Hoffmann donne lieu à des imitations et à des exploitations en série et de toute sorte, les unes étant plus durables et plus appréciées que les autres. Elle exerce une influence réelle et souvent manifeste sur le développement de la prose française en général, et sur la carrière de plusieurs écrivains en particulier. Elle amène les prosateurs à emprunter — sans crainte du plagiat — des situations insolites, certaines manies (la pipe, les liqueurs), un décor germanique, des noms de personnages aux *Contes fantastiques* dont on parle tant. Mais ces « emprunts », souvent doublement soulignés par quelques rires sardoniques et une citation pseudo-savante attribuée à Hoffmann en personne, ne sont guère plus que les traces d'une action en surface, forcément éphémère, et qui diminue en intensité et en étendue vers 1835. Dès avant 1830 toutefois, la révélation d'Hoffmann alimente aussi en profondeur l'œuvre de plusieurs grands écrivains et critiques. Chez les personnalités les plus originales de l'âge romantique, le fantastique est bien plus qu'un répertoire de recettes, de caricatures ou de visions. L'apport d'Hoffmann se confond par là avec celui que fournissent d'autres modèles et avec les richesses que les écrivains portent en eux et qu'ils développent au contact d'autres œuvres.

Au lieu de passer en revue les différentes œuvres qui ont été marquées par Hoffmann — ce qui nous imposerait une énumération encyclopédique — nous indiquerons sommairement les principales rencontres, en renvoyant pour la plupart des autres aux lignes générales qui ont été esquissées ci-dessus. En effet, pour Sainte-Beuve, pour Balzac, Nerval et surtout pour Baudelaire, Hoffmann ne se réduit pas à être simplement un modèle polyvalent, il devient pour eux un des artistes fraternels de nature mythique dont leur génération a tant besoin : le mythe échafaudé par Loève-Veimars se greffe chez eux sur l'image idéale du Poète.

Aux yeux de Sainte-Beuve, il n'apparaît pas encore comme un voyant. Mais le critique devine des leçons esthétiques profondes dans des textes qui suscitent chez ses contemporains tout au plus quelques exclamations enthousiastes. Il lit avec intelligence des textes complexes — mi-narratifs, mi-critiques — comme *L'Église des Jésuites* et *La Cour d'Artus*. Sainte-Beuve ne se réfère pas trop souvent aux *Contes fantastiques,* mais il accorde à leur auteur une place dans la société des génies qui l'aident à aborder les questions fondamentales de l'art.

Chez Nodier, la découverte d'Hoffmann se traduit davantage dans quelques aspects extérieurs de l'art narratif. C'est que l'auteur du *Roi de Bohême* était un conteur accompli dès avant 1830 et un élu du royaume des rêves avant l' « invention » du fantastique. Les visions nocturnes ont sans doute trouvé un nouvel élan et une justification théorique plus explicite chez lui vers 1830, mais on discerne peu de traces d'une réorientation de ses efforts [9].

Balzac fut autrement atteint par la nouvelle mode, lui qui se cherchait une voie dans le monde des lettres, et qui fréquentait assidûment les salons pour y cueillir les formules conduisant vers la gloire. Dans son entourage, l'occultisme et le magnétisme étaient d'ailleurs fort bien représentés par le seul docteur Koreff [10], auquel Loève-Veimars en personne devait tant. Le romancier en herbe tient d'ailleurs à se prononcer sur certains textes d'Hoffmann. Il ne manque pas d'être sensible à la « physio(g)nomie » des personnages, donnant par là un peu plus de relief aux observations de la plupart des critiques ; mais il s'enthousiasme en même temps — tout comme

Sainte-Bcuve — devant l'inspiration musicale de l'écrivain allemand. En entrevoyant toute la complexité des relations entre littérature, musique et peinture — dans les *Kreisleriana* par exemple — Balzac se rapproche, grâce à Hoffmann, du temple des correspondances qui sera l'apanage des plus grands du siècle. Les influences fantastiques qu'on a décelées dans l'œuvre balzacienne sont, on le sait, multiples et parfois fondamentales : *La Peau de chagrin* et *L'Élixir de longue vie* affichent sans équivoque des liens avec Hoffmann. Raison de plus de voir là un vernis hoffmannesque plutôt que des rapports profonds ? On tendrait à le croire. Le Balzac des grands romans, celui de la maturité, est en tout cas bien au-dessus des enchantements qui l'ont séduit vers 1830. Et dans *La Comédie humaine,* la place du caricaturiste Hoffmann semble bien mince.

Le fantastique allemand, et notamment son père officiel, ont engendré des rêves intenses et tragiques chez Nerval. Si l'Allemagne est pour lui « notre mère à tous », c'est que ses génies littéraires l'ont guidé à travers toute sa carrière comme des représentants du Destin. La rencontre Nerval-Hoffmann se révèle durable et profonde, mais nullement exclusive : Goethe, Heine et d'autres maîtres ont complété et non gêné la signification de leur compatriote. Ayant été un des premiers traducteurs d'Hoffmann (1831), Nerval se souviendra de lui pendant plus de vingt ans, et avec une fidélité frappante. Comme personne parmi les littérateurs d'alors, il s'attache au « voyageur enthousiaste » qu'il rencontre dans les fictions *(La Nuit de Saint-Sylvestre ; Don Juan)* et auquel il prête les traits de l'auteur même, avec qui il s'identifie d'autant plus aisément. Le voyage, qu'il soit fictif ou réel, qu'il mène en Allemagne ou en Orient, ne manque jamais d'avoir pour Nerval une valeur initiatique. Gérard a d'ailleurs suivi tout l'itinéraire français des *Contes fantastiques,* puisqu'il était mêlé de près à l'actualité littéraire : n'a-t-il pas compté Henry Egmont parmi ses amis ? n'a-t-il pas assisté aux représentations des *Contes d'Hoffmann,* ce drame fantastique qui est à l'origine de l'opéra-comique d'Offenbach ? Or, toute la thématique de son œuvre trouve des prolongements, sinon des inspirations directes dans l'univers d'Hoffmann. D'une manière très nervalienne, Gérard combine des données empruntées à différents textes *(Le Magnétiseur; Les Élixirs du diable)* à l'intérieur de son projet: *Le Magnétiseur*. Toute la richesse des liens entre les deux auteurs se manifeste dans *Aurélia,* où le thème du double — outre d'autres passages bien précis — renvoie dans toute sa profondeur aux *Élixirs du diable*. Le double, le rêve, les portes d'ivoire, les liqueurs: voilà des hantises qui pour l'auteur d'*Aurélia* n'ont rien de «littéraire», puisqu'elles relient l'art à la vie et à l'Au-delà.

Par des voies discrètes mais profondes, c'est Charles Baudelaire, la «plaque tournante du siècle» (Jean Pommier), qui va découvrir à son tour en Hoffmann une des grandes incarnations du Poète. Que Baudelaire partage son admiration pour ce Poète avec Balzac et Nerval — sans oublier Gautier — n'est pas dû au hasard: dans les chemins qui conduisent de certains romantiques à Baudelaire, la mission remplie par le maître du fantastique est en effet capitale. Le futur poète des *Fleurs du Mal* a souvent commenté les textes d'Hoffmann qui étaient à sa disposition (leur nature exacte n'est pas toujours bien connue); les allusions diminuent au fil des années, et à mesure que l'autorité de Poe gêne celle de son équivalent allemand. Mais le doute est exclu: le personnage d'Hoffmann, dont Loève-Veimars avait fait un personnage de conte fantastique, entre ici dans une légende nouvelle, bien plus féconde que celle des années 1830: la légende du Poète maudit, du névrosé, de l'amateur de liqueurs fortes, légende qui allie à tout jamais Poe et son héraut en France. Baudelaire ne prétend-il pas être le Loève-Veimars de la littérature de langue anglaise[11]? Comme Poe, Hoffmann est initié aux mystères des paradis du fantastique; les rêves lui inspirent des réflexions théoriques sur les arts et sur les relations entre les arts, sur les correspondances (Baudelaire est un des rares Français qui devinent l'importance de *La Princesse Brambilla);* c'est surtout un des maîtres du rire, du grotesque. Alors que les romantiques honoraient le caricaturiste Hoffmann comme une curiosité, il devient dans *De l'essence du rire* une voie vers l'esthétique de l'avenir :

> [...] pour en revenir à mes primitives définitions et m'exprimer plus clairement, je dis que quand Hoffmann engendre le comique absolu, il est bien vrai qu'il le sait ; mais il sait aussi que l'essence de ce comique est de paraître s'ignorer lui-même et de développer chez le spectateur, ou plutôt chez le lecteur, la joie de sa propre supériorité et la joie de la supériorité de l'homme sur la nature. Les artistes créent le comique ; ayant étudié et rassemblé les éléments du comique, ils savent que tel être est comique, et qu'il ne l'est qu'à la condition d'ignorer sa nature ; de même que, par une loi inverse, l'artiste n'est artiste qu'à la condition d'être double et de n'ignorer aucun phénomène de sa double nature.

Bien entendu, comme la génération qui le précède, Charles Baudelaire reconnaît ici à un artiste individuel les caractéristiques qui le relient à toute une tradition. Plutôt qu'un génie isolé, Hoffmann est en fait un médiateur entre l'esthétique de certains romantiques allemands et l'esthétique novatrice que Baudelaire léguera à d'autres générations. Bien plus que Novalis ou les autres théoriciens d'Outre-Rhin, c'est un conteur, un « fantastiqueur » qui rapproche ainsi l'évolution dans les deux littératures. Les seules facultés divinatoires d'un esprit tel que Baudelaire n'expliquent pas tout :

> L'école romantique, ou, pour mieux dire, une des subdivisions de l'école romantique, l'école satanique, a bien compris cette loi primordiale du rire : ou du moins, si tous ne l'ont pas comprise, tous, même dans leurs plus grossières extravagances et exagérations, l'ont sentie et appliquée juste. Tous les mécréants de mélodrame, maudits, damnés, fatalement marqués d'un rictus qui court jusqu'aux oreilles, sont dans l'orthodoxie pure du rire.

Dans la masse des textes diffusés par les traducteurs, adaptateurs, plagiaires et éditeurs, qui ont misé sur la consommation bien plus que sur la Création littéraire, les germes d'un renouveau ont fini par trouver leur destination. Au même moment, la tradition d'un Hoffmann pittoresque et bonhomesque se maintient d'ailleurs.

C'est dans les mêmes années, en effet, que Gérard de Nerval s'inspire des *Contes d'Hoffmann* transformés en drame fantastique : son *Aurélia* sera un chef-d'œuvre que le XIXe siècle mentionnera à peine ; le même drame fantastique mènera aux succès des *Contes* d'Offenbach, où sont réunies toutes les recettes les moins subtiles de la légende (l'auteur devenu personnage ; les femmes exsangues tuées par leur amour de la musique ; la marionnette et son « fabricant ») ; Offenbach a fait l'objet, ces dernières années, d'expérimentations intéressantes, visant notamment à le rapprocher d'Hoffmann. La fortune de l'écrivain allemand n'évolue donc nullement selon des lignes régulières et convergentes. Rien ne met mieux en relief sa richesse pour l'histoire littéraire.

Le classique redevenu actuel.

Si les œuvres d'Hoffmann survivent chez certains écrivains réalistes et symbolistes, c'est principalement parmi d'autres modèles actuels et qui tendent à les compromettre : elles appartiennent désormais à l'histoire des lettres. Les vertus de Poe, cet autre conteur génial devenu personnage légendaire, gênent le prestige du conteur allemand : l'âge des *Histoires extraordinaires* succède à l'âge des *Contes fantastiques*.

Les éditions des *Œuvres complètes,* reprises après 1840, mais jamais complètement révisées, resteront les bases de la connaissance d'Hoffmann. Ceux qui croient lire Marmier, Christian ou La Bédollière lisent en réalité des remaniements équivoques de Loève-Veimars. Quant à Champfleury, malgré ses louables intentions d'authenticité, il ne trouvera jamais l'audience sur laquelle il croit pouvoir compter. Jusqu'en 1920, quelques nouvelles traductions d'œuvres isolées ou de recueils verront le jour ; elles restent, elles aussi, dans le sillage de Loève-Veimars [12]. Hoffmann appartient bel et bien à la tradition romantique. Elle lui permettra de survivre et de renaître. Non que les anciens romantiques qui publieront leurs souvenirs vers 1880, tel Blaze de Bury [13], aient eu la force et la volonté de le ressusciter. D'ailleurs, les symbolistes qui s'attachent au romantisme allemand (tels Maeterlinck, Jean Thorel, Jean Moréas, André Gide) lui préféreront Novalis et l'inspiration des poètes-philosophes. Mais l'université et principalement les germanistes restent fidèles jusqu'au début du XXe siècle à l'image traditionnelle de la Germanie. Leurs programmes accordent une place aux romantiques — puisqu'il est impossible d'ignorer toute une génération morte depuis cinquante ans — mais en les plaçant bien au-dessous des classiques, c'est-à-dire de Goethe et de Schiller. Les seuls romantiques à trouver grâce à leurs yeux sont Hoffmann et Heine. Ils sont ainsi admis parmi les valeurs classiques de l'Allemagne pour la bonne raison qu'ils ont eu du succès en France. La consécration académique, qui signifie généralement une mort littéraire certaine, vaudra à Hoffmann — plus qu'à Heine — de revivre au moment où se dessinera la renaissance du romantisme allemand. Pour la première fois dans l'histoire de la France, les poètes-philosophes de l'Allemagne retiennent l'attention d'un groupe d'écrivains français: Novalis et Hölderlin surtout seront à l'honneur, mais ils ressusciteront les différentes orientations du romantisme allemand.

Ainsi qu'au XIXe siècle, l'œuvre d'Hoffmann fonctionnera tel un catalyseur. Cette fois, l'étude des œuvres de ses contemporains se révélera moins décevante : avec un siècle de retard, les romantiques allemands deviennent actuels en France, aux yeux des écrivains comme aux yeux des germanistes [14]. Hoffmann sera apparemment un peu noyé dans cette renaissance de toute une culture. Mais, ayant ses lettres de crédit, il servira d'appât dans la campagne en faveur des romantiques d'Outre-Rhin.

En hommage à Hoffmann, Edmond Jaloux fonde en 1925 un « Brambilla-Club [15] », un cercle qui se réclame du Cercle des Frères de Sérapion, et où se réuniront plusieurs littérateurs appelés à un brillant avenir : Jean Cassou, Francis de Miomandre, Albert Béguin, Jean Giraudoux, etc. Au sein du Brambilla-Club mûriront plusieurs initiatives destinées à lancer et à encourager le cosmopolitisme. Elles n'aboutiront pas toutes : l'idée de publier un « Hoffmann complet » chez Émile-Paul ne sera pas (encore) exécutée. Mais plusieurs chefs-d'œuvre de l'Allemagne romantique seront publiés dans « Le Cabinet cosmopolite » (Stock). Comme en 1830, ces traductions résultent d'une action concertée (Jaloux et ses amis fondent même une « Compagnie française de traduction »). Jean-Paul Richter compte, avec Hoffmann, ses adeptes inconditionnels parmi les membres du Club. Parmi eux, citons avant tout Albert Béguin, dont la carrière de germaniste marquera tant d'autres itinéraires. En attendant l'achèvement de son maître livre, *L'Ame romantique et le rêve* (1937), Béguin traduit Hoffmann, Jean-Paul, même Tieck. Durant les années 1925-1933, deux traducteurs professionnels, Alzir Hella et Olivier Bournac, conjuguent leurs efforts pour mettre les chefs-d'œuvre allemands à la portée du grand public ; ils réservent aux romantiques d'Outre-Rhin une place capitale et appuient ainsi les activités de Jaloux, de Béguin et de leurs amis. Par des pistes obscures, plusieurs écrivains isolés ou liés à d'autres milieux finiront par découvrir ces romantiques dont on parle tant. N'oublions pas les surréalistes, qui entendent remettre à l'honneur un fantastique à leur mesure. Or, ils entretiennent des relations multiples avec Béguin et le cercle des *Cahiers du Sud*. Essayistes, écrivains et universitaires se rencontrent ainsi sans cesse dans leur curiosité à l'égard du romantisme allemand.

Après les traductions isolées des textes romantiques, parmi lesquelles celles d'Hoffmann restent les plus nombreuses, plusieurs entreprises de grande envergure prennent forme : *L'Ame romantique et le rêve*, puis le numéro spécial des *Cahiers du Sud* sur le romantisme allemand ; les thèses de doctorat qui explorent en série les différentes zones du mouvement (Hoffmann, déjà assez connu, ne sera étudié que plus tard) ; les œuvres complètes d'Hoffmann, réalisation splendide exécutée sous la direction de Béguin (1956-1958), alors que Jaloux en avait rêvé trente ans plus tôt ; les anthologies publiées par la Bibliothèque de la Pléiade et par Desclée de Brouwer ; *L'Allemagne romantique* de Marcel Brion (1964, 2 vol.) ; les quatre éditions des *Contes fantastiques* procurées par Henri Parisot entre 1942 et 1964.

Hoffmann n'est plus isolé ici — comme ce fut le cas à l'époque romantique — de ses contemporains germaniques, mais il garde son rôle privilégié. Il est moins l'objet des exégèses et des enquêtes que les autres romantiques allemands, mais ses textes sont plus facilement et plus souvent diffusés : c'est qu'ils continuent à trouver des lecteurs. Les écrivains français qui participent à la renaissance romantique ou qui en subissent l'influence sont familiarisés avec Hoffmann comme avec une individualité, alors que Tieck, Arnim, Lamotte-Fouqué par exemple ne prennent jamais un profil bien distinct : ils font partie d'une collectivité. Qu'est-ce qui pourrait réunir des noms aussi éloignés l'un de l'autre que Giraudoux, Gracq, Brion, Hellens, Ghelderode, Jacques Sternberg, Marcel Schneider, Marcel Béalu (et plusieurs dizaines d'autres), dans ce XXe siècle sujet à tant de révolutions et d' « ismes » ? La curiosité du fantastique, sans doute, et le culte de certains maîtres du fantastique. Sous cet angle, Hoffmann n'est toujours pas concurrencé par les autres romantiques allemands, alors qu'en réalité il a été un de leurs disciples.

Le surréalisme et ses prolongements engendrent en effet une nouvelle vogue du fantastique et du conte qui se maintient jusqu'à nos jours. Le fantastique actuel affiche des visages multiples, suivant qu'il s'appelle fantastique (tout bonnement), science-fiction, roman policier ou bande dessinée. Ainsi que l'illustre un livre-témoin, *La Littérature fantastique en France* de Marcel Schneider (1964) — qui est aussi, comme par hasard, l'auteur d'un livre sur Hoffmann — Hoffmann, l'Initiateur, n'est plus le seul maître du fantastique ; Poe et Kafka, Lovecraft et Tolkien l'ont relayé ; mais sa légende et son art restent toujours profondément actuels. Il suffit d'ouvrir les livres que notre siècle lui a consacrés pour rencontrer partout des témoignages vibrant d'admiration et d'émotion. Comme au siècle romantique, le maître des *Contes fantastiques* est, pour la culture française dans son ensemble, un véritable contemporain, une incarnation de l'âme moderne :

> Hoffmann, le premier, a senti que ces « apparitions » [du merveilleux qui hante notre siècle, selon Roger Caillois] de l'irrationnel dans notre monde que les philosophes et les savants s'efforcent de rendre cohérent et conséquent allaient constituer l'élément nouveau de la littérature de

son temps et il a exploré avec méthode ces terres relativement peu connues au début du XIXe siècle. Les nombreux artistes qu'il a décrits dans son œuvre lui ressemblent et se ressemblent : ils représentent l'*homo fantasticus* moderne, l'homme qui souffre à cause de sa condition et des lois de la société, qui souffre plus encore à cause de sa propre énigme et des contradictions qui le déchirent, de sorte que sa dualité innée menace sans cesse de devenir dédoublement, schizophrénie, folie. Hoffmann, éclairé par son ami le docteur Koreff sur le mesmérisme, la psychopathologie et les plus récentes découvertes du magnétisme animal, nous enseigne le moyen, sinon de guérir, du moins de composer avec le mal. En allant le plus loin possible, dans la connaissance de soi, il a apporté remède à ce qui nous divise et nous tourmente [16].

José LAMBERT.

NOTES

1. Nous citons d'après Pierre-Georges Castex, *Le Conte fantastique en France de Nodier à Maupassant,* Paris, Corti, 1962, p. 397.

2. Voir le tableau chronologique à la fin de notre introduction.

3. Castex, *op. cit.,* p. 51.

4. Chez les Allemands de l'âge romantique, « phantastisch » désigne tout ce qui relève de l'imaginaire, c'est-à-dire tout un programme esthétique de nature romantique. Le terme ne correspond nullement à un genre.

5. George Sand a lu très attentivement les œuvres diffusées au cours des années 1830; elle s'est attachée surtout aux *Kreisleriana.* Voir entre autres son Journal.

Cf. Elizabeth Teichmann, *La Fortune d'Hoffmann en France,* Genève, Droz; Paris, Minard, 1961, *passim,* et surtout p. 171.

6. Par exemple, l'édition diffusée en 1963 par Manesse (Manesse Bibliothek der Weltliteratur). La première édition de la traduction Christian (1843) contient 200 vignettes; dans les éditions ultérieures, leur nombre sera réduit. Les illustrations sont le mieux mises en évidence dans les traductions d'Egmont (Camille Rogier), de La Bédollière (Foulquier) et de Christian (Gavarni).

7. *Princesse Brambilla,* dans la collection « Romantiques » (Snell, 1928), trad. Hella et Bournac.

8. Voir Castex, *op. cit.,* 103 et ss.; Luc Badesco, *La Génération de 1860.*

9. Voir surtout Castex, *op. cit.*

10. Koreff a fait partie du groupe des amis d'Hoffmann, le club des Frères Sérapion. Pour son rôle en France, voir Marietta Martin, *Un aventurier intellectuel sous la Restauration et la Monarchie de Juillet, le docteur Koreff (1783-1851),* Paris, Champion, 1925 et Fernand Baldensperger, *Orientations étrangères chez Honoré de Balzac,* Paris, Champion, 1927.

11. Voir le chapitre Hoffmann *in* Jean Pommier, *Dans les chemins de Baudelaire,* Paris, Corti (1945).

12. En raison de la sélection et de la présentation des textes.

13. On lira les articles publiés par Blaze dans la *Revue des Deux Mondes* entre 1876 et 1882.

14. Cf. José Lambert, *Ludwig Tieck dans les lettres françaises...*, Louvain, Presses universitaires de Louvain; Paris, Didier, 1976, Seconde Partie.

15. Pour les activités littéraires du « Brambilla-Club » et la renaissance du romantisme allemand, nous renvoyons surtout à Claude Pichois, *L'Image de Jean-Paul Richter dans les lettres françaises*, Paris, Corti, 1963.

16. Marcel Schneider, *Ernest Théodore Amadeus Hoffmann. Biographie*, Paris, Julliard, [1979], pp. 185-186.

TABLEAU CHRONOLOGIQUE

1823 : *Olivier Brusson* est publié comme œuvre anonyme. Cette adaptation de *Mademoiselle von Scuderi* est due à Henri de Latouche.

1824 : Une adaptation d'*Olivier Brusson* est montée au Théâtre de l'Ambigu-Comique : *Cardillac,* par Béreaud et Chaudezon.

1828 : Premières traductions en revue *(Bibliothèque universelle de Genève ; Gymnase).*

1828 : Article de Jean-Jacques Ampère dans *Le Globe* du 2 août (notion du « fantastique »).

1829 : — *L'Élixir du diable* (Mame et Delaunay-Vallée) est attribué à C. Spindler.
— De nombreux textes paraissent en revue (surtout dans la *Revue de Paris,* dont Loève-Veimars est un des principaux rédacteurs).
— Quatre tomes des *Contes fantastiques* paraissent chez Renduel (traduction Loève-Veimars) ; ils représentent le début des *Œuvres complètes.*
— Walter Scott, « Du Merveilleux dans le roman », *Revue de Paris :* cf. tome I de la présente édition.
— Loève-Veimars : biographie d'Hoffmann *(ibidem).*
— Articles de Saint-Marc Girardin dans le *Journal des Débats.*
— Duvergier de Hauranne commente la traduction Loève-Veimars dans *Le Globe.*

1830 : — L'éditeur Lefebvre lance à son tour des *Œuvres complètes* (traduction Th. Toussenel ; 4 tomes en deux mois) ; la tomaison est truquée, afin d'amener les lecteurs à prendre l'édition Lefebvre pour la suite de l'édition Renduel.

La querelle éclate.

— De nombreux autres périodiques contiennent des textes d'Hoffmann.

— Saint-Marc Girardin commente la traduction Loève-Veimars dans *Le Journal des Débats*.

— Charles Nodier: « Du Fantastique en littérature », *Revue de Paris*, 28 novembre.

— Compte rendu des *Œuvres complètes* par Sainte-Beuve *(Le Globe)*.

1831 : Réimpression des tomes I-IV de l'édition Renduel.

1833 : Tomes XVII-XX de l'édition Renduel, qui s'achève ainsi, alors que l'entreprise concurrente en est restée à 8 volumes, depuis 1830.

1836 : — Henry Egmont lance des *Contes fantastiques* (4 vol. illustrés) chez Camuzeaux, puis chez Béthune et Plon; il dénonce l'entreprise Renduel-Loève-Veimars comme une trahison.

— Renduel complète la « deuxième édition » des *Œuvres complètes* en ajoutant les tomes V à VIII aux tomes I-IV (1833).

1838 : — Toussenel tente timidement de relancer sa traduction dans une version abrégée.

— Émile de La Bédollière publie 4 vol. de *Contes mystérieux* et 4 vol. de *Contes nocturnes* chez Barba.

1843 : — L'éditeur Garnier reprend à Renduel la « deuxième édition » (1833-1836) des *Œuvres complètes*.

— *Contes nocturnes*. Traduction nouvelle par P. Christian (Lavigne) — Vignettes de Gavarni. Réédition en 1862 chez Morizot, dans une collection contenant notamment *Gulliver* et *Robinson Crusoé*.

— Contes fantastiques. Traduction nouvelle par X. Marmier (Charpentier).

1851 : *Les Contes d'Hoffmann*, drame fantastique en cinq actes de J. Barbier et M. Carré, musique d'Ancessy, à l'Odéon.

1853 : *Œuvres d'Hoffmann. Contes fantastiques...* par Ancelot, de l'Académie française, chez Violat.

1856 : *Contes posthumes,* trad. Champfleury (Michel Lévy). L'introduction avait déjà paru dans *L'Athenaeum français* (1853).
— débat dans la presse autour de Poe et Hoffmann à l'occasion de deux publications récentes : les *Histoires extraordinaires* (trad. Baudelaire) et les *Contes posthumes* (trad. Champfleury).

— Entre 1860 et 1920, les éditions des œuvres d'Hoffmann continuent à circuler. Mais il s'agit : 1) de rééditions (parfois légèrement modifiées) des principales traductions ; 2) d'éditions sélectives composées d'après les principales traductions (« Nouvelle bibliothèque populaire à 10 cent. ») ; 3) de rééditions d'un ou de deux textes isolés empruntés aux principales éditions romantiques ; 4) de traductions nouvelles de textes séparés. La dernière catégorie, qui constitue le principal fait nouveau, montre que *Maître Martin le tonnelier* devient un classique des programmes d'enseignement, à côté de textes de Goethe, de Schiller et de Heine.

Durant ce demi-siècle, seulement *deux* traductions nouvelles d'un ensemble de contes voient le jour : *Fantaisies... contes et nouvelles* traduits de l'allemand par Henri de Curzon (1891) et *Contes, récits et nouvelles* tirés des *Frères de Sérapion.* Préface et notes d'Édouard Lemoine (1906).
— 1881 : les *Contes d'Hoffmann* de Jacques Offenbach interprétés avec succès.
— 1925 à nos jours : Le « Brambilla-Club », fondé par Edmond Jaloux, est le premier signe d'une renaissance générale du romantisme allemand, dont le couronnement sera *L'Ame romantique et le rêve* d'Albert Béguin (1937 et rééditions) ainsi que le numéro spécial des *Cahiers du Sud* (1937 et rééditions) ; mais le mouvement s'élargira au-delà de 1945. Hoffmann restera le

premier parmi les romantiques allemands, à en juger d'après le nombre des publications.
Trois monographies nouvelles voient le jour, après celle de Paul Sucher (1912) : Jean Mistler, *La Vie d'Hoffmann* (1927) ; Jean F. A. Ricci, *E. T. A. Hoffmann, l'homme et l'œuvre* (1948) ; Marcel Schneider, *Ernest Théodore Amadeus Hoffmann* (1979).

Textes : plus d'une vingtaine de traductions *nouvelles* d'œuvres isolées ; puis, synthèse, à l'initiative de Béguin, dans les *Contes et dessins* et les *Romans courts* (Club des libraires de France, 1956-1957, 4 vol. ; 1958, 1 vol.).
Une bonne douzaine de traducteurs participent à ce mouvement de traduction.
— 1942-1964 : de nombreuses rééditions, généralement partielles, des versions du XIXe siècle : au moins quatre de ces éditions sont dues à Henri Parisot (surtout Flammarion, 1964, 3 vol.).
— 1979 : Marthe Robert et Jean-Pierre Sicre entreprennent séparément une traduction de l'ensemble de l'œuvre ; publication de la monographie de M. Schneider ; réédition de la traduction Marmier ; émissions radiophoniques en France et en Belgique sur le musicien Hoffmann.

CONTENU DES PRINCIPALES ÉDITIONS DIFFUSÉES AVANT 1850

1. Traduction Loève-Veimars : cf. tome Ier.

2. Traduction Toussenel :
Œuvres complètes de E. T. A. Hoffmann, traduites de l'allemand par M. Théodore Toussenel et par le traducteur des romans de Veit-Wéber. Paris, Lefebvre, 1930 :
Le Pot d'or. Fantaisies à la manière de Callot. Feuilles détachées de l'Album d'un voyageur enthousiaste ; Les Aventures de la nuit de Saint-Sylvestre ; La Princesse Brambilla ; L'Enchaînement des choses ; La Convales-

cence ; Les Visions ; Le Comte Hippolyte ; La Fiancée du roi ; Singulières Tribulations d'un directeur de théâtre ; Le Joueur d'échecs ; Souvenirs de Dresden en 1813.

Les huit volumes sont numérotés de V à XII.

3. Traduction Egmont :
Œuvres complètes de E. T. A. Hoffmann — Contes fantastiques de E. T. A. Hoffmann. Traduction nouvelle précédée d'une notice sur la vie et les ouvrages de l'auteur par Henry Egmont. Ornée de vignettes d'après les dessins de Camille Rogier. Paris, Camuzeaux, puis Béthune et Plon, 1836.
Signor Formica ; Le Doge et la Dogaresse ; Le Conseiller Krespel ; Barbara Rollofin ; L'Homme au sable ; Ignace Denner ; Le Vieux Comédien ; Deux Originaux ; Bonheur au jeu ; Mademoiselle de Scudéry ; La Vampire ; Le Majorat ; Le Magnétiseur ; La Vision ; Les Aventures de la nuit de Saint-Sylvestre ; Petit Zacharie, surnommé Cinabre ; Don Juan, aventure romanesque d'un voyageur enthousiaste ; Le Cœur de pierre ; La Maison déserte ; Maître Martin le tonnelier et ses apprentis ; L'Église des Jésuites ; Notice sur les dernières aventures du chien Berganza ; La Cour d'Artus.

4. Traduction La Bédollière :
Œuvres complètes de E. T. A. Hoffmann. Contes mystérieux par E. T. A. Hoffmann. Traduits de l'allemand par E. de La Bédollière. Paris, Barba, 1838.
Le Conseiller Krespel ; Le Doge et la Dogaresse ; La Femme vampire ; Le Diable à Berlin ; Les Espions ; Maître Martin le tonnelier et ses compagnons ; Bonheur au jeu ; Mademoiselle de Scudéry ; Le Sanctus ; L'Homme au sable ; L'Église des Jésuites ; Les Mines de Falun.

5. Traduction Christian :
Contes fantastiques de Hoffmann. Traduction nouvelle, précédée de souvenirs intimes sur la vie de l'auteur, par P. Christian. Paris, Lavigne, 1843.
Un cœur en loterie ; Le Spectre fiancé ; Le Vieux

Torbern; Le Philosophe Angora; La Fille Couleuvre; L'Élixir du diable; La Noix de Kratakuk; Le Chevalier Coq; Mon ami Pérégrinus; Maître Bertholde.

6. Traduction Marmier:
Contes fantastiques d'Hoffmann. Traduction nouvelle par X. Marmier, précédée d'une notice sur Hoffmann par le traducteur. Paris, Charpentier, 1843.
Le Violon de Crémone; Les Maîtres chanteurs; Mademoiselle de Scudéri; Le Majorat; Maître Martin et ses ouvriers; Le Bonheur au jeu; Le Choix d'une fiancée; Marino Falieri; Don Juan; Le Vœu.

BIBLIOGRAPHIE D'HOFFMANN EN FRANCE :

Maurice BREUILLAC, « Hoffmann en France », *Revue d'histoire littéraire de la France,* XIII (1906), pp. 427-457 et XIV (1907), pp. 74-105.

Pierre-Georges CASTEX, *Le Conte fantastique en France de Nodier à Maupassant,* Paris, Corti, 1962 : insiste beaucoup sur le rôle d'Hoffmann comme maître du fantastique, mais sans négliger l'orientation spécifique des différents écrivains.

José LAMBERT, *Ludwig Tieck dans les lettres françaises. Aspects d'une résistance au romantisme allemand,* Paris, Didier; Louvain, Presses universitaires de Louvain, 1976 (Études de Littérature étrangère et comparée, 73) : important pour le cadre général des relations franco-allemandes, surtout à travers le XIXe siècle.

Georges B. VON DER LIPPE, « La Vie de l'artiste fantastique : The Metamorphosis of the Hoffmann-Poe Figure in France », *Revue Canadienne de Littérature comparée,* VI, 1 (hiver 1979), pp. 46-63. Donne une excellente synthèse des avatars de la légende créée par Loève-Veimars et de la manière dont elle survivra dans la légende de Poe.

Claude PICHOIS, *L'Image de Jean-Paul Richter dans les lettres françaises,* Paris, Corti, 1963 : vues très riches sur le rôle d'Hoffmann à travers le XIXe siècle; analyse de nombreux documents inédits concernant les relations franco-allemandes au XXe siècle.

Elizabeth TEICHMANN, *La Fortune d'Hoffmann en France*, Genève, Droz; Paris, Minard, 1961 : sur les années 1830-1840; travail très précis, qui cerne surtout les réactions critiques; pour le compléter, on se reportera aux autres ouvrages mentionnés ici ainsi qu'aux travaux anciens ou plus généraux.

CONTES FANTASTIQUES

MADEMOISELLE DE SCUDÉRY

HISTOIRE DU TEMPS DE LOUIS XIV *

Le conte d'Hoffmann que nous publions aujourd'hui fut composé et mis au jour en 1819, il y a vingt-quatre ans. Cette publication est fort antérieure, comme on le voit, à celle du roman intitulé : *Olivier Brusson* **. Puis vint, en imitation du roman, le fameux mélodrame : *Cardillac,* qui attira tout Paris à l'un des théâtres du boulevard. — *Olivier Brusson* est un emprunt fait à Hoffmann. Le roman français, petit chef-d'œuvre de goût et de grâce, fut beaucoup loué et beaucoup lu. L'arrangeur anonyme, écrivain brillant, riche d'esprit et de talent, doté de tant d'autres succès, se réjouira, sans nul doute, de voir restituer au pauvre acteur allemand le fonds qui lui appartient, et qui avait tant gagné en passant dans des mains étrangères.

Hoffmann lui-même n'avait pas imaginé cette aventure. Il indique la source. Il a puisé dans la *Chronique de Nuremberg,* écrite par Wagenseil. Le chroniqueur allemand avait fréquenté la maison de mademoiselle de Scudéry durant son séjour à Paris, et il avait recueilli l'anecdote aux lieux mêmes où se passa ce singulier événement [1].

* Das Fraeulein von Scudery, Erzaehlung aus dem Zeitalter Ludwig des Vierzehnten.

** Paris, 1823.

Chapitre premier

Dans la rue Saint-Honoré se trouvait située la petite maison qu'habitait Magdeleine de Scudéry, connue par ses écrits et par la faveur dont elle jouissait auprès de Louis XIV et de madame de Maintenon.

Fort tard, vers minuit, — c'était durant l'automne de l'année 1680[2], — on frappa si violemment à la porte de cette maison que tout le vestibule en retentit. Baptiste, qui, dans le petit ménage de mademoiselle de Scudéry, remplissait à la fois les fonctions de cuisinier, de laquais et de portier, était allé dans son pays pour assister aux noces de sa sœur, et il se trouva que la Martinière, sa femme de chambre, fut seule éveillée dans la maison. Elle entendit les coups redoublés, et se mit à songer que Baptiste, étant parti, elle se trouvait seule avec sa maîtresse, sans aucun moyen de défense. Tous les crimes d'effraction, de vol et de meurtre qui avaient alors lieu dans Paris, s'offrirent à sa pensée; elle ne douta pas qu'une bande de brigands, instruite de la solitude où se trouvait la maison, s'efforçait d'y pénétrer avec de méchants desseins contre ceux qui l'habitaient, et elle resta dans sa chambre, tremblante, effarée, maudissant et Baptiste et les sœurs qui se marient. Pendant ce temps, les coups retentissaient toujours avec plus de force, et il lui semblait que dans les intervalles elle entendît une voix qui criait: « Ouvrez, ouvrez donc, au nom du ciel! » Enfin, dans une agitation toujours croissante, la Martinière prit un flambeau, et descendit dans le vestibule; là, elle entendit distinctement la voix de ceux qui disaient: « Au nom du Christ, ouvrez! »

— Ce n'est pas ainsi que parle un brigand, se dit la Martinière. Qui sait si ce malheureux qu'on poursuit ne cherche pas un refuge auprès de ma maîtresse, qui est toujours disposée à faire le bien! Mais ayons de la prudence.

Elle ouvrit une fenêtre, demanda, en grossissant sa voix autant qu'elle le put, afin de lui donner un accent masculin, qui faisait, à une heure aussi avancée de la nuit, un bruit à troubler le sommeil de tout le quartier. Elle aperçut, à la clarté de la lune, qui venait de percer de sombres nuages, une figure enveloppée dans un manteau couleur de muraille, un vaste chapeau enfoncé sur les yeux. Elle reprit à haute voix, de manière à se faire entendre de la rue: — Holà, Baptiste, Claude, Pierre, levez-vous et venez voir un peu quel est ce vaurien qui veut forcer la maison [3]!

Mais celui que se trouvait en bas lui dit d'une voix douce et presque plaintive: — Ah! la Martinière, je sais bien que c'est vous, ma bonne femme, en dépit de vos efforts pour changer votre voix; je sais aussi que Baptiste est allé au pays, et que vous êtes seule dans le logis, avec votre maîtresse. Ouvrez-moi donc, et ne craignez rien. Il faut que je parle à votre demoiselle à l'instant même.

— Y pensez-vous? répliqua la Martinière. Vous voulez parler à ma maîtresse au milieu de la nuit? ne savez-vous pas qu'elle dort depuis longtemps, et que, pour rien au monde, je ne voudrais la réveiller dans ses bons moments du premier sommeil, dont elle a tant besoin, à son âge?

— Je sais, répondit celui qui était dans la rue, je sais que votre demoiselle vient de mettre de côté le manuscrit de son roman de Clélie auquelle elle travaille sans relâche, et qu'elle compose en ce moment quelques vers qu'elle a dessein de lire demain chez la marquise de Maintenon. Je vous en conjure, dame Martinière, ayez de la compassion et ouvrez-moi la porte! Apprenez qu'il s'agit de sauver un malheureux de sa ruine, apprenez que l'honneur, la liberté, la vie même d'un homme, dépendent de ce moment où il faut que je parle à votre demoiselle. Songez que la colère de votre maîtresse retombera éternellement sur vous quand elle apprendra que c'est vous qui avez durement fermé la porte à un malheureux qui venait implorer son secours.

— Mais pourquoi réclamer la pitié de ma maîtresse à telle heure? revenez demain en meilleur temps. Ainsi parlait la Martinière de sa croisée.

Celui d'en bas [4] répondit: — Quand le sort vient vous frapper avec la rapidité de la foudre, s'inquiète-t-il du temps et de l'heure? Quand le salut d'un homme dépend d'un instant, doit-on le retarder? Ouvrez la porte. Ne craignez rien d'un malheureux sans appui, que tout le monde abandonne, qu'on persécute et qui vient supplier votre maîtresse de le tirer d'un pressant danger!

La Martinière entendit à ces mots l'étranger soupirer, gémir; d'ailleurs le son de sa voix annonçait un jeune homme, elle était douce et pénétrait dans l'âme. La chambrière se sentit émue jusqu'au fond du cœur, et, sans hésiter plus longtemps, elle descendit avec les clefs.

A peine la porte fut-elle ouverte, que l'homme au manteau se précipita avec impétuosité dans la maison, et devançant la Martinière sur les marches, il s'écria: — Conduisez-moi près de votre maîtresse!

La Martinière, effrayée, éleva son flambeau, et la lueur de la bougie lui montra un visage jeune et régulier, mais d'une pâleur mortelle et horriblement défait. La Martinière tomba presque d'effroi, lorsque l'homme entrouvrit son manteau, et qu'elle aperçut la brillante poignée d'un stylet qui sortait du pli de son juste-au-corps. L'étranger lui lança des regards étincelants, et s'écria avec plus de violence encore: — Conduisez-moi près de votre maîtresse, vous dis-je!

La Martinière vit alors sa maîtresse dans un pressant danger, tout son amour pour mademoiselle de Scudéry qu'elle honorait comme une mère, se réveilla et lui donna un courage dont elle ne s'était pas crue capable. Elle ferma rapidement la porte de la salle qui était entrouverte, et s'avançant devant l'étranger, elle lui dit d'une voix ferme : — Votre conduite dans cette maison s'accorde mal avec les paroles plaintives que vous poussiez là dehors, et qui ont excité ma compassion, fort mal à propos, je le vois. Vous ne verrez pas ma maîtresse, et vous ne lui parlerez pas. Si vous n'avez pas de mauvaise pensée en l'âme, vous ne devez pas redouter le grand jour ; revenez donc demain traiter de votre affaire ! — Pour cette nuit, videz le palier de la maison !

L'étranger laissa échapper un profond soupir, regarda la Martinière d'un air effrayant, et porta la main à sa dague. La Martinière recommanda silencieusement son âme au Seigneur ; mais elle demeura courageusement, et regarda l'étranger avec hardiesse, tout en s'appuyant avec plus de force contre la porte par laquelle il fallait passer pour se rendre à l'appartement de mademoiselle de Scudéry.

— Laissez-moi aller trouver votre maîtresse, vous dis-je ! s'écria encore une fois l'étranger.

— Faites ce que vous voudrez, répliqua la Martinière, je ne bouge pas de cette place. Mais si vous accomplissez la mauvaise action que vous avez tenté de faire, vous finirez sur la place de Grève, comme tous vos maudits complices.

— Ah ! vous avez raison, la Martinière ! s'écria l'homme : j'ai l'air d'un voleur et je suis armé comme un assassin ; mais tous ceux que vous nommez mes complices ne sont pas exécutés ; oh ! non, ils ne le sont pas.

En parlant ainsi, il lança des regards terribles à la pauvre servante et tira son poignard.

— Jésus ! s'écria-t-elle attendant le coup de la mort ; mais au même instant, un cliquetis d'armes et des pas de chevaux se firent entendre dans la rue.

— La maréchaussée, la maréchaussée ! Au secours, au secours ! s'écria la Martinière.

— Maudite femme, veux-tu me perdre ! — Maintenant, tout est fini, tout est fini ! Prends, prends ! remets ceci à ta maîtresse cette nuit même. — Demain, si tu veux.

Tout en prononçant ces paroles à voix basse, l'étranger avait arraché le flambeau à la Martinière, il avait éteint la bougie, et il avait glissé une petite cassette dans les mains de la femme de chambre.

— Pour le salut de ton âme, remets cette cassette à ta maîtresse, lui dit l'étranger, et il s'élança hors de la maison.

La Martinière était tombée sur le plancher; elle se releva avec peine et se retira en tâtonnant à travers les ténèbres de sa chambre, où elle se jeta dans un fauteuil, épuisée et hors d'état de prononcer une parole. Tout à coup, elle entendit tourner les clés qu'elle avait laissées dans la serrure de la porte principale. On ferma la maison, et des pas légers et incertains s'approchèrent de sa chambre. Puissamment attachée sur son siège, incapable de faire un mouvement, la Martinière s'attendit à tout ce qu'il y a de plus horrible; mais quelle fut sa surprise, lorsque la porte de la chambre s'ouvrant, elle reconnut, à la clarté de la lampe de nuit, l'honnête Baptiste, qui lui parut pâle et défait.

— Au nom de tous les saints! dites donc ce qui s'est passé, dame Martinière! Ah! quelle inquiétude, quelle inquiétude! Je ne sais pas ce que c'était, mais cela m'a fait partir malgré moi hier soir de la noce. — J'arrive dans la nuit[5]. — Dame Martinière, me dis-je, a un sommeil léger, elle m'entendra bien si je frappe doucement à la porte. Voilà qu'une forte patrouille arrive sur moi, des cavaliers, des fantassins armés jusqu'aux dents, et l'on me retient sans vouloir me laisser aller. Mais heureusement que Desgrais, le lieutenant de maréchaussée, qui me connaît bien, se trouvait avec la troupe. — Eh! c'est toi, Baptiste! me dit-il en me tenant une lanterne sous le nez; d'où viens-tu par cette nuit noire? Reste sagement à la maison et garde-la bien, il ne fait pas bon ici, nous espérons y faire une bonne prise. Vous ne vous figurez pas, dame Martinière, comme ces paroles m'ont remué le cœur. Je m'approche de notre porte, un homme enveloppé d'un manteau en sort, un poignard étincelant à la main, et me renverse. La maison est ouverte, les clés dans la serrure; dites-moi, que signifie tout cela?

La Martinière, délivrée de sa frayeur mortelle, lui raconta comme tout s'était passé. Elle et Baptiste se rendirent dans le vestibule, et trouvèrent le flambeau sur les degrés, où l'étranger l'avait jeté en fuyant.

— Il n'est que trop certain que notre demoiselle devait être volée ou égorgée cette nuit, dit Baptiste. Cet homme savait, comme vous le dites, que vous étiez seule avec mademoiselle, et même qu'elle veillait encore en écrivant ; il est sûr que c'est un de ces scélérats qui pénètrent jusque dans l'intérieur des maisons, et qui prennent note de tout ce qui peut les aider à exécuter leurs projets diaboliques. Et cette petite cassette, dame Martinière, moi, je pense que nous ferions bien de la jeter dans la Seine, à l'endroit le plus profond. Qui nous répond qu'on ne machine pas quelque chose contre la vie de notre bonne demoiselle, et qu'en ouvrant la cassette elle ne tombera pas morte, comme le marquis de Tournay, en décachetant la lettre qu'il avait reçue d'une main inconnue !

Après avoir longtemps conféré ensemble, les deux fidèles serviteurs résolurent de tout conter le lendemain à mademoiselle de Scudéry, et de lui remettre la cassette mystérieuse, en lui recommandant de l'ouvrir avec précaution. Ils repassèrent ensemble toutes les circonstances de l'apparition de l'étranger suspect, et se convainquirent qu'il y avait en jeu un secret important que leur maîtresse seule pourrait découvrir.

II

Les craintes de Baptiste étaient bien fondées. Justement, à cette époque, Paris était le théâtre des plus horribles attentats, dont toutes les ressources d'un art infernal combinaient l'exécution.

Glazer, un apothicaire allemand, le meilleur chimiste de son temps, s'était beaucoup occupé d'essais d'alchimie, comme avaient coutume de le faire les gens de sa profession. Il travaillait à la recherche de la pierre philosophale, et il était aidé dans ses expériences par un Italien, nommé Exili ; mais pour ce dernier, l'alchimie n'était qu'une feinte et un prétexte. Il voulut seulement apprendre l'art de mélanger et de préparer les matières pernicieuses dont se servait Glazer pour ses opérations ; et il parvint enfin à savoir composer ce poison subtil, qui tarit subitement ou lentement les sources de la vie, sans laisser aucune trace dans le corps humain, et qui échappe à toutes les investigations des médecins. Avec quelque prudence que procédât Exili, il fut néanmoins soupçonné d'avoir vendu des poisons, et mis à la Bastille. Dans la chambre qu'il habitait, on ne tarda pas à enfermer un certain capitaine Godin de Sainte-Croix. Cet homme avait longtemps entretenu, avec la marquise de Brinvilliers, un commerce intime qui avait occasionné un grand scandale dans cette famille ; comme le marquis de Brinvilliers s'était montré fort indifférent à son déshonneur, Dreux d'Aubray, lieutenant civil à Paris, s'était vu forcé de lancer une lettre de cachet contre le capitaine, pour mettre fin aux désordres de sa fille. Emporté, sans caractère, feignant la dévotion, et dressé dès son enfance à tous les crimes, jaloux d'ailleurs et vindicatif à l'excès, le capitaine dut s'estimer heureux de connaître Exili et ses secrets, qui lui donnaient le moyen d'anéantir tous ses ennemis. Il se fit l'élève de l'Italien, et bientôt il égala si bien son maître, qu'après l'élargissement de celui-ci, il se trouva en état de travailler seul.

La Brinvilliers était une femme immorale, Sainte-Croix en fit un monstre. Il la décida peu à peu à empoisonner son propre père, chez qui elle vivait et qu'elle soignait dans sa vieillesse avec une horrible sollicitude, puis ses deux frères et enfin sa sœur ; elle accomplit son premier meurtre par esprit de vengeance, les autres par avidité, dans l'espoir d'une riche succession. L'histoire de plusieurs procès fournit la preuve affligeante que les crimes de cette nature deviennent souvent un besoin et une passion irrésistibles ; et l'on a vu des empoisonneurs faire périr une foule de gens dont la vie ou la mort leur étaient également indifférents, sans but ultérieur, par un attrait naturel, entraînés par le plaisir que trouve un chimiste dans ses expériences. La Brinvilliers fit sans doute de longues études, car la mort subite de plusieurs pauvres de l'Hôtel-Dieu éveilla, plus tard, le soupçon que les biscuits qu'elle faisait distribuer chaque semaine par bienfaisance et par pitié, avaient été empoisonnés par elle. Il est certain, toutefois, qu'elle prépara des pâtés de perdrix qu'elle servait à ses convives, et que le chevalier du Guet, ainsi que quelques autres personnes, moururent victimes de ses infernales invitations. Sainte-Croix, son complice La Chaussée, et la Brinvilliers, surent longtemps cacher leurs forfaits d'un voile impénétrable ; mais la puissance divine avait arrêté qu'elle punirait leurs crimes dès cette vie ! Les poisons que préparait Sainte-Croix étaient si subtils, qu'en aspirant une seule exhalaison de sa poudre (les Parisiens la nommaient *poudre de succession*) on se donnait la mort. Ainsi Sainte-Croix se couvrait toujours le visage d'un masque de verre lorsqu'il se livrait à ses opérations. Un jour, tandis qu'il secouait dans une fiole la poudre qu'il venait de confectionner, son masque tomba et se brisa ; la commotion fit voler quelques particules du poison sur le visage de Sainte-Croix, qui périt aussitôt.

Comme il était mort sans héritiers, les gens de justice vinrent apposer les scellés sur sa succession. On trouva dans un coffre fermé tout l'arsenal de meurtre de cet assassin, ainsi que les lettres de la Brinvilliers, qui ne laissaient pas douter de leurs crimes. Elle s'enfuit à Liège, où elle se cacha dans un cloître. Desgrais, sergent de la maréchaussée, fut envoyé à sa poursuite, et se présenta dans le couvent, vêtu en ecclésiastique. Il parvint à lier une intrigue d'amour avec cette épouvantable créature, et à l'entraîner à un rendez-vous secret dans un jardin retiré, situé près des portes de la ville. Dès qu'elle y fut rendue, elle se vit saisie par les estafiers de Desgrais ; l'amant clerc se changea subitement en officier de maréchaussée, et la contraignit de monter dans une voiture qui se dirigea vers Paris, entourée d'une bonne escorte. La Chaussée avait déjà été décapité ; la Brinvilliers subit le même supplice. Son corps fut brûlé après l'exécution, et l'on jeta ses cendres aux vents.

Les Parisiens respirèrent, lorsque ce monstre, qui immolait impunément amis et ennemis, eut disparu de la terre ; mais bientôt le bruit se répandit que les secrets de l'infâme Sainte-Croix avaient passé en d'autres mains. Le meurtre se glissait comme un fantôme invisible dans le cercle le plus intime, sous les liens de la parenté, de l'amour, de l'amitié, et ne saisissait ses victimes que plus sûrement et avec plus de célérité. Tel qu'on voyait un jour dans une santé florissante, errait le lendemain d'un pas chancelant, pâle et miné par un mal dévorant, et tout l'art des médecins ne pouvait l'arracher à la mort. La richesse, un emploi important, une femme trop jeune, trop belle peut-être, étaient autant de titres pour mourir. Une cruelle défiance brisait les liens les plus sacrés. Le mari tremblait devant sa femme, le père fuyait son fils, la sœur craignait son frère. Dans le repas qu'un ami donnait à ses amis, les mets, les vins restaient intacts, et où régnait autrefois la joie et une gaieté folâtre, on ne rencontrait que des regards inquiets qui cherchaient à percer le masque d'un assassin. Des pères de famille allaient eux-mêmes chercher leurs provisions aux marchés les plus éloignés, et les préparaient dans un coin obscur pour se mettre à l'abri des tentatives de la trahison : souvent encore, toutes ces précautions se trouvaient inutiles.

Pour remédier au mal qui croissait sans cesse, le roi nomma une cour de justice spéciale, qu'il investit du droit de rechercher et de punir ces crimes secrets. Ce fut la chambre ardente, que présida La Reynie, et qui tint ses séances non loin de la Bastille ; mais tous les efforts de ce tribunal, pour trouver des coupables, restèrent sans fruit ; il était réservé à Desgrais de les découvrir.

Dans le faubourg Saint-Germain, demeurait une vieille femme nommée la Voisin. Elle faisait profession de prédire l'avenir et de conjurer les morts ; et, à l'aide de ses coadjuteurs, Lesage et la Vigoureux, elle savait inspirer l'effroi même à des gens qui passaient pour n'être ni faibles ni superstitieux. Mais elle faisait plus. Élève d'Exili, comme Sainte-Croix, elle préparait comme lui un poison subtil qui ne laissait pas de traces, et aidait ainsi à des fils pervers à hériter avant le temps, à des femmes sans frein à convoler à de plus riants hymens. Desgrais pénétra ce mystère, elle avoua tout, fut condamnée par la chambre ardente, et exécutée sur la place de Grève. On trouva chez elle une liste de toutes les personnes qui avaient eu recours à son ministère, et non seulement il arriva qu'il s'ensuivit exécution sur exécution, mais de graves soupçons planèrent sur des personnages du plus haut rang. Ainsi, l'on pensa que le cardinal de Bonzy avait trouvé chez la Voisin le moyen de se débarrasser en peu de temps de toutes les personnes auxquelles il avait des pensions à payer, en sa qualité d'archevêque de Narbonne. La duchesse de Bouillon, la comtesse de Soissons, dont les noms furent trouvés sur cette liste, furent accusées d'avoir eu recours à cette infâme Locuste, et le noble nom de François-Henri de Montmorency, duc de Luxembourg, pair et maréchal de France, ne sortit pas sans souillure de cette enquête. La terrible chambre ardente le poursuivit également, et il se constitua lui-même prisonnier à la Bastille, où la haine de Louvois et de La Reynie le confina dans un cachot de six pieds carrés. Il se passa plusieurs mois avant qu'une commission déclarât que son crime ne méritait pas ce châtiment : il s'était fait dire une fois son horoscope par la Voisin.

Il est certain que le zèle aveugle du président La Reynie donna lieu à des abus de pouvoir et à des cruautés. Ce tribunal prit le caractère de l'inquisition ; le plus léger soupçon suffisait pour motiver un emprisonnement rigoureux, et souvent c'était au hasard qu'on laissait le soin de prouver l'innocence du condamné. En outre, La Reynie avait un extérieur repoussant et des formes si acerbes, qu'il attirait la haine de ceux dont il devait être, par ses fonctions, le vengeur et le soutien. La duchesse de Bouillon, interrogée par lui si elle avait vu le diable, répondit : « Il me semble que je le vois en ce moment ! »

Tant que le sang des coupables et des suspects coula à flots sur la place de Grève, les empoisonnements devinrent de plus en plus rares ; mais bientôt un nouveau fléau vint répandre l'épouvante dans la ville. Une bande de voleurs semblait avoir pris à tâche de s'assurer la possession de tous les bijoux. A peine achetée, une riche parure disparaissait d'une manière inconcevable, quelque précaution qu'on employât pour la garder. Mais, ce qui était plus effrayant, c'est que quiconque se hasardait à sortir pendant la nuit avec des joyaux, était infailliblement attaqué et souvent assassiné. Ceux qui avaient échappé à ce danger, rapportaient qu'un coup violent les avait renversés, comme un éclat de foudre, et qu'en reprenant leurs sens, ils s'étaient trouvés dépouillés de leurs bijoux, et dans un tout autre lieu que celui où ils avaient été frappés. Les cadavres que l'on trouvait chaque matin dans les rues et même dans les maisons, portaient tous la même blessure, un coup de poignard au cœur, si sûrement dirigé, disaient les médecins, que le blessé avait dû expirer sans proférer une seule plainte. A la molle et somptueuse cour de Louis XIV, qui n'avait une secrète affaire de cœur, et qui ne se glissait quelquefois la nuit chez sa dame, pour lui porter un présent ? — Il semblait que les assassins eussent un pacte avec les esprits invisibles, tant ils étaient instruits de toutes ces circonstances. Souvent le malheureux n'atteignait pas la maison où il espérait trouver toutes les joies de l'amour ; souvent il tombait sur le seuil, ou même devant la porte de la chambre de sa maîtresse, qui heurtait avec effroi son cadavre sanglant.

En vain d'Argenson, le lieutenant de police, fit-il arrêter tous les gens sans aveu qui se trouvaient dans Paris ; en vain La Reynie fit-il rage pour arracher des aveux aux accusés, vainement doubla-t-on les sentinelles, les patrouilles, on ne trouva nulle trace des malfaiteurs. La seule précaution de s'armer jusqu'aux dents, et de faire porter un flambeau devant soi, réussissait à préserver du danger. Il arriva cependant que le laquais qui portait la torche fut assailli à coups de pierres, et au même instant le maître était assassiné et volé.

On remarqua surtout que toutes les recherches qu'on fit dans les lieux où l'on trafique des pierres précieuses ne firent pas retrouver le moindre des bijoux enlevés de la sorte ; on ne trouvait ainsi aucun indice qui pût déceler les coupables.

Desgrais écumait de fureur en voyant que les brigands se riaient de tous ses stratagèmes. Lorsqu'il se trouvait dans un quartier de la ville, tout y restait paisible ; tandis que dans les autres, les meurtriers faisaient un riche butin. Il imagina alors de créer plusieurs Desgrais si parfaitement semblables l'un à l'autre, par la marche, l'attitude, le langage, le costume et la figure, que les gens de la police eux-mêmes ignoraient quel était le véritable. Pendant ce temps, il se glissait, au risque de sa vie, dans les quartiers les plus retirés, et suivait de loin quelqu'un qui portait, par son ordre de riches joyaux. Mais celui qui le précédait ainsi n'était jamais attaqué; ainsi les malfaiteurs étaient informés de ses mesures les plus secrètes. Desgrais était au désespoir.

Un matin, Desgrais vint trouver le président La Reynie; il était pâle, défait, hors de lui. — Qu'avez-vous? Quelles nouvelles apportez-vous? Avez-vous découvert quelques traces? lui demanda le président dès qu'il le vit.

— Ah! monseigneur, s'écria Desgrais balbutiant de rage; hier soir le marquis de La Fare a été attaqué en ma présence.

— Ciel et terre, dit La Reynie plein de joie, nous les tenons enfin [6]!

— Écoutez comme la chose s'est passée, dit Desgrais en souriant amèrement. — Je me poste et je surveille en les maudissant de tout mon cœur, les démons incarnés qui se rient de moi. Voilà que je vois s'avancer avec précaution une figure qui passe tout près de moi sans m'apercevoir. A la clarté de la lune, je reconnais le marquis de La Fare. Je pouvais l'attendre là, je savais où il se rendait si secrètement. A peine se trouve-t-il à dix ou douze pas, qu'une figure s'élance comme de dessous la terre, le renverse et se jette sur lui. Surpris, confondu de la rapidité de ce mouvement, je pousse un cri et je m'élance de ma retraite; mais en ce moment, je m'embarrasse dans mon manteau et je tombe. Je vois l'homme s'enfuir comme s'il était porté sur les ailes du vent; je me relève, je le poursuis, tout en courant je sonne de mon cor; les sifflets des archers me répondent de loin; tout s'émeut; de tous côtés retentissent le bruit des armes sur le pavé, le piétinement des chevaux. — A moi! à moi! Desgrais! Desgrais! voilà les cris dont je fais retentir toutes les rues. Je vois toujours devant moi l'homme que dessine la clarté de la lune; je suis distinctement tous les circuits qu'il fait pour me tromper; nous arrivons dans la rue Saint-Nicaise; alors ses forces semblent épuisées, les miennes redoublent; il a tout au plus une avance de quinze pas...

— Vous l'atteignez, vous l'arrêtez et les archers arrivent! s'écria La Reynie les yeux étincelants, en serrant fortement le bras de Desgrais, comme s'il eût saisi le meurtrier lui-même.

— A quinze pas de moi, reprit Desgrais d'une voix sourde et reprenant péniblement haleine, à quinze pas de moi, l'homme fait un bond de côté dans l'ombre, et disparaît à travers la muraille.

— Il disparaît? — A travers un mur! — Êtes-vous fou? dit La Reynie en reculant de deux pas, et en frappant ses mains l'une contre l'autre.

— Monseigneur, reprit Desgrais en se frottant le front comme un homme assailli par de funestes pensées, traitez-moi de visionnaire; ce que je vous ai dit n'est pas moins exact. J'étais encore pétrifié devant la muraille, lorsque plusieurs archers arrivèrent hors d'haleine; le marquis de La Fare qui s'était relevé était avec eux, l'épée à la main. Nous allumons des flambeaux, nous frappons de tous côtés sur le mur; pas la trace d'une porte, d'une fenêtre, d'une ouverture. C'est une épaisse muraille, en pierres de taille, qui tient à une maison où demeurent des gens contre lesquels on ne peut nourrir le moindre soupçon. Ce matin encore, au grand jour, j'ai tout examiné. C'est le diable lui-même qui nous joue!

L'histoire de Desgrais fut bientôt connue de tout Paris. Toutes les têtes étaient remplies d'enchantements, de sorcelleries, de pactes avec le diable, contractés par la Voisin, par la Vigoureux et par le fameux prêtre Lesage; et, comme le veut éternellement notre nature qui étouffe toujours notre raison par la disposition que nous conservons pour le merveilleux, on ne douta pas, comme l'avait dit Desgrais dans son découragement, que ce fût le diable en personne qui protégeait ceux qui lui vouaient leur âme. Une complainte en tête de laquelle se trouvait une belle gravure en bois, représentant un démon effroyable qui s'abîmait dans la terre devant Desgrais épouvanté, se débita à tous les coins de rue; bref, tout continua à intimider le peuple et à ravir tout courage aux archers qui ne marchaient plus la nuit qu'en tremblant, après s'être munis préalablement d'eau bénite et d'amulettes.

Le lieutenant criminel voyant échouer les efforts de la Chambre-Ardente, pria le roi de créer un nouveau tribunal, investi de prérogatives plus étendues pour rechercher les crimes [7] ; mais le roi, qui se reprochait d'avoir déjà donné trop de pouvoir à la Chambre-Ardente, et frappé des nombreux supplices que La Reynie avait ordonnés, repoussa cette proposition. On imagina alors un autre moyen pour la faire agréer au roi.

Un soir, dans l'appartement de madame de Maintenon, où le roi passait l'après-midi, et où il travaillait quelquefois avec ses ministres, jusque bien avant dans la nuit, on présenta à Louis XIV, une pièce en vers au nom des amants en péril, qui se plaignaient de ne pouvoir offrir un riche présent à leurs maîtresses, sans exposer leur vie. L'honneur et l'amour, disaient-ils, voulaient jadis qu'on versât son sang en champ clos pour sa bien-aimée, vis-à-vis de nobles adversaires, mais non qu'on s'exposât au poignard de vils assassins. C'était donc au grand Louis, l'astre de la galanterie et de l'amour, de dissiper par ses rayons cette nuit funeste; il appartenait au demi-dieu qui avait foudroyé tous ses ennemis, d'écraser, comme Hercule, cette hydre de Lerne; nouveau Thésée, de combattre ce minotaure qui dévorait les amants et changeait leurs joies en un deuil éternel.

Quelque grave que fût le sujet, cette composition ne manquait pas de traits ingénieux, et l'on y avait peint avec art les craintes de l'amant se glissant chez sa maîtresse, l'effroi dissipant l'amour, la galanterie réduite aux abois. Comme ce petit poème se terminait par le plus exagéré panégyrique des vertus de Louis XIV, il ne manqua pas d'obtenir l'assentiment du roi qui le lut avec une satisfaction visible. Lorsqu'il en eut achevé la lecture, il se tourna vivement vers madame de Maintenon et lui demanda en souriant agréablement ce qu'elle pensait des plaintes de ces amants. Fidèle à la gravité de ses mœurs et conservant toujours une certaine teinte de pruderie, madame de Maintenon répondit que ce n'était pas au roi de protéger les rendez-vous interdits par la morale ; mais que les crimes horribles qui épouvantaient la cour et la ville demandaient une vengeance prompte et éclatante. Le roi, mécontent de cette réponse, referma le papier et se disposait à passer dans la chambre voisine, où l'attendait un des secrétaires d'état, lorsque ses regards tombèrent sur mademoiselle de Scudéry, qui était venue faire sa cour à madame de Maintenon. Il s'avança tout à coup vers elle, et le sourire qui avait disparu de ses lèvres s'y montra de nouveau.

— La marquise refuse une fois pour toutes d'entendre parler de galanterie, dit le roi, mais vous, mademoiselle, que pensez-vous de cette supplique ?

Mademoiselle de Scudéry s'inclina avec respect, une légère rougeur, semblable à la pourpre du crépuscule, couvrit les joues pâles de la vénérable dame ; et, les yeux baissés, elle prononça ces deux vers :

Un amant qui craint les voleurs
N'est point digne d'amour*.

Surpris de l'esprit chevaleresque qui régnait dans ce peu de mots, et qui effaçait d'un trait toute la tirade de vers qu'il venait de lire, Louis s'écria : — Vous avez raison mademoiselle ! point de rigueurs nouvelles qui confondent l'innocent avec le coupable. Que La Reynie fasse son devoir.

III

La Martinière raconta le lendemain à sa maîtresse, ce qui s'était passé dans la nuit, et remit en tremblant la cassette mystérieuse. Elle supplia, au nom de tous les saints, mademoiselle de Scudéry de n'ouvrir cette boîte qu'avec les précautions les plus grandes, et Baptiste, pâle et retiré à l'extrémité de la chambre, joignit ses instances à celle de la chambrière. Mademoiselle de Scudéry souleva la cassette et leur répondit en riant : — Vous êtes

* Ces deux vers sont en français dans le conte d'Hoffmann.

deux fous ! les voleurs qui connaissent si bien l'intérieur des maisons, comme vous le dites vous-mêmes, savent fort bien que je ne suis pas riche, et qu'il ne se trouve pas chez moi des trésors qui vaillent un assassinat. On en voudrait à ma vie ? A qui pourrait servir la mort d'une personne de soixante-treize ans qui n'a jamais attaqué de brigands et de larrons que ceux qu'elle a créés dans ses romans, et qui ne laissera à ses héritiers que les atours d'une vieille demoiselle et quelques douzaines de volumes passablement reliés et dorés sur tranche ? Va, ma bonne Martinière, tu as beau décrire l'étranger de cette nuit d'une façon terrible, tu ne me feras pas croire qu'il a eu de méchants desseins.

Ainsi...

La Martinière recula trois pas, et Baptiste poussa un cri, en voyant mademoiselle de Scudéry faire jouer un bouton d'acier qui brillait sur la boîte dont le couvercle s'ouvrit avec bruit.

Quel fut l'étonnement de mademoiselle de Scudéry en voyant étinceler, du fond de la boîte, deux bracelets richement garnis de diamants, et un collier plus magnifique encore ! Elle prit les joyaux dans ses mains, et, tandis qu'elle en admirait le travail infini, la Martinière contemplait les bracelets et jurait que madame de Montespan elle-même n'en possédait pas d'aussi beaux. — Mais, que signifie cet envoi ? demanda mademoiselle de Scudéry[8].

En parlant ainsi, elle aperçut un petit billet placé au fond de la boîte. Elle le prit aussitôt, dans l'espoir d'y trouver l'explication de ce mystère ; mais à peine l'eut-elle lu, qu'il échappa à ses mains tremblantes. Elle éleva les yeux au ciel et tomba presque évanouie dans un fauteuil ! La Martinière et Baptiste la soutinrent fort effrayés. — Oh ! quelle insulte ! quelle profonde humiliation ! s'écria-t-elle d'une voix étouffée par les larmes. A mon âge, devrais-je m'attendre à être avilie de la sorte ! Ai-je donc jamais agi avec légèreté, pour être traitée aujourd'hui comme une créature sans vertu. Oh ! Dieu, des paroles échappées en plaisantant, ont-elles reçu une interprétation aussi horrible ! M'accuser d'un pacte infâme, moi qui depuis mon enfance me suis montrée fidèle à la vertu et à la piété !

Mademoiselle de Scudéry avait couvert ses yeux de son mouchoir, et pleurait si amèrement, que la Martinière et Baptiste ne savaient comment soulager la douleur de leur bonne maîtresse, dont ils ignoraient la cause. La Martinière avait ramassé le billet que mademoiselle de Scudéry avait laissé tomber. On y lisait :

Un amant qui craint les voleurs
N'est point digne d'amour

« Très honorée dame [9],

« Votre esprit pénétrant nous a préservés d'une grande « persécution, nous qui exerçons le droit de la force « contre la faiblesse et la lâcheté, et qui nous approprions « des trésors qui seraient indignement prodigués. Ac- « ceptez cette parure comme un témoignage de notre « reconnaissance. C'est le plus précieux butin qui soit « tombé dans nos mains depuis longtemps. Bien que vous « méritiez de porter de plus beaux ornements, digne « dame, nous vous prions de ne pas refuser ceux-ci; « daignez ne pas nous retirer votre amitié, et nous garder « un gracieux souvenir.

« LES INVISIBLES. »

— Est-il possible qu'on porte l'audace aussi loin ! s'écria mademoiselle de Scudéry lorsqu'elle fut un peu remise de son agitation. Le soleil perçait à travers les rideaux de damas cramoisi qui garnissait la croisée, et les diamants qui étaient restés sur la table éclataient d'une teinte rougeâtre. Mademoiselle de Scudéry détourna les yeux avec horreur, et commanda à la Martinière d'emporter cette horrible parure, encore teinté du sang des victimes dont elle avait causé le meurtre. La Martinière renferma les pierreries dans la cassette, et dit qu'il serait prudent de les porter au lieutenant-criminel et de lui confier les circonstances qui avaient accompagné l'inquiétante apparition du jeune homme de la nuit passée.

Mademoiselle de Scudéry se leva en silence et parcourut plusieurs fois la chambre, comme réfléchissant à ce qu'elle devait faire. Puis elle ordonna à Baptiste d'aller lui chercher une chaise à porteur, et se fit habiller par la Martinière, car elle voulait se rendre à l'instant même chez la marquise de Maintenon. Elle se fit porter chez la marquise. Elle savait qu'à cette heure-là elle la trouverait seule dans ses appartements, et emporta la cassette avec elle. La marquise fut fort étonnée à la vue de la pâleur et de la marche incertaine de mademoiselle de Scudéry, qui, en dépit de sa vieillesse, avait conservé une dignité extrême, une constante amabilité et un maintien plein de charme.

— Que vous est-il donc arrivé, au nom du ciel ! cria du plus loin la marquise à la vieille dame, qui eut à peine la force de gagner le siège qu'on lui offrait. Enfin, lorsqu'elle retrouva la faculté de parler, elle dit quelle profonde et douloureuse insulte lui avait attirée la réponse à la supplique des amoureux; mais la marquise, après l'avoir écoutée avec beaucoup d'attention, prétendit que mademoiselle de Scudéry prenait trop vivement cette singulière aventure, que le mépris de quelques misérables ne pouvait atteindre une âme aussi élevée, et enfin elle demanda à voir les pierreries.

Mademoiselle de Scudéry remit la cassette à la marquise, qui ne put retenir un cri d'admiration à la vue de cette splendide parure. Elle tira le collier, puis les bracelets, et s'approcha de la fenêtre, où elle fit jouer les chatons aux rayons du soleil, s'émerveillant tantôt de leur beauté excessive et tantôt de l'art avec lequel l'or était travaillé.

Tout à coup la marquise se tourna vers mademoiselle de Scudéry, et s'écria : — Savez-vous que ce collier et ces diamants ne peuvent avoir été faits que par René Cardillac ?

René Cardillac était alors le plus habile orfèvre de Paris, un des hommes les plus adroits et les plus singuliers de son temps. D'une petite stature, mais large d'épaules et d'une structure musculeuse, Cardillac, à cinquante ans, avait conservé toute la vigueur et l'agilité d'un jeune homme. Des cheveux roux, épais et crépus, un visage saillant et coloré, témoignaient de sa vigueur peu ordinaire. Si Cardillac n'eût pas été connu dans tout Paris pour un homme d'honneur, franc, ouvert, désintéressé, toujours prêt à assister les autres, le regard singulier qui s'échappait de ses petits yeux gris, enfoncés et étincelants, eût suffi pour le faire accuser de méchanceté et de noirceur. Cardillac était, comme je l'ai dit, l'homme le plus habile de son art qui existât, non pas seulement à Paris, mais dans toute l'Europe. Parfaitement initié à la connaissance des pierres précieuses, il savait les enchâsser avec tant de goût, que des joyaux qui n'avaient que peu de valeur, acquéraient un éclat extrême au sortir de ses mains. Il acceptait toutes les commandes avec une ardeur sans égale, et le prix qu'il mettait à son travail, quelque léger qu'il fût, était encore d'une modicité extrême. Alors, il ne prenait aucun repos, on l'entendait jour et nuit faire retentir son marteau dans son atelier; et souvent, au moment où sa tâche allait être achevée, la parure lui semblait-elle peu gracieuse, les pierres mal encadrées, trouvait-il un chaînon défectueux, il remettait tout l'or au creuset, et recommençait sur nouveaux frais. Aussi, il ne sortait de son atelier que des chefs-d'œuvre sans pareils, qui excitaient au plus haut degré la surprise des personnes auxquelles ils étaient destinés; mais il était presque impossible d'obtenir de lui qu'il terminât un travail. Il renvoyait ses pratiques, sous mille prétextes, de semaine en semaine, de mois en mois. En vain lui offrait-on le double du prix stipulé, il ne voulait jamais accepter un louis au-delà de ce qu'il avait demandé; enfin, lorsqu'il était forcé de céder aux instances de quelqu'un et de rendre une parure, il ne pouvait se défendre de donner tous les signes d'un profond chagrin et même d'une colère mal réprimée. Mais, s'il lui fallait livrer un ouvrage d'une grande richesse, précieux par le travail de l'orfèvrerie, par le nombre et par la beauté des pièces, on le voyait courir çà et là comme un forcené, maudissant son état, se maudissant lui-même et furieux contre ceux qui l'entouraient. Alors, quelqu'un accourait-il chez lui en disant : — René Cardillac, voulez-vous me faire un collier pour ma fiancée, des bracelets pour ma maîtresse ? il s'arrêtait tout à coup, lui lançait des regards brillants, et demandait en se frottant les mains : — Que m'apportez-vous là ? — Ce sont, lui répondait-on, des bijoux communs, des pierres de peu de valeur, mais dans vos mains... Cardillac ne le laissait pas achever, il lui arrachait la boîte, en tirait les bijoux qui souvent avaient réellement peu de valeur, les élevait vers la lumière, s'écriait avec ravissement : — Oh ! oh ! des bijoux communs, dites-vous ? Nullement, ce sont de belles pierres, des pierres magnifiques : laissez-moi seulement faire ! et si vous ne regardez pas à une poignée de louis, je vous y ajouterai quelques rubis qui étincelleront comme le soleil. — Répondait-on : Je vous laisse maître d'agir à votre gré, maître René, et je vous paierai ce que vous demanderez ! Alors, sans s'inquiéter s'il avait affaire à un riche bourgeois ou à un seigneur de la cour, Cardillac se jetait à son cou avec impétuosité, le serrait dans ses bras, l'embrassait et s'écriait qu'il était enfin heureux et qu'il lui rendrait sa parure dans huit jours. Il parcourait alors toute sa maison, puis courait se renfermer dans son atelier, travaillait sans relâche, et en huit jours il avait fait un chef-d'œuvre. Mais, dès que celui qui lui avait commandé cet ouvrage revenait, l'argent à la main, chercher la parure qui se trouvait achevée, Cardillac se montrait sombre, insolent, grossier.

— Mais songez donc, maître Cardillac, que je me marie demain.

— Que m'importe votre noce ! revenez dans quinze jours.

— La parure est terminée ; voici l'argent ; il faut que j'emporte mon collier.

— Et moi, je vous dis qu'il y a encore plusieurs choses à changer à cette parure, et que vous ne pouvez la recevoir aujourd'hui.

— Et moi, je vous dis que, si vous ne remettez sur-le-champ ce collier dont je suis prêt à vous payer la façon le double de sa valeur, vous me verrez venir le chercher avec les soldats du guet et les gens du châtelet.

— Eh bien ! que le diable vous serre dans ses tenailles brûlantes, et puisse ce collier étrangler celle qui le portera ! En parlant ainsi, Cardillac mettait la parure dans le pourpoint de l'impatient fiancé, le prenait par le bras, et le poussait si violemment hors de la chambre, qu'il roulait jusqu'au bas de l'escalier; puis il se mettait à la croisée et riait de tout son cœur d'un rire infernal, en le voyant s'éloigner le mouchoir sur le nez, sanglant et éclopé. La conduite de Cardillac était inexplicable. Souvent, après avoir entrepris un travail avec enthousiasme, il suppliait celui qui l'avait demandé de lui permettre de ne pas le lui rendre, et il donnait toutes les marques de l'affliction la plus vive, priant et conjurant au nom de la Sainte Vierge qu'on eût pitié de lui. Plusieurs personnages du plus haut rang avaient en vain offert des sommes considérables pour obtenir de lui le moindre de ses ouvrages. Il se jeta aux pieds du roi, et lui demanda comme une faveur d'être dispensé de travailler pour sa personne; il se refusa également à faire une parure pour madame de Maintenon, et repoussa avec une sorte d'horreur et d'effroi la commission qu'elle lui donna un jour de confectionner une petite bague, ornée des emblèmes des arts, qu'elle destinait à Racine.

— Je gage, dit madame de Maintenon, que si j'envoie chez Cardillac pour savoir à qui il a livré cette parure, il refusera de venir, tant il craint que je le contraigne de travailler pour moi, bien que depuis quelque temps il se soit beaucoup amandé, dit-on, et qu'il livre exactement ses commandes, non sans humeur et sans chagrin toutefois.

Mais mademoiselle de Scudéry, qui désirait ardemment que l'auteur du présent qui lui avait été fait fût dévoilé, et que les diamants fussent rendus à leur propriétaire légitime, insista pour qu'on fit venir cet étrange personnage. On envoya donc chez Cardillac, et, comme s'il eût été déjà en route pour se rendre chez la marquise, il se présenta devant elle quelques moments après.

A la vue de mademoiselle de Scudéry, il parut frappé d'émotion, et s'inclina respectueusement devant elle avant que de saluer la marquise, comme quelqu'un à qui une sensation imprévue fait oublier les convenances. Madame de Maintenon, lui montrant du doigt les pierreries qui étaient restées sur le tapis de la table, lui demanda si c'était là son ouvrage. A peine Cardillac y eut-il jeté un regard, que, tournant les yeux vers la marquise, il remit la parure dans l'écrin, le referma et le repoussa loin de lui avec violence. Puis il se mit à sourire affreusement, et dit, en contractant son visage bourgeonné : — Madame la marquise, il faudrait bien peu connaître l'ouvrage de René Cardillac pour croire un seul instant qu'il existe dans le monde un joaillier capable de confectionner une semblable parure. Oui, sans doute, ce travail est de moi.

— Alors, vous nous direz pour qui vous l'avez exécuté.

— Pour moi seul, répondit Cardillac. Oui, ajouta-t-il en voyant que madame de Maintenon et mademoiselle de Scudéry se regardaient avec étonnement, l'une d'un air de défiance, l'autre avec une expression d'anxiété et d'effroi ; oui, madame la marquise, vous pouvez trouver cela singulier, mais il en est ainsi. J'ai rassemblé mes plus belles pierres, uniquement dans le dessein de faire un ouvrage parfait, et j'y ai travaillé avec un zèle et une satisfaction sans égales. Ii y a quelque temps, cette parure disparut de mon magasin d'une façon inconcevable.

— Le ciel soit loué ! s'écria mademoiselle de Scudéry, les yeux brillants de joie ; et, se levant avec la vivacité et la prestesse d'une jeune fille, elle s'avança vers Cardillac : Maître René, lui dit-elle en appuyant une de ses mains sur ses épaules, reprenez votre bien, que des scélérats audacieux vous avaient dérobé. — Elle lui raconta alors la manière dont elle avait reçu ces pierreries. Cardillac l'écouta les yeux baissés et en silence ; de temps en temps seulement, il laissait échapper une petite exclamation inintelligible, comme : — Ah ! ah ! ah ! oh ! oh ! tantôt il joignait ses mains derrière son dos, tantôt il se frottait les joues et le menton. Lorsque mademoiselle de Scudéry eut achevé de parler, Cardillac sembla combattre quelque temps des idées confuses. Il se frotta le front, il soupira, il passa sa main sur ses yeux comme pour essuyer une larme ; enfin, il saisit la cassette que lui rendait mademoiselle de Scudéry, s'agenouilla lentement, et lui dit : — Le sort vous avait destiné ces joyaux, mademoiselle, maintenant je vois que c'était à vous que je songeais en les confectionnant, que je travaillais pour vous seule. Ne refusez pas d'accepter et de porter cette parure, la plus belle de toutes celles que j'ai terminées depuis longtemps.

— Y songez-vous, répondit mademoiselle de Scudéry en souriant agréablement ; me convient-il, à mon âge, de porter des diamants ? Et quel droit avez-vous à me faire de si riches présents ? Allez, allez, maître René, si j'étais riche et belle comme la marquise de Fontange, vraiment je ne laisserais pas sortir ces bijoux de mes mains ; mais cette vaine parure conviendrait mal à ces bras amaigris, et un brillant collier figurerait mal sur cette gorge voilée.

Cardillac, qui s'était levé, tendait toujours la cassette à mademoiselle de Scudéry. Il lui dit d'un air farouche et comme hors de lui : — Par pitié, mademoiselle, prenez cette parure ! Vous ne vous figurez pas combien j'honore profondément vos vertus, combien mon cœur est touché de vos qualités éminentes ! Acceptez donc mon faible présent, comme un témoignage des sentiments intimes que je voudrais vous témoigner.

Comme mademoiselle de Scudéry hésitait encore, madame de Maintenon prit l'écrin des mains de Cardillac. — Au nom du ciel, mademoiselle, vous parlez toujours de votre grand âge, qu'avons-nous l'une et l'autre de commun avec les années et leur poids ? Ne faites-vous pas ici comme une jeune créature bien honteuse qui voudrait bien atteindre à de doux fruits défendus, si elle pouvait le faire sans y porter les mains et les doigts ? Ne refusez pas ce brave maître René, qui vous offre ce que tant d'autres ne pourraient obtenir ni par or ni par supplications.

Tout en parlant ainsi, madame de Maintenon avait placé l'écrin dans les mains de mademoiselle de Scudéry. Cardillac se jeta encore à ses pieds, baisa sa robe, ses mains, supplia, soupira, pleura, gémit, se leva et s'échappa comme un insensé, renversant les sièges et les tables d'où la porcelaine et les cristaux tombèrent à grand bruit.

Tout effrayée, mademoiselle de Scudéry s'écria : — Au nom de tous les saints, qu'est-il arrivé à cet homme ! Mais la marquise, qui se trouvait ce jour-là, fort contrairement à ses habitudes, d'une humeur joviale, fit un grand éclat de rire et s'écria : — Nous tenons le mot, mademoiselle ; maître René est amoureux de vous à en mourir, et il débute conformément aux bonnes et vieilles coutumes de la galanterie, en assiégeant votre cœur par de riches présents.

Madame de Maintenon continua cette plaisanterie en conseillant à mademoiselle de Scudéry de ne point se montrer trop cruelle envers ce pauvre amant désespéré, et celle-ci donnant un libre cours à sa gaieté naturelle, se laissa entraîner à débiter mille idées folles. Elle dit que, puisque les choses en étaient venues là, elle ne pouvait résister plus longtemps, et donnerait au monde l'exemple inouï d'une fille de haute naissance, fiancée, à l'âge de soixante-treize ans, à un orfèvre. Madame de Maintenon s'offrit à tresser la couronne de la fiancée, et à l'instruire des devoirs d'une mère de famille, qu'une petite fille inexpérimentée comme elle devait nécessairement ignorer.

En dépit de ces joyeux propos, mademoiselle de Scudéry redevint sérieuse au moment de prendre congé de la marquise, et jeta un coup d'œil sur l'écrin qui était resté dans ses mains. — Je ne me servirai cependant jamais de cette parure, madame la marquise, dit-elle. De quelque manière qu'elle me soit parvenue, elle a été en la possession de ces monstres qui volent et assassinent avec l'audace du démon, qui a peut-être fait un pacte avec eux. Je frémis en les voyant, car ils me semblent teints de sang au milieu de leur éclat. Et, je dois l'avouer, la conduite de ce Cardillac a quelque chose d'inquiétant et de funeste. Je ne puis me défendre d'un sombre pressentiment ; il me dit qu'un horrible, qu'un effroyable mystère est caché sous cet événement ; j'ai beau me remettre chaque circonstance sous les yeux, je ne puis m'expliquer en quoi ce mystère consiste, et pourquoi l'honnête et digne maître René, le type d'un bon et pieux bourgeois, me semble recéler des projets criminels, des desseins condamnables.

La marquise assura que c'était pousser trop loin le scrupule, mais lorsque mademoiselle de Scudéry lui demanda sur sa conscience ce qu'elle ferait en sa place, la marquise répondit d'un air grave et sérieux : — Plutôt jeter cette parure dans la Seine que jamais la porter !

L'entrevue de maître René avec mademoiselle de Scudéry inspira à celle-ci des vers fort agréables, qu'elle lut le lendemain au roi dans les appartements de madame de Maintenon. Il se peut que, malgré la terreur que lui causaient ses pressentiments, elle eût présenté sous de vives couleurs le tableau réjouissant d'une fiancée de soixante-treize ans. Bref, le roi rit beaucoup, et jura que Boileau-Despréaux avait trouvé son maître.

IV

Plusieurs mois s'étaient écoulés, lorsque le hasard voulut que mademoiselle de Scudéry passât sur le Pont-Neuf dans le carrosse à glaces de la duchesse de Montausier. L'invention des élégants carrosses à glaces était encore si nouvelle, qu'un peuple de curieux se pressait dans les rues dès qu'une voiture de ce genre y paraissait. Aussi, une multitude de badauds s'assembla sur le Pont-Neuf, et, environna le carrosse de madame de Montausier, de manière à empêcher les chevaux d'avancer. Tout à coup mademoiselle de Scudéry entendit un grand bruit, des malédictions et des jurements, et elle aperçut un homme qui se frayait de force un chemin à travers les rangs épais de la foule. Il s'approcha du carrosse, et les regards de mademoiselle de Scudéry rencontrèrent ceux d'un jeune homme pâle et défait, dont les yeux étaient étincelants. Il ne cessa pas de la regarder, tout en se défendant contre les curieux qui voulaient le repousser ; enfin il atteignit au marche-pied du carrosse, s'y élança avec impétuosité, jeta un billet sur le sein de mademoiselle de Scudéry, et disparut comme il était venu, en frappant indistinctement autour de lui pour se frayer un passage. La Martinière, qui se trouvait auprès de sa maîtresse, avait poussé un cri d'effroi dès que cet homme avait paru à la portière, et s'était laissée aller évanouie au fond du carrosse. En vain mademoiselle de Scudéry tira le cordon du cocher ; celui-ci, comme pressé par un malin esprit, fouettait à outrance les chevaux, qui, faisant jaillir l'écume autour d'eux, piétinèrent avec bruit, se dressèrent, et franchirent enfin d'un galop rapide le pont qui retentissait sourdement sous leurs pas. Mademoiselle de Scudéry versa toutes ses eaux de senteur sur la pauvre femme de chambre, qui ouvrit enfin les yeux, et murmura péniblement, la pâleur et l'effroi sur son visage : Au nom de la bienheureuse Vierge Marie, que nous voulait cet homme terrible ? — Ah ! c'était bien lui, c'était le même qui vous apporta la cassette dans cette épouvantable nuit ! — Mademoiselle de Scudéry la tranquillisa en lui représentant qu'il n'était rien arrivé de fâcheux, et qu'il ne s'agissait que de lire un billet. Elle ouvrit le papier et y trouva ces mots :

« Un destin funeste, que vous pouvez détourner, me « précipite dans l'abîme ! — Je vous supplie, comme un « fils supplierait sa mère, avec toute l'ardeur d'un amour « filial, de faire porter chez maître René Cardillac (que ce « soit par quelque prétexte qu'il vous plaise d'imaginer, « comme pour y faire un changement ou une réparation), « le collier et les bracelets que vous avez reçus de moi ; « votre bien-être, votre vie en dépendent. Si vous ne le « faites, d'ici à après-demain, je pénètre dans votre mai- « son, et je me tue à vos yeux. »

— Il est bien certain, dit mademoiselle de Scudéry après la lecture du billet, il est bien certain que l'homme mystérieux, fût-il de la bande des assassins, ne médite rien contre moi. S'il était parvenu à me parler dans la nuit, qui sait s'il ne m'aurait pas révélé maintes choses que je m'efforce vainement d'expliquer. Mais, quoi qu'il en soit, je ferai ce qu'on me demande dans cette lettre, ne fût-ce que pour être délivrée de ces malheureux diamants qui me semblent un talisman infernal. Cardillac, fidèle à ses vieilles habitudes, ne les laissera plus si facilement sortir de ses mains.

Le lendemain déjà mademoiselle de Scudéry s'occupait à se rendre avec la parure chez l'orfèvre ; mais, comme si tous les beaux esprits de Paris se fussent donné rendez-vous chez elle, elle fut assiégée, durant toute la matinée, de vers, de comédies et d'anecdotes. A peine

Chapelle avait-il achevé la lecture d'une scène de tragédie, en assurant malignement qu'il avait bien le projet de battre complètement Racine, que celui-ci entra et le réduisit au silence par une tirade pathétique, jusqu'à ce que Boileau vînt à son tour éclaircir le noir horizon tragique par les étincelles jaillissantes de son humeur caustique, et faire cesser les longs récits sur la colonnade du Louvre, qu'avait entamés le médecin-architecte Perrault.

La matinée était avancée, mademoiselle de Scudéry fut forcée de se rendre chez madame de Montausier; il fallut bien remettre au lendemain le visite chez maître René Cardillac. Mademoiselle de Scudéry se sentait tourmentée d'une inquiétude extrême. Le jeune homme qu'elle avait vu était sans cesse devant ses yeux, et un souvenir confus, qui s'élevait du fond de son cœur, lui disait que ce n'était pas la première fois qu'elle avait contemplé ses traits. Elle ne put prendre le moindre repos; il lui semblait qu'elle avait agi avec légèreté, et qu'elle était coupable de n'avoir pas offert une main secourable au malheureux qui lui tendait la sienne du bord de l'abîme; elle se reprochait déjà de n'avoir pas prévenu un événement funeste, un crime horrible peut-être! Dès le matin, elle se fit habiller, et, munie de l'écrin, elle se fit conduire en voiture chez l'orfèvre. Vers la rue Saint-Nicaise, où demeurait Cardillac, s'était assemblée une grande multitude; on se pressait, même devant sa porte. On criait, on menaçait, on tempêtait. On voulait briser la porte, et la maréchaussée, qui cernait la maison, avait peine à contenir le peuple. Au milieu du tumulte et du bruit, des voix furieuses s'écriaient: — Déchirez, coupez en quartiers ce maudit assassin! Enfin Desgrais parut avec une troupe nombreuse qui perça une avenue à travers la foule. La porte de la maison s'ouvrit, et un homme chargé de fers fut amené et entraîné au milieu des malédictions du peuple en furie. Au même instant, mademoiselle de Scudéry, presque évanouie de terreur, et saisie d'un affreux pressentiment entendit un cri perçant. — Avancez! avancez toujours! cria-t-elle au cocher, qui, tournant subitement et avec adresse, dispersa la foule et arrêta ses chevaux tout proche de la porte de Cardillac. Mademoiselle de

Scudéry aperçut alors Desgrais, et à ses pieds, une jeune fille, belle comme le jour, les cheveux épars, demi-vêtue, le désespoir dans les traits; elle tenait les genoux de Desgrais embrassés, et s'écriait avec l'accent d'une douleur mortelle : — Il est innocent ! il est innocent ! En vain Desgrais et ses soldats s'efforçaient-ils de l'éloigner et de la faire relever. Enfin un homme vigoureux et rustique la saisit de ses lourdes mains, l'arracha avec force des genoux de Desgrais; mais, ébranlé lui-même par cet effort, il la laissa échapper le long des marches du perron, au pied duquel elle tomba sur le pavé, sans voix et sans mouvement. Mademoiselle de Scudéry ne put se contenir plus longtemps.

— Au nom de Jésus-Christ, qu'est-il arrivé ? que se passe-t-il ici ? s'écrie-t-elle en ouvrant vivement la portière et en descendant.

Le peuple s'écarta respectueusement devant la vénérable dame, qui, voyant quelques femmes compatissantes relever la jeune fille, la placer sur les marches et lui frotter le front avec une eau spiritueuse, s'approcha de Desgrais, et lui renouvela avec vivacité sa demande.

— Il est arrivé quelque chose d'épouvantable, répondit Desgrais. René Cardillac a été trouvé assassiné ce matin d'un coup de poignard. Le meurtrier est son apprenti, Olivier Brusson. On vient de l'emmener en prison.

— Et cette jeune fille, s'écria mademoiselle de Scudéry.

— C'est Madelon, la fille de Cardillac. A présent elle pleure et elle gémit, et elle crie qu'Olivier est innocent, entièrement innocent. Après tout, elle a peut-être pris part à cette affaire, et il faudra que je la fasse aussi conduire à la Conciergerie. En parlant ainsi, Desgrais jeta sur la jeune fille un regard qui fit frémir mademoiselle de Scudéry.

La jeune fille commençait à respirer; mais hors d'état de prononcer une parole, de faire un mouvement, les yeux fermés, elle restait sans vie, et on ne savait s'il fallait la transporter dans la maison ou continuer de lui prodiguer des soins. Mademoiselle de Scudéry contemplait avec émotion ce visage innocent; tout à coup un bruit sourd retentit sur les marches, on apportait le cadavre de Cardillac. Mademoiselle de Scudéry prit aussitôt sa résolution: — J'emmène cette jeune fille avec moi, dit-elle. Desgrais, chargez-vous du reste! Un sourd murmure de satisfaction se prolongea parmi le peuple. Les femmes relevèrent la jeune fille, mille bras s'efforcèrent de la soutenir, et elle fut portée dans le carrosse, comme à travers les airs, au milieu des bénédictions qui s'échappaient de toutes les bouches en faveur de mademoiselle de Scudéry, dont la générosité arrachait cet enfant au tribunal de sang.

Grâce aux soins de Séron*, le plus célèbre médecin de Paris, Madelon, qui était restée quelque temps dans un état d'insensibilité complète, fut enfin rappelée à elle-même. Mademoiselle de Scudéry acheva ce que le médecin avait commencé, en répandant de douces consolations dans l'âme de la jeune fille, jusqu'à ce qu'enfin un violent torrent de larmes s'échappât de ses yeux et soulageât son cœur. Elle essayait quelquefois de raconter ce qui s'était passé, mais toujours la douleur étouffait ses paroles.

A minuit, elle avait été réveillée par plusieurs légers coups frappés à la porte de sa chambre, et elle avait entendu la voix d'Olivier qui la conjurait de se lever sur-le-champ, parce que son père était sur le point de mourir. Elle s'était élancée de son lit avec épouvante, et avait ouvert la porte. Olivier, pâle, tremblant, baigné de sueur, s'était dirigé d'un pas vacillant, une lumière à la main, vers l'atelier; elle l'avait suivi. Là, elle avait trouvé son père, les yeux fixés, râlant péniblement et se débattant avec la mort. Elle s'était jetée sur lui en gémissant, et alors seulement elle avait aperçu sa chemise souillée de sang. Olivier l'avait doucement éloignée, et s'était alors occupé de laver avec du baume vulnéraire et de panser une blessure que portait son père au côté gauche du sein. Pendant ce temps, son père avait repris

* Nous traduisons littéralement le texte. C'est sans doute Fagon, le médecin du roi, dont il est question[10].

l'usage de ses sens, ses râlements avaient cessé; il avait jeté alors des regards attendris sur elle, puis sur Olivier, et prenant la main de sa fille, il l'avait placée dans celle de son apprenti, en les serrant toutes deux avec force. Tous deux, Olivier et elle, s'étaient agenouillés devant le lit où se trouvait Cardillac, il s'était relevé en poussant un cri perçant, mais il était retombé aussitôt, et il avait rendu l'âme avec un profond soupir. Ils s'étaient mis alors à pleurer ensemble et à gémir. Olivier lui avait raconté comment maître René avait été assassiné en sa présence, dans une course où il l'avait accompagné pendant la nuit par son ordre, et comme il avait porté jusqu'au logis, avec la plus grande fatigue, son maître, qui était fort grand et fort lourd, et qu'il ne croyait pas mortellement blessé. Dès le point du jour, les gens de la maison étaient montés et les avaient trouvés encore à genoux devant le corps de Cardillac, et dans une désolation profonde. Un grand bruit s'était fait entendre, c'était la maréchaussée qui arrivait. Elle avait arrêté Olivier, que l'on accusait de la mort de son maître. Madelon ajouta le tableau le plus touchant de la vertu, de la piété et de la fidélité de son cher Olivier; elle dit comme il avait honoré son maître de même que s'il eût été son père, comme celui-ci lui rendait sa tendresse avec usure, et comme il l'avait choisi pour son gendre, malgré sa pauvreté, parce que son habileté égalait sa fidélité et ses nobles sentiments. Madelon raconta tout cela du plus profond de son cœur, et conclut en disant que si Olivier avait enfoncé, en sa présence, un poignard dans le sein de son père, elle regarderait cet événement comme un prestige du diable, plutôt que de croire Olivier capable d'un crime aussi inouï et aussi horrible.

Mademoiselle de Scudéry, profondément touchée des peines de Madelon, et entièrement portée à croire à l'innocence du pauvre Olivier, prit des informations qui confirmèrent tout ce que Madelon lui avait dit au sujet des relations du maître avec son apprenti. Les gens de la maison, les voisins vantaient tout d'une voix Olivier comme un modèle de bonnes mœurs, de dévotion et d'assiduité; et cependant, était-il question du crime, chacun haussait les épaules et disait qu'il y avait là-dedans quelque chose d'inconcevable.

Amené devant la chambre ardente, Olivier nia tout avec la plus grande fermeté, avec l'indépendance d'un innocent, et assura que son maître avait été attaqué dans la rue en sa présence et assassiné, et qu'il l'avait emporté dans sa maison, où il avait bientôt expiré. Cette déclaration s'accordait avec celle de Madelon.

Mademoiselle de Scudéry se faisait sans cesse raconter les plus petites circonstances de cet horrible événement. Elle s'informa exactement si jamais une querelle s'était élevée entre le maître et le compagnon, si peut-être Olivier n'était pas entièrement maître de ces emportements qui s'emparent souvent des hommes les plus doux et les entraînent à des actes que leur volonté semble repousser; mais plus elle répétait ses demandes, plus Madelon lui parlait avec enthousiasme du tranquille bonheur domestique où vivaient trois personnes liées par la tendresse la plus vive, et plus s'évanouissait l'ombre du soupçon d'un meurtre commis par Olivier. En examinant tout avec attention, en admettant qu'en dépit de tout ce qui attestait l'innocence d'Olivier, il fût néanmoins coupable du meurtre de Cardillac, mademoiselle de Scudéry ne pouvait trouver dans toutes ses dépositions aucun motif qui eût pu entraîner ce jeune homme à un crime dont le premier résultat était de troubler tout son bonheur. — Il est pauvre; mais habile, il pouvait gagner l'amitié du maître le plus célèbre; il aime sa fille, le maître favorise son amour! le bonheur, l'aisance lui sont assurés pour le reste de ses jours! — Mais soit qu'Olivier, irrité, Dieu sait pour quels motifs, ait attaqué traîtreusement son bienfaiteur, son père, quelle dissimulation maudite l'a porté à se conduire après le crime comme il l'a fait! — Fermement convaincue de l'innocence d'Olivier, mademoiselle de Scudéry prit la résolution de sauver ce jeune homme à quelque prix que ce fût. Il lui sembla prudent, avant que de recourir à la clémence du roi lui-même, de s'adresser au président La Reynie, d'éveiller son attention sur toutes les circonstances qui parlaient en faveur d'Olivier, et de faire naître, s'il était possible, dans l'âme du président, une conviction intérieure qui devait se communiquer aux autres juges. Le Reynie reçut mademoiselle de Scudéry avec tout le respect auquel la digne dame, honorée de la bienveillance du roi, avait droit de prétendre. Il écouta avec calme ce qu'elle lui rapporta au sujet du crime, des rapports d'Olivier avec son maître et de son caractère. Mademoiselle de Scudéry lui répéta, plusieurs fois interrompue par ses larmes, que, loin d'être l'ennemi des accusés, un juge devait écouter tout ce qui était en leur faveur; et un sourire fin, presque ironique, témoigna seul qu'elle n'adressait pas ce discours à des oreilles complètement sourdes. Lorsqu'elle eut enfin tout dit, et qu'elle eut essuyé ses larmes, La Reynie répondit:

— Il est digne de votre excellent cœur de vous laisser abuser par les larmes d'une jeune fille amoureuse, mademoiselle; et il est tout naturel que vous ne puissiez admettre la pensée d'un semblable crime; mais il en est autrement d'un juge qui est habitué à arracher le masque aux scélérats. Mon emploi ne m'oblige pas à dévoiler, à quiconque m'interroge, la marche d'un procès criminel. Mademoiselle, je fais mon devoir, peu m'importe le jugement du monde! Les criminels doivent trembler devant la chambre ardente, qui ne connaît d'autres peines que le feu et le sang. Mais devant vous, ma digne demoiselle, je ne voudrais pas passer pour un monstre de dureté et de cruauté; permettez donc que je montre clairement à vos yeux, en peu de mots, l'action sanguinaire de l'assassin, qui, grâce au ciel, expiera son crime. Votre esprit pénétrant rejettera alors cette bienveillance qui vous fait honneur, mais qui ne me siérait pas. — Un matin, on trouve René Cardillac assassiné d'un coup de poignard. Personne n'est auprès de lui que son apprenti Olivier Brusson et sa fille. Entre autres choses, on trouve dans la chambre d'Olivier un poignard fraîchement teint de sang qui s'ajuste parfaitement à la blessure. — Cardillac, dit Olivier, a été assassiné dans la nuit, devant mes yeux. — Voulait-on le voler? — Je l'ignore. — Tu étais avec lui, et tu n'as pas pu t'opposer à l'assassin... le retenir, appeler du secours? — Le maître marchait à quinze ou vingt pas devant moi, je le suivais. — Mais, au nom du ciel, pourquoi te tenir si éloigné ? — Le maître le voulait ainsi. — Qu'avait donc à faire maître Cardillac si tard dans les rues? — Je ne puis le dire. D'ordinaire, il ne sortait jamais de la maison après neuf heures. Ici, Olivier s'embarrasse, il est confondu, il soupire, il répand des larmes, il jure par tout ce qu'il y a de plus sacré que Cardillac est réellement sorti dans la nuit et qu'il a trouvé la mort. Mais remarquez bien ceci, mademoiselle. Il est prouvé jusqu'à l'évidence la plus complète que Cardillac n'a point quitté sa maison cette nuit-là: ainsi l'assertion d'Olivier, qui prétend être sorti avec lui, n'est qu'un audacieux mensonge. La porte de la maison est pourvue d'une lourde serrure qui fait un bruit aigu lorsqu'on l'ouvre et lorsqu'on la ferme; puis les battants de la porte roulent sur leurs gonds en criant et en gémissant, ainsi que des essais réitérés l'ont prouvé, de sorte que ce bruit retentit jusqu'à l'étage le plus élevé de la maison. Or, à l'étage le plus bas, ainsi tout près de la porte, demeure le vieux maître Claude Patru avec sa gouvernante, personne âgée d'environ quatre-vingts ans, mais encore vive et alerte. Ces deux personnes ont entendu Cardillac descendre l'escalier à neuf heures précises, selon sa coutume, fermer la porte à grand bruit, remonter, lire à haute voix la prière du soir, et puis se retirer dans sa chambre à coucher, comme on a pu l'entendre au craquement de la porte. Maître Claude est affligé d'insomnie comme il arrive aux vieilles gens. Il était à peu près dix heures lorsque sa gouvernante traversa le vestibule pour aller prendre de la lumière dans la cuisine; elle revint s'asseoir auprès de maître Claude et lui lut une ancienne chronique, tandis que le vieillard se livrant à ses pensées, tantôt se jetait dans un fauteuil, tantôt se relevait et se promenait lentement dans la chambre, pour gagner de la fatigue et du sommeil. Tout resta paisible et silencieux jusqu'après minuit. Ils entendirent alors au-dessus de leur tête des pas pesants, une chute lourde comme si un fardeau fût tombé sur le plancher, et aussitôt après de sourds gémissements. Ils furent tous deux saisis d'un effroi et d'une stupeur sans égales. L'idée d'un crime qui se commettait en cet instant passa dans leur esprit, puis le matin éclaircit ce qui avait eu lieu dans les ténèbres.

— Mais, au nom du ciel, dit mademoiselle de Scudéry, après tout ce que je vous ai raconté fort à la hâte, pouvez-vous imaginer le motif qui a donné lieu à ce crime infernal ?

— Hem ! répondit La Reynie, Cardillac n'était pas pauvre. — Il possédait des pierreries admirables.

— Sa fille, reprit mademoiselle de Scudéry, ne devait-elle pas hériter de tout cela ? Vous oubliez qu'Olivier allait devenir le gendre de Cardillac ?

— Il devait peut-être partager, ou même assassiner pour d'autres, dit La Reynie.

— Partager, assassiner pour d'autres ! s'écria mademoiselle de Scudéry, frappée d'étonnement.

— Savez-vous, mademoiselle, continua le président, qu'Olivier aurait déjà versé son sang sur la place de Grève, si son attentat n'était point lié au mystère profond qui plane depuis si longtemps sur Paris ! Olivier appartient indubitablement à la bande d'assassins qui, se jouant de toute la vigilance, de tous les efforts, de toutes les recherches des cours de justice, sait porter ses coups en sûreté et avec impunité. Par lui tout s'éclaircira, tout doit s'éclaircir. La blessure de Cardillac est entièrement semblable à celle que portaient toutes les personnes qui ont été assassinées dans les rues et dans les maisons. Mais ce qui est plus décisif encore, depuis qu'Olivier Brusson est arrêté, tous les meurtres, tous les brigandages ont cessé ; les rues sont sûres la nuit comme le jour : preuve suffisante qu'Olivier était à la tête des bandits. Il ne veut encore rien avouer, mais il est des moyens de le faire parler malgré lui.

— Et Madelon, s'écria mademoiselle de Scudéry, la fidèle, l'innocente colombe !

— Eh ! qui me répond qu'elle n'a pas trempé dans ce complot ! dit La Reynie en souriant méchamment ; que lui importe son père ! elle n'a de larmes que pour cet assassin.

— Que dites-vous ! il n'est pas possible ! son père ! une fille ! ! !

— Oh ! continua La Reynie, songez seulement à la Brinvilliers ! Vous me pardonnerez, si je me vois peut-être bientôt forcé de vous arracher votre protégée et de la faire jeter à la Conciergerie.

Un frisson glaça le sang de mademoiselle de Scudéry à ce soupçon. Elle vit que devant cet homme terrible il n'était pas de loyauté, pas de vertu ; il cherchait le meurtre et les crimes au fond de tous les cœurs. Elle se leva. — Soyez humain ! c'est là tout ce qu'elle put dire. Au moment de descendre les degrés jusqu'où le président l'avait reconduite avec une cérémonieuse politesse, il lui vint, sans qu'elle pût s'en rendre compte, une pensée singulière.

— Me sera-t-il permis de voir le malheureux Olivier Brusson ? demanda-t-elle au président en se retournant vivement vers lui.

Celui-ci l'examina d'un air pensif, et sa figure prit ce sourire repoussant qui lui était propre. — Vous voulez sans doute, vous fiant plus à vos sensations et à une voix intérieure qu'à nos yeux, sonder vous-même la culpabilité ou l'innocence d'Olivier. Si le séjour du crime ne vous épouvante pas, si le tableau de l'abjection dans ses derniers degrés ne vous cause pas d'horreur, dans deux heures la Conciergerie vous sera ouverte. On vous montrera cet Olivier dont le destin excite votre compassion.

En effet, mademoiselle de Scudéry ne pouvait admettre que ce jeune homme fût coupable. Tout parlait contre lui, aucun juge n'eût agi autrement que l'avait fait La Reynie, mais le tableau du bonheur domestique présenté par Madelon sous des couleurs si vives effaçait tous les soupçons de mademoiselle de Scudéry ; elle aima mieux adopter une opinion inexplicable que d'admettre une pensée contre laquelle toute son âme se révoltait.

Elle résolut de se faire encore raconter par Olivier tout ce qui s'était passé dans la fameuse nuit, et de pénétrer autant qu'il serait possible un secret qui n'avait pas été révélé aux juges, uniquement peut-être parce qu'ils avaient négligé de le sonder.

Arrivée à la Conciergerie, on conduisit mademoiselle de Scudéry dans une grande chambre fort claire. Peu de moments après, elle entendit un bruit de chaînes. On amenait Olivier Brusson. Mais dès qu'il eut passé la porte, mademoiselle de Scudéry tomba évanouie. Lorsqu'elle revint à elle, Olivier avait disparu. Elle demanda avec violence qu'on la reconduisît à sa voiture, et elle voulut quitter aussitôt ce repaire de scélérats. Hélas ! elle avait reconnu, au premier coup d'œil, dans Olivier Brusson le jeune homme qui, sur le Pont-Neuf, avait jeté un billet dans sa voiture, celui qui lui avait apporté la cassette de pierreries.

V

Tous les doutes de mademoiselle de Scudéry étaient dissipés ; les terribles soupçons de La Reynie se trouvaient confirmés. Olivier Brusson appartenait à cette terrible bande d'assassins ; il avait certainement égorgé son maître ! — Et Madelon ?... Jamais mademoiselle de Scudéry n'avait été plus amèrement trompée dans ses sentiments intimes ; mortellement atteinte sur la terre par les puissances infernales dont elle avait nié l'existence, elle doutait alors de toutes les vérités. Elle ouvrit son âme aux plus affreux soupçons ; elle crut même que Madelon pouvait avoir trempé dans ce crime et avoir pris part au meurtre ; et comme il arrive toujours à l'esprit humain, qui, dès qu'il réveille une image, cherche avidement des couleurs pour en charger les traits, mademoiselle de Scudéry trouva dans la conduite de Madelon mille circonstances qui devaient nourrir ses soupçons. Ainsi, maintes choses qui avaient passé à ses yeux jusqu'alors comme un témoignage d'innocence et de pureté lui devinrent un indice certain d'audace et de méchanceté. Ces gémissements, ces larmes de sang pouvaient lui avoir été arrachées par l'effroi mortel de voir son amant périr sur l'échafaud, par la crainte même de tomber à son tour sous la main du bourreau. Arracher de son sein la vipère qu'elle y avait recueillie, ce fut la pensée qui occupa mademoiselle de Scudéry en sortant de sa voiture. Quand elle rentra dans sa chambre, Madelon accourut se jeter à ses pieds, les yeux levés vers elle ; ceux des anges de

Dieu ne sont pas plus purs; les mains jointes, elle lui demandait du secours et des consolations. Mademoiselle de Scudéry, se contenant avec peine et cherchant à donner à sa voix le plus de gravité et de calme possible, lui répondit : — Va ! va ! console-toi de la mort d'un assassin qui va recevoir le prix de ses crimes. Que la Sainte Vierge te garde, et te préserve toi-même d'être convaincue d'un horrible crime !

— Ah ! maintenant tout est perdu ! Madelon poussa alors un cri perçant et tomba sans mouvement sur le plancher. Mademoiselle de Scudéry abandonna la jeune fille aux soins de la Martinière, et se retira dans une autre chambre.

Le cœur déchiré, arrachée à toutes les illusions de la terre, mademoiselle de Scudéry souhaitait de quitter la vie, de ne plus rester dans un monde trompeur et perverti. Elle se plaignait du sort dont la faveur amère lui avait accordé tant d'années pour se fortifier dans sa croyance en la loyauté et en la vertu, et qui anéantissait, dans ses derniers jours, cette belle illusion qui avait répandu tant de charme sur sa vie.

Elle entendit la Martinière rassurer Madelon, qui soupirait doucement et gémissait. — Ah ! disait-elle, elle aussi ! — Elle aussi ! les cruels l'on trompée. Malheureuse que je suis ! — Pauvre, pauvre Olivier ! Ces accents pénétrèrent jusqu'au fond du cœur de mademoiselle de Scudéry, et il s'y éleva de nouveau le pressentiment d'un mystère, la foi en l'innocence d'Olivier. Assiégée par les sentiments les plus contradictoires, hors d'elle-même, mademoiselle de Scudéry s'écria : Quel génie infernal m'a donc enveloppée dans cette horrible intrigue qui me coûtera la vie !

En ce moment, Baptiste entra, pâle et effrayé, disant que Desgrais était là dehors. Depuis l'épouvantable procès de la Voisin, l'apparition de Desgrais dans une maison était un indice certain d'une accusation criminelle : de là la terreur de Baptiste. Aussi, sa maîtresse lui demanda en souriant : — Qu'as-tu, Baptiste ? allons, dis-moi-le ? le nom de Scudéry s'est aussi trouvé sur la liste de la Voisin ?

— Jésus ! s'écria Baptiste, tremblant de tous ses membres, comment pouvez-vous dire des choses semblables ? Mais Desgrais m'a paru si mystérieux ; il semble ne pouvoir prendre patience jusqu'au moment de vous parler.

— Eh bien, Baptiste, dit mademoiselle de Scudéry, fais donc entrer tout de suite cet homme qui est si terrible pour vous, et qui, pour moi, ne saurait me causer d'inquiétude.

— Le président La Reynie, dit Desgrais en entrant, m'envoie vers vous, mademoiselle, avec une prière à laquelle il n'espérerait pas vous voir accéder, s'il ne connaissait votre vertu et votre courage, si ce dernier moyen qui lui reste de dévoiler un crime n'était dans vos mains, et si vous n'aviez pas déjà pris part à ce procès qui nous tient tous en haleine, nous et la chambre ardente. Olivier Brusson, depuis qu'il vous a vue, est presque fou. Autant il semblait disposé à un aveu, autant il montre de résistance maintenant; il jure de nouveau, par Jésus-Christ et par tous les saints, qu'il est entièrement innocent du meurtre de Cardillac, bien qu'il soit prêt à subir la mort qu'il a méritée. Remarquez, mademoiselle, que ces derniers mots se rapportent évidemment à d'autres crimes qui pèsent sur lui. Mais tous les efforts pour tirer de lui un mot de plus sont inutiles; la menace même de la torture n'a produit aucun résultat. Il nous supplie, il nous conjure de lui procurer un entretien avec vous; à vous, à vous seule, il veut tout avouer. Daignez, mademoiselle, recevoir les aveux de Brusson.

— Quoi ! s'écria mademoiselle de Scudéry, outrée d'indignation, dois-je servir d'organe à un tribunal de sang ! dois-je abuser de la confiance d'un malheureux pour le conduire à l'échafaud !

— Non, Desgrais; quelque infâme que soit un assassin, il ne me sera jamais possible de le tromper avec tant de scélératesse. Je ne veux rien savoir de ses secrets qui resteraient renfermés dans mon sein comme une sainte confession.

— Peut-être, mademoiselle, répliqua Desgrais en souriant finement, peut-être vos dispositions changeraient-elles, si vous aviez entendu Brusson. N'avez-vous pas prié vous-même le président d'être humain ? Il se montre tel, en cédant à la folle exigence de Brusson, et en essayant d'un dernier moyen, avant de lui faire donner la question pour laquelle il est mûr depuis longtemps.

Mademoiselle de Scudéry frissonna.

— Ne craignez pas, ma digne demoiselle, qu'on exige que vous entriez encore une fois dans ces sombres cachots qui vous remplissent d'horreur et d'épouvante. Olivier sera conduit chez vous comme s'il était en liberté, dans le silence de la nuit, sans aucun appareil. Bien gardé, mais sans qu'on l'écoute, il pourra tout vous avouer sans contrainte. Je vous réponds sur ma vie que vous n'avez rien à craindre pour vous-même de ce misérable. Il parle de vous avec un respect profond et sincère. Il jure que le destin, qui l'a empêché de vous voir plus tôt, a seul causé sa mort. Et d'ailleurs, il vous sera permis de taire ce que Brusson vous aura révélé. Peut-on moins vous contraindre ?

Mademoiselle de Scudéry resta quelques moments pensive et les yeux baissés. Il lui semblait qu'elle dût obéir à la Providence, qui la choisissait pour découvrir un secret horrible, et elle voyait bien qu'elle ne pouvait se dégager des liens merveilleux dans lesquels elle s'était involontairement enlacée. Tout à coup elle parut résolue, et elle dit avec dignité : — Dieu me donnera de la force et du courage ; amenez ici Brusson, je veux le voir.

Comme au temps où Brusson lui avait apporté la cassette, on frappa à la porte de la maison vers minuit. Baptiste, informé de la visite nocturne, ouvrit. Un frisson glacial s'empara de mademoiselle de Scudéry lorsqu'aux pas répétés, au bruit sourd qu'elle entendit, elle s'aperçut que les gardes qui avaient amené Brusson se répandaient dans tous les corridors de la maison.

Enfin la porte de la chambre s'ouvrit doucement. Desgrais entra ; derrière lui, Olivier Brusson, sans chaînes, bien vêtu. — Mademoiselle, voici Brusson, dit Desgrais en s'inclinant respectueusement ; et il sortit de la chambre.

Brusson tomba sur ses deux genoux devant mademoiselle de Scudéry, élevant vers elle ses mains jointes, et les yeux inondés de larmes.

Mademoiselle de Scudéry pâlit, le regarda et ne put proférer une parole. Même dans ces traits dévorés par le chagrin, par le désespoir, perçait l'expression d'une loyauté et d'une pureté extrêmes. Plus mademoiselle de Scudéry laissait reposer ses regards sur la figure de Brusson, plus le souvenir de quelque personne aimée dont elle ne pouvait se souvenir que confusément se présentait vivement à sa mémoire. Toutes ses terreurs s'évanouirent, elle oublia que l'assassin de Cardillac était à genoux devant elle, et elle lui parla avec le ton d'aménité, de bienveillance parfaite qui lui était propre.

— Eh bien, Brusson, qu'avez-vous à me dire ?

Celui-ci, toujours à genoux, soupira plus douloureusement encore et répondit : O ma digne et vénérable demoiselle, toute trace de souvenir est-elle donc effacée !

Mademoiselle de Scudéry, le regardant plus attentivement, répondit qu'elle trouvait en effet en lui de la ressemblance avec une personne qu'elle avait chérie, et que c'était à cette ressemblance seule qu'elle devait la force qu'elle avait eue de vaincre l'horreur profonde que lui inspirait un assassin ; elle ajouta qu'elle était prête à l'écouter. Profondément blessé par ces paroles, Brusson se leva vivement, et recula d'un pas, le regard sombre et baissé vers la terre ; puis il dit d'une voix sourde : Avez-vous donc entièrement oublié Anne Guiot ? — Votre fils Olivier, l'enfant que vous berciez souvent sur vos genoux ; c'est lui, il est devant vous.

— Au nom de tous les saints ! s'écria mademoiselle de Scudéry en se couvrant le visage de ses deux mains et retombant sur les coussins de son fauteuil. La pauvre demoiselle n'avait que trop de raisons de s'étonner ainsi. Anne Guiot, fille d'un bourgeois appauvri, avait été laissée dès son enfance chez mademoiselle de Scudéry, qui l'avait élevée avec la sollicitude et les soins d'une mère tendre. Lorsqu'elle fut devenue grande, il se trouva un beau garçon, de bonnes mœurs, nommé Claude Brusson, qui la demanda en mariage. Comme c'était un très habile horloger qui ne pouvait manquer de gagner facilement sa vie à Paris, et comme, de son côté, Anne avait pris de l'affection pour lui, mademoiselle de Scudéry n'hésita pas à consentir au mariage de sa fille d'adoption. Les jeunes gens s'établirent, vécurent dans les douceurs et dans le calme du bonheur domestique, et la naissance d'un enfant merveilleusement beau, l'image fidèle de sa mère, resserra leurs nœuds.

Mademoiselle de Scudéry fit du petit Olivier son idole; elle l'enlevait à sa mère durant des heures, des jours entiers, pour le caresser. L'enfant s'accoutumait à la voir, et il restait auprès de mademoiselle de Scudéry comme auprès de sa mère. — Trois ans s'étaient écoulés lorsque la jalousie des confrères de Brusson vint lui nuire; chaque jour son travail diminua, et il eut enfin beaucoup de peine à pourvoir à sa subsistance. Le désir de revoir sa belle ville natale de Genève s'empara alors de lui, et la petite famille partit pour la Suisse, malgré les instances de mademoiselle de Scudéry, qui avait promis de la soutenir. Anne écrivit plusieurs fois à sa mère adoptive, puis elle cessa d'écrire, et mademoiselle de Scudéry pensa qu'ils étaient heureux et qu'ils ne voulaient pas troubler leur bonheur par le souvenir de leurs jours de souffrance.

Vingt-trois ans accomplis s'étaient écoulés depuis que Brusson avait quitté Paris avec sa femme et son enfant pour se retirer à Genève.

— O pensée épouvantable! s'écria mademoiselle de Scudéry lorsqu'elle retrouva la force de parler. Tu es Olivier, le fils de ma Guiot! et aujourd'hui!...

— Sans doute, répondit Olivier avec calme, sans doute, mademoiselle; vous n'avez jamais pensé que l'enfant à qui vous donniez les noms les plus doux, que vous balanciez sur vos genoux, se présenterait un jour chez vous, accusé d'un assassinat horrible. Je ne suis pas exempt de reproches, la chambre ardente a le droit de m'accuser d'un crime; mais aussi vrai que je veux mourir sauvé, fût-ce de la main du bourreau, je suis pur de ce sang; ce n'est pas par moi, ce n'est pas par ma faute, que celui du malheureux Cardillac a été versé!

A ces mots, un tremblement universel fit chanceler Olivier, mademoiselle de Scudéry lui indiqua en silence un tabouret. Il y prit place lentement.

VI

— J'ai eu assez de temps, dit Olivier, pour me préparer à cette entrevue avec vous, que je regarde comme la dernière faveur du ciel réconcilié, et pour gagner le calme et la confiance dont j'ai besoin pour vous raconter l'histoire inouïe de mes infortunes. Par compassion, écoutez-moi avec patience, quelque horreur que vous cause la découverte d'un secret auquel vous ne vous attendiez pas certainement. Ah ! si mon pauvre père n'avait jamais quitté Paris ! Aussi loin que s'étendent mes souvenirs de Genève, je me vis arrosé des pleurs de mes pauvres parents, et attendri jusqu'aux larmes par leurs plaintes que je ne comprenais pas. Plus tard, j'eus le sentiment distinct, la connaissance complète du besoin écrasant, de la profonde misère où vivaient mes parents. Mon père s'était vu trompé dans toutes ses espérances. Courbé sous le désespoir, succombant sous ses maux, il mourut au moment où il venait de réussir à me placer comme apprenti chez un orfèvre. Ma mère parlait beaucoup de vous, elle voulait vous confier ses douleurs ; mais quand elle voulait le faire, elle était toujours arrêtée par le découragement qui vient de la misère. Peu de mois après la mort de mon père, ma mère le suivit au tombeau.

— Pauvre Anne ! pauvre Anne ! s'écria mademoiselle de Scudéry pénétrée de douleur.

— Grâces, grâces éternelles soient à Dieu qui l'a fait mourir ! Elle ne verra pas son fils chéri marqué par la main infâme du bourreau ! Ainsi, s'écria Olivier en lançant vers le ciel un regard plein de fureur.

On entendit du bruit au-dehors ; on allait et on venait.

— Oh ! oh ! dit Olivier en souriant amèrement, Desgrais veille avec ses suppôts comme si j'avais envie de fuir. Mais continuons. Je fus rudement traité par mon maître, quoique je fisse de grands progrès et que je l'eusse bientôt surpassé lui-même. Il arriva qu'un jour un étranger entra dans notre atelier pour y acheter quelques bijoux, et voyant un beau collier auquel je travaillais, il me frappa sur l'épaule d'un air amical : Eh ! eh ! mon jeune ami, dit-il, voilà un travail admirable. Je ne sais en vérité qui pourrait vous surpasser, si ce n'est René Cardillac, qui est sans contredit le premier orfèvre du monde. Vous devriez aller le trouver; il vous recevra avec joie dans son atelier, car vous seul vous pourriez l'assister dans ses travaux! et de votre côté, ce n'est que près de lui que vous pourrez apprendre quelque chose. Ces paroles de l'étranger étaient restées profondément gravées dans mon âme; il n'y eut plus de repos pour moi dans Genève, une puissance irrésistible m'entraînait loin de là. Enfin je parvins à me dégager du contrat qui me liait avec mon maître, et je vins à Paris. René Cardillac me reçut sèchement et d'un air farouche. Je ne me rebutai pas, et j'insistai pour qu'il me donnât de l'ouvrage, quelque minime qu'il fût. C'était une petite bague à monter. Lorsque je lui rapportai mon travail, il me regarda longtemps de ses yeux étincelants, comme s'il eût voulu pénétrer jusqu'au fond de mon âme; puis il me dit: — Tu es un bon ouvrier, tu peux venir ici et m'aider dans mon atelier, je te paierai bien, tu seras content de moi. — Cardillac tint parole. J'étais déjà chez lui depuis plusieurs semaines, et je n'avais pas vu Madelon, qui, si je ne me trompe, était à la campagne chez un cousin de Cardillac. Enfin, elle vint. O puissances du ciel! que devins-je quand je vis cet ange! jamais homme a-t-il aimé ainsi! et maintenant... O Madelon!

La douleur étouffa la voix d'Olivier. Il tint ses deux mains sur son visage, et pleura amèrement. Enfin, surmontant le mal cuisant qui le déchirait, il continua:

— Madelon me regardait d'un air bienveillant. Elle se montrait de plus en plus souvent dans l'atelier. Je m'aperçus avec ravissement qu'elle m'aimait. Bien que son père nous surveillât rigoureusement, plus d'une fois nos mains se serrèrent furtivement en signe d'union secrète, et Cardillac ne vit rien. Je me disais: Quand j'aurai gagné ses bonnes grâces et les moyens d'arriver à la maîtrise, je lui demanderai la main de Madelon. Mais un matin où je me disposais à commencer mon ouvrage, Cardillac vint se placer devant moi et me lança des regards de colère et de mépris.

— Je n'ai plus besoin de ton travail, me dit-il, sors de la maison à l'instant même, et ne reparais jamais devant mes yeux! je n'ai pas besoin de te dire pourquoi je ne veux plus de toi. Pauvre diable, les doux fruits que tu voudrais cueillir sont trop haut placés pour toi.

— Je voulus parler, il me saisit d'une main vigoureuse et me jeta si rudement dehors que je tombai sur le pavé, la tête et les bras ensanglantés.

Hors de moi, déchiré par la douleur, je m'éloignai de cette maison, et je trouvai enfin, à l'extrémité du faubourg Saint-Martin, un ouvrier de ma connaissance, honnête garçon qui me recueillit dans sa mansarde. Je n'avais pas de repos, pas de relâche. La nuit je me glissais près de la maison de Cardillac, espérant que Madelon entendrait mes soupirs, mes plaintes, qu'elle parviendrait peut-être à me parler sans être vue. Mille projets divers se croisaient dans mon cerveau, et je concevais l'espoir de l'engager à m'aider dans leur exécution. A la maison de Cardillac, dans la rue Saint-Nicaise, se joint une haute muraille où se trouvent des niches et des statues mutilées. Une nuit, je me tenais tout près de l'une de ces statues, et je levais les yeux vers les fenêtres de la maison placées au-dessus de la cour qu'enceint le mur. J'aperçois tout à coup de la lumière dans l'atelier de Cardillac. Il est minuit, jamais Cardillac n'est debout à cette heure, il a coutume de se coucher à neuf heures précises. Le cœur me bat d'inquiétude, je songe qu'un événement quelconque va m'ouvrir l'entrée de cette maison; et la lumière disparaît. Je me serre contre la statue, au fond de la niche, et je me recule avec effroi en sentant un mouvement opposé au mien, comme si la statue devenait vivante. Dans l'obscurité grisâtre de la nuit, je vois le piédestal se mouvoir lentement, une figure sombre apparaît et s'avance avec précaution dans la rue. Je m'élance vers la statue, elle est de nouveau immobile et adossée à la muraille. Involontairement poussé par une puissance secrète, je me glisse derrière cet homme. Arrivé devant l'image d'une Vierge, il se retourne, et à la clarté de la lampe qui brûle toujours en ce lieu, j'aperçois son visage: c'est Cardillac! Une crainte indéfinissable, une terreur sinistre, s'emparent de moi. Dirigé comme par un charme, il faut que je marche, que je suive ce promeneur nocturne, ce somnambule. Car je tenais le maître pour tel; bien que nous ne fussions pas au temps de la pleine lune, où les malades sont atteints de cette manie pendant leur sommeil. Enfin Cardillac disparaît dans l'ombre. A une petite toux que je reconnais, je m'aperçois qu'il s'est retiré dans l'allée d'une maison. Que signifie cette conduite! que va-t-il faire? Je m'interroge ainsi avec étonnement, et je me retire tout près des maisons. Peu de moments se sont écoulés, un homme portant sur son chapeau des plumes éclatantes, et dont les éperons retentissent fortement, arrive en chantonnant. Comme un tigre élancé de sa tanière, Cardillac fond sur cet homme, qui tombe à l'instant sur le pavé en poussant un long gémissement. J'accours en jetant un cri d'effroi, Cardillac était sur le corps de cet infortuné, étendu sans mouvement.

— Maître Cardillac, que faites-vous? m'écriai-je à haute voix.

— Maudit! s'écrie à son tour Cardillac en rugissant. Il passe devant moi avec la rapidité d'un éclair et disparaît. Hors de moi, pouvant à peine me soutenir, je m'approche de l'homme qui est à terre. Je me mets à genoux près de lui. Peut-être, pensai-je, est-il temps encore de le sauver; mais il ne reste en lui aucune trace de vie. Dans ma terreur mortelle, je remarque à peine que la maréchaussée m'environne.

— En voilà encore un que ces diables ont jeté par terre.

— Eh! eh! jeune homme, que fais-tu là? — Es-tu de la bande? — Allons, avance!

— En me parlant ainsi ils se disposaient à me saisir. Je pouvais à peine balbutier que j'étais incapable de commettre un tel crime et que je les priais de me laisser retirer en paix, lorsqu'un d'eux me portant sa lanterne au visage, se mit à rire en disant: C'est Olivier Brusson, le compagnon orfèvre qui travaille chez notre brave et honnête René Cardillac! ce n'est pas lui qui assassinerait dans les rues!

— Il m'a tout l'air de cela cependant, dit un autre.

C'est une de ces façons de coquins qui se lamentent près du cadavre, et se font prendre pour qu'on les renvoie.

— Allons, parle, garçon, dis-nous tout hardiment.

Je leur racontai qu'un homme s'était élancé du lieu où je passais sur celui qui était étendu là ! l'avait renversé, et qu'il s'était enfui à mes cris. Pour moi, je m'étais arrêté pour voir s'il était possible de secourir encore ce malheureux.

— Non, mon fils, dit un de ceux qui avaient soulevé le cadavre, celui-là est bien tué ; le poignard a traversé le cœur, comme à l'ordinaire.

— Diable ! dit un autre, nous sommes encore arrivés trop tard, comme avant-hier. A ces mots, ils s'éloignèrent, emportant avec eux le cadavre.

Ce que j'éprouvais, je ne puis le dire. Je me tâtais pour bien m'assurer que je n'étais pas harcelé par un mauvais rêve ; je m'attendais à me réveiller et à bien m'étonner de cette folle histoire.

— Cardillac... le père de ma chère Madelon, un infâme assassin ! J'étais tombé sans force sur les marches extérieures d'une maison. Le matin vint peu à peu dissiper la nuit. Un chapeau d'officier, richement orné de plumes, était étendu devant moi sur le pavé. L'action sanglante de Cardillac, qui avait eu lieu sur la place même où je me trouvais, se présenta vivement à ma pensée. Je m'enfuis avec horreur.

Tout troublé, hors d'état de rassembler mes pensées, j'étais assis dans mon grenier lorsque la porte s'ouvrit et René Cardillac entra.

— Au nom du Christ ! que venez-vous faire ici ? lui criai-je.

Lui, ne faisant nulle attention à mon effroi, vint à moi et me sourit avec un calme et une bonhomie qui augmentèrent encore l'horreur que j'éprouvais. Il prit un escabeau vermoulu et s'assit près de moi, car je n'avais pas la force de me soulever du lit de paille sur lequel je m'étais jeté.

— Eh bien ! Olivier, dit-il, comment vas-tu, pauvre garçon ? Je me suis vraiment trop pressé en te renvoyant de ma maison. Tu me manques de tous les coins et de tous les bouts. En ce moment surtout, j'ai un travail que je ne puis achever sans toi. Que dirais-tu si je te proposais de revenir travailler dans mon atelier? Tu ne dis rien? Oh! je le sais, je t'ai offensé. Je ne voulais pas te laisser ignorer que j'étais en colère contre toi, à cause de tes amourettes avec Madelon. Mais depuis j'ai bien pesé la chose, et j'ai trouvé qu'à cause de ton application, de ton adresse et de ta fidélité, je ne pouvais souhaiter un meilleur gendre que toi. Viens donc avec moi, et arrange-toi de manière à gagner Madelon pour femme.

Les paroles de Cardillac me perçaient le cœur, je frémissais de sa noirceur, je ne pouvais prononcer une parole.

— Tu hésites! reprit-il d'un ton rude et les yeux étincelants. Tu ne peux peut-être pas venir aujourd'hui avec moi; tu as d'autres affaires! Visiter Desgrais, ou même te faire introduire chez d'Argenson ou La Reynie. Prends garde, garçon, prends garde que les griffes que tu veux faire agir pour saisir les autres ne te saisissent et ne te déchirent toi-même.

Alors ma fureur, longtemps contenue, se fit jour. — Que ceux qui se reprochent des crimes craignent ces noms-là, moi je ne les redoute pas, je n'ai rien à démêler avec eux! m'écriai-je.

— Après tout, Olivier, me dit Cardillac, il y a de l'honneur pour toi à travailler dans ma maison, chez moi, le maître le plus célèbre de son temps, estimé partout à cause de sa droiture et de sa probité au point que la calomnie contre lui retomberait sur la tête du calomniateur. Quant à ce qui concerne Madelon, je dois t'avouer que tu ne dois ma générosité qu'à elle. Elle t'aime avec une violence dont je n'aurais jamais cru la tendre enfant capable. Dès que tu fus parti, elle tomba à mes pieds, embrassa mes genoux, et m'avoua en pleurant qu'elle ne pouvait vivre sans toi. Je pensais qu'elle se faisait cette idée comme toutes les jeunes créatures qui veulent toutes mourir quand le premier blanc-bec* qui les a regardées

* *Milchgesicht*, visage de lait. Nous traduisons religieusement le texte[11].

tendrement vient à s'éloigner. Mais, en effet, Madelon devint languissante et malade, et quand je voulais la détourner de sa folie, elle répétait cent fois ton nom. Enfin, que devais-je faire? je ne voulais pas la désespérer. Hier au soir, je lui dis que je consentais à tout, et que j'irais te chercher aujourd'hui. Aussi, cette nuit, elle s'est épanouie comme une rose; elle t'attend, hors d'elle-même de plaisir et de bonheur. — Que la puissance éternelle me pardonne; mais je ne sais pas comment il arriva que je me trouvai tout à coup dans la maison de Cardillac, que Madelon criant: Olivier, mon Olivier, mon bien-aimé, mon époux! me serra dans ses bras, me pressa contre son cœur, et que moi, dans l'excès du plus grand ravissement, je jurai par la Sainte Vierge et par tous les saints que jamais, jamais je ne la quitterais.

Ému par le souvenir de ce moment si doux, Olivier s'arrêta quelques instants. Mademoiselle de Scudéry, remplie d'horreur en apprenant le crime d'un homme qu'elle avait regardé comme un modèle de vertu et de probité, s'écria: — L'horrible découverte! Quoi! René Cardillac faisait partie de cette bande d'assassins qui a fait si longtemps de notre bonne ville un repaire de bandits? — Que dites-vous, mademoiselle? reprit Olivier; vous parlez d'une bande d'assassins? jamais une telle bande n'a existé, c'était Cardillac seul, dont l'effroyable activité recherchait et trouvait ses victimes dans toute la ville. C'est en cela que consistait sa sécurité, et de là l'extrême difficulté de découvrir les traces de l'assassin. Mais laissez-moi continuer, la suite vous découvrira les secrets du plus coupable et en même temps du plus malheureux de tous les hommes. On peut facilement se faire une idée de ma situation chez mon maître. J'avais fait un pas en avant, je ne pouvais plus reculer. Quelquefois il me semblait que moi-même j'étais devenu le complice de Cardillac; ce n'était que dans l'amour de Madelon que j'oubliais ma peine profonde, ce n'était qu'auprès d'elle que je parvenais à effacer jusqu'à l'apparence de la douleur sans nom qui me dévorait. Si je travaillais avec le vieil orfèvre à l'atelier, je n'osais pas le regarder en face, à peine prononcer une parole, tant j'éprouvais de terreur auprès d'un homme effroyable qui pratiquait toutes les vertus d'un père tendre, d'un bon et honnête bourgeois, tandis que la nuit voilait tous ses forfaits. Madelon, cette fille pieuse et céleste, idolâtrait son père. Mon cœur saignait en songeant que si la vengeance des hommes atteignait ce scélérat sous son masque, celle qu'il avait abusée par son hypocrisie infernale succomberait infailliblement à son désespoir. Cette pensée seule m'eût fermé la bouche, eût-on dû me punir de mon silence par le supplice des scélérats. Bien que les discours de la maréchaussée m'en eussent beaucoup appris, les crimes de Cardillac, leur motif, la manière dont il les commettait, étaient une énigme pour moi. L'éclaircissement ne se fit pas longtemps attendre.

Un jour, Cardillac, qui se montrait toujours de bonne humeur en travaillant, qui riait et qui raillait (ce qui excitait encore plus mon horreur), parut sombre et abattu. Tout à coup, il jeta si violemment de côté les bijoux auxquels il travaillait, que les diamants et les perles tombèrent de toutes parts, et se levant brusquement il s'écria : — Olivier, cela ne peut durer ainsi plus longtemps entre nous ; ces relations me sont insupportables ! Ce secret que la finesse et la ruse n'ont pu faire découvrir à Desgrais et à ses gens, le hasard l'a mis dans tes mains. Tu m'as vu dans mes travaux nocturnes, auxquels me pousse ma mauvaise étoile, toute résistance est impossible. Ce fut aussi ta fatale étoile qui te poussa à me suivre, qui t'enveloppa d'un voile impénétrable, qui donna tant de légèreté à tes pas, qui te rendit si bien invisible, que moi, dont les yeux percent, comme ceux du tigre, la nuit la plus profonde, qui entends au loin dans les rues le plus léger bruit, jusqu'au bourdonnement d'un insecte, je n'ai pu te voir. Ta mauvaise étoile t'a conduit vers moi pour te faire mon compagnon. Placé comme tu l'es, tu ne peux plus songer à me trahir. Tu vas donc tout savoir.

— Jamais je ne serai ton complice, voulais-je m'écrier, mais la terreur qui s'était emparée de moi aux premiers mots de Cardillac m'avait suffoqué. Au lieu de ces paroles, je ne pus faire entendre qu'un son inarticulé. Cardillac se remit sur sa chaise de travail ; il essuya la sueur qui couvrait son front. Il semblait fortement ému des souvenirs du passé, et eut peine à se recueillir. Enfin il commença :

« Des hommes savants parlent beaucoup des impres-« sions bizarres dont les femmes sont frappées durant leur « grossesse et de l'influence que ces impressions exercent « sur l'enfant qu'elles portaient dans leur sein. On m'a « raconté une merveilleuse histoire qui arriva à ma mère. « Dans les premiers mois de sa grossesse, elle assistait « avec d'autres femmes à une fête brillante que la cour « donnait à Trianon. Ses regards tombèrent sur un cava-« lier vêtu à l'espagnole qui portait à son cou une chaîne « de pierreries dont elle ne pouvait détourner les yeux. « Tout son être s'embrasa d'un seul désir, celui de possé-« der cette chaîne qui lui semblait un objet surnaturel. « Plusieurs années auparavant (ma mère n'était pas en-« core mariée alors), le même cavalier avait tenté de faire « succomber sa vertu, mais elle l'avait repoussé avec « horreur. Ma mère le reconnut ; mais en cet instant, au « milieu de l'éclat de ses diamants, il lui semblait un être « d'un ordre relevé, un modèle de beauté. Le cavalier « remarqua les regards ardents et passionnés de ma mère ; « il se flatta d'être plus heureux auprès d'elle, et fit plus « encore, il réussit à l'entraîner loin de ses amies, dans un « lieu retiré du parc. Là, il la serra avec ardeur dans ses « bras ; ma mère porta involontairement les mains à la « chaîne ; mais, au même moment, il tomba et entraîna « ma mère qui tomba avec lui. Soit qu'il eût été subite-« ment frappé d'un coup de sang, soit toute autre cause, « bref, il était mort.

« En vain ma mère chercha-t-elle à se débarrasser de « ces bras raidis par la mort qui la serraient étroitement, « elle poussa des cris perçants, et enfin on accourut, à sa « voix, la délivrer de cet effroyable amant. L'horreur « qu'elle éprouva lui causa une longue maladie. On la « regarda comme perdue, ainsi que moi ; cependant elle « guérit, et l'accouchement fut plus heureux qu'on n'eût « osé l'espérer. Mais l'effroi de ce terrible moment « m'avait frappé. Ma mauvaise étoile s'était levée et « avait lancé sur moi une étincelle qui a allumé en mon

« âme une des plus singulières et des plus funestes pas-
« sions. Déjà, dès ma plus tendre enfance, je préférais à
« tous les diamants étincelants les bijoux d'or. On re-
« garda cette manie comme un des nombreux penchants
« communs aux enfants ; mais il fallait en juger autre-
« ment, car étant devenu plus grand, je volais l'or et les
« bijoux partout où je pouvais les trouver. Je distinguais,
« par instinct, les faux bijoux des véritables, comme eût
« pu le faire le connaisseur le plus exercé. Ces derniers
« seuls excitaient ma convoitise, les autres, je n'y tou-
« chais pas, non plus qu'à l'or monnayé. Ce désir inné
« dut céder aux corrections cruelles que m'infligea mon
« père ; alors, pour manier à mon gré l'or et les pierres
« fines, je pris la profession de joaillier. Je travaillais
« avec passion, et bientôt je devins le premier maître dans
« cet art. Ici commence une période de ma vie, dans
« laquelle mon penchant natif, longtemps étouffé, triom-
« pha avec toute sa force, et grandit puissamment en
« dévorant tout ce qui s'opposait à son développement.
« Dès que j'avais achevé et livré une parure, je tombais
« dans une agitation, dans un désespoir qui me ravis-
« saient le sommeil, la santé et toutes les joies de la vie.
« — Je voyais jour et nuit, comme un spectre, la per-
« sonne pour qui j'avais travaillé. Elle était parée de mes
« bijoux, et une voix murmurait à mon oreille : Ils sont à
« toi ! — Ils sont à toi ! — Prends-les donc. Que servent
« les diamants aux morts ?...

« Je me mis alors à commettres des vols. J'avais accès
« dans les maisons des grands seigneurs ; je profitais
« lestement de toutes les occasions ; aucune serrure ne
« résistait à mon habileté, et bientôt les diamants que
« j'avais montés se retrouvaient dans mes mains. Mais
« cela même ne calmait pas mon agitation. Cette voix
« fatale se faisait toujours entendre, elle raillait et
« s'écriait : — Oh ! oh ! la mort porte tes bijoux ! Je ne
« savais comment il se faisait que je ressentisse une haine
« incroyable contre mes pratiques, et dans le fond de mon
« cœur se soulevait contre eux une ardeur sanguinaire qui
« me faisait frissonner. Dans ce temps, j'achetai cette
« maison. J'étais d'accord sur le marché avec le proprié-

« taire, nous étions assis dans cette chambre, nous ré-
« jouissant d'avoir terminé l'affaire, et nous buvions une
« bouteille de vin. La nuit était venue, je voulus me
« lever, lorsque l'ancien propriétaire me retint:
« — Écoutez, maître René, me dit-il, avant que nous
« nous quittions, il faut que je vous fasse connaître un
« secret de cette maison. A ces mots, il ouvrit une ar-
« moire pratiquée dans le mur, fit glisser le pan du fond,
« entra dans une petite chambre, se baissa et leva une
« trappe. Nous descendîmes un escalier raide et étroit,
« puis nous arrivâmes devant une petite porte qu'il ou-
« vrit, et nous nous trouvâmes dans la cour. Le vieux
« propriétaire s'avança alors vers le mur, toucha un bou-
« ton de fer peu saillant, et bientôt une partie de la
« muraille se tourna de manière à donner commodément
« passage à un homme pour descendre dans la rue. Tu
« verras un jour cette invention, Olivier; elle a sans doute
« été trouvée par les moines rusés qui habitaient le cloître
« élevé en ce lieu, et elle leur servait à sortir et à entrer
« furtivement. C'est une boiserie enduite en dehors de
« mortier et de chaux, dans laquelle on a placé une statue
« aussi de bois, mais parfaitement semblable à la pierre,
« et le tout se meut sur des gonds cachés. De sombres
« pensées s'élevèrent en moi à la vue de cet arrangement;
« il me semblait préparé pour accomplir certaines choses
« que j'ignorais encore. Je venais de livrer à un seigneur
« de la cour une riche parure qui, je le savais, était
« destinée à une danseuse de l'Opéra. L'aspect de la mort
« ne me quitta pas, le spectre s'attachait à tous mes pas,
« la voix du démon ne cessait de retentir à mon oreille. Je
« m'établis dans la maison. Baigné de sueur, le sang
« bouillonnant, je m'agitais sans sommeil sur mon lit.
« Dans les visions que créait mon cerveau, j'aperçois le
« jeune seigneur se rendant secrètement, avec les dia-
« mants, chez la danseuse. Je m'élance hors de mon lit,
« plein de rage, je me couvre d'un manteau, je descends
« l'escalier secret, je franchis l'ouverture de la muraille,
« et je me trouve dans la rue Saint-Nicaise. Il vient! je
« m'élance sur lui, il crie, mais le saisissant fortement
« par-derrière, je lui plonge un poignard dans le cœur.

« Les diamants sont à moi ! Cela fait, j'éprouve un calme, « une douce sérénité de l'âme, telle que je n'en avais « jamais ressenti. Le spectre avait disparu, la voix du « démon avait cessé de murmurer. Je savais désormais ce « que voulait ma mauvaise étoile, il fallait lui céder ou « périr ! Maintenant, Olivier, tu comprends toute ma « conduite, toutes mes actions ! Ne pense pas qu'en « obéissant à une impulsion plus forte que ma volonté, « j'aie renoncé à tous sentiments de compassion et d'hu- « manité. Tu sais avec quelle peine je rends les diamants « qu'on m'a confiés ; tu n'ignores pas que je refuse de « travailler pour ceux dont je ne veux pas la mort ; sou- « vent aussi, bien que je sache que le sang seul éloignera « le lendemain mon fantôme, je me contente d'étourdir « par un coup violent le possesseur des bijoux que je veux « reprendre. »

— Après m'avoir parlé ainsi, Cardillac me conduisit dans un souterrain caché, et me permit de contempler ses trésors. Ceux du roi ne sont pas aussi riches. Sur chaque bijou était un petit billet où se trouvaient désignés le nom de la personne qui l'avait commandé et l'époque où il lui avait été repris par un vol ou par un assassinat.

— « Le jour de ton mariage, dit Cardillac d'une voix « sourde et solennelle, tu me jureras, la main sur le « crucifix, de réduire toutes ces richesses en poussière, « dès que je serai mort, par un procédé que je t'indique- « rai. Je ne veux pas qu'une créature humaine, et surtout « toi et Madelon, vienne en possession d'un bien acheté « au prix de tant de sang ! »

— Renfermé dans ce labyrinthe d'atrocités, déchiré d'amour et d'horreur, de bonheur et d'effroi, j'étais semblable au damné qu'un ange appelle par un doux sourire, tandis que Satan le retient dans ses griffes brûlantes, et pour qui ce sourire céleste, où se réfléchissent toutes les joies des cieux, est le plus affreux de ses tourments. — Je songeais à fuir, — à me tuer. — Mais Madelon !... Blâmez-moi, blâmez-moi, ma digne demoiselle, d'avoir été trop faible pour combattre une passion qui me liait au crime ; mais ne vais-je pas faire pénitence de ma faute par une mort infâme ?

Un jour, Cardillac revint à la maison plus gai que de coutume. Il caressa Madelon, il me lança des regards d'amitié, but à table une bouteille de bon vin, ce qu'il ne faisait qu'aux jours de grande fête, chanta, débita des histoires joviales. Madelon nous avait quittés; je voulus retourner à l'atelier. — « Reste-là, mon garçon, dit Car-« dillac, plus de travail aujourd'hui. Buvons à la santé de « la plus digne et de la plus excellente femme qui soit « dans Paris. » — Après avoir trinqué avec lui, et qu'il eut vidé son plein verre, il ajouta: Dis-moi, Olivier, comment trouves-tu ces deux vers :

Un amant qui craint les voleurs
N'est point digne d'amour.

Alors il me raconta ce qui s'était passé dans les appartements de madame de Maintenon entre le roi et vous. Il assura qu'il vous avait toujours honorée par-dessus toutes les créatures humaines, et dit que vous étiez douée de si grandes vertus que la force de sa mauvaise étoile disparaissait devant votre influence, tellement qu'il vous verrait parée de ses plus beaux diamants sans concevoir en son âme l'idée d'un meurtre. — « Écoute, Olivier, me « dit-il, sache quelle résolution j'ai prise. Depuis long-« temps je devais faire un collier et des bracelets pour « madame Henriette d'Angleterre, et fournir moi-même « les diamants. Ce travail me réussit mieux qu'aucun « autre; mais mon cœur se déchirait lorsque je songeais « qu'il fallait me séparer de cette parure que je chérissais « tant. Tu connais la mort malheureuse de la princesse. Je « gardai la parure, et je veux l'envoyer aujourd'hui à « mademoiselle de Scudéry comme un hommage d'es-« time et de respect, au nom de toute la bande persécutée. « Outre que ce sera un témoignage de son triomphe, je « me moquerai ainsi de Desgrais et de ses archers qui le « méritent bien. — C'est toi qui lui porteras ces dia-« mants. » Dès que Cardillac eut prononcé votre nom, mademoiselle, il me sembla qu'un voile sombre tombait de mes yeux, et que la belle et lumineuse image de mon heureuse et première enfance se ranimait dans toutes ses vives et éclatantes couleurs. Une consolation merveilleuse vint dans mon âme; c'était comme un rayon d'espoir devant lequel disparaissaient les sombres esprits de la nuit. Cardillac remarqua l'impression que produisaient sur moi ses paroles, et l'interpréta à sa manière.

« — Mon projet te plaît, ce me semble, dit-il. Je « conviens qu'une voix profonde de mon cœur, bien « différente de celle qui me demande sans cesse du sang, « m'a ordonné de faire ce que je fais. Quelquefois « j'éprouve un sentiment singulier: une inquiétude inté- « rieure, la crainte de quelque chose d'effroyable sus- « pendu sur ma tête, me saisissent puissamment; il me « semble même alors comme si les crimes que ma mau- « vaise étoile a exécutés par moi pourraient bien être « imputés à mon âme immortelle, qui n'y a pris aucune « part.

« C'est dans un de ces moments-là que je résolus de « faire une belle couronne de diamants pour la bonne « Vierge de l'église Saint-Eustache; mais cette crainte « incompréhensible dont je te parle me saisissait chaque « fois que je voulais me mettre à l'ouvrage, et je laissai là « ce travail. En ce moment, il me semble que je rends « hommage à la vertu et à la piété, et que j'ai recours à « une patronne puissante, en offrant à mademoiselle de « Scudéry ces bijoux, les plus beaux que j'aie jamais « montés. »

— Cardillac était parfaitement instruit de votre manière de vivre, mademoiselle; il m'indiqua la manière de pénétrer chez vous, et l'heure d'aller vous remettre ces diamants, qu'il renferma dans une jolie cassette. J'étais ravi de bonheur, car le ciel lui-même m'avait montré, par le criminel Cardillac, le chemin pour me sauver de l'enfer où je me plongeais comme un misérable pécheur. C'était là ma pensée. Je voulais pénétrer jusqu'à vous, contre la volonté de Cardillac. — Je suis le fils d'Anne Brusson, son protégé, me disais-je, je me jetterai à ses pieds, et je lui avouerai tout. Touchée du malheur inouï qui eût menacé la pauvre et innocente Madelon, si le mystère eût été dévoilé, vous eussiez gardé le secret; mais votre esprit élevé et pénétrant eût certainement trouvé moyen de réduire la scélératesse de Cardillac à l'impuissance, sans avoir recours à un éclat. Ne me demandez pas en quoi devaient consister ces moyens, je l'ignore, mais que vous deviez me sauver ainsi que Madelon, c'était une croyance aussi fermement établie en mon âme que ma foi en la bienheureuse Vierge dont j'attends les secours et la consolation. — Vous savez, mademoiselle, que dans cette nuit-là mon projet échoua. Je ne perdis pas l'espoir d'être plus heureux une autre fois; mais tout à coup, Cardillac perdit toute sa bonne humeur. Il errait tristement dans sa maison, regardait fixement devant lui, murmurait des paroles inintelligibles, étendait la main comme pour éloigner un ennemi, enfin son esprit semblait tourmenté de sinistres pensées. Il venait de passer toute une matinée de la sorte, lorsqu'il s'assit à sa table de travail, se releva d'un air découragé, regarda à travers la fenêtre, et dit d'une voix sourde : — Je voudrais pourtant que madame Henriette d'Angleterre eût porté mes diamants !

Ces paroles me remplirent d'horreur. Je compris alors que son esprit était de nouveau sous la puissance du spectre qui l'obsédait, et que la voix du démon retentissait de nouveau à ses oreilles. Je vis vos jours menacés par cet effroyable scélérat; je pensai que vous seriez sauvée, s'il rentrait en possession de ses diamants. Le danger croissait à chaque instant. Je vous rencontrai en passant sur le Pont-Neuf, je me fis passage jusqu'à votre carrosse, et je vous jetai ce billet par lequel je vous suppliais de remettre les pierreries dans les mains de Cardillac. Mon inquiétude alla jusqu'au désespoir lorsque, le lendemain, Cardillac ne parla d'autre chose que de cette précieuse parure qui avait brillé à ses yeux durant toute la nuit. Je fus bientôt convaincu qu'il méditait un assassinat; peut-être songeait-il à l'exécuter cette nuit même. Je devais vous sauver, dût-il en coûter la vie à Cardillac. Dès qu'il se fut renfermé selon sa coutume, après la prière du soir, je descendis par une croisée dans la cour, et, passant par l'ouverture de la muraille, j'allai me placer non loin de là, dans un angle obscur. Peu de moments s'étaient écoulés lorsque Cardillac parut et se glissa doucement le long de la rue; moi, toujours derrière lui. Il se dirigea vers la rue Saint-Honoré : le cœur me battait bien fort. Tout à coup, Cardillac disparaît. Je prends aussitôt la résolution de me placer devant la porte de votre maison. Alors, comme je l'avais déjà vu une fois lorsque le hasard me rendit témoin d'un assassinat commis par Cardillac, s'avance en chantonnant un officier qui passe devant moi sans m'apercevoir; mais, au même instant, une longue figure noire s'élance sur lui. C'est Cardillac ! Je veux empêcher ce meurtre ; en deux bonds je me trouve près de l'assassin. Ce n'est pas l'officier, c'est Cardillac qui vient de tomber sur le pavé en gémissant. L'officier jette son poignard, tire son épée du fourreau, se met en défense, me prenant sans doute pour un complice du meurtrier, mais il s'échappe en voyant que je me jette sur le mourant pour le secourir.

Cardillac vivait encore ; je le pris sur mes épaules, après avoir ramassé le poignard que l'officier avait laissé tomber, et je l'emporte à grand-peine jusque dans l'atelier, par le passage secret. — Le reste vous est connu.

— Vous voyez, mademoiselle, que mon crime est de n'avoir pas dénoncé le père de Madelon. Je ne me suis pas souillé de sang. Aucune torture ne m'arrachera le secret des crimes de Cardillac. Je ne veux pas agir contre les décrets de la Providence, qui a voilé la scélératesse de René aux yeux de sa fille ; je ne veux pas que par moi elle voie déterrer le cadavre de son père, et le bourreau marquer d'un fer brûlant ses ossements desséchés. — Non ! ma bien-aimée pleurera celui qui tombe innocent, le temps adoucira sa douleur, mais le désespoir que lui causeraient les crimes abominables de son père serait éternel.

— Olivier se tut, mais un torrent de larmes s'échappa de ses yeux, il se jeta aux pieds de mademoiselle de Scudéry en disant : — Vous êtes convaincue de mon innocence. Oh ! certainement, vous en êtes convaincue ! Ayez pitié de moi, et dites-moi ce qu'est devenue Madelon.

Mademoiselle de Scudéry appela la Martinière, et quelques instants après, Madelon accourut se jeter dans les bras d'Olivier.

— Tout est bien maintenant, puisque te voilà. Je savais bien que cette excellente dame te sauverait! Ainsi s'écria à plusieurs reprises Madelon; et Olivier, oubliant le sort qui le menaçait, était libre et heureux. Ils se plaignirent tous deux de la façon la plus touchante de ce qu'ils avaient souffert l'un pour l'autre, et ils s'embrassèrent alors de nouveau, et ils pleurèrent de ravissement de s'être retrouvés.

Si déjà mademoiselle de Scudéry n'eût été convaincue de l'innocence d'Olivier, elle eût acquis cette conviction en les voyant tous deux, oubliant, dans la félicité de leur amour, et le monde, et leur misère et leurs douleurs inouïes.

Les rayons du jour pénétrèrent à travers les croisées. Desgrais frappa doucement à la porte de la chambre, et rappela qu'il était temps d'emmener Brusson. On se peint facilement le désespoir de Madelon en apprenant l'affreuse vérité [12]. Enfin on les sépara, et Desgrais emmena son prisonnier.

VII

Les sombres pressentiments auxquels mademoiselle de Scudéry s'était livrée depuis la première venue d'Olivier dans sa maison, s'étaient réalisés d'une manière terrible. Elle voyait le fils de sa chère Anne enveloppé dans une accusation d'assassinat, et presque certainement dévoué à une mort infâme, malgré son innocence. Elle honorait la résolution héroïque du jeune homme qui consentait à mourir, chargé d'un crime, plutôt que de dévoiler un secret qui eût donné la mort à Madelon. Elle ne voyait pas la moindre possibilité d'arracher le pauvre enfant au tribunal de sang, et cependant elle avait bien résolu dans son cœur de ne reculer devant aucun sacrifice pour détourner cette criante iniquité qu'on était sur le point de commettre. Elle se tourmentait de mille plans et de mille projets qui allaient jusqu'à l'extravagance, et qu'elle rejetait l'un après l'autre dès qu'elle les avait conçus. Peu à peu, toutes ses lueurs d'espérance s'éteignirent, et le désespoir s'empara d'elle. Mais la confiance enfantine, la pieuse candeur de Madelon, la foi presque religieuse avec laquelle elle parlait de son bien-aimé, qu'elle devait bientôt embrasser et retrouver absous du crime qu'on lui imputait, tout cela fit rentrer le courage dans l'âme de mademoiselle de Scudéry, et elle s'éleva au niveau de l'exaltation de la jeune fille.

D'abord, mademoiselle de Scudéry écrivit une longue lettre à La Reynie; elle disait au président qu'Olivier Brusson lui avait prouvé son innocence de la manière la plus claire, et que l'héroïque résolution d'emporter au tombeau un secret dont la découverte atteindrait l'innocence et la vertu même, le retenait de faire au tribunal un aveu qui le justifierait, non pas seulement de la mort de Cardillac, mais même du soupçon d'avoir appartenu à la bande des assassins. Tout ce qu'un zèle ardent, tout ce que l'éloquence du cœur ont de forces, elle les employa pour toucher l'âme impitoyable de La Reynie. La Reynie répondit, quelques heures après, qu'il se réjouissait grandement de ce qu'Olivier Brusson se fût si complètement justifié auprès de sa digne protectrice. Quant à l'héroïque résolution qu'il avait prise d'emporter au tombeau un secret relatif au meurtre, il était fâché que la chambre ardente ne pût l'honorer, que son devoir était au contraire de briser, par les moyens les plus violents, les héroïsmes de ce genre. Il espérait en trois jours être en possession de ce secret merveilleux, qui mettrait vraisemblablement au jour des miracles.

Mademoiselle de Scudéry ne comprit que trop bien ce que le terrible La Reynie voulait dire en parlant des moyens violents qui devaient briser l'héroïsme de Brusson. Il était bien évident que la torture attendait ce malheureux. Dans son effroi, elle imagina que les conseils d'un jurisconsulte éclairé pourraient faire au moins obtenir quelque délai. Pierre-Arnaud d'Andilly était alors un des plus célèbres avocats de Paris. Sa science profonde, son intelligence étendue, égalaient sa probité et sa vertu. Mademoiselle de Scudéry se rendit auprès de lui, et lui dit tout ce qu'elle put dire sans dévoiler le secret d'Olivier. Elle pensait que d'Andilly allait prendre avec chaleur le parti de l'innocent; mais son espoir fut amèrement déçu. D'Andilly l'avait écoutée fort attentivement; il répondit, en souriant, par ces paroles de Boileau :

Le vrai peut quelquefois n'être pas vraisemblable*.

Il démontra à mademoiselle de Scudéry que les présomptions les plus fortes planaient sur Olivier, que la conduite de La Reynie n'était ni cruelle ni précipitée, mais toute juridique, et qu'il ne pouvait agir autrement sans manquer aux devoirs d'un juge. Lui, d'Andilly, n'espérait pas pouvoir sauver Olivier de la torture. Brusson seul pouvait l'éviter en avouant sincèrement son crime, ou du moins en racontant exactement tous les détails de la mort de Cardillac, ce qui devait entraîner de nouvelles recherches. — Alors, dit mademoiselle de Scudéry hors d'elle-même et presque étouffée par ses larmes, j'irai me jeter aux genoux du roi et lui demander grâce. — Au nom du ciel, n'en faites rien, mademoiselle! s'écria d'Andilly. Ménagez cette dernière ressource, qui une fois manquée, sera perdue pour toujours. Le roi ne fera jamais grâce à un criminel de ce genre; les reproches du peuple irrité l'atteindraient jusque sur son trône. Il est possible que Brusson, en découvrant son secret, trouve moyen d'affaiblir les soupçons qui s'élèvent contre lui. Alors il sera temps de recourir à la clémence du roi, qui ne s'informera pas de ce qu'on aura prouvé devant le tribunal, mais qui ne consultera que sa conviction. Mademoiselle de Scudéry dut céder à l'expérience consommée d'Andilly. Plongée dans un chagrin profond, pensant et pensant encore à quel saint elle pourrait recourir pour sauver le malheureux Brusson, elle était un soir fort tard dans son appartement, lorsque la Martinière entra et annonça le comte de Miossens, colonel de la garde du roi, qui demandait avec instances à parler à mademoiselle de Scudéry. — Pardonnez-moi, mademoiselle, dit Miossens en faisant un salut militaire. Je viens vous déranger un peu tard, et à une heure inac-

* Ce vers est en français dans le conte d'Hoffmann.

coutumée. Nous autres soldats, nous ne choisissons pas nos moments de loisir, et en deux mots, vous saurez mon excuse. Olivier Brusson m'amène vers vous.

Mademoiselle de Scudéry était dans une attente extrême. — Olivier Brusson ! le plus malheureux des hommes ! Qu'avez-vous de commun avec lui ? — Je savais bien, dit Miossens en souriant, que le nom de votre protégé suffirait pour me procurer un accueil favorable. Tout le monde est convaincu du crime de Brusson. Je sais que vous avez une autre opinion ; vous la devez, m'a-t-on dit, aux assurances de l'accusé lui-même. Quant à moi, il n'en est pas ainsi. Personne ne peut être mieux convaincu que moi de son innocence, et plus certain que je ne le suis qu'il n'a pris aucune part au meurtre de Cardillac. — Parlez ! oh ! parlez ! s'écrie mademoiselle de Scudéry, dont les yeux brillaient de ravissement. — C'est moi, dit Miossens, qui frappai le vieil orfèvre dans la rue Saint-Honoré, tout près de votre maison. — Vous ! au nom de tous les saints, vous ! — Et je vous jure, mademoiselle, que je suis fier de ce que j'ai fait, repris Miossens : sachez que Cardillac était le scélérat hypocrite qui assassinait au milieu de la nuit, et qui a échappé si longtemps à tous les pièges. Je ne sais comment un soupçon s'éleva en moi contre ce vieux coquin, lorsqu'il vint, dans un trouble visible, m'apporter les bijoux que je lui avais commandés, et lorsqu'il s'informa exactement de la personne à qui je les destinais ; questionnant avec adresse mon valet de chambre pour savoir l'heure où je rendais ordinairement visite à une certaine dame. Depuis longtemps, j'avait été frappé de l'idée que les malheureuses victimes de ces brigands portaient toutes la même blessure. J'étais convaincu que le meurtrier s'était longtemps exercé à porter ce coup qui tuait sur-le-champ, et qu'il comptait sur son habileté. S'il le manquait, le combat devenait égal. Cette pensée me fit employer une précaution si simple que je ne conçois pas qu'elle n'ait pas été prise par d'autres avant moi. Je portai une légère cuirasse sous mon pourpoint. Cardillac m'attaqua par-derrière. Il me saisit avec une force extraordinaire, mais le coup, porté avec assurance, glissa sur le fer. Au même moment, je me débarrassai de ses mains, et je lui plongeai dans le sein un poignard dont je m'étais muni.

— Et vous gardez le silence, dit mademoiselle de Scudéry, vous ne déclarez pas aux tribunaux ce qui est arrivé ?

— Permettez-moi, mademoiselle, de vous faire observer qu'une telle déclaration pourrait entraîner, sinon ma ruine, du moins le procès le plus fâcheux pour moi. La Reynie, qui flaire partout des crimes, m'eût-il accordé croyance si j'avais accusé l'honnête Cardillac, ce modèle de piété et de vertu, comme l'assassin qu'on cherchait partout ? La pointe de l'épée de la justice aurait fort bien pu se tourner contre moi !

— Cela n'est pas possible, dit mademoiselle de Scudéry. Votre naissance, votre rang...

— Oh ! reprit Miossens, pensez au maréchal de Luxembourg que l'idée de se faire dire la bonne aventure par la Voisin a conduit à la Bastille sous le poids d'une accusation d'empoisonnement. Non, par saint Denis ! je ne mettrais pas une heure de ma liberté, ni le bout de mes oreilles, dans les mains de cet enragé La Reynie, qui nous porterait volontiers son couteau sous la gorge, à tous !

— Mais, de la sorte, vous conduirez l'innocent Brusson à l'échafaud ?

— Innocent, mademoiselle ! répondit Miossens. Nommez-vous innocent l'infâme complice de Cardillac, celui qui l'assistait dans tous ses crimes, celui qui a mérité tant de fois la mort ? Non, celui-là doit périr aussi, et si je vous ai découvert le véritable état des choses, c'est avec la pensée que vous en tirerez parti pour votre protégé, quel qu'il soit, sans me nuire auprès de la chambre ardente.

Mademoiselle de Scudéry, ravie de voir se confirmer d'une manière décisive le récit d'Olivier, n'hésita pas à tout révéler au comte, qui connaissait déjà les crimes de Cardillac, et elle le sollicita de se rendre avec elle auprès de d'Andilly.

D'Andilly se fit répéter plusieurs fois l'aventure du comte ; il lui demanda surtout s'il était bien convaincu d'avoir été attaqué par Cardillac, et s'il reconnaîtrait Olivier Brusson pour celui qui avait emporté le cadavre.

— Outre que je reconnus fort bien le joaillier à la clarté de la lune, répondit Miossens, j'ai vu chez La Reynie le poignard avec lequel Cardillac avait été frappé ; c'est le mien, il est remarquable par le travail curieux de la poignée. Je ne me trouvais qu'à un pas du jeune homme dont le chapeau était tombé, et je le reconnaîtrais facilement.

D'Andilly regarda quelques moments devant lui en silence, et dit enfin : — Il ne faut pas songer à sauver Brusson des mains de la justice par les voies ordinaires. Il ne veut pas dénoncer Cardillac, à cause de Madelon. Il peut persister, car, alors même qu'il réussirait à prouver les crimes de son maître, par la découverte du passage secret et par les trésors amassés dans sa maison, la mort ne l'atteindrait pas moins comme complice. La même circonstance se reproduit si M. le comte dévoile aux juges son aventure avec Cardillac telle qu'elle se passa. Un sursis est la seule chose que nous devons tâcher d'obtenir, puis nous verrons. Que M. le comte se rende à la Conciergerie, qu'il se fasse montrer Olivier Brusson, et qu'il le reconnaisse pour celui qui a emporté le cadavre de Cardillac. Il ira chez La Reynie, et lui dira : J'ai vu assassiner un homme dans la rue Saint-Honoré, je me trouvais tout près du cadavre lorsqu'un autre homme accourut, se baissa pour voir si le blessé respirait encore et l'emporta sur ses épaules ; j'ai reconnu cet homme dans Olivier Brusson. Cette déclaration nécessitera un nouvel interrogatoire, une confrontation avec M. le comte ; bref, la question sera suspendue et l'on procédera à de nouvelles enquêtes. Alors il sera temps de s'adresser au roi. Je laisse à votre sagacité, mademoiselle, le soin de le faire de la manière la plus convenable. A mon sens, il serait bien de tout conter au roi. Les aveux de Brusson se trouveront confirmés par la déclatation de M. le comte de Miossens, par les recherches secrètes qu'on fera dans la maison de Cardillac ; et la décision du roi, fondée sur une conviction intérieure, peut faire grâce là où un juge doit punir. — Le comte suivit exactement les conseils de d'Andilly, les choses se passèrent ainsi que les avait prévues le prudent avocat.

VIII

Il s'agissait alors de s'adresser au roi, et c'était le point le plus difficile, car il avait témoigné tant d'horreur pour Brusson, regardé comme l'unique assassin qui avait si longtemps répandu l'effroi dans Paris, que le moindre mot relatif à ce fameux procès le jetait dans une violente colère. Madame de Maintenon, fidèle au principe qu'elle suivait de ne jamais parler au roi de choses désagréables, rejeta toute médiation : ainsi la destinée de Brusson reposait tout entière dans les mains de mademoiselle de Scudéry. Elle conçut enfin un projet qu'elle exécuta sur-le-champ. Elle s'habilla d'une longue robe de soie noire, se para des précieux bijoux de Cardillac, et se présenta dans les appartements de madame de Maintenon à l'heure où le roi s'y trouvait. Le noble maintien de la vénérable demoiselle avait, dans cet habillement solennel, une majesté qui réveilla le respect, même dans ce peuple léger qui encombrait les antichambres royales. Tous les courtisans lui firent place, et le roi lui-même s'avança vers elle. Les diamants précieux qu'elle portait attirèrent ses regards, et il ne put s'empêcher de dire : Vraiment, ce sont les bijoux de Cardillac ! Et se penchant vers madame de Maintenon, il ajouta en souriant agréablement : — Voyez donc, madame la marquise, notre fiancée porte le deuil de son époux.

— Eh ! sire, dit mademoiselle de Scudéry comme en continuant cette plaisanterie, conviendrait-il à une veuve affligée de se parer avec tant d'éclat ? Non, je me suis entièrement dégagée du joaillier, et je ne penserais plus à lui si l'affreuse image de son corps assassiné, qu'on emporta devant moi, ne se présentait, quelquefois à mes yeux.

— Quoi ! dit le roi, vous l'avez vu, ce pauvre diable ?

Mademoiselle de Scudéry raconta alors brièvement (sans faire encore mention de Brusson), comment le hasard l'avait conduite devant la maison de Brusson lorsque le meurtre fut découvert. Elle peignit la douleur violente de Madelon, la profonde impression que cette jeune fille avait produite sur elle, et comment elle l'avait arrachée des mains de Desgrais, aux applaudissements du peuple. Elle retraça avec un intérêt toujours croissant les scènes qui s'étaient passées avec La Reynie, avec Desgrais, avec Olivier Brusson lui-même. Le roi, entraîné par la vivacité des couleurs qui brillaient dans le discours de mademoiselle de Scudéry, ne s'aperçut pas qu'il était question de l'odieux procès de Brusson, il pouvait à peine proférer une parole, et l'émotion de son âme ne se faisait jour de temps en temps que par une exclamation involontaire. Avant qu'il fût revenu à lui-même, lorsqu'il était encore sous l'impression de cette aventure inouïe, mademoiselle de Scudéry tomba à ses pieds et lui demanda grâce pour Olivier.

— Que faites-vous, mademoiselle ? s'écria le roi en se débarrassant de ses mains et en la forçant de se relever. Vous me surprenez étrangement ! C'est là une épouvantable histoire ! Qui me répond de la vérité de l'aventure romanesque de Brusson ?

— La déposition de Miossens, les recherches qu'on fera dans la maison de Cardillac, votre conviction, sire ! Hélas ! et le cœur vertueux de Madelon, qui a trouvé la même vertu dans le malheureux Brusson !

Le roi se disposait à répondre, mais il aperçut Louvois, qui travaillait dans une chambre voisine et qui s'était avancé dans le salon en le regardant d'un air soucieux. Le roi se leva et passa avec Louvois dans l'autre chambre. Mademoiselle de Scudéry et madame de Maintenon regardèrent cette interruption comme très fâcheuse, car le roi pouvait se garder de se laisser surprendre de nouveau. Mais, après quelques instants, le roi reparut, il marcha quelque temps dans la chambre, les mains derrière le dos, et s'arrêtant devant mademoiselle de Scudéry, il lui dit d'une voix douce, mais sans la regarder : Je voudrais bien voir votre Madelon.

— Ah, Sire ! de quel bonheur vous comblez la pauvre, la malheureuse enfant ! Il ne faut qu'un signe de Votre Majesté pour que vous la voyiez à vos pieds.

Trottant alors, aussi vite qu'elle le put, vers la porte, la vieille demoiselle alla dire que le roi demandait à voir

Madelon Cardillac, et revint en pleurant de joie et d'attendrissement. Mademoiselle de Scudéry avait pressenti cette faveur, et avait amené avec elle Madelon, qui attendait chez la femme de chambre de la marquise en tenant dans ses mains une supplique rédigée par d'Andilly. En peu de moments elle se trouva aux pieds du roi, mais hors d'état de proférer une parole. L'effroi, la surprise, le respect, les craintes de l'amour faisaient circuler avec violence le sang dans les veines de la pauvre fille ; ses joues étaient couvertes d'une pourpre brûlante, ses yeux brillaient de larmes qui tombaient une à une le long de ses paupières de soie sur son sein blanc et gracieux. Le roi parut touché de la beauté de cet enfant angélique. Il la releva doucement, et fit un mouvement comme pour la baiser au front ; mais il laissa retomber sa main qu'il avait prise et la regarda d'un air ému.

Madame de Maintenon dit à voix basse à mademoiselle de Scudéry : Ne ressemble-t-elle pas, trait pour trait, à mademoiselle de La Vallière, cette petite créature ? Le roi s'est livré aux plus doux souvenirs. Vous avez partie gagnée.

Bien que ces paroles eussent été dites à voix basse, le roi sembla les avoir entendues. Une profonde rougeur couvrit son front, il lança un regard à madame de Maintenon, lut la supplique que Madelon lui avait remise, et dit avec bonté : — Je veux bien croire, ma chère enfant, que tu es convaincue de l'innocence de ton amant, mais il faut que nous entendions ce qu'en dit la chambre ardente ! Et, d'un léger mouvement de la main, il congédia la petite, prête à fondre en larmes.

Mademoiselle de Scudéry s'était aperçue, à son effroi, que le souvenir de mademoiselle de La Vallière, d'abord favorable à la jeune fille, s'était changé en une impression fâcheuse dès que madame de Maintenon avait prononcé ce nom. Le roi se sentit averti, sans doute d'une façon peu délicate, qu'il était sur le point de sacrifier la justice à la beauté, ou bien lui arriva-t-il comme au dormeur qui voit évanouir à la voix brusque qui le réveille le doux fantôme qu'il allait saisir ; peut-être aussi ne vit-il plus devant lui sa charmante La Vallière, et ne songea-t-il plus qu'à la sœur Louise de la Miséricorde qui le tourmentait de ses dévots scrupules et de sa pénitence.

Cependant la déposition du comte Miossens devant la chambre ardente était connue ; et comme il arrive souvent que le peuple passe d'un extrême à l'autre, celui qu'on maudissait comme un abominable assassin, et qu'on menaçait de déchirer, même avant qu'il montât sur l'échafaud, excita la compassion générale, comme la victime innocente d'un tribunal barbare. Les voisins de la maison de Cardillac se souvinrent alors de l'honnêteté de sa conduite, de son amour pour Madelon, et du dévouement sans égal qu'il avait toujours témoigné au vieux joaillier. — Des bandes de peuple s'assemblaient souvent devant l'hôtel de La Reynie et criaient d'une voix menaçante : Rendez-nous Brusson ! il est innocent ! On en vint même à lancer des pierres contre les fenêtres, et La Reynie se vit contraint de requérir la protection de la maréchaussée contre la populace irritée.

Plusieurs jours se passèrent, et mademoiselle de Scudéry n'apprit pas la moindre particularité du procès d'Olivier Brusson. Elle se présenta, fort affligée, chez madame de Maintenon, qui lui assura que le roi gardait le silence sur cette affaire ; elle ajouta qu'il ne serait pas prudent de la lui rappeler. Puis elle lui demanda, en souriant singulièrement, ce qu'était devenue sa petite La Vallière. — Mademoiselle de Scudéry ne put douter que cette femme orgueilleuse s'inquiétât secrètement d'une circonstance qui pouvait ramener le roi, si facile à séduire, dans une région dont elle n'avait jamais compris les enchantements. Il n'y avait donc rien à espérer de madame de Maintenon.

Mademoiselle de Scudéry parvint enfin à découvrir, à l'aide d'Arnaud d'Andilly, que le roi avait eu un entretien secret avec le comte Miossens, que Bontemps, valet de chambre du roi et son homme d'affaires, s'était rendu à la Conciergerie pour parler avec Brusson, et que, dans la nuit, ce même Bontemps avait pénétré avec plusieurs personnes dans la maison de Cardillac, où il était resté quelque temps. Claude Patru, qui habitait le plus bas étage, assurait qu'il avait entendu pendant toute la nuit des voix au-dessus de sa tête, et qu'Olivier se trouvait certainement parmi ces gens-là, car il l'avait entendu parler. Il était donc certain que le roi voulait connaître l'affaire par lui-même. Cependant le retard qu'elle éprouvait était inexplicable. La Reynie faisait sans doute tous ses efforts pour retenir entre ses dents la victime qu'on voulait lui arracher : cette crainte étouffait toutes les espérances.

Un mois plus tard, madame de Maintenon fit dire à mademoiselle de Scudéry que le roi voulait la voir le soir même.

Le cœur battit bien fort à la pauvre demoiselle ; elle savait que le sort de Brusson allait être décidé. Elle dit à Madelon de prier la Vierge et tous les saints de faire naître dans l'âme du roi la conviction de l'innocence d'Olivier.

Et cependant le roi semblait avoir oublié toute cette affaire, car il s'entretint agréablement, comme il le faisait d'ordinaire, avec madame de Maintenon et mademoiselle de Scudéry, et ne prononça pas une syllabe qui eût rapport au malheureux Olivier. Enfin parut Bontemps, il s'approcha du roi, et lui dit bas à l'oreille quelques paroles que les deux dames ne purent entendre. — Mademoiselle de Scudéry frissonna. Le roi s'approcha de mademoiselle de Scudéry, et lui dit : Soyez heureuse, mademoiselle ! votre protégé, Olivier Brusson, est libre !

Mademoiselle de Scudéry fondit en larmes et voulut se jeter aux genoux du roi, mais il la retint en disant : — Allez, allez, mademoiselle, vous devriez vous faire avocat au parlement et plaider mes affaires : car, par saint Denis ! personne ne pourrait résister à votre éloquence. — Mais, ajouta-t-il sévèrement, celui-là même que la vertu défend n'est pas toujours à l'abri des fâcheux soupçons et de la chambre ardente.

Mademoiselle de Scudéry ne trouva pas de paroles pour exprimer sa reconnaissance. Le roi l'interrompit en lui disant que des remerciements bien plus vifs que ceux qu'il espérait d'elle l'attendaient dans sa maison, où, dans ce moment, l'heureux Olivier embrassait sa Madelon.

— Bontemps vous comptera mille louis que vous remettrez en mon nom à la petite pour son présent de noces, dit-il enfin ; qu'elle épouse son Brusson, qui ne mérite pas ce bonheur, mais qu'ils s'éloignent à l'instant de Paris. Telle est ma volonté.

La Martinière vint au-devant de mademoiselle de Scudéry ; elle était suivie de Baptiste. Tous deux lui crièrent : Il est ici ! il est libre ! Oh ! les pauvres jeunes gens ! L'heureux couple tomba aux pieds de mademoiselle de Scudéry.

— Oh ! je l'avais bien pressenti que vous, vous seule, sauveriez Olivier ! s'écria Madelon. Et ils arrosèrent de leurs larmes les mains de la bonne demoiselle, en jurant que ce moment effaçait toutes leurs douleurs passées. Ils furent unis quelques jours après, et, aussitôt après leur mariage, ils partirent suivis des vœux de mademoiselle de Scudéry, pour Genève, où la dot de Madelon, augmentée par l'habileté d'Olivier, leur procura une douce tranquillité.

Un an s'était écoulé depuis le départ de Brusson lorsqu'un avis signé par Harlay de Champvallon, archevêque de Paris, et par Pierre-Armand d'Andilly, avocat au parlement, fit connaître qu'un pécheur venait de remettre à l'église, sous le sceau de la confession, un trésor composé de bijoux et de diamants volés. Tous ceux qui avaient été dépouillés d'objets précieux et particulièrement attaqués en pleine rue, jusqu'à la fin de l'année 1680, pouvaient réclamer leur bien chez d'Andilly, en décrivant les joyaux. — Un grand nombre de personnes désignées sur la liste de Cardillac comme n'ayant pas été assassinées se présentèrent chez l'avocat, et retrouvèrent, à leur grande surprise, les diamants qui leur avaient été volés. Le reste échut au trésor de l'église de Saint-Eustache.

NOTES D'HOFFMANN [13].

Je me souviens d'avoir lu quelque part l'histoire d'un vieux cordonnier de Venise que toute la ville regardait comme un homme dévot et laborieux, et qui était un assassin et un bandit abominable. Ainsi que Cardillac, il se glissait pendant la nuit hors de sa demeure, et s'introduisait dans les palais des grands : son coup de poignard atteignait si sûrement dans les ténèbres ceux qu'il voulait voler, qu'ils tombaient sans proférer une parole. Tous les efforts de la police la plus active et la plus rusée du monde pour découvrir ce meurtrier, qui faisait trembler tout Venise, furent sans fruit, jusqu'à ce qu'enfin une circonstance singulière la mit sur les traces du cordonnier : il tomba malade, et l'on remarqua que tant que son mal le retint au lit, les assassinats cessèrent ; ils recommencèrent dès que la santé lui revint. On l'emprisonna sous un léger prétexte, et ce qu'on avait prévu arriva : aussi longtemps que le cordonnier resta en prison, les palais furent en sûreté ; dès qu'on l'eut relâché, il se commit de nouveaux crime. Enfin la torture lui arracha des aveux, et il fut mené au supplice. Il est à imaginer qu'il ne faisait aucun usage des richesses qu'il avait volées : on les retrouva toutes sous le plancher de sa chambre ; le drôle assurait fort naïvement qu'il avait fait vœu à saint Roch, son saint patron, de ne pas voler au-delà d'une certaine somme ronde, puis de vivre honnêtement : il était malheureux pour lui, disait-il, qu'on l'eût découvert avant qu'il n'eût amassé cette somme.

Si l'on doit indiquer *honnêtement,* comme disait le cordonnier de Venise, les sources auxquelles on a puisé, je dirai que les paroles de mademoiselle de Scudéry : *Un amant qui craint les voleurs,* etc., ont été réellement prononcées par elle dans les circonstances que j'ai rapportées. L'histoire du présent fait au nom des brigands n'est pas non plus l'enfantement d'un poète fécondé par un vent favorable ; vous en trouverez le récit dans un livre où vous ne le chercheriez certainement pas, à savoir dans les Chroniques de Nuremberg, par Wagenseil. Le vieil historien y parle entre autres choses d'une visite qu'il rendit à mademoiselle de Scudéry durant le séjour qu'il fit à Paris ; et si je suis parvenu à représenter dignement cette femme auteur, je dois en rendre grâce à l'agréable courtoisie avec laquelle Wagenseil parle de l'illustre demoiselle.

ZACHARIAS WERNER [1]

Nous causions [2] :

— Rien ne m'afflige plus, dit Sylvestre, que de voir, au lieu d'une comédie, où tout se rattache à un même fil, où toute l'action tend régulièrement à la formation d'un tout, que de voir, dis-je, une suite de circonstances capricieuses et de situations isolées. Il est fâcheux que ce soit l'un de nos plus vigoureux écrivains dramatiques de ces dernières années qui ait donné le signal de cette manière légère de traiter la comédie. Du temps des anciens auteurs, dans lesquels on ne saurait méconnaître une étude sérieuse de l'art dramatique, le poète s'efforçait toujours de créer un plan substantiel d'où sortaient naturellement les traits comiques, grotesques et spirituels, parce que cela était indispensable : Junger [3], qui nous semble souvent faible et mou, a toujours travaillé de la sorte, et Bretzner lui-même connaît l'art de faire jaillir l'esprit comique des combinaisons d'un plan : aussi, je l'estime fort.

— Pour moi, dit Lothaire [4], ses opéras l'ont entièrement perdu dans mon esprit ; ce sont des modèles de ce qu'il ne faut pas faire.

— Vous, qui parlez de règles dramatiques, s'écria Vincent, vous perdez votre temps à raisonner sur une nullité, et l'on peut vous dire, comme Roméo à Mercutio : « Silence, ô silence, mes braves gens ! vous parlez « d'un rien ! » Je suis d'avis que nous ne verrons jamais représenter une bonne pièce, par le simple motif que les vieux ouvrages ne conviennent plus du tout à la faiblesse de notre constitution et que nous ne pourrions les digérer ;

et, quant aux nouveaux, on n'en saurait écrire de bons. D'où cela vient-il ? J'ai dessein de le dire dans un traité de quarante feuilles, tout au moins ; mais pour le moment, je vous le résumerai en deux mots : nos mœurs pâles et prosaïques nous ont ôté l'esprit qui consiste à jouer avec soi-même, et l'égalité sociale, qui a mis tous nos travers en commun, nous a ôté le goût d'en rire [5]. — *Dixi*, s'écria Sylvestre, en riant, et là-dessous le grand nom de Vincent, avec scel et paraphe ! J'ai remarqué, au contraire, que les pièces de bas comique diminuent, et dans ce nombre je compte surtout les pièces dites à *tiroirs* [6], dans lesquelles un habile coquin trompe un bon homme d'oncle, ou un directeur de spectacle, par d'absurdes travestissements. Cependant, il y a peu d'années, cette nourriture maigre et peu substantielle était le pain quotidien de chaque théâtre.

— Elles continueront d'abonder tant qu'il y aura des comédiens bouffis de vanité, dit Lothaire, et auxquels rien au monde ne semble plus intéressant que de se montrer, dans la même soirée, sous des soubrevestes et des perruques de couleurs diverses, et de se faire admirer comme des merveilles du genre caméléon. J'ai toujours ri en moi-même de cette suffisance qui se donne son apothéose, et qui convertit un homme en marionnette, en le faisant renoncer à son moi, sans lequel il n'est pas d'art comique. C'est d'ordinaire un monsieur bien pincé, bien turbulent, mais sans verve, agile sans nécessité, qui se déploie devant le public afin qu'on l'admire, sans aucunement s'occuper du pauvre comédien qui joue le rôle de compère. Si un emploi peut forcer celui qui le remplit, comme nous le voyons dans *Wilhelm Meister*, de Goethe [7], à prendre tous les rôles dans lesquels il y a des coups à recevoir, chaque théâtre devrait avoir un semblable sujet pour jouer les directeurs de spectacle qu'on bafoue ; et il aurait fort à faire, car il n'est pas de comédien qui ne voyage avec un tel rôle dans sa poche, comme passeport et comme lettre de crédit.

— Je me souviens à ce propos, dit Théodore *, d'un

* Hoffmann se met lui-même en scène sous ce nom [9].

homme bien singulier que je vis dans une petite ville du midi de l'Allemagne, au milieu d'une troupe de comédiens. C'était le portrait vivant de l'admirable pédant du roman de Goethe. Bien qu'il fût insupportable sur le théâtre, où il psalmodiait ses petits rôles avec une monotonie fatigante, on disait que, dans ses jeunes années, il avait été excellent comédien, et qu'il avait surtout admirablement joué ces rôles d'hôtes fripons qui reviennent presque dans chaque comédie, et dont l'hôte de l'auberge dans *Le Monde renversé,* de Tieck, déplore si vivement la disparition sur la scène [8]. Lorsque je le vis, il me sembla avoir parfaitement pris son parti sur le destin qui l'avait sans doute poursuivi rudement; et, plongé dans une apathie totale, il n'attachait plus de valeur à rien au monde, et particulièrement à lui-même. Rien ne pouvait traverser l'épaisse enveloppe d'indifférence qu'une vie misérable et vulgaire avait formée autour de lui, et il s'y complaisait avec délices. Souvent, cependant, un éclair de génie scintillait du fond de ses yeux creusés, et une expression satirique se répandait sur ses traits, en sorte que, sous la manière humble et soumise à l'excès qu'il affectait envers tout le monde, et surtout envers son directeur, homme puéril et vain, perçait une ironie sanglante. Le dimanche, il avait coutume de venir s'asseoir au bas bout de la table d'hôte de la première auberge de la ville, dans un vêtement propre et bien brossé, mais dont la couleur fantasque et la coupe plus fantasque encore annonçaient le comédien des temps passés. Là, il tâchait de bien vivre, et se livrait aux plaisirs de la table sans proférer une seule parole, bien qu'il se montrât fort modéré sur le chapitre du vin, vidant à peine la bouteille qu'on plaçait devant lui. A chaque verre qu'il se servait, il s'inclinait humblement devant l'hôte, qui l'agréait le dimanche à sa table, en récompense des leçons d'écriture qu'il donnait à ses enfants. Un dimanche, il arriva que toutes les places se trouvèrent prises à la table d'hôte; il s'en trouvait une seule auprès du vieux comédien, et zeste, je m'y glissai, dans l'espoir de faire paraître au grand jour l'esprit supérieur que mon homme cachait avec tant de sollicitude. Il était difficile, presque impossible, d'approcher du comédien; quand on croyait le tenir, il se baissait sous vos mains et vous échappait à force d'humilité et de soumission. Enfin, après l'avoir forcé, à grand-peine, à se laisser verser deux verres d'un vin capiteux, il parut se dilater un peu, et parla avec une émotion visible du bon vieux temps du théâtre, qui avait disparu et qui ne reviendrait jamais. A la fin du repas, deux de mes amis vinrent à moi, et le comédien voulut se retirer. Je le retins ferme, bien qu'il protestât du ton le plus misérable « qu'un pauvre comédien usé n'était pas « une société digne de messieurs aussi honorables, qu'il « n'était nullement convenable qu'il restât, que ce n'était « pas sa place, et qu'on ne le souffrait à cette table que « pour le petit peu de nourriture qu'on voulait bien lui « donner, etc. » — Enfin il céda, mais je dois moins l'attribuer à la persuasion de mon éloquence qu'à l'appât irrésistible d'une tasse de café et d'une pipe d'excellent tabac turc que je lui offris. Il resta donc, et parla avec esprit et vivacité de l'ancienne scène : il avait vu jouer Eckhof et Schroeder; bref, il se découvrit à nous, et nous vîmes que son état d'abattement provenait des regrets du passé, que ce temps écoulé était le paradis perdu pour lui où il respirait, où il vivait encore, et que, jeté hors de là, il flottait sans soutien et ne savait plus à quoi se prendre. Que cet homme nous surprit lorsque, devenu enfin joyeux et ouvert, il nous récita, avec une énergie d'expression qui pénétra nos âmes, le récit du fantôme dans *Hamlet*, tel que Schrœder l'a traduit! (Il n'avait jamais entendu parler de la traduction de Schlegel [10].) Nous ne pûmes lui refuser de lui exprimer toute notre admiration lorsqu'il prononça quelques passages du rôle de Polonius d'une manière qui nous fit voir devant nos yeux le courtisan que la vie des cours a rendu puéril, sans lui ôter entièrement les principes de sagesse humaine qui réveillent de temps en temps sa raison. Mais tout cela n'était que le prologue d'une scène telle que je n'en vis jamais et qui ne s'effacera plus de ma mémoire. J'arrive maintenant au point de notre conversation qui m'a fait souvenir de mon vieux comédien, et je vous prie de me pardonner ce long préambule. Le pauvre homme était forcé de jouer les misérables rôles de compère, dont nous parlions tout à l'heure, et il devait, dans peu de jours, jouer *Le Directeur de spectacle dans l'embarras,* avec le directeur du théâtre lui-même, qui s'attendait à briller dans le rôle du comédien mystificateur. Soit que ce jour son ancien esprit (celui qu'il s'efforçait toujours de mortifier) se fût réveillé en lui, soit que, contre son habitude, il eût eu recours au vin pour soutenir sa verve, dès son entrée en scène il se montra tout autre qu'on ne l'avait vu jusqu'alors: ses yeux étincelaient, et la voix sourde et tremblante du vieil hypocondre s'était changée en une basse pleine et sonore, comme en ont au théâtre les oncles riches que la justice poétique amène à la fin des comédies pour punir la folie et récompenser la sagesse. Au reste, les choses se passèrent comme d'ordinaire. Mais quel fut l'étonnement du public lorsque après les premières scènes de travestissement, étant seul, cet homme singulier s'avança sur le bord du théâtre, le sarcasme sur les lèvres, et lui parla à peu près en ces termes [11]: « Est-il bien « possible qu'on veuille fonder l'illusion sur un habit « taillé de telle ou telle manière, sur une perruque plus ou « moins frisée, et soutenir par ces moyens-là un misérable talent que n'anime pas un esprit original ? Le jeune « homme qui a voulu de la sorte se faire passer à mes « yeux pour un artiste à expédients, pour un génie transformateur, n'aurait pas dû gesticuler si immodérément, « puis retomber sur lui-même comme un couteau de poche, et rouler les *r* d'une façon si fatale à l'oreille ; alors « peut-être le public et moi-même n'aurions-nous pas « reconnu aussitôt notre petit directeur, comme la chose « vient d'arriver à faire pitié ! — Mais comme la pièce « doit durer encore une demi-heure, je vais pendant tout « ce temps faire comme si je n'avais rien remarqué, bien « que cela m'ennuie furieusement et me dérange fort. » Bref, à chaque entrée du directeur, le vieux comédien lui donnait sa réplique d'un air incrédule et d'une façon si divertissante, que la salle retentissait des éclats de rire des spectateurs. Rien n'était plus plaisant que de voir le directeur, tout occupé de ses travestissements, continuer son rôle jusqu'à la fin, sans se douter du tour qu'on lui jouait sur la scène. Il se pouvait que le vieux comédien fût d'accord, pour son méchant complot, avec l'habilleur du théâtre ; toujours est-il que le malheureux directeur était fort long à se vêtir, et les intervalles des scènes que le vieux comédien devait remplir duraient plus longtemps que d'ordinaire. Aussi avait-il le loisir de lancer les brocards les plus amers contre le pauvre directeur, et d'imiter avec une vérité foudroyante son jeu et son langage, ce qui faisait pâmer les spectateurs. Toute la comédie fut ainsi inversée, et les scènes accessoires devinrent les scènes principales, scènes ravissantes et inouïes. Je me rappelle surtout que le vieux comédien annonçait quelquefois au public de quelle manière le directeur allait paraître, imitant d'avance sa mine et ses attitudes, que celui-ci attribuait à l'expression comique de ses traits les rires bruyants qui l'accueillaient, et qui s'adressaient à l'imitation parfaite que l'autre venait d'en faire. Enfin le directeur apprit ce qui s'était passé ; le vieux comédien eut peine à se soustraire aux mauvais traitements dont il le menaçait, et la scène lui fut interdite ; en revanche, le public le prit en affection, et le défendit si chaudement, que le directeur, poursuivi chaque soir par les huées des spectateurs, se vit forcé de fermer son théâtre et d'aller s'établir dans une autre ville. Quelques citoyens honorables, à la tête desquels se trouvait l'hôte de l'auberge, se réunirent pour assurer au vieillard un petit revenu, afin de lui procurer une vie honorable et tranquille. Mais un comédien est un être inexplicable ! Un an s'était à peine écoulé lorsqu'il disparut subitement. Depuis, on le rencontra, courant le pays avec une troupe ambulante, plus misérable et plus mal content que jamais.

— Cette anecdote, dit Ottmar, pourrait trouver place dans un livre de morale à l'usage des comédiens et de ceux qui veulent le devenir.

Pendant que nous causions ainsi [12], Cyprien s'était levé en silence, et, après avoir fait quelques pas dans la chambre, il s'était établi près de sa fenêtre, derrière les rideaux qui étaient tirés. Au moment où Ottmar se tut, un tourbillon de vent vint mugir dans la chambre, les lumières menacèrent de s'éteindre, tout le pupitre de Théodore devint vivant, mille papiers volèrent çà et là dans la chambre, et les cordes du forté-piano, qui était resté ouvert, rendirent un son prolongé.

— Eh! Cyprien, que fais-tu? s'écria Théodore en voyant ses notes littéraires abandonnées à la furie du vent d'hiver. Et chacun s'efforça de sauver les lumières et de se préserver des flocons de neige [13] qui pénétraient de toutes parts.

— Il est vrai, dit Cyprien en refermant la fenêtre, il est vrai que le temps ne permet pas que l'on contemple la nature.

Sylvestre prit par les deux mains Cyprien, qui, dans sa distraction, se laissa reconduire à sa place, qu'il avait quittée. — Dis-moi, lui demanda Sylvestre, dans quelles régions inconnues tu t'es égaré; car ton esprit variable t'avait certainement transporté bien loin de nous.

— Je n'étais pas si loin de vous que tu peux le penser, répondit Cyprien, et c'est votre entretien même qui m'avait ouvert la porte pour m'échapper. Au moment où vous parliez si longuement de comédie, et où Vincent remarquait judicieusement que nous avions perdu de cet esprit qui joue de soi-même, je songeais, moi, que, dans ces temps nouveaux, la tragédie avait révélé plus d'un noble talent. A cette pensée, j'avais été frappé par le souvenir d'un poète qui débuta en prenant l'essor du génie le plus audacieux, mais dont l'esprit, voilé par de sombres nuages, s'affaissa de plus en plus.

— Tu combats ici directement le principe de Lothaire [14], dit Ottmar; il prétend que le génie véritable ne baisse jamais.

— Et Lothaire a raison, continua Cyprien, s'il prétend que les plus violents orages de la vie ne peuvent éteindre la flamme sublime qui jaillit de nos âmes; que les déboires les plus amers, que les événements les plus accablants, luttent vainement contre la puissance divine de l'esprit; que l'arc ne se tend que davantage; que la flèche ne part qu'avec plus de rapidité. Mais il en est autrement lorsque l'embryon porte en lui le ver envenimé qui se développe avec sa sève, qui s'attache aux plus belles fleurs de sa vie: l'arbre recèle en lui-même son principe de mort; il n'est pas besoin de tourmente pour l'abattre.

— [15] Alors il manquait au génie dont tu parles la première des qualités indispensables au poète tragique, qui doit pénétrer avec force et liberté dans la vie. Pour moi, je pense qu'une âme de poète doit être saine en tous points, libre de toute contrainte, et affranchie de ces faiblesses, ou, pour parler comme toi, de ce venin inné qui la ronge sourdement. Où se trouva jamais une âme plus saine et plus libre que celle de notre père sublime, de Goethe ? C'est avec de telles âmes qu'on crée des *Goetz de Berlichingen,* des *Egmont*. — Et si l'on peut accorder à notre Schiller cette force de demi-dieu, ce calme intellectuel parfait, la pure auréole de génie qui environne ses héros, et qui nous réchauffe de ses rayons, atteste un esprit créateur. N'oublions pas son brigand *Moor,* que Tieck nomme avec raison une création titanique. Mais nous voici bien loin de ton poète, Cyprien, et je voudrais que tu nous disses, sans plus de façon, de qui tu veux parler, bien que je croie le deviner.

— Au risque de m'entendre dire, comme vous l'avez fait souvent, que je me jette à travers votre conversation avec des paroles que vous ne pouvez vous expliquer, parce que je ne vous ouvre pas le champ de mes rêves, s'écria Cyprien, je ne craindrai pas de dire : Non, depuis le temps de Shakespeare, jamais un être semblable à ce terrible vieillard ne se montra sur la scène, et afin que vous ne demeuriez pas un seul instant en doute, j'ajouterai que nul poète moderne ne peut se vanter d'avoir produit une conception aussi puissante et aussi tragique que le drame des *Fils de la Vallée,* de Zacharias Werner.

Nous nous regardâmes avec étonnement; on repassa rapidement les traits principaux des poésies de Zacharias Werner, et l'on convint qu'on trouvait partout quelque chose de grand, de vraiment fort et tragique, mêlé à des idées bizarres, aventureuses, quelquefois vulgaires, qui témoignaient que le poète n'avait jamais pu parvenir à voir nettement son héros, et qu'il lui manquait cette santé intellectuelle, cette sérénité intérieure sans laquelle, selon Lothaire, il n'est pas de poète tragique.

Théodore avait ri en lui-même, comme s'il eût été

d'une autre opinion. — Arrêtez, mes amis, point de précipitation ! s'écria-t-il ; je sais, et seul de vous tous je puis savoir que Cyprien parle d'un poème que le poète n'acheva pas, et qui doit rester inconnu, bien que les amis du poète, que ceux qui vivaient dans son intimité, et à qui il avait communiqué les scènes principales, fussent convaincus de la supériorité de cette œuvre, non pas seulement sur les autres compositions de l'auteur, mais sur toutes les tragédies des temps modernes *.

— Je parlais, dit Cyprien, de la seconde partie de *La Croix à la Baltique,* où paraît cette création gigantesque du vieux roi de Prusse, Waidewuthis. Il me serait impossible de vous dépeindre clairement ce caractère, que le poète semble avoir évoqué du fond des profondeurs de la terre ; bornons-nous à entrevoir le mécanisme qui met en jeu ce personnage. — Les traditions historiques attribuent la première culture des anciens peuples de la Prusse à leur roi Waidewuthis. Il établit les droits de la propriété ; les champs furent limités ; il fit prospérer l'agriculture, et il donna un culte religieux à son peuple, en taillant lui-même trois idoles, auxquelles on faisait des sacrifices sous un chêne antique où il les avait suspendues. Mais une puissance funeste s'empare de lui alors qu'il se croit lui-même le dieu du peuple qu'il gouverne. Ces raides et grossières idoles qu'il a taillées de ses propres mains, afin que la force et la volonté se courbent

* Hoffmann était un de ces amis qui vivaient dans l'intimité de l'auteur de la tragédie de *Luther,* du *Vingt-quatre février,* et de *La Croix de la Baltique,* demi-drame, demi-opéra dont Hoffmann fit la musique. Il n'est ici question que d'un des écrits de Werner. Hitzig a publié la vie de cet écrivain, dont l'existence rêveuse et agitée ne fut pas moins bizarre que celle d'Hoffmann, et qui, après avoir idéalisé le luthéranisme dans ses poésies, alla se faire moine à Venise, et mourut en léguant sa plume au trésor de la Vierge à Mariazel. Sa vie entière et les contradictions qui la remplirent peuvent s'expliquer par un même motif : il fut toujours guidé par l'idée qu'il avait une mission divine, pensée qui le jeta dans un état d'aliénation complète. — Cette conversation est fort curieuse en ce qu'elle révèle cette pensée de Werner, et qu'elle fait connaître la fin d'un ouvrage qu'il n'a pas terminé. Les fragments qu'on en cite n'existaient plus que dans la mémoire d'Hoffmann, qui, heureusement, les a consignés sur le papier avant que de mourir. *Le Tr.*

devant cette représentation inanimée de la puissance d'en haut, s'animent tout à coup et s'éveillent à la vie. Ces esclaves soulevés contre leur maître, ces créatures révoltées contre leur créateur, tournent contre lui les armes dont il les a munis, et alors commence une lutte inouïe entre le principe surnaturel et le principe humain. — Je ne sais si je me suis expliqué bien clairement, et si j'ai réussi à vous faire comprendre l'idée colossale du poète; mais, pour moi, je ne puis me défendre d'une secrète épouvante en songeant à ce Waidewuthis.

— En effet, dit Théodore, notre ami Cyprien vient de pâlir, et sa frayeur nous prouve combien il a été frappé de ce tableau merveilleux dont il ne nous montre que quelques traits. Pour Waidewuthis, le poète l'a peint avec une vigueur miraculeuse, et il l'a fait assez fort et assez gigantesque pour qu'il soit digne de la lutte, et pour que la victoire que remporte sur lui le christianisme nous paraisse plus grande et plus belle. Dans quelques scènes, ce vieux roi m'a semblé comme s'il était, pour parler comme Dante, *l'imperador del doloro regno* lui-même, qui vient errer sur la terre. Mais quant à la manière dont le poète a voulu terminer son ouvrage, il est difficile de le pressentir. Rien, du moins, ne me l'a fait deviner.

— Pour moi, dit Vincent, il me semble qu'il est arrivé au poète avec sa tragédie comme au roi Waidewuthis avec ses idoles: son ouvrage a grandi au-dessus de sa tête, et il n'a pas eu assez de force pour le maîtriser. En général, s'il est vrai, comme le pense Cyprien, que le vieux roi avait les meilleures dispositions pour devenir un satan accompli, je ne vois pas alors comment on peut assez le rattacher à la terre pour faire de l'intérêt dramatique. Pour cela, il faudrait que ce satan fût un véritable héros de royauté.

— Et cela est en effet, répliqua Cyprien. Pour le prouver, il faudrait savoir par cœur plusieurs scènes que le poète nous communiqua. Je me souviens encore vivement d'un passage qui me parut admirable. Le roi Waidewuthis prévoit qu'aucun de ses fils ne pourra hériter de sa couronne. Il élève, pour en faire son héritier, un enfant qui paraît, je crois, dans la tragédie, d'abord à l'âge de douze ans. Dans la nuit ils se sont assis tous deux, Waidewuthis et l'enfant, auprès d'un feu, et le roi s'efforce d'enflammer son élève aux idées de puissance divine et absolue des despotes. — Ce discours de Waidewuthis, qui me sembla fort beau, était entièrement écrit. L'enfant tenant dans ses bras un jeune loup, fidèle camarade de ses jeux qu'il a élevé, écoute attentivement les paroles du vieillard, et lorsque celui-ci lui demande s'il sacrifierait bien son loup pour obtenir une telle puissance, l'enfant le regarde fixement, saisit son loup et le jette sans rien dire dans les flammes.

— Je sais, dit Théodore en voyant Vincent sourire, je sais ce que vous allez dire ; j'entends déjà le jugement sévère par lequel vous allez condamner le poète, et je vous avoue qu'il y a peu de jours je me serais joint à vous, moins par conviction que par le chagrin de voir Werner égaré sur une route qui nous éloigne à jamais de lui, et qui ne peut nous laisser le désir de le voir revenir à nous *. Mais maintenant je suis désarmé, entièrement désarmé, car j'ai lu la préface de sa tragédie *La Mère des Machabées,* morceau qui ne saurait être compris que par le petit nombre d'amis que le poète avait rassemblés autour de lui dans les bonnes années de son génie, et qui renferme la plus touchante confession de sa faiblesse coupable, les plaintes les plus douloureuses sur le bonheur qu'il a perdu à jamais. Peut-être cet aveu s'est-il involontairement échappé de son âme, et lui-même n'a-t-il pas compris l'intention profonde qui se dévoilait dans ses paroles aux amis qu'il avait abandonnés. Il me semblait, en lisant cette préface remarquable, que les rayons lumineux du génie de Werner apparaissaient à moi du milieu d'un nuage, et le poète s'offrait à mes yeux comme un monomane à qui son idée fixe laisse des moments lucides, où, au lieu de déplorer ses faiblesses et ses erreurs, il s'efforce d'entasser d'ingénieux sophismes pour les faire excuser. Dans ce discours, Werner parle de cette seconde partie de *La Croix à la Baltique* qui nous occupe en cet instant, et il avoue… Ne fais pas d'aussi

* Il s'était fait jésuite. *Le Tr.*

folles grimaces, Lothaire ; ne t'agite pas ainsi sur ta chaise, Ottmar ; l'auteur des *Fils de la Vallée* mérite bien que nous parlions de lui avec quelque ferveur. Mon cœur est plein de cet homme, et il faut que je donne un libre cours à ma pensée qui déborde !

— Tu auras beau te fâcher, trépigner, m'injurier et me maudire, mon pauvre Théodore, s'écria Vincent ; il faut que je lance au milieu de tes méditations une petite anecdote qui jettera, du moins pendant quelques minutes, un rayon de clarté sur toutes ces figures sombres. — Notre poète avait invité quelques amis à venir entendre la lecture du manuscrit de *La Croix à la Baltique*, dont ils connaissaient des fragments qui avaient excité leur curiosité au plus haut degré. Assis, comme d'usage, au milieu du cercle, près d'une petite table sur laquelle brûlaient deux bougies sur de hauts flambeaux, le poète avait tiré son manuscrit de son sein et placé devant lui son mouchoir de soie teint en bleu de Prusse, nuance vraiment vernaculaire et tout à fait de circonstance. — Un profond silence règne à l'entour, pas un souffle ne se fait entendre ! — Werner se compose une de ces physionomies railleuses qui lui sont propres et qui sont au-delà de toute description, et il commence : — Vous vous souvenez sans doute qu'à la première scène, au lever du rideau, les Prussiens sont assemblés sur les bords de la mer Baltique, et invoquent, par leurs noms, les divinités sauvages qu'ils viennent adorer. — Il commence donc :

Bankputtis ! Bankputtis ! Bankputtis !

Puis une pause. Alors s'élève d'un coin de la chambre la voix douce d'un des auditeurs : « Mon cher ami ! mon admirable et excellent Werner ! si tu as écrit tout ton poème dans ce maudit langage, le diable m'emporte si personne de nous y comprendra quelque chose ; et vraiment tu feras bien de commencer tout de suite par la traduction. »

On se mit à rire ; Cyprien et Théodore restèrent seuls graves et silencieux [16].

— Je passe, dit Théodore, sur l'anecdote de Vincent, et je me garderai de disculper mon ami de ses bizarreries ; ce serait chose insensée et de mauvais goût. Laissez-moi plutôt vous poser un problème psychique pour vous faire comprendre par quelles circonstances singulières la sublime organisation de notre poète a dégénéré ; et en revenant à la comparaison de Cyprien, pour vous montrer que le plus bel arbre peut porter en soi, dès sa naissance, les germes de sa destruction. — Représentez-vous une mère malade, malade d'esprit ; je ne parle point de cette folie puérile des femmes, qui est d'ordinaire en elles le résultat de l'affaiblissement du système nerveux ; j'ai plutôt en vue cet état exagéré de l'âme où le principe psychique, exhalé en traits de flammes par l'action d'une imagination ardente, s'est changé en un poison qui dévore les sources de l'existence, et jette l'homme dans le rêve perpétuel d'une autre vie, que, dans son délire, il prend pour cette vie d'ici-bas. Une femme, pourvue d'ailleurs d'esprit et d'âme, ressemble plus, en cet état, à une pithonisse qu'à une folle, et dans la lutte des deux principes qui s'agitent en elle, ses discours ont, à certaines oreilles, le caractère des paroles d'en haut. Figurez-vous donc une telle femme, dont l'idée fixe consiste à se croire la vierge Marie, et à tenir le fils qu'elle a enfanté pour le Christ, pour le fils de Dieu ; et chaque jour, à chaque heure, elle l'annonce à cet enfant, qu'on ne peut séparer d'elle : c'est la mère de notre poète ! L'enfant est richement doté des qualités de l'âme et de l'esprit, il a surtout reçu en partage une imagination de feu. Ses parents, ses maîtres, pour lesquels il a une profonde estime, en qui il met sa confiance, tous lui disent que sa pauvre mère est folle, et il voit lui-même l'aberration de cette femme augmenter dans les diverses maisons de fous où elle séjourne. Mais les paroles de sa mère ont profondément pénétré dans son cœur, il croit entendre des révélations d'un autre monde, et il sent vivement grandir en lui les croyances qui anéantissent la force de sa raison [17]. Ce que sa mère lui a dit sur le train de ce monde, sur le mépris, sur les dédains que doivent endurer les élus de Dieu, revient sans cesse à sa pensée, il en trouve la confirmation dans la vie, et lorsque ses camarades de collège le sifflent ou le bafouent, il se regarde déjà comme un martyr. — Que vous dirais-je ! la pensée que la prétendue folie de sa mère, dont l'esprit lui semble si élevé, si au-dessus du monde réel, n'est que l'expression prophétique de sa destinée, n'a-t-elle pas dû germer dans la tête de cet enfant ? C'est un élu des puissances du ciel, un saint, un prophète ! Exista-t-il jamais pour un jeune homme à imagination bouillante une cause plus violente d'exaltation mystique ? Laissez-moi supposer encore que ce jeune homme, impressible au degré le plus funeste, est entraîné vers le péché, vers toutes les jouissances, vers toutes les corruptions de la terre. Je veux passer en détournant la vue devant l'affreux spectacle de la nature humaine en combat avec les penchants vicieux qui s'insinuent dans l'âme du malheureux jeune homme, dont le sang trop brûlant augmente encore l'ardeur du poison. Je ne veux point pénétrer plus avant dans ce mystère de contradictions, c'est le ciel et l'enfer qui luttent ensemble, et c'est ce combat mortel qui fait naître à ses yeux une pensée dont on ne peut expliquer le sens par rien de ce qui se passe dans la nature humaine. — Et que devient cet enfant lorsque, mûri par l'âge, arrivé au temps où le péché, dépouillé de son brillant vernis, se montre dans sa nudité dégoûtante, son imagination, qui a sucé dès le berceau avec le lait maternel, le germe de cette folie mystique, poussée par des tourments et des angoisses infinies, voit un culte qu'elle a fui venir au-devant d'elle avec des levites au visage riant et consolateur, avec des hymnes de joie, des chants de triomphe, des bannières d'or et de soie, et des cassolettes fumantes d'encens ? Quelle révolution subite s'opère dans son âme éperdue lorsqu'une voix pleine de douceur [18], imposant silence aux accents sévères de sa conscience, lui vient dire : « Tu « étais frappé d'aveuglement lorsque tu voulais soutenir « des combats intérieurs. Le voile est tombé : reconnais « que le péché est le stigmate de la nature divine, de la « vocation céleste, dont la puissance éternelle a marqué « ses élus. Ce n'est que lorsque tu osas résister à tes « penchants mondains, à la volonté de Dieu, qu'il dut « rejeter l'enfant rebelle, la créature aveuglée. Le feu « épuré de l'enfer sert à former l'auréole de gloire des « saints ! » Ainsi ce terrible et fallacieux hypermysticisme rend le courage au malheureux, alors que les derniers débris de son être intelligent lui échappant, le rendent semblable à l'insensé dont le mal devient incurable quand il en vient à se complaire et se délecter dans sa folie.

— Assez, assez! s'écria Sylvestre; Théodore, je t'en supplie, n'en dis pas davantage. Tes dernières paroles me rappellent le dogme terrible du père Molinos et les leçons abominables du quiétisme. J'ai tremblé de tous mes membres en lisant l'une des maximes de ce dogme. « Il ne faut avoir nul égard aux tentations, ni leur « apporter aucune résistance. Si la nature se meut, il faut « la laisser agir; ce n'est que la nature*. » Cela nous conduit... — Beaucoup trop loin! s'écria Lothaire[19]. Trêve de toutes ces folies sublimes qui nous mèneraient droit aux discussions théologiques.

Pendant ce temps, Théodore avait passé dans la chambre voisine; il revint, portant un portrait voilé qu'il posa

* Il est peut-être curieux de rapporter ici un passage qui donne une idée de cette étrange doctrine: « Toute opération active est absolument « interdite par Molinos. C'est même offenser Dieu que de ne pas « s'abandonner à lui; que l'on soit comme un corps inanimé. De là « vient, suivant cet hérésiarque, que le vœu de faire quelques bonnes « œuvres est un obstacle à la perfection, parce que l'activité naturelle « est ennemie de la grâce; c'est un obstacle aux opérations de Dieu et à « la vraie perfection, parce que Dieu veut agir en nous sans nous. Il ne « faut connaître ni lumière, ni amour, ni résignation. Pour être parfait, il « ne faut pas même connaître Dieu; il ne faut penser ni au paradis, ni à « l'enfer, ni à la mort, ni à l'éternité. On ne doit point désirer de savoir « si on marche dans la volonté de Dieu, si on est assez résigné ou non. « En un mot, il ne faut point que l'âme connaisse ni son état ni son « néant, il faut qu'elle soit comme un corps inanimé. Toute réflexion « est nuisible, même celle qu'on fait sur ses propres actions et sur ses « défauts. Ainsi on ne doit point s'embarrasser du scandale que l'on « peut causer, pourvu que l'on n'ait pas intention de scandaliser; quand « une fois on a donné son libre arbitre à Dieu, on ne doit avoir aucun « désir de sa propre perfection, ni des vertus, ni de sa sanctification, ni « de son salut; il faut même se défaire de l'espérance, parce qu'il faut « abandonner à Dieu tout le soin de ce qui nous regarde, même celui de « faire en nous et sans nous sa divine volonté; ainsi c'est une imperfection que de demander, c'est avoir une volonté et vouloir que celle de « Dieu s'y conforme. Par la même raison, il ne faut lui rendre grâce « d'aucune chose; c'est le remercier d'avoir fait notre volonté, et nous « n'en devons point avoir. »

Histoire du procès de La Cadière[20].

sur la table en l'appuyant contre la muraille, et de chaque côté il plaça deux lumières. Tous les yeux se tournèrent vers cet objet, et lorsque Théodore enleva rapidement le voile, un léger cri s'échappa de toutes les bouches.

C'était l'auteur des *Fils de la Vallée,* peint en buste, d'une ressemblance si admirable que l'image semblait dérobée dans le miroir.

— Oui, s'écria Ottmar avec enthousiasme, de ces touffes épaisses de sourcils bruns s'échappe le feu mystique qui entraîna la ruine du poète ! Mais cette bonté qui se peint dans tous ses traits, ce rire de l'*humour* [21] véritable qui se joue sur ses lèvres et qui cherche vainement à se cacher sous la main qui soutient son menton allongé, tout cela m'entraîne vers le mystique, qui, plus je le regarde, me semble se rapprocher de l'humanité.

— Tu as raison, Ottmar, s'écria Vincent; ces regards sombres s'éclaircirent, il se montre plus humain, *et homo factus est!* Voyez, il sourit! Tout à l'heure, il va nous adresser des paroles réjouissantes. — Une ironie divine, un bon mot fulminant voltigent sur ses lèvres. Allons, courage, Zacharias ! Ne te gêne pas, tu es au milieu de tes amis; nous t'aimons, railleur caverneux ! Allons, camarades, allons, mes frères, le verre en main, notre sublime humoriste ne nous en voudra pas de faire une libation de punch [22] devant son image, pour apaiser le dieu qui préside aux gémonies.

Les amis élevèrent leurs coupes remplies pour accomplir ce vœu.

— Permettez-moi, dit Théodore, d'ajouter encore quelques mots. N'oubliez pas que je n'ai eu d'autre but, en vous dévoilant quelques circonstances ignorées de la vie de Werner, que de faire sentir bien vivement combien il est injuste et dangereux de juger des sensations d'un homme dont on n'a point scruté le cœur, et quel manque de générosité il y aurait à poursuivre de froides railleries un homme qui a succombé à une puissance inouïe à laquelle on n'eût sans doute pas résisté soi-même. Qui jettera la première pierre à l'homme sans défense qui a fait lui-même couler le sang de son propre cœur? Eh bien mon but est atteint. Vous-même, ses juges inexorables, votre pensée a changé subitement lorsque vous vous êtes trouvés face à face avec lui. Sa physionomie dit vrai. Dans ces beaux jours où il vivait amicalement à mes côtés, je le reconnaissais pour le meilleur, pour le plus aimable des hommes, et tous les écarts de son esprit, qu'il mettait plutôt en lumière par son ironie qu'il ne cherchait à les cacher, ne firent que le présenter sous un aspect plus séduisant. Non, il n'est pas possible que toutes les fleurs de cet esprit se soient flétries par un souffle empoisonné* ! Non, si cette image pouvait s'animer, Werner apparaîtrait au milieu de nous avec toute sa vie et tout son génie. Puissions-nous n'avoir vu que les ténèbres qui précèdent le lever du jour ! Puissent les rayons de la foi véritable se ranimer en lui ! puissent les forces de son âme, rafraîchies par une vie nouvelle, se réveiller pour mettre le sceau à une œuvre qui doit couronner sa gloire ! Et maintenant, amis, choquons nos verres dans ce joyeux espoir !

Les amis choquèrent leurs verres avec fracas, et formèrent un demi-cercle autour de l'image du poète.

— Et pour moi, s'écria Vincent, je bois au divin poète, n'importe qu'il soit abbé, jésuite, cardinal, pape même, ou évêque *in partibus infidelium,* par exemple, de Paphos !

Vincent avait, selon sa coutume, mis un terme à notre enthousiasme par une plaisanterie. Les amis reprirent leurs places, et Théodore, voilant de nouveau le portrait du poète, l'emporta en silence.

* A l'époque où Hoffmann écrivit ce morceau, Werner vivait dans une maison de jésuites.

MAITRE MARTIN

PRÉFACE [1]

Ton cœur n'a-t-il jamais battu, comme le mien, d'une émotion douloureuse, cher lecteur, lorsque tes regards planaient sur une cité où les magnifiques monuments de l'art germain racontent, comme des langues éloquentes, l'éclat, la pieuse persévérance et la grandeur réelle des temps passés ? Ne te semble-t-il pas alors que tu pénètres dans une maison abandonnée ? — Le livre de dévotion dans lequel lisait le père de famille, est ouvert sur la table, la riche et éclatante tapisserie qu'achevait la femme est encore étendue sur le métier. Des ustensiles précieux, conservés pour les jours de fêtes, sont rangés avec ordre dans les armoires. Tu t'attends alors à voir un des habitants de cette demeure paraître et s'avancer pour t'accueillir avec une hospitalière cordialité. Mais tu attends vainement ceux que la roue éternellement rapide du temps a entraînés. Tu ne peux que t'abandonner aux doux rêves que font naître en toi les vieux maîtres dont les monuments te parlent avec tant de verve et de vigueur, que tu te sens pénétré de leurs pensées jusqu'à la moelle de tes os. Alors seulement tu comprends l'intention profonde de leurs œuvres, car tu lis dans leurs temps, et tu sens ce qu'ils éprouvaient. Mais hélas ! n'arrive-t-il pas bientôt que ces riantes images, chassées par les bruits actifs du jour, fuient timidement sur les nuages diaphanes de l'aurore, au moment où tu t'apprêtais à les saisir ; tandis que toi, l'œil obscurci par des larmes brûlantes, tu suis de tes regards ces ombres délicieuses qui s'effacent en pâlissant. — Alors tu t'éveilles brusquement, heurté avec rudesse par la vie réelle qui te cerne de toutes parts, et il ne te reste rien de ton beau rêve, qu'une ardeur profonde qui fait tressaillir ton sein de légers frémissements.

C'est de telles impressions qu'était agitée l'âme de celui qui écrit pour toi ces pages, cher lecteur, chaque fois que sa route le conduisait par la célèbre ville de Nuremberg. S'arrêtant tantôt devant la merveilleuse fontaine du marché, tantôt contemplant la tombe de Saint-Sébald, la chapelle du Saint-Sacrement de Saint-Laurent, passant tour à tour du château à la maison de ville, ornée des tableaux profonds d'Albert Dürer [2], il s'abandonnait tout entier aux douces rêveries qui l'enchaînaient au milieu des magnificences de l'antique ville impériale que le vieux poète Rosenbluth a chantée dans ses vers. Mainte image de la belle vie bourgeoise de ces temps où les artistes et les ouvriers, se tenant la main, marchaient gaiement ensemble vers un même but, s'éleva dans son âme et s'empara de sa pensée. C'est une de ces images qu'il va te présenter, lecteur chéri ! Peut-être la contempleras-tu avec complaisance ; peut-être toi-même te glisseras-tu secrètement dans la maison de maître Martin, et te complairas-tu au milieu de ses tonnes et de ses brocs. Allons, entrons ! — Puisses-tu ne pas regretter ta visite !

MAITRE MARTIN, LE TONNELIER, ET SES APPRENTIS

1580[3]

I

Comment maître Martin fut élu syndic,
et le remerciement qu'il en fit.

Le premier mai de l'année mil cinq cent quatre-vingts, l'honorable corporation des botteliers ou buddeliers, et tonneliers de la ville libre impériale de Nuremberg, tint son assemblée solennelle des métiers, conformément à ses vieilles mœurs et coutumes. Peu de temps auparavant, un des syndics, ou, comme on les nommait, un des maîtres des cierges, avait été porté en terre ; c'est pourquoi il fallait en choisir un nouveau. Le choix tomba sur maître Martin. En effet, il n'avait pas son égal pour la solidité et l'élégance de ses tonnes ; personne n'entendait comme lui l'arrangement des vins dans la cave ; aussi comptait-il les seigneurs les plus distingués parmi ses pratiques, et vivait-il dans la plus grande aisance, on peut même dire dans la richesse.

Lorsque maître Martin fut élu, le digne conseiller Jacobus Paumgartner, qui était à la tête de la corporation, se prit donc à dire : — Vous avez très bien agi, mes amis, de choisir maître Martin pour votre syndic ; car cet emploi ne pourrait se trouver en meilleures mains. Maître Martin est estimé de tous ceux qui le connaissent, à cause de son extrême habileté et de sa profonde expérience dans l'art de conserver et de soigner le noble vin. Que son zèle vigoureux, que la vie sage qu'il mène en dépit de toute la richesse qu'il a amassée, vous servent de modèle. Soyez donc salué comme notre digne syndic, mon cher maître Martin !

A ces mots, Paumgartner se leva de son siège, et s'avança de quelques pas, les bras ouverts, attendant que maître Martin vint à lui. Celui-ci appuya aussitôt ses deux bras sur ceux de son fauteuil, et se leva avec peine, autant que le lui permit son corps bien nourri. Puis il s'avança lentement vers Paumgartner, à qui il rendit légèrement ses embrassements. — Allons, dit Paumgartner un peu étonné, allons, maître Martin, seriez-vous mécontent du choix que nous avons fait de votre personne ?

Maître Martin rejeta sa tête en arrière, comme il avait coutume de le faire, se mit à jouer avec ses doigts sur son gros ventre, et regarda l'assemblée en ouvrant de grands yeux. — Eh ! mon cher et digne sire, comment serais-je mécontent de recevoir ce qui m'appartient ? qui hésite à accepter le légitime salaire de son travail ? qui repousse du seuil de sa porte le mauvais débiteur qui vient enfin payer l'argent qu'il devait apporter depuis longtemps ? Et vous, mes chers maîtres, ajouta-t-il en se tournant vers l'assemblée, avez-vous enfin eu l'idée que moi, moi, je devais être le syndic de votre honorable corporation ? — Qu'exigez-vous dans un syndic ? doit-il être le plus habile dans son métier ? Allez, et voyez ma tonne de deux foudres, achevée sans feu, mon beau chef-d'œuvre, et puis dites si quelqu'un se peut vanter d'avoir livré un morceau semblable par la force et la beauté du travail ? — Voulez-vous que votre syndic possède du bien et de l'argent ? Venez dans ma maison ; je vous ouvrirai mes caisses et mes coffres, et vous vous réjouirez à l'éclat de l'or et de l'argent qui y étincellent. — Le syndic doit-il être honoré par les grands et par les petits ? — Demandez à nos honorables sires du conseil, demandez aux princes et aux seigneurs tout autour de notre bonne ville de Nuremberg, demandez au très digne évêque de Bamberg, demandez-leur à tous ce qu'ils pensent de maître Martin ? Allons ! j'espère qu'ils n'en diront pas de mal !

A ces mots, maître Martin frappa avec complaisance sur son gros ventre, ferma ses yeux à demi, et voyant que tout le monde gardait le silence d'un air grave, il reprit :

— Mais je remarque, et je sais bien que je dois gentiment vous remercier de ce que le seigneur a éclairé vos esprits. Allons ! quand je reçois le prix de mon travail, quand mes débiteurs me rendent l'argent que je leur ai prêté, ne faut-il pas que j'écrive au bas du mémoire : *Reçu avec remerciement, Thomas Martin, maître tonnelier en cette ville !* Soyez donc tous remerciés d'avoir acquitté une vieille dette, en me nommant votre syndic et échevin. Au reste, je vous promets que je remplirai mon devoir avec zèle et droiture. Chacun des membres de la corporation me trouvera prêt à l'assister de ma personne et de mes conseils, et je prendrai à cœur de maintenir notre illustre métier dans tout son honneur et son éclat. Je vous invite, mon digne chef de métier, et vous tous, mes chers maîtres et amis, à un joyeux repas pour le prochain dimanche. Nous nous fortifierons le cœur auprès d'un verre de bon vin de Hochheim, de Johannisberg ou de quelque noble vin qu'il vous plaira de choisir dans mes caves bien fournies, et nous aviserons à faire ce qui sera utile pour notre bien à tous ! Encore une fois, soyez tous cordialement invités !

Les visages des honorables maîtres qui s'étaient visiblement obscurcis, pendant le discours orgueilleux de Martin, reprirent leur sérénité, et au sombre silence qui avait régné quelques instants, succéda un joyeux babil dans lequel il fut beaucoup question du mérite de maître Martin et de sa cave. Tous promirent de se trouver au repas du dimanche, et tendirent leurs mains au nouvel élu, qui les serra cordialement et pressa le chef des métiers contre son gros ventre, comme pour l'embrasser.

On se sépara gaiement et de bon accord.

II

Ce qui se passa dans la maison de maître Martin.

Il arriva que le conseiller Jacobus Paumgartner dut passer devant la maison de maître Martin pour se rendre à sa demeure. Lorsque tous deux, Paumgartner et Martin, se trouvèrent devant la porte de cette maison, et que Paumgartner voulut continuer son chemin, maître Martin ôta son bonnet, et s'inclinant autant qu'il put le faire, dit au conseiller : — Ne dédaignerez-vous pas de venir passer quelques moments dans ma pauvre maison, mon cher et digne sire ! permettez-moi de profiter un peu de vos sages discours. — Eh ! mon cher maître Martin, répondit Paumgartner en souriant, je m'arrêterai avec plaisir chez vous ; mais pourquoi nommez-vous votre demeure une pauvre maison ? Ne sais-je pas qu'elle surpasse celle des plus riches bourgeois ! n'avez-vous pas achevé dernièrement le bel édifice qui fait de votre maison un des plus beaux ornements de notre célèbre ville ; et pour l'arrangement intérieur, je ne veux pas en parler, car il n'est pas de patricien que ne pût s'en accommoder sans honte.

Le vieux Paumgartner avait raison, car, dès que la porte gracieusement arrondie et ornée d'ornements d'étain, se fut ouverte, on aperçut un vaste vestibule couvert de tapis bariolés, et rempli de tableaux ainsi que d'armoires et de sièges d'un bois précieux. Conformément au vieil usage, sur une tablette suspendue au-devant de la porte, on lisait une recommandation d'essuyer ses pieds et de secouer sa chaussure, écrite en vers grotesques[4].

La journée avait été fort chaude, l'air du soir qui pénétrait dans les chambres était plus agréable, aussi maître Martin conduisit son hôte dans la plus vaste salle de la maison, qui était une sorte de cuisine d'apparat. Chez les riches bourgeois de cette époque, on trouvait toujours une salle arrangée de cette manière et ornée d'ustensiles de ménage, destinés seulement à charmer les regards. — Rosa ! Rosa ! s'écria en entrant maître Martin. Aussitôt une porte s'ouvrit, et Rosa, la fille unique de maître Martin, s'avança au-devant de lui.

Puisses-tu, lecteur bien-aimé, te souvenir avec vivacité dans cet instant, des chefs-d'œuvre de notre grand Albert Dürer. Puissent les nobles images de ses vierges, pleines d'une grâce céleste, d'une mansuétude et d'une piété profondes, se montrer vivantes à tes regards ! Songe à leur taille délicate et élancée, à leur front blanc et arrondi, à l'incarnat qui semble tomber sur leurs joues comme une rosée, ces lèvres fines et pourprées, à ces regards humectés de pieux désirs, à demi-voilés par de sombres paupières, comme un rayon de lune par un épais feuillage ; songe à ces chevelures soyeuses artistement tressées, songe à la beauté céleste de toutes ces vierges, et tu verras la charmante Rosa. Comment le narrateur de cette histoire oserait-il peindre maintenant cette céleste enfant ? Mais qu'il lui soit encore permis de citer un jeune artiste dans le sein duquel a pénétré une lueur de ces beaux jours d'autrefois. C'est le peintre allemand Cornelius [5] qui habite Rome. — « Je ne suis ni demoiselle, ni belle ! » Telle Cornelius a représenté Marguerite de Goethe au moment où elle dit à Faust ces paroles ; telle devait être Rosa lorsqu'elle cherchait timidement à se soustraire à des hommages trop empressés.

Rosa s'inclina respectueusement devant le conseiller, lui prit la main et la porta à ses lèvres. Les yeux pâles du vieux sire se colorèrent subitement, et comme les derniers rayons du jour qui jettent un vif éclat, le feu de sa jeunesse passée brilla une dernière fois dans ses yeux. — Eh ! mon cher maître Martin, s'écria-t-il d'une voix claire, vous êtes un homme bien partagé, un homme riche, mais le plus beau don que vous ait fait le Seigneur, c'est votre fille Rosa. Si nous autres vieux sires, nous ne pouvons détourner les yeux de la belle enfant, que sera-t-il donc des jeunes gens qui s'arrêtent tout court quand ils rencontrent votre fille dans la rue, et qui ne regardent qu'elle à l'église, au lieu de regarder le prédicateur ? — Allons, maître Martin ! vous pourrez choisir un gendre parmi nos jeunes patriciens et partout où vous voudrez.

Les traits de maître Martin se contractèrent et devinrent sombres [6] ; il ordonna à sa fille d'apporter une bouteille de bon vin, et lorsqu'elle se fut éloignée, le visage brûlant de rougeur et les yeux baissés, il dit au vieux Paumgartner : — Mon digne sire, il est vrai que mon enfant est parée d'une grande beauté, et il est bien vrai aussi que le ciel m'a fait riche ; mais comment avez-vous pu parler de cela devant cette fillette ? Et quant au gendre patricien, il n'en sera rien, s'il vous plaît. — Que voulez-vous, maître

Martin ? Quand le cœur est plein, il faut que la bouche déborde ! Croiriez-vous que mon sang appauvri se fait plus vivement sentir dans mon vieux cœur lorsque je vois votre fille ? Et je dis sincèrement ce que je pense d'elle, ce qu'elle doit très bien savoir elle-même, je ne vois pas grand mal à cela.

Rosa apporta le vin et deux gobelets magnifiques ; et maître Martin tira au milieu de la chambre une lourde table, ornée de merveilleuses sculptures. A peine les deux vieillards avaient-ils pris place et rempli leurs verres, que le bruit des pas d'un cheval se fit entendre devant la porte. Un cavalier s'arrêta et on entendit sa voix dans le vestibule. Rosa descendit et revint bientôt annoncer que le vieux chevalier Henri de Spangenberg était là et demandait à parler à maître Martin. — Allons, s'écria Martin, voici une belle soirée, puisque ma meilleure et ma plus ancienne pratique arrive chez moi. C'est sans doute une nouvelle commande que m'apporte messire le chevalier.

A ces mots, il courut aussi vite qu'il lui était possible de le faire, à la rencontre de cet hôte si bienvenu.

III

Comment maître Martin élevait sa profession au-dessus de toutes les autres.

Le vin de Hochheim brillait dans les coupes artistement taillées, et ranimait les cœurs des trois vieillards. De temps en temps le vieux Spangenberg, qui avait conservé dans sa vieillesse toute la vivacité du jeune âge, racontait quelque joyeuse histoire de son bon temps, et égayait si bien maître Martin, que son gros ventre se soulevait avec complaisance, et que le gros rire auquel il se livrait, faisait couler les larmes de ses yeux. Messire Paumgartner lui-même oubliait, plus que de coutume, sa gravité de conseiller, et s'accommodait fort bien de la généreuse boisson et des joyeux propos. Mais lorsque Rosa entra, portant une jolie corbeille d'où elle tira une nappe blanche comme la neige nouvelle; lorsqu'elle se mit à couvrir la table de mets abondamment épicés, en priant les hôtes de son père d'excuser la mesquinerie d'un repas préparé à la hâte, les propos grivois et les rires eurent un terme. Paumgartner et Spangenberg ne cessèrent de regarder la jeune fille, et maître Martin lui-même, renversé sur son siège, les mains jointes, la contemplait en souriant avec complaisance. Après avoir préparé la table, Rosa voulut s'éloigner: mais le vieux Spangenberg, impétueux comme un jeune homme, prit la jeune fille par les deux épaules, et la regardant avec attendrissement, s'écria: O charmante enfant! ô bonne et excellente fille! Puis il la baisa deux ou trois fois sur le front, et revint d'un air pensif prendre sa place. Paumgartner but à la santé de Rosa. — Maître Martin, dit Spangenberg lorsque Rosa se fut éloignée, maître Martin, vous ne sauriez trop remercier le ciel de vous avoir donné ce trésor. Il vous vaudra un jour de grands honneurs; car qui ne voudrait être votre gendre, de quelque rang qu'on soit? — Vous voyez bien, maître Martin, que le noble seigneur de Spangenberg pense entièrement comme moi, dit Paumgartner. — Je vois déjà la jolie Rosa en fiancée patricienne, avec un bandeau de perles dans ses beaux cheveux blonds, ajouta le chevalier. — Mes chers sires, mes chers sires [7], dit maître Martin avec humeur, pourquoi toujours parler d'une chose à laquelle je ne songe nullement aujourd'hui? Ma Rosa vient seulement d'atteindre sa dix-huitième année, et une jeune créature, comme celle-là, ne doit pas encore songer à son fiancé. Comment les choses se passeront-elles? Je me confie là-dessus en la volonté du Seigneur, mais ce qui est bien certain, c'est que ni un patricien, ni personne ne touchera la main de ma fille, que le tonnelier qui se fera connaître à moi pour le maître le plus habile et le plus laborieux. Supposant toutefois qu'il plaise à ma fille; car pour rien au monde, je ne voudrais contraindre ma chère enfant à prendre un mari qui ne lui plairait pas.

Spangenberg et Paumgartner se regardèrent, remplis d'étonnement. Enfin, après quelques moments de silence, Spangenberg dit à maître Martin : — Ainsi votre fille ne doit pas choisir d'époux hors de votre classe. — Dieu m'en préserve, répondit Martin. — Mais, reprit Spangenberg, mais si un jeune et digne maître d'une noble profession, un orfèvre peut-être, ou même un artiste, demandait la main de Rosa, et plût à votre fille par-dessus tous ses rivaux, que feriez-vous alors ? — Mon jeune ami, répliqua maître Martin en rejetant sa tête en arrière, mon jeune ami, lui dirais-je, montrez-moi la belle tonne que vous avez faite pour votre chef-d'œuvre ; et s'il ne pouvait le faire, je lui ouvrirais amicalement la porte et je le prierais poliment d'aller tenter fortune ailleurs. — Cependant, continua Spangenberg, si le jeune compagnon disait : Je ne puis vous montrer un tel travail, mais venez avec moi sur la place du marché, et regardez cette magnifique maison dont les piliers élancés s'élèvent jusqu'aux nues ; c'est là mon chef-d'œuvre. — Ah ! mon cher seigneur, s'écria maître Martin d'un ton d'impatience, que de peine vous prenez pour faire changer mes sentiments ; et bien vainement, je vous assure : car une fois pour toutes, mon gendre sera de ma profession, attendu que ma profession est la plus belle qui soit au monde. Pensez-vous donc qu'il suffise de relever les cercles autour des douves, pour qu'une tonne soit faite ?... Et n'est-ce pas une belle chose que notre état suppose l'intelligence de savoir soigner le don le plus précieux que nous ait fait le ciel, le noble vin ; qu'il nous soit réservé de lui conserver sa douceur et sa force qui nous pénètrent comme une vie nouvelle ? Pour que notre ouvrage soit parfait, ne faut-il pas d'abord tout bien calculer et bien mesurer ? Il faut que nous soyons à la fois architectes et mathématiciens pour combiner parfaitement la force et la proportion de nos tonnes. Eh ! messire, le cœur me rit dans le ventre, quand je place une belle tonne sur les tréteaux pour l'achever, après qu'elle a été bien rabotée avec la hache, et quand les compagnons lèvent leurs maillets pour lui donner les derniers coups. On entend les outils qui retombent en cadence, clipp, clapp, clipp, clapp [7] ; c'est une joyeuse musique ! l'édifice bien mené à sa fin, s'élève jusqu'au plafond de mon atelier, et je suis fier quand je prends ma griffe de fer en main, pour le marquer de mon chiffre de maître, de la double M, connue et honorée de tous les tonneliers à la ronde.

Vous parliez d'architectes, messires; sans doute, une grande maison est un travail magnifique, mais si j'étais architecte, et que, passant devant mon ouvrage, je visse un vaurien, un fainéant inutile qui aurait acquis la maison et qui me regarderait du haut du balcon, je rougirais en moi-même, et la rage que j'éprouverais me donnerait l'envie de détruire mon œuvre. Pareille chose ne peut arriver avec mes édifices. Il n'y loge jamais que l'esprit le plus agréable qui soit sur terre, le noble vin. Que Dieu bénisse ma profession! — Votre panégyrique est excellent, et votre estime pour votre métier vous fait honneur; mais ne vous impatientez pas, si je reviens encore à mon texte, dit Spangenberg. — Si maintenant venait un patricien, et qu'il demandât à épouser votre fille? Quand une demande comme celle-là vient vous serrer au cou, les choses se présentent tout autrement, et on les voit autrement qu'on ne l'avait pensé d'abord. — Eh mon Dieu! s'écria maître Martin non sans humeur, que pourrais-je faire que m'incliner poliment et lui dire: Mon digne seigneur, si vous étiez un bon tonnelier, à la bonne heure, mais... — Écoutez encore, reprit Spangenberg en l'interrompant, si par une belle journée, un beau gentilhomme, monté sur un coursier fougueux, avec une brillante suite couverte de riches casaques, s'arrêtait devant votre maison, et voulût bien honorer Rosa du nom de sa dame? — Eh! eh! s'écria maître Martin avec plus de violence qu'auparavant, comme je courrais bien vite fermer serrures et verroux, comme je crierais: Passez, passez votre chemin [7], mon rigoureux seigneur; des roses comme la mienne ne fleurissent pas pour vous; ma cave vous plaît sans doute, mes batzens d'or vous conviennent aussi, et vous prendriez volontiers la fillette par-dessus le marché; mais passez, passez, je vous en prie!

Le vieux Spangenberg se leva le visage couvert de rougeur, posa ses deux mains sur la table, et réfléchit quelques instants. — Eh bien! dit-il enfin, une dernière question, maître Martin. Si ce jeune gentilhomme était mon propre fils ? Si moi-même je m'arrêtais devant votre maison, me fermeriez-vous aussi la porte ? Croiriez-vous que nous aussi, nous venons pour les vins de votre cave et pour vos batzens d'or ? — Nullement, mon gracieux seigneur; je vous ouvrirais amicalement la porte; tout ce qui est dans ma maison serait à votre disposition et à la disposition de messire votre fils; mais pour ce qui concerne ma Rosa, je vous dirais : Plût au ciel que le digne chevalier votre fils fût un bon tonnelier; personne sur la terre ne m'eût mieux convenu pour gendre, mais... après tout, pourquoi me tourmenter par ces questions oiseuses, mon digne seigneur? Voyez comme notre joyeux entretien a pris fin subitement, les verres sont restés tout remplis. Laissons là le mariage de Rosa et mon futur gendre, et buvons à la santé de votre jeune chevalier qui est, l'ai-je ouï dire, un aimable seigneur.

Maître Martin saisit son verre, et Paumgartner suivit son exemple. Spangenberg but avec eux, et dit en s'efforçant de sourire : — Vous pensez bien que tout ceci a été dit en plaisantant; car ce serait une grande folie à messire mon fils, qui peut choisir sa femme dans les plus nobles maisons, d'oublier son rang et sa naissance pour venir courtiser votre fille. Mais vous auriez pu me répondre d'une façon un peu plus amicale, maître Martin. — Ah! monseigneur, je ne pouvais répondre autrement que je ne l'ai fait, même en plaisantant. Au reste, on peut me passer ma fierté, car on sait que je suis le meilleur tonnelier qui soit à la ronde, que je connais le vin comme personne, que je ne me suis jamais écarté des ordonnances concernant notre état, faites par l'empereur Maximilien dont l'âme repose en Dieu, et que jamais je ne brûle dans mes tonnes plus d'une once de soufre, toutes choses que vous pouvez reconnaître à l'excellence de mon vin, mes dignes sires.

Spangenberg s'efforça de reprendre un visage serein, et Paumgartner parla d'autres choses. Mais comme il arrive toujours qu'un instrument devenu discord tend sans cesse à se désaccorder davantage, plus le maître s'efforce à ramener les tons à leur harmonie primitive, ainsi les paroles des trois vieillards ne pouvaient se remettre à l'unisson. Spangenberg appela ses écuyers, et quitta mécontent la maison de maître Martin, où il était entré de bonne humeur.

IV

La prédiction de la vieille grand-mère.

Maître Martin, un peu confus de la retraite subite du vieux chevalier, dit à Paumgartner, qui buvait son dernier verre de vin et se disposait à s'éloigner à son tour : — Je ne sais pas du tout ce que ce brave seigneur voulait de moi, et j'ignore comment il a pu se fâcher de mes paroles. — Mon cher maître Martin, dit Paumgartner, vous êtes un homme probe et pieux, et il est bien permis de faire quelque cas de ce que le ciel et notre travail nous ont donné en richesses et en honneurs ; mais ce sentiment ne doit pas éclater en fastueuses paroles ; cela est contraire aux pensées d'un chrétien. Déjà dans l'assemblée d'aujourd'hui, vous n'avez pas convenablement agi en vous mettant au-dessus de tous les autres maîtres : il se peut que vous vous entendiez mieux à votre métier que tous les autres ; mais que vous leur jetiez ce reproche au visage, cela ne pouvait exciter que de l'humeur et du mécontentement. Et, ce soir, vous mettez le comble à l'œuvre ! — Il ne se peut pas que vous soyez assez aveuglé pour voir dans les paroles de messire de Spangenberg autre chose qu'une plaisante manière d'éprouver jusqu'où vous poussez votre orgueil exagéré. Le digne seigneur a dû se trouver blessé en vous entendant traiter de bassesse avide toute démarche faite par un gentilhomme pour obtenir la main de votre fille. Et, tout ce serait encore bien passé, si vous aviez changé de manière, lorsque le chevalier se mit à parler de son fils ; si vous lui eussiez dit : Mon digne et noble seigneur, dans un cas semblable, un tel honneur, auquel je ne suis pas préparé, ne me permettrait pas d'être bien maître de ma résolution. Alors, sans doute, le chevalier eût repris sa bonne humeur, et se fût retiré joyeux comme il était entré. — Grondez-moi bien, dit Martin, je l'ai mérité. Mais lorsque ce vieux seigneur se mit à dire des choses si déraisonnables, ce fut comme si on me serrait la gorge, et je ne pus répondre autre chose. — Et puis, la singulière idée ! continua Paumgartner : ne vouloir absolument donner votre fille qu'à un tonnelier. Au ciel, dites-vous, doit être confié son sort futur, et cependant vous vous opposez avec une obstination terrestre aux projets de la Providence, en désignant d'avance la classe dans laquelle vous voulez que soit choisi votre gendre : cela peut vous causer des chagrins, à vous et à Rosa. Maître Martin, renoncez à ces folies qui ne sont pas dignes d'un chrétien, et laissez s'accomplir les vues du ciel qui inspirera à votre fille les sentiments qu'elle doit avoir pour être heureuse. — Ah ! mon digne sire, dit maître Martin d'un ton d'humilité, maintenant je vois combien j'ai mal fait de ne pas tout dire d'abord. Vous pensez que l'estime que j'ai pour ma profession m'a seule amené à la résolution irrévocable de ne donner Rosa en mariage qu'à un tonnelier : mais il n'en est pas ainsi : il y a encore sous main un motif secret et merveilleux. Je ne puis vous laisser partir sans que vous ayez tout appris ; il ne faut pas que vous passiez la nuit à murmurer contre moi. Asseyez-vous, je vous en prie en grâce ; demeurez encore quelques instants. Voyez, il reste encore une bouteille de mon plus vieux vin, que le chevalier mécontent a dédaignée ; laissez-moi vous la faire goûter.

Paumgartner s'étonna de l'empressement de maître Martin, ce qui n'était nullement dans sa nature, et il lui sembla que le vieux tonnelier avait un poids sur le cœur, dont il voulait se débarrasser. Après que Paumgartner se fut assis et qu'il eut bu un verre de vin, maître Martin commença de la sorte : — Vous savez, mon digne sire, que ma brave femme mourut en couches de Rosa. Dans ce temps-là, vivait encore ma vieille grand-mère, si être sourd, aveugle, à peine capable de parler, privé de l'usage de tous ses membres et enfoncé jour et nuit dans son lit, peut s'appeler *vivre*. Ma Rosa venait d'être baptisée, et la nourrice était assise avec l'enfant dans la chambre où se trouvait la vieille grand-mère. J'étais si triste, et quand je regardais l'enfant, j'étais si joyeux et si affligé à la fois, que je me sentais incapable de me livrer au moindre travail ; tout silencieux et rentré en moi-même, je me tenais près du lit de ma grand-mère que je regardais comme bien heureuse, puisqu'elle était déjà débarrassée de toutes les douleurs de la terre. Et pendant que j'étais [8] à regarder son visage pâle, elle commença à sourire singulièrement, et il me sembla que ses joues effacées reprenaient leurs couleurs. — Elle se releva tout à coup, étendit ses bras impotents avec une force surnaturelle, et dit d'une voix douce et distincte : Rosa, ma chère Rosa ! — La nourrice se leva et lui porta l'enfant qu'elle prit et berça dans ses bras. Mais, mon digne sire, peignez-vous mon étonnement, ma frayeur, lorsque la vieille se mit à chanter d'une voix forte cette chanson, à la joyeuse manière de messire Hans Berckler, hôtelier, au Saint-Esprit, à Strasbourg*.

Tendre fillette aux joues rosées,
Rose, écoute la leçon
Qui te gardera de soucis ;
Surtout, défends ton cœur de fols désirs.
Il te viendra
Une brillante maisonnette
Où se joueront des flots écumeux,
Où chanteront, à plein gosier,
De joyeux angelots,
Écoute, écoute leurs chants,
Qu'ils résonnent doucement !
Celui qui te fera ce don,
Tends-lui la main,
Mène-le vers ton père,
C'est lui qui sera ton époux.
Sa maisonnette dans la tienne
Apportera bonheur, richesse et joie.
Tendre fillette aux joues rosées ;
Rose, etc.

Lorsqu'elle eut achevé cette chanson, elle posa avec précaution l'enfant sur la couverture, et lui touchant le front de ses mains décharnées et tremblantes, elle mur-

* Les artisans allemands étaient presque les seuls poètes du Nord à cette époque. Les principaux de ces poètes populaires, si connus sous le nom de *meistersaenger*, avaient leur mode et leur rythme, d'après lequel composaient servilement les autres versificateurs, véritables artisans, même dans tous les travaux poétiques. *Le Tr.*

mura des paroles inintelligibles; mais au visage inspiré de la vieille, on vit bien que c'était une prière. Ensuite, sa tête retomba sur les coussins de son lit, et au moment où la nourrice emporta l'enfant, elle poussa un gros soupir. Elle était morte!

Ici, maître Martin se tut. — C'est une merveilleuse histoire, dit Paumgartner; mais je ne vois pas ce que la chanson prophétique de votre grand-mère a de commun avec la résolution que vous avez de ne donner Rosa qu'à un tonnelier. — Ah! répondit maître Martin, qu'y a-t-il donc au monde de plus clair que les paroles prononcées par la vieille sur Rosa, avant que de rendre son dernier soupir. Le fiancé, dont la maisonnette amènera la richesse, le bonheur et le contentement dans ma maison, qui serait-ce donc, sinon un bon tonnelier qui fera chez moi son chef-d'œuvre, sa brillante tonne? Dans quelle autre maisonnette que dans les tonneaux s'agitent des flots écumeux? Et quand le vin travaille, alors il murmure et bouillonne; ce sont les petits angelots qui chantent joyeusement. Oui, oui! la grand-mère a voulu indiquer un maître tonnelier, et un tonnelier sera mon gendre. — Mon cher maître, vous expliquez, à votre façon, les paroles de la grand-mère. Pour moi, je ne les interprète pas ainsi, et je pense que vous devez vous soumettre à la volonté du ciel. — Et moi! dit Martin, je pense que mon gendre sera un maître tonnelier!

Paumgartner était presque en colère, tant cette obstination lui semblait étrange, mais il se contint, et dit en se levant: — Il est tard, maître Martin, cessons de boire et de parler; ces deux choses-là sont maintenant superflues.

En passant par le vestibule, ils trouvèrent une jeune femme avec cinq enfants dont l'aîné avait à peine huit ans, et dont le plus jeune n'avait pas six mois. La mère pleurait et se lamentait. Rosa vint au-devant de son père, et dit: — Ah! Dieu du ciel, Valentin vient de mourir; voilà sa femme et ses enfants. — Quoi! Valentin est mort? s'écria maître Martin stupéfait. Ah! quel malheur! quel malheur! Pensez donc, mon digne sire, Valentin était le plus habile ouvrier de mon atelier, un homme pieux, un travailleur assidu. Il y a peu de temps, il se blessa dangereusement avec sa hache, en achevant une grande tonne. La blessure empira sans cesse, il eut la fièvre, et voilà qu'il vient de mourir dans la fleur de ses ans.

Maître Martin s'approcha de la pauvre femme, baignée de larmes, et qui se plaignait d'être réduite à mourir d'abandon et de misère. — Comment ! dit-il. Que pensez-vous donc de moi ? Un homme se sera blessé dans mon atelier et sa femme mourra de faim ! Non, désormais vous êtes tous de ma maison. Demain, ou quand vous voudrez, nous enterrerons votre pauvre mari, et puis vous viendrez avec vos enfants dans ma métairie, devant la porte des femmes, où j'ai mon bel atelier ouvert, et où je travaille tous les jours avec mes apprentis. Vous vous occuperez du ménage, et j'élèverai vos enfants, comme s'ils étaient les miens. Et afin seulement que vous le sachiez, je prends aussi votre vieux père dans ma maison. C'était autrefois un bon compagnon tonnelier, lorsqu'il avait de la vigueur dans les bras. Eh bien, s'il ne peut plus assembler des cercles ni des douves, il pourra polir les planches et les racler avec la serpe. Bref, il sera reçu chez moi avec vous autres.

Si maître Martin n'eût pas soutenu la pauvre femme, elle fût tombée sur le carreau, tant elle éprouvait d'émotion. Les enfants s'attachaient à son pourpoint, et les deux plus petits, que Rosa avait pris dans ses bras, étendaient leurs mains vers elle, comme s'ils eussent compris ce qui se passait. Le vieux Paumgartner s'approcha du vieux tonnelier, en souriant, et lui dit, les yeux remplis de larmes : — Maître Martin, on ne peut rester fâché avec vous.

Et il regagna sa demeure.

V

Comment les deux jeunes compagnons, Frédéric et Reinhold, firent ensemble connaissance.

Sur une belle pelouse, ombragée de grands arbres, était étendu un jeune compagnon de bonne tournure, nommé Frédéric. Le soleil était sur son déclin, et ses feux rougeâtres éclairaient la campagne. De l'extrémité de l'horison, on apercevait distinctement au loin la fameuse ville de Nuremberg qui s'étendait dans la vallée, et ses tours orgueilleuses s'élançant vers le ciel qui dorait leurs flèches. Le jeune compagnon avait appuyé son bras sur le sac de voyage qui était près de lui, et il jeta des regards pleins de désirs vers la vallée. Il cueillit quelques fleurs qui se trouvaient dans le gazon au-dessous de sa tête, et les lança négligemment dans les airs; puis il regarda de nouveau avec tristesse autour de lui, et ses yeux se remplirent de larmes. Enfin, il se souleva et se mit à chanter d'une voix agréable une chanson où il peignait le bonheur de revoir sa ville natale et un être chéri [9]. — Après avoir chanté, Frédéric tira de son sac un morceau de cire, l'échauffa dans ses doigts, et se mit à modeler une belle rose artistement épanouie avec toutes ses feuilles. Pendant son travail, il murmurait quelques strophes de la chanson qu'il avait chantée; et, perdu dans ses pensées, il n'apercevait pas un beau jeune homme qui s'était arrêté depuis quelque temps derrière lui, et contemplait son travail. — Eh! mon ami, dit enfin le jeune homme: c'est un morceau d'artiste que vous faites là.

Frédéric le regarda avec effroi, mais en voyant les yeux noirs et expressifs du jeune étranger, il lui répondit en souriant: — Ah! mon cher sire, comment daignez-vous faire attention à un travail qui me sert de passe-temps en voyage. — Si vous nommez passe-temps un travail aussi fini, reprit l'étranger, vous devez être un statuaire fort exercé. Vous m'avez déjà doublement charmé. D'abord par la chanson sur le mode de Martin Haescher, que vous avez si agréablemmeent chantée; et maintenant j'admire votre beau talent de modeleur. Où comptez-vous vous rendre aujourd'hui? — Le but de mon voyage est là devant nos yeux, dit Frédéric. Je vais à ma ville natale, à la belle cité de Nuremberg. Mais le soleil est déjà très bas, et cette nuit, je la passerai dans ce hameau là-bas, puis demain au point du jour, je me remettrai en route, et à midi j'arriverai à Nuremberg. — Eh! comme cela se trouve bien, s'écria le jeune homme, nous faisons même route; je vais aussi à Nuremberg. Je passerai la nuit avec vous dans ce village ; et demain, nous partirons ensemble. Mais en attendant, causons un peu.

Le jeune homme qui se nommait Reinhold, se jeta sur le gazon, auprès de Frédéric, et continua : — N'est-ce pas, je ne me trompe point, vous êtes un habile fondeur ou du moins vous travaillez l'or et l'argent.

Frédéric baissa les yeux, et dit d'un ton d'humilité : — Ah ! mon cher sire, vous me tenez pour quelque chose de mieux et de plus élevé que je ne suis en effet. Je vous dirai tout simplement que j'ai appris la profession de tonnelier, et que je vais à Nuremberg prendre du travail chez un maître connu. Vous allez bien me mépriser, maintenant que vous savez que je ne modèle pas de belles statues, mais que j'enfonce des cercles autour des tonneaux [10]. — Reinhold se mit à rire aux éclats, et s'écria : — Vraiment, cela est fort plaisant ! Je vous mépriserais parce que vous êtes tonnelier ; et moi... moi, je ne suis pas autre chose !

Frédéric le regarda fixement ; il ne savait que penser, car le costume de Reinhold n'annonçait pas le moindrement un compagnon tonnelier en voyage. Son pourpoint de fin drap noir, garni de velours, sa belle fraise, sa courte et large épée, sa barrette ornée d'une longue plume tombante, lui donnaient l'apparence d'un riche marchand, bien que l'expression singulière et hardie, répandue dans ses traits, éloignât de lui toute idée du commerce. Reinhold s'aperçut des doutes de Frédéric, et ouvrant son sac, il en tira son tablier de tonnelier et sa serpe. — Regarde, mon ami ! s'écria-t-il. Doutes-tu encore que je sois ton camarade ? Je vois que mon costume t'étonne ; mais je viens de Strasbourg où les tonneliers s'habillent comme des gentilshommes. Sans doute, comme toi, j'aurais eu quelque envie de prendre un autre métier ; mais celui de tonnelier me semble aujourd'hui préférable à tous, et j'y fonde quelques espérances. N'en est-il pas ainsi de toi, camarade ? Mais il me semble presque qu'un nuage sombre a obscurci la joie de ta belle jeunesse. La chanson que tu chantais était pleine de désirs et de douleurs ; il s'y trouvait des plaintes qui me semblaient sorties de mon cœur, et je devinais les paroles avant que tu les eusses prononcées.

C'est une raison de plus pour me faire tes confidences, et d'ailleurs ne serons-nous pas tous deux amis et compagnons à Nuremberg ?

A ces mots, Reinhold regarda amicalement Frédéric, et lui tendit la main. — Plus je te vois, camarade, répondit Frédéric, plus je me sens attiré vers toi, et plus une voix s'élève dans mon âme, qui répète comme un écho tes paroles amicales. Il faut que je te dise tout. Non pas qu'un pauvre diable comme moi ait des secrets importants à confier, mais parce qu'il y a toujours place pour nos douleurs dans le cœur d'un ami, et dès les premiers moments de notre connaissance, je te regarde déjà comme un ami fidèle. Me voici devenu tonnelier, et je puis me vanter de connaître mon état ; mais depuis mon enfance, j'étais porté de toute mon âme vers une plus belle profession. Je voulais devenir un grand maître dans l'art de fondre le bronze et de ciseler l'argent comme Peter Fischer ou l'Italien Benvenuto Cellini. Je travaillais avec un zèle ardent chez messire Johanes Holzschuer, le célèbre ciseleur à Nuremberg ; il ne fondait pas lui-même, mais il savait donner les meilleurs enseignements. Maître Tobias Martin, le tonnelier, venait souvent avec sa fille, la belle Rosa, dans la maison de messire Holzschuer. Sans m'en apercevoir moi-même, je pris de l'amour. Je quittai ma patrie, et j'allai à Augsbourg pour me perfectionner dans mon art ; mais alors je sentis bien vivement le feu qui me dévorait. Je ne voyais, je n'entendais que Rosa ; tous les efforts, tous les travaux qui ne devaient pas me conduire à la posséder, ne me causaient que du dégoût. Je pris la seule route qui devait me mener à ce but. Maître Martin ne veut donner sa fille qu'au tonnelier qui fera le meilleur chef-d'œuvre dans sa maison, et qui plaira du reste à Rosa. Je jetai de côté le ciseau, et j'appris le métier de tonnelier. Maintenant je veux aller à Nuremberg, et travailler chez maître Martin. Mais depuis que la ville est là, devant moi, et que l'image de Rosa se montre plus vivement à mes yeux, j'expire presque de crainte et d'effroi ; et je vois toute la folie de mon entreprise. Sais-je donc si Rosa m'aime, ou si jamais elle m'aimera ?

Reinhold avait écouté l'histoire de Frédéric, avec une attention toujours croissante. Il appuya sa tête sur son bras, et demanda d'une voix sourde : — Rosa vous a-t-elle jamais donné un gage d'amour ? — Ah ! répondit Frédéric, Rosa était plus un enfant qu'une jeune fille lorsque je quittai Nuremberg [11]. Elle me voyait avec plaisir, elle me souriait gaiement quand je lui tressais des couronnes dans le jardin de messire Holzschuer, mais... — Alors tout espoir n'est pas perdu ! s'écria tout à coup Reinhold avant tant de violence et d'une voix si éclatante, que Frédéric en tressaillit. A ces mots, il se releva si brusquement que son épée retentit à son côté ; lorsqu'il fut debout, le clair-obscur du crépuscule, éclairant son visage pâle, donna à ses traits une expression si dure et si farouche que Frédéric ne put s'empêcher de lui demander quel sentiment l'avait agité d'une façon si subite. Il s'était relevé à son tour ; en se reculant, son pied heurta contre le sac de Reinhold, il en sortit un accord murmurant, et Reinhold s'écria en colère : — Méchant compagnon, ne brise pas mon luth ! L'instrument était attaché sur le sac avec une courroie, Reinhold la déboucla, et en toucha les cordes si impétueusement, qu'il semblait vouloir les briser. Mais bientôt son jeu devint doux et harmonieux. — Viens, mon frère, dit-il d'un ton calme, viens avec moi au village. Je porte là dans mes mains un excellent moyen de bannir les méchants esprits qui pourraient se trouver sur notre chemin, et qui m'en veulent, à moi, particulièrement. — Eh ! mon cher camarade, qu'avons-nous à redouter des méchants esprits ?... Mais ton jeu est fort agréable ; continue, je t'en prie [12] !

Les étoiles d'or avaient percé l'azur foncé du ciel, le vent du soir passait en murmurant sur les prairies parfumées, les ruisseaux coulaient plus rapidement, les arbres se balançaient avec plus de force, tandis que Frédéric et Reinhold descendaient la vallée en jouant du luth et en chantant, et les sons de leurs chansons amoureuses s'élevaient dans les airs, comme portées sur les ailes des chérubins. Arrivés à leur gîte, Reinhold se débarrassa avec vivacité de son sac et de son instrument, et pressa impétueusement contre son sein Frédéric, qui sentit tomber sur ses joues les larmes brûlantes [13] que répandait son jeune compagnon.

VI

Comment les deux jeunes apprentis, Reinhold et Frédéric, furent reçus dans la maison de maître Martin.

Le lendemain matin, en se réveillant, Frédéric n'aperçut pas son nouvel ami qui s'était jeté la veille sur un lit de paille, auprès de lui; et comme il ne vit pas non plus le luth et le sac de voyage, il pensa que Reinhold avait eu ses raisons pour prendre une autre route. Mais à peine Frédéric fut-il sorti de la maison, que Reinhold, son sac de voyage sur le dos, vint au-devant de lui. Il portait son luth sous son bras, et il était vêtu tout différemment que la veille. Il avait ôté sa barrette à plumes, déposé son épée, et au lieu de son pourpoint de velours, il avait endossé une casaque unie, de couleur grise. — Eh bien! frère, dit-il gaiement à son camarade étonné; eh bien! frère, me tiens-tu maintenant pour un vrai compagnon? Mais écoute, pour quelqu'un qui a de l'amour, tu as bien bravement dormi. Vois comme le soleil est déjà élevé. Allons, mettons-nous tout de suite en route.

Frédéric était silencieux et renfermé en lui-même, il répondait à peine aux questions de Reinhold, et n'entendait pas ses plaisanteries. Reinhold, d'une impétuosité sans égale, sautait çà et là, chantait et jetait sa barrette dans les airs. Mais lui aussi devint plus silencieux, plus ils approchaient de la ville. — Je ne puis marcher davantage, tant je suis saisi d'un doux effroi et d'une inquiétude que je ne puis exprimer. Reposons-nous un peu sous ces arbres, dit Frédéric, au moment où ils se trouvaient presque arrivés à la porte de Nuremberg; et il s'étendit sur le gazon.

Reinhold s'assit auprès de lui, et dit après quelques instants: — Hier soir, j'ai dû te paraître bien singulier, mon cher frère. Mais lorsque tu me racontais ton amour, et que tu te montrais si malheureux, il me passa mille folles idées par la tête, qui me troublaient et qui m'eussent rendu fou, si ton chant et mon luth n'eussent chassé les mauvais esprits. Ce matin, lorsque le premier rayon du soleil me réveilla, j'avais retrouvé toute ma gaieté. Je courus dans la campagne, et en passant au milieu des buissons fleuris, il me vint une foule d'idées agréables. Je songeais à la manière dont je t'avais rencontré, et comme mon cœur s'était senti porté vers le tien. — Une histoire qui se passa en Italie, il y a quelque temps, tandis que je m'y trouvais, me vint à la mémoire [14]. Je veux te la conter; car elle montre bien vivement ce que peut faire l'amitié. Il arriva qu'un noble prince, ami zélé et protecteur des beaux-arts, offrit un prix élevé pour un tableau dont il détermina le sujet, magnifique, il est vrai, mais fort difficile à traiter. Deux jeunes peintres, qui étaient liés par l'amitié la plus étroite, résolurent de concourir pour ce prix. Le plus âgé des deux, mieux expérimenté dans le dessin et dans l'art d'ordonner les groupes, eut bientôt conçu et tracé le tableau; tandis que le plus jeune, déjà découragé dès le premier jet, eût entièrement renoncé à son projet, si son ami ne l'eût rassuré sans relâche par ses conseils. Mais, lorsqu'ils commencèrent à peindre, le plus jeune, passé maître dans l'art des couleurs, su donner à son camarade plus d'un avis dont celui-ci profita avec succès; si bien que jamais le plus jeune n'avait aussi parfaitement dessiné un tableau, et que jamais le plus âgé n'avait poussé le coloris avec autant de vigueur. Lorsque les deux tableaux furent terminés, les deux peintres tombèrent dans les bras l'un de l'autre; chacun était profondément ravi du travail de l'autre, chacun d'eux reconnaissait que l'autre avait mérité le prix. Enfin, il se trouva que le prix fut accordé au plus jeune, qui s'écria tout confus: L'ai-je donc mérité? Qu'aurais-je pu faire sans les conseils de mon ami, sans sa vigoureuse assistance? L'autre lui répondit: Et ne m'as-tu pas aussi assisté de tes conseils? mon tableau n'est pas mauvais, grâce à tes soins; mais le tien mérite la préférence. Concourir au même but avec zèle et franchise, c'est le devoir de deux amis, le laurier que l'un obtient doit aussi honorer l'autre. — N'est-ce pas, Frédéric, le peintre avait raison ? Concourir pour un même prix, doit unir deux amis véritables, au lieu de les diviser. Une misérable envie ou une haine vulgaire doivent-elles trouver place dans de nobles âmes ? — Jamais, répondit Frédéric ; oh ! certes, jamais. Nous sommes devenus frères et amis ; dans peu de temps, nous ferons tous deux, à Nuremberg, notre œuvre de maître, une belle tonne poussée sans feu ; mais le ciel me préserve d'éprouver la moindre jalousie, si la tienne était mieux que la mienne, mon cher Reinhold. — Ah ! ah ! ah ! s'écria Reinhold en riant aux éclats, repose-toi sur moi de ton œuvre de maître, tu la feras à la satisfaction de tous les tonneliers. Et afin que tu n'en ignores, pour ce qui concerne les dimensions et la proportion, la belle courbure des cercles, tu as trouvé en moi ton homme. Nous chercherons du bois de tronc de chêne, coupé en hiver, sans piqûres de vers, sans bandes rouges et blanches, et sans nœuds ; tu peux t'en fier à mes yeux pour cela. Et je n'en ferai pas moins mon chef-d'œuvre, de façon à contenter tout le monde. — Mais, Dieu éternel ! s'écria Frédéric, que faisons-nous là à babiller sur notre meilleur chef-d'œuvre ? Sommes-nous donc en concurrence ? en concurrence pour mériter Rosa ! En vérité, la tête me tourne. — Eh ! frère, dit Reinhold en criant toujours, il n'a pas été du tout question de Rosa. Tu es un rêveur. Allons, lève-toi, et gagnons la ville.

Frédéric se leva et se mit en route, l'esprit tout troublé. Lorsqu'ils furent entrés dans une auberge pour se laver et se rajuster, Reinhold dit à Frédéric : En vérité, pour moi je ne sais chez quel maître aller à l'ouvrage ; et je pense, mon cher frère, que tu m'emmèneras volontiers avec toi chez maître Martin. Penses-tu réussir à travailler dans son atelier ? — Tu m'ôtes du cœur un lourd fardeau, répondit Frédéric ; avec toi, je serai moins timide, et j'aurai moins de peine à surmonter ma frayeur.

Alors les deux jeunes compagnons se dirigèrent vers la maison du célèbre maître tonnelier, Tobias Martin.

C'était justement le dimanche où maître Martin donnait son repas d'échevin, et à l'heure du repas. En entrant dans la maison, Frédéric et Reinhold entendirent d'abord le retentissement des verres et le joyeux bruit que faisaient à table les convives. — Ah! dit Frédéric, un peu intimidé, nous arrivons dans un moment peu favorable. — Je pense au contraire, dit Reinhold, que nous arrivons au bon moment; car, dans un joyeux festin, maître Martin est sans doute de bonne humeur et disposé à accéder à une demande.

Bientôt après, arriva maître Martin, dans ses habits de fête, le nez et les joues animés d'un épais vermillon. Dès qu'il aperçut Frédéric, il s'écria: — Voyez donc, c'est Frédéric! Mon bon garçon, te voilà donc revenu. C'est fort bien! et te voilà tout entier adonné au magnifique état de tonnelier! Il est vrai que messire Holzschuer fait une terrible grimace lorsqu'on parle de toi; il prétend qu'il s'est perdu un grand artiste en ta personne, et que tu aurais fait de jolies figures et des balustres comme on en voit à Saint-Sébald et à la maison des Fugger*, à Augsbourg; mais c'est un sot bavardage, et tu as bien fait de te tourner vers les bonnes choses: sois donc mille fois le bienvenu chez moi!

A ces mots, maître Martin le prit par les épaules, et le serra rudement dans ses bras. Frédéric sembla renaître à l'accueil amical de maître Martin: toute sa timidité disparut, et il fit au maître sa demande avec rondeur, non pas seulement pour lui-même, mais aussi pour son ami Reinhold. — Eh bien! dit maître Martin, cela se trouve parfaitement, et vous ne pouviez mieux venir; car le travail augmente, et nous manquons de travailleurs. Soyez donc bien arrivés tous les deux; déposez vos sacs et entrez. Le repas est presque achevé; mais vous pouvez encore prendre place à table, et Rosa aura soin de vous.

En parlant ainsi, maître Martin entra dans la salle avec les deux compagnons. On y voyait tous les honorables maîtres de la corporation avec messire Jacobus Paumgartner, tous l'œil vif et le visage fleurissant. Le dessert venait d'être servi, et un vin plus précieux jaunissait dans

* Riche et ancienne famille de marchands qui joua un grand rôle dans les guerres de la réformation. *Le Tr.*

les grands verres. C'était le moment où chaque convive parle d'une chose différente, où tous croient cependant se comprendre, et où l'on rit en éclats sans savoir pourquoi. Mais dès que maître Martin, prenant les deux jeunes gens par la main, annonça que deux compagnons, pourvus de bons témoignages, allaient entrer chez lui, l'assemblée devint calme, et chacun regarda avec attention les nouveaux venus. Reinhold promenait ses regards autour de lui presque avec orgueil ; mais Frédéric baissa les yeux, et se mit à tourner sa barrette dans ses mains. Maître Martin leur indiqua deux places au bas bout de la table ; mais c'étaient justement les meilleures qu'il y eût, car peu de moments après, Rosa vint s'asseoir entre eux, et leur servit des mets agréables et un vin excellent. — La charmante Rosa, dans tout l'éclat de la grâce et de la beauté, brillante d'attraits, assise entre ces deux beaux jeunes hommes, au milieu de tous ces vieux maîtres barbus, c'était un tableau ravissant à contempler ; on était tenté de les comparer tous les trois à un nuage blanc et brillants sur un ciel sombre, ou à trois beaux arbustes chargés de fleurs, qui élèvent leurs têtes éclatantes au-dessus d'un gazon pâle et desséché. Frédéric pouvait à peine respirer, tant il éprouvait de joie et de bonheur ; ce n'était qu'à la dérobée qu'il se hasardait à lancer un regard sur celle qui remplissait son âme. Ses yeux étaient fixés sur son assiette, comme s'il lui eût été impossible d'y toucher. Pour Reinhold, ses yeux, d'où s'échappaient des regards étincelants, se portaient sans cesse sur la charmante vierge, et il commença à raconter ses longs voyages d'une façon si merveilleuse que jamais Rosa n'avait ouï un tel langage. Il lui semblait que tout ce dont parlait Reinhold se levât vivant devant elle, au milieu de figures sans cesse changeantes. Elle était tout yeux, tout oreilles, et elle ne savait ce qui se passait en elle, lorsque Reinhold, dans le feu de son discours, prenait sa main et la pressait avec ardeur. — Mais, Frédéric, dit Reinhold, en s'interrompant tout à coup, pourquoi restes-tu donc ainsi muet et immobile ? As-tu perdu l'usage de la parole ? Allons, trinquons à la santé de la chère et belle demoiselle qui nous traite si bien.

Frédéric saisit d'une main tremblante le grand verre que Reinhold avait rempli jusqu'aux bords, et celui-ci le força de vider jusqu'à la dernière goutte. — Maintenant, à la santé de notre brave maître ! s'écria Reinhold ; et il remplit de nouveau le verre de Frédéric, qui fut une seconde fois forcé de le vider. Alors, les esprits fumeux du vin montèrent à son cerveau, et agitèrent son sang paisible qui circula en bouillonnant dans toutes ses veines. — Ah ! j'éprouve un bien-être inexprimable, murmura-t-il en rougissant ; jamais je n'ai éprouvé autant de bonheur. — Rosa, qui interprétait sans doute ses paroles autrement, lui souriait avec douceur. — Chère Rosa, dit Frédéric, enfin débarrassé de toute retenue ; ne vous souvenez-vous donc plus du tout de moi ? — Eh ! mon cher Frédéric ! répondit Rosa les yeux baissés, comment serait-il possible que je vous eusse oublié en si peu de temps ? Chez le vieux Holzschuer... Dans ce temps-là j'étais encore une enfant, et vous ne dédaigniez pas de jouer avec moi, et vous saviez toujours inventer quelque joli jeu. J'ai encore la charmante petite corbeille en filigranes d'argent, dont vous me fîtes présent à Noël, et je la conserve soigneusement comme un précieux souvenir.

Des larmes brillèrent dans les regards radieux du jeune compagnon, il voulut parler, mais ses paroles ne s'échappèrent de sa poitrine qu'en sons inarticulés, et faibles comme des soupirs : — O Rosa... chère... Rosa... — J'ai toujours désiré sincèrement de vous revoir, reprit Rosa, mais je n'aurais jamais pensé que vous deviendriez un jour un tonnelier. Ah ! quand je pense aux belles choses que vous faisiez autrefois chez maître Holzschuer ; c'est cependant dommage que vous ne soyez pas resté artiste. — Ah ! Rosa, dit Frédéric, ce n'est que pour vous que j'ai renoncé à la profession chérie.

A peine Frédéric eut-il prononcé ces mots, qu'il eût voulu s'abîmer dans le sein de la terre pour cacher sa frayeur et sa honte. L'aveu était venu malgré lui sur ses lèvres. Rosa détourna le visage, et Frédéric chercha en vain des paroles pour s'excuser. En ce moment, messire Paumgartner frappa à plusieurs reprises sur la table, avec le manche de son couteau, et annonça à la société que messire Vollrad, digne maître chanteur, allait commencer une chanson. Messire Vollrad se leva aussitôt, et chanta une belle chanson sur la mode de Hans Vogelgesang*, qui réjouit grandement l'assistance, et fit sortir Frédéric lui-même de sa sombre rêverie. Après que maître Vollrad eut chanté encore plusieurs chanson sur d'autres modes agréables, tels que le mode paradisien, le mode orangé et d'autres, il se prit à dire que s'il se trouvait à la table quelqu'un exercé dans l'art divin des maîtres chanteurs, il attendait qu'on lui ferait entendre d'autres chansons. Reinhold se leva, et dit que s'il était permis de s'accompagner du luth à la manière d'Italie, il essaierait de répondre à cet appel. Personne ne s'y opposant, il alla chercher son instrument, et après avoir légèrement préludé, il chanta la chanson suivante :

Avez-vous vu la source
D'où coule
Un vin généreux ?
Sous un bois arrondi
On l'entend murmurer;
Son parfum, son bouquet,
Se répandent à la ronde.
Qui l'a conservé ?
Quelle main habile,
Sous les cercles mobiles,
A renfermé ses esprits ?
C'est un tonnelier !
Joyeux compagnon,
Habile dans son art,
Ami du bon vin
Qu'il loge si bien.
Écoutez murmurer
Dans le verre,
Ce vin pétillant :
Il chante la louange
Du bon tonnelier
Qui l'a conservé.

Cette chanson fit un plaisir extrême à l'assemblée, et particulièrement à maître Martin dont les yeux brillaient

* *Jean à la voix de rossignol*, surnom d'un maître chanteur de l'époque, dont le rythme se nommait le *mode doré ;* le rythme de chaque maître chanteur portait une désignation bizarre [15]. *Le Tr.*

de joie et de plaisir; sans faire attention à Vollrad, qui s'étendait longuement sur la manière de Hans Muller, que, disait-il, le compagnon avait fort bien imitée, maître Martin se leva de sa place, et s'écria en agitant le grand verre qui servait à boire à la ronde: Viens ici, mon brave tonnelier et maître chanteur, viens ici; tu videras ce verre avec ton maître!

Reinhold obéit. En revenant à sa place, il dit bas à l'oreille de Frédéric qui rêvait profondément: — Chante maintenant ta chanson d'hier soir. — Y songes-tu! répondit Frédéric tout irrité.

Mais Reinhold s'adressant à l'assemblée: — Mes vénérables sires et maîtres! dit-il. Voici mon cher frère Frédéric qui sait un grand nombre des plus belles chansons, et qui a une voix plus agréable que la mienne; mais son gosier est encore desséché par la poussière de la route, et il vous servira son talent une autre fois!

On se mit alors à louer Frédéric de toutes parts, comme s'il eût déjà chanté. Plusieurs maîtres prétendirent même que sa voix était en effet plus agréable que celle du compagnon Reinhold, et Vollrad, après avoir vidé un plein verre, soutint gravement que Frédéric imitait mieux les beaux modes allemands que Reinhold, dont le chant était trop italien. Mais maître Martin rejeta sa tête en arrière, se frappa son gros ventre à le faire retentir, et s'écria: Ce sont mes compagnons. Je dis mes compagnons! les compagnons de Tobias Martin, maître tonnelier à Nuremberg. Et tous les maîtres baissèrent la tête en signe d'assentiment, et dirent en faisant tomber les dernières gouttes de leurs grands verres: — Oui, ce sont de braves compagnons, maître Martin!

Chacun alla enfin prendre du repos. Maître Martin fit donner à chacun des deux nouveaux venus, une belle chambre dans sa maison.

VII

Comment un troisième compagnon se présenta dans la maison de maître Martin, et ce qui en advint.

Lorsque les deux compagnons, Frédéric et Reinhold eurent travaillé quelque temps dans l'atelier de maître Martin, celui-ci remarqua que, pour ce qui concernait les proportions, les courbures et les cercles, Reinhold n'avait pas son égal; mais il n'en était pas ainsi quand il s'agissait de travailler sur l'établi, manier la hache ou le maillet; Reinhold se fatiguait alors presque aussitôt, tandis que Frédéric rabotait et cognait au contraire sans se lasser. Mais ce qu'ils avaient de commun l'un avec l'autre, c'était une conduite honnête, une gaieté constante et une humeur aimable. En outre, ils n'épargnaient pas leur gosier, tout en travaillant, surtout en présence de la belle Rosa; et leurs voix, qui s'accordaient très bien ensemble, formaient des concerts fort harmonieux [16]. Quelquefois, lorsque Frédéric jetait un regard langoureux sur Rosa, il penchait à tomber dans un mode languissant; mais Reinhold entonnait aussitôt une chanson comique qu'il avait composée, et qui commençait ainsi :

La tonne n'est pas la lyre,
La lyre n'est pas la tonne.

Maître Martin laissait alors retomber le maillet qu'il venait de lover pour enfoncer un cercle, afin de se tenir le ventre, tant il étouffait de rire. En général, les deux compagnons, Reinhold surtout, s'étaient insinués dans les bonnes grâces de maître Martin, et il était facile de voir que Rosa cherchait maint prétexte pour se montrer plus souvent dans l'atelier et y rester plus longtemps qu'autrefois.

Un jour, maître Martin entra, tout pensif, dans son atelier de la porte des Femmes, où l'on travaillait durant l'été. Reinhold et Frédéric venaient de monter un petit tonneau. Maître Martin se plaça devant eux, les bras croisés, et dit : — Je ne saurais vous dire combien je suis content de vous, mes chers enfants, mais je me trouve dans un grand embarras. Ils écrivent du Rhin que la présente année sera encore plus bénie que toutes les autres, quant à ce qui concerne la vigne. Un savant a annoncé que la comète, qui se montre au ciel, fertilisera la terre de ses rayons merveilleux. Toute la sève qu'elle renferme, et dont l'ardeur durcit dans son sein les métaux, affluera à sa surface et se répandra dans les ceps altérés qui s'enlaceront dans leur ardeur, et engendreront des milliers de grappes pleines de ce feu liquide dont la vigne aura été arrosée. Ce n'est, ajouta-t-il, que dans trois cents ans qu'on reverra une semblable constellation. — Il y aura donc du travail par-dessus la tête. Et en outre, voilà que le très digne évêque de Bamberg m'écrit et me commande une grande tonne : nous ne suffirons jamais à tout cela, et il faut que je me pourvoie d'un vigoureux compagnon. Mais je ne voudrais pas prendre le premier qui se trouvera dans la rue, et cependant j'ai le feu sous les ongles ; si vous connaissez un brave compagnon que vous verriez avec plaisir entre vous, nommez-le moi ; je le ferai venir, dût-il m'en coûter une somme ronde.

A peine maître Martin avait-il prononcé ces paroles qu'un jeune homme d'une haute taille entra avec fracas dans l'atelier, et s'écria d'une voix forte : — Eh là ! est-ce ici l'atelier de maître Martin ? — Sans doute, répondit maître Martin en s'avançant vers le jeune homme, sans doute, c'est ici ; mais vous n'avez pas besoin de crier comme si vous vouliez tout tuer, et de frapper sur toutes mes tonnes. On ne se présente pas ainsi chez les gens. — Ah ! ah ! ah ! dit le jeune compagnon en riant, vous êtes sans doute maître Martin lui-même, car, avec votre gros ventre, vos deux mentons, votre nez rouge et vos yeux brillants, vous voici bien comme on vous a décrit. Je vous salue, maître Martin. — Eh bien ! voyons, que voulez-vous de maître Martin ? dit celui-ci avec humeur. — Je suis un compagnon tonnelier, répondit le jeune homme, et je venais vous demander si je pourrais trouver de l'ouvrage chez vous.

Maître Martin ne revenait pas de sa surprise. Au moment même où il parlait de chercher un ouvrier, il s'en présentait un devant lui. Le vieux maître recula de deux pas, et toisa le jeune homme des talons à la tête; et lui, le regarda les yeux étincelants. En voyant la large poitrine, les muscles vigoureux, les poings énormes du jeune ouvrier, maître Martin pensa que c'était là son homme, et il lui demanda aussitôt les certificats de sa corporation. — Je ne les ai pas sur moi, répondit le jeune homme, mais je les recevrai dans peu de temps; et je vous donne ma parole que je travaillerai fidèlement et avec zèle: cela doit vous suffire.

A ces mots, sans attendre la réponse de maître Martin, le jeune homme se débarrassa de sa barrette et de son sac, ôta sa casaque, attacha son tablier devant lui, et lui dit: — Voyons, maître Martin, montrez-moi tout de suite l'ouvrage que je vais faire.

Maître Martin, ébahi des manières du jeune étranger, fut obligé de réfléchir quelques instants; il répond enfin: — Eh bien! compagnon, prouvez d'une seule fois que vous êtes un bon ouvrier, et faites le trou de bonde à ce tonneau qu'on vient d'achever.

Le jeune homme s'en acquitta avec adresse et vigueur, et s'écria en riant bruyamment: — Eh bien, maître Martin, doutez-vous maintenant que je sois un bon tonnelier! — Mais, ajouta-t-il, en parcourant l'atelier, et en promenant ses regards sur les pièces de bois et sur les outils, avez-vous aussi de bons ustensiles, et... qu'est-ce que c'est que ce maillet? c'est sans doute avec cela que jouent vos enfants? Et cette petite hachette? C'est bon pour des apprentis! A ces mots, il jeta en l'air et reçut, sans efforts, dans ses mains, le lourd et énorme maillet que Reinhold ne pouvait pas gouverner, et la hache que Frédéric maniait avec peine. Puis il roula comme des balles légères, deux tonnes immenses, et prenant une des plus grandes douves qui n'était pas encore travaillée, il s'écria: — Eh, maître, si c'est là du bon bois de chêne, cela doit se briser comme du verre! Soulevant alors la douve, il en frappa une pierre, et le bois vola en mille éclats. — Mon cher ami, dit maître Martin, avez-vous dessein de jeter hors de la porte cette tonne de deux foudres, ou bien de briser tout dans l'atelier? Vous pourriez prendre cette solive pour maillet; et afin que vous ayez une hache, selon vos goûts, je vais envoyer chercher à la maison de ville, l'épée de Roland, qui est longue de trois aunes. — Elles me conviendrait assez bien ! répondit le jeune homme dont les yeux étincelèrent; mais il les baissa aussitôt et dit d'une voix plus modérée : — Je pensais, maître Martin, que vous aviez besoin de vigoureux compagnons pour vos grands travaux, et peut-être que j'ai mis trop de jactance à vous montrer mes forces. Mais n'importe, donnez-moi du travail, je le ferai en conscience.

Maître Martin regarda fixement le jeune homme, et dut s'avouer que jamais des traits plus honnêtes et plus nobles ne s'étaient offerts à ses yeux. Il lui sembla même que l'aspect de cette figure lui rappelait confusément un homme qu'il aimait, mais il ne put démêler ses souvenirs ; et cependant il accéda aux désirs du nouveau venu, en lui recommandant toutefois de se procurer au plus tôt les certificats de sa corporation. Pendant ce temps, Reinhold et Frédéric avaient achevé de dresser leur tonneau, et passaient les premiers cercles. En faisant cet ouvrage, ils avaient coutume de chanter ensemble une chanson, et commencèrent une ballade à la manière d'Adam Puschmann. Mais Conrad, de l'établi où l'avait placé maître Martin, s'écria : — Eh ! qu'est-ce que c'est que ces miaulements ? on dirait que les souris sifflent dans l'atelier ! Si vous voulez chanter quelque chose, chantez de façon à ranimer l'âme et à donner du cœur au travail. A ces mots, il entonna une folle chanson de chasse, avec des cris de *halloh !* et de *hussah !* Et il imitait les aboiements des chiens lorsqu'on les découple, les fanfares et les cris perçants des chasseurs, d'une voix si éclatante que les grandes tonnes en vibraient, et que tout l'atelier retentisssait du bruit de ses accents. Maître Martin se couvrit les oreilles de ses deux mains, et les enfants de femme Marthe (la veuve de Valentin), qui jouaient dans l'atelier, allèrent timidement se cacher sous les cuves. En ce moment, Rosa entra, étonnée, effrayée de ces cris terribles qui ne ressemblaient nullement à un chant. Dès que Conrad aperçut Rosa, il se tut, et se levant, il s'approcha d'elle en la saluant avec grâce. Puis, il dit d'une voix douce, les yeux animés : — Ma belle demoiselle, quelle douce lueur s'est répandue dans cette cabane lorsque vous y avez pénétré ! Oh ! si je vous avais aperçue plutôt, je n'aurais pas meurtri vos oreilles délicates par ma chanson de chasse. — Eh ! vous autres, ajouta-t-il en se tournant vers maître Martin et les deux compagnons, cessez donc de frapper d'une façon aussi abominable. Tant que la charmante demoiselle nous honore de sa présence, il faut laisser reposer le maillet et la tringle. Sa douce voix seule doit se faire entendre !

Reinhold et Frédéric se regardèrent avec surprise ; mais maître Martin se mit à rire aux éclats : — Allons, Conrad, s'écria-t-il, il est clair que vous êtes le plus grand fou qui ait jamais ceint le tablier ! Vous arrivez d'abord ici comme un héros sauvage, voulant tout ravager ; puis vous hurlez de manière à nous fendre les oreilles, et pour digne conclusion à toutes ces folies, vous traitez ma fillette Rosa comme une noble demoiselle, et vous lui parlez comme un gentilhomme amoureux. — Je connais fort bien votre charmante fille, maître Martin, dit Conrad avec abandon ; mais je vous dis que c'est la plus ravissante demoiselle qui soit sur terre, et plaise au ciel qu'elle permette au plus noble gentilhomme de la servir d'amour, et d'être son paladin !

Maître Martin se tenait les côtés, il était sur le point d'étouffer ; enfin, il parvint à recouvrer la parole après un long rire : — Bien, très bien, mon cher garçon ! dit-il. Regarde toujours Rosa comme une noble demoiselle, je te le permets. Mais aie la bonté de retourner à ton établi.

Conrad resta comme enraciné à sa place, se frotta le front, et dit à voix basse : — C'est vrai. Et il obéit. Rosa prit place, comme elle avait coutume de le faire, sur un petit tonneau, que Reinhold avait soigneusement essuyé et que Frédéric avait roulé près d'elle. Les deux compagnons chantèrent. Maître Martin leur commanda de recommencer la chanson que l'impétueux Conrad avait interrompue, tandis que celui-ci, devenu silencieux et pensif, travaillait à son établi.

Quand la chanson fut achevée, maître Martin leur dit : — Le ciel vous a accordé un don bien agréable, mes chers amis ! Vous ne pouvez pas imaginer combien je fais cas de l'art sublime de chanter. N'ai-je pas voulu aussi être maître chanteur jadis ; mais je n'ai jamais pu y parvenir ; et toutes mes peines ne m'ont valu que des dégoûts. Au concours de chant, je fais tantôt de faux accords, tantôt de faux enjolivements et de fausses mélodies ; mais on dira : Ce que n'a pu faire le maître, ses compagnons le font. Dimanche prochain, après le prêche de midi, il y a une séance de chant dans l'église de Sainte-Catherine. Vous pouvez tous deux acquérir beaucoup d'honneur ; car avant le chant, il y a un concours auquel chaque étranger peut prendre part. — Et vous, ami Conrad, s'écria maître Martin en se tournant vers l'établi, n'avez-vous pas envie de monter au lutrin, pour entonner votre belle chanson de chasse ? — Ne raillez pas, mon cher maître, répondit Conrad sans lever les yeux. Chacun à sa place ! Tandis que vous vous réjouirez en écoutant les maîtres chanteurs, moi je prendrai mon plaisir sur la prairie commune.

Ce que maître Martin avait espéré arriva. Reinhold monta au lutrin, et chanta des airs sur différents modes, qui réjouirent tous les maîtres chanteurs, bien que quelques-uns pensassent que le jeune homme avait une expression étrangère qu'ils ne savaient comment qualifier. Bientôt après, Frédéric prit la place de Reinhold, ôta sa barrette, et après avoir regardé quelques instants autour de lui et du côté de Rosa qui soupira, il commença une magnifique cantate dans le ton fluant de Henri Frauenlob*. Tous les maîtres déclarèrent d'une même voix que nul d'entre eux n'égalait le jeune compagnon.

Lorsque le soir fut venu et le concours de chant fini, maître Martin se rendit avec Rosa sur la prairie commune, afin de jouir de tous les plaisirs de cette journée. Il fut permis à Reinhold et à Frédéric de les accompagner. Rosa marchait entre eux deux. Frédéric enivré des louanges du maître, osa glisser à la jeune fille quelques paroles qu'elle sembla ne pas entendre. Elle se tournait plus volontiers vers Reinhold, qui lui contait mille histoires

* Henri Frauenlob, ou *le louangeur des femmes,* fameux maître chanteur du temps. Toutes les femmes de Nuremberg suivirent son convoi funèbre, car il avait consacré tous ses vers à les chanter. *Le Tr.*

plaisantes à sa manière, et qui ne craignait pas de lui prendre quelquefois la main. On entendait déjà de loin les cris joyeux qui s'élevaient de la prairie. Arrivés à la place où les jeunes gens de la ville se livraient à toutes sortes d'exercices, ils entendirent le peuple qui criait : Gagné ! gagné ! — C'est encore lui le plus fort ! — Personne n'ose plus se présenter contre lui !

Maître Martin vit, en pénétrant dans la foule, que les éloges du peuple ne s'adressaient à nul autre qu'à son compagnon Conrad, qui avait vaincu tous ses adversaires, dans la lutte, dans la course et dans le jet du palet. Au moment où maître Martin arriva, Conrad demandait s'il ne se trouverait personne pour s'exercer contre lui au jeu des épées émoussées ? Plusieurs jeunes patriciens, habitués à ce genre de combat, consentirent à descendre dans la lice. Mais en peu d'instants, Conrad les défit tous. Aussi ne se lassait-on pas de vanter sa vigueur et son adresse.

Le soleil était descendu sous l'horizon, les feux du soir brunissaient, et les vapeurs de la nuit montaient lentement. Maître Martin, Rosa et les deux compagnons étaient établis non loin d'une cascade fraîche et murmurante. Reinhold faisait des récits ravissants de la lointaine Italie. Mais Frédéric, silencieux et satisfait, ne détournait pas ses regards des beaux yeux de Rosa. Bientôt arriva Conrad, d'un pas incertain, et comme hésitant s'il devait se joindre à eux. Maître Martin lui cria : — Eh bien ! Conrad, approche. Tu t'es bravement comporté sur la prairie et tu mérites bien que je t'accueille comme un de mes bons compagnons. Ne sois pas intimidé, mon garçon. Assieds-toi près de moi, je te le permets.

Conrad lança un regard perçant au maître qui lui faisait gracieusement signe de prendre place, et dit d'une voix sourde : — Je ne suis pas le moindrement intimidé et je ne vous ai pas demandé permission de m'asseoir là, ou de ne pas m'asseoir ; d'ailleurs je ne viens pas pour vous autres. J'ai jeté tous mes adversaires sur le sable, en vaillant chevalier, et je viens demander à la charmante demoiselle si pour prix de ma bravoure, elle daignera m'accorder le joli petit bouquet qu'elle porte.

A ces mots, Conrad fléchit un genou devant Rosa qui détacha son bouquet en riant, et lui dit : — Je sais qu'un brave chevalier tel que vous, peut requérir un don d'une noble dame telle que moi ; recevez donc en signe d'honneur ce vieux bouquet fané.

Conrad baisa le bouquet qu'elle lui présentait, et l'attacha à sa barrette, mais maître Martin se leva en s'écriant : — Assez de folies ! la nuit approche, regagnons le logis. Il se mit le premier en marche, Conrad prit avec respect le bras de Rosa. Reinhold et Frédéric les suivirent d'un air mécontent. Les bourgeois qu'ils rencontraient, s'arrêtaient et disaient : Voyez donc le riche tonnelier Tobias Martin avec sa jolie fille et ses beaux compagnons. Voilà de braves gens !

VIII

Comment femme Marthe [17] parla avec Rosa des trois compagnons. — Querelle de Conrad avec maître Martin.

Les jeunes filles ont coutume, dès le matin, de repasser avec complaisance dans leur esprit, toutes les joies d'une fête de la veille, et le lendemain leur est souvent aussi doux que le jour même. C'est ainsi que le lendemain matin, la belle Rosa était assise dans sa chambre ; les mains jointes, la tête baissée, laissant reposer son rouet et son aiguille. Il se pouvait qu'elle entendît tantôt les chants de Frédéric et de Reinhold, tantôt qu'elle vît l'adroit Conrad terrassant ses adversaires, car elle murmurait tour à tour les paroles d'une chanson, ou bien elle disait à voix basse : Vous voulez mon bouquet ? Et alors une couleur plus vive brillait sur ses joues, ses regards étincelaient sous ses paupières abaissées, et de légers soupirs s'échappaient de son sein. Femme Marthe entra dans la chambre, et Rosa se réjouit de pouvoir raconter ce qui s'était passé dans l'église de Sainte-Catherine et sur la prairie commune. Lorsque Rosa eut achevé son récit, femme Marthe dit en souriant : — Eh bien, chère Rosa, vous pourrez donc bientôt choisir entre ces trois prétendus ? — Au nom du ciel, femme Marthe, comment l'entendez-vous ? moi ! trois prétendus ? — Ma chère Rosa, ne faites pas comme si vous ignoriez tout. Il faudrait vraiment n'avoir point d'yeux ; il faudrait être entièrement aveuglé, pour ne pas voir que nos trois compagnons Reinhold, Frédéric et Conrad, ont un violent amour pour vous. — Que vous figurez-vous donc, femme Marthe ? dit Rosa en mettant ses mains devant ses yeux. — Allons, enfant timide, dit femme Marthe en s'asseyant devant Rosa, regarde-moi bien fixement et ne cherche pas à nier que tu as remarqué depuis longtemps ce que les trois compagnons ont au fond du cœur. Le nieras-tu encore ! Tu vois bien que tu ne le peux pas. Il serait aussi bien merveilleux que les yeux d'une jeune fille ne vissent pas cela. Comme les regards se détachent de l'ouvrage, comme les chants prennent une autre mesure, comme tout s'anime, lorsque tu parais dans l'atelier ! Comme Reinhold et Frédéric commencent aussitôt leurs plus jolies chansons ; et comme le sauvage Conrad lui-même devient doux et amical ! Chacun s'empresse auprès de toi, et quel feu anime le visage de celui que tu favorises d'un regard, d'une parole ! — Ah ! ma fille, n'est-il pas bien agréable que de beaux jeunes gens rivalisent ainsi pour gagner ton cœur ? Choisiras-tu l'un de ces trois ? lequel choisiras-tu ? voilà ce que je ne saurais dire, car tu les reçois tous bien, quoique… mais silence là-dessus. Si tu venais à moi en disant : Conseillez-moi, femme Marthe, auquel de ces trois jeunes gens qui s'empressent autour de moi, dois-je donner mon cœur et ma main ? je te répondrais certainement : Si ton cœur ne te le désigne pas, renvoie-les tous les trois, au plus vite. — Mais Reinhold me plaît beaucoup, et aussi Frédéric et aussi Conrad, et puis j'ai bien quelque chose à dire contre chacun d'eux. — Oui, sans doute, chère Rosa, dirais-je, quand je vois si bien travailler les trois jeunes compagnons, je pense toujours à mon pauvre cher Valentin, et je dois dire qu'il n'aurait pas fait de meilleurs ouvrages, mais il avait un tout autre élan et une tout autre manière. On voyait qu'il y mettait toute son âme ; nos jeunes gens semblent avoir bien autre chose en tête que leur travail, et il semble qu'ils se soient imposé un fardeau qu'ils portent avec courage. C'est avec

Frédéric que je m'entends le mieux ; c'est une douce et bonne âme. On dirait qu'il nous appartient davantage, à nous autres ; je comprends tout ce qu'il dit, et ce qui me plaît surtout dans ce cher garçon, c'est qu'il t'aime avec toute la timidité d'un enfant, qu'il ose à peine te regarder et qu'il rougit chaque fois que tu lui parles.

Tandis que femme Marthe parlait ainsi, une larme se montrait dans les yeux de Rosa. Elle se leva, et dit, le visage tourné vers la fenêtre : — Sans doute, j'aime aussi Frédéric, mais il ne faut pas mépriser Reinhold. — Comment pourrait-on le mépriser ? des trois compagnons, Reinhold est le plus beau. Quels yeux ! Non, quand il vous traverse de ses regards vifs et perçants, on ne peut le supporter. — Mais il y a dans toutes ses manières, quelque chose de si singulier, qui me fait vraiment peur. Je pense que maître Martin doit éprouver en voyant Reinhold travailler dans son atelier, ce que j'éprouverais, moi, si on me mettait un ustensile d'or et de diamants dans ma cuisine pour que je m'en servisse comme d'un meuble ordinaire : je n'oserais pas y toucher. Il parle, il raconte, et tout cela raisonne comme la plus douce musique, et l'on est entraîné malgré soi ; mais lorsque plus tard, je songe à ce qu'il a dit, il se trouve que je n'ai pas compris le plus petit mot. Et lorsqu'il rit et qu'il plaisante à notre manière, et qu'il est tout à fait comme nous, il prend subitement l'air si distingué qu'il m'effraie sérieusement. Cependant, je ne puis dire qu'il ait l'air de certains gentilshommes ou de nos jeunes patriciens ; non, c'est autre chose. En un mot, il me semble, Dieu sait pourquoi, comme s'il avait rapport avec des esprits, et comme s'il appartenait à un autre monde. Conrad est un compagnon sauvage et désordonné, cependant il y a aussi en lui quelque chose de distingué qui ne va pas avec le tablier ; et puis, il agit comme s'il avait le droit de commander à tous les autres. Il y a peu de temps qu'il est ici, et il a déjà réussi à faire baisser la voix de maître Martin devant la sienne. Mais néanmoins Conrad est bon et honnête ; on ne peut lui garder rancune. Je l'aime mieux même que Reinhold, car bien qu'il parle furieusement haut, on comprend fort bien tout ce qu'il dit. Je parie qu'il a été soldat; car il s'entend très bien à manier les armes, et il a des mots de chevalier qui ne lui vont pas mal. — Eh bien! voyons, ma chère Rosa, dites-moi sans détour, lequel des trois a su vous plaire? — Ma bonne Marthe, ne m'interrogez pas ainsi. Tout ce que je puis vous dire, c'est que les manières de Reinhold ne me semblent pas aussi effrayantes que vous le dites. Il est vrai qu'il a d'autres façons que ses camarades, mais ses entretiens me causent beaucoup de charme, sa conversation est pour moi comme un beau jardin rempli de fleurs inconnues, que je me plais à contempler; et depuis que Reinhold est venu ici, maintes choses qui me semblaient tristes et arides ont pris à mes yeux une couleur vive et un attrait puissant.

Femme Marthe se leva, et menaçant Rosa du doigt, elle s'éloigna en disant: — Ah! ah! Rosa. C'est donc Reinhold! Je n'aurais jamais soupçonné cela. — Je vous en prie, femme Marthe, dit Rosa en l'accompagnant jusqu'à la porte; ne soupçonnez rien, et laissez le temps accomplir les volontés du ciel.

Cependant l'atelier de maître Martin était fort animé. Il avait pris des ouvriers et des apprentis pour exécuter ses nouvelles commandes, et le bruit du marteau, celui du maillet, retentissait au loin. Reinhold venait de terminer le tracé de la grande tonne destinés à l'évêque de Bamberg, et il l'avait si bien entrepris, à l'aide de Frédéric et de Conrad, que la joie de maître Martin était extrême. Celui-ci s'écria à plusieurs reprises: — Voilà ce qui se nomme un beau travail! Ce sera une tonne comme il n'en est pas encore sorti de mon atelier, à l'exception de mon chef-d'œuvre!

Les trois compagnons se mirent alors à enfoncer les cercles à grands coups de maillets, et tout l'édifice retentit de leurs frappements cadencés. Le vieux Valentin rabotait avec ardeur, et femme Marthe, ses deux plus petits enfants sur ses genoux, était assise derrière Conrad, tandis que les autres plus âgés couraient et se poursuivaient, armés de longs bâtons. C'était un joyeux tumulte, et l'on aperçut à peine maître Holzschuer qui entra gravement dans l'atelier. Maître Martin vint au-devant de lui, et s'informa poliment du motif de sa visite. — Eh ! je veux voir encore une fois mon brave Frédéric qui travaille là avec tant d'ardeur, répondit Holzschuer. Et puis, mon cher maître Martin, j'ai besoin pour ma cave d'une tonne solide, et je viens vous prier de me la faire. Voyez donc, voilà justement que vos compagnons achèvent un tonneau tel qu'il m'est nécessaire ; vous pourrez me le laisser. Dites-moi seulement le prix.

Reinhold, qui s'était assis quelques instants sur l'établi pour se reposer et prendre haleine, entendit les paroles de maître Holzschuer, et tournant vers lui la tête, il répondit : — Eh ! mon cher maître Holzschuer, renoncez à votre envie ; car cette tonne que nous travaillons là est destinée à son altesse l'évêque de Bamberg.

Maître Martin, les mains croisées sur le dos, le pied gauche en avant, sa tête rejetée en arrière, jeta un regard étincelant sur la tonne, et dit avec fierté : — Mon cher maître, seulement au choix du bois et à la propreté du travail, vous auriez pu remarquer qu'un tel chef-d'œuvre ne pouvait être destiné qu'à une cave de prince. Mon compagnon Reinhold a bien parlé. Renoncez à votre envie ; mais quand le temps des vendanges sera passé, je vous ferai faire une bonne tonne, bien solide, comme il en faut une pour votre cave.

Maître Holzschuer, irrité de l'orgueil de maître Martin, prétendit au contraire que ses pièces d'or étaient d'un aussi bon poids que celles de l'évêque de Bamberg, et que, pour son argent, il aurait quelque autre part une tonne tout aussi belle. Maître Martin, plein de colère, eut peine à se contenir pour ne pas offenser le vieux maître, honoré dans toute la bourgeoisie ; mais, en ce moment, sa fureur concentrée éclata contre Conrad, qui frappait si violemment de son maillet, qu'il semblait avoir dessein de tout briser sous ses coups. — Conrad, enragé ! coquin ! s'écria maître Martin. Veux-tu donc briser ce tonneau, en frappant dessus comme un aveugle ! — Oh ! oh ! répondit Conrad en regardant le maître d'un air ironique. Pourquoi pas, père Martin ? En parlant ainsi, il redoubla de coups sur le tonneau dont les cercles éclatèrent, et dont les douves, en se détachant, renversèrent Reinhold du banc d'échafaudage sur lequel il était monté. Hors de lui, de rage et de colère, Maître Martin arracha des mains du vieux Valentin un bâton qu'il rabotait, et s'élançant sur Conrad, il l'en frappa vigoureusement sur les épaules, en le traitant de chien maudit. Dès que Conrad se sentit frappé, il se retourna vivement et resta quelques moments immobile, comme éperdu; mais bientôt ses yeux étincelèrent de rage, ses dents se choquèrent avec violence, et il s'écria: — Me battre! me battre! D'un bond, il s'élance à bas de l'échafaud, et ramassant la hache, il en porta un coup si vigoureux à maître Martin, qu'il lui eût abattu la tête, si Frédéric n'eût poussé de côté le vieux tonnelier qui reçut seulement au bras une blessure d'où l'on vit couler le sang. Lourd et peu ingambe, maître Martin perdit l'équilibre et tomba. Tout le monde se jeta devant le furieux Conrad, qui élevait en l'air sa hache sanglante, et qui criait, d'une voix épouvantable: Il faut que je l'envoie dans les enfers! A ces mots, il repoussa avec vigueur ceux qui l'entouraient, et il se disposait à porter au maître un second coup qui eût infailliblement achevé ses jours, lorsque Rosa, pâle d'effroi, parut à la porte de l'atelier. Dès que Conrad l'aperçut, il resta immobile comme une statue, sa hache levée. Puis il la jeta loin de lui, se frappa la poitrine de ses deux mains, s'écria d'une voix sourde: O ciel! qu'ai-je fait! et s'échappa. Personne ne songea à l'arrêter.

On releva à grand-peine le pauvre maître Martin. Il se trouva que la hache n'avait touché que l'épaisse enveloppe de graisse qui recouvrait le bras, et que la blessure était légère. On retira, du milieu des cercles et des douves le vieux maître Holzschuer que Martin avait entraîné dans sa chute, et l'on s'efforça d'apaiser les enfants de Marthe, qui pleuraient et criaient d'effroi. Pour le vieux maître Martin, il était tout stupéfait, et disait que si ce compagnon endiablé ne lui avait pas gâté son plus beau tonneau, il serait satisfait et ne s'inquiéterait pas de sa blessure. On apporta une litière pour les deux vieux maîtres; car Holzschuer avait aussi reçu quelques contusions dans sa chute. Il maudit un métier qui mettait sans cesse à la main des instruments de meurtre, et conjura Frédéric de reprendre la noble profession de modeleur, qui réjouissait la vue par de gracieuses images. Frédéric et Reinhold retournèrent tristement à la ville, lorsque la nuit fut venue. Tandis qu'ils cheminaient, ils entendirent gémir sur la route, et aperçurent la taille gigantesque de Conrad. — Ah ! mes chers amis, leur dit celui-ci, ne vous détournez pas de moi. Vous me regardez certainement comme un misérable altéré de sang, mais je ne le suis nullement. Je ne pouvais agir autrement. Je devais tuer le vieux maître, et si je faisais mon devoir, je vous suivrais et j'irais lui fendre la tête dans son logis. Mais non, non ! Tout est fini, vous ne me reverrez plus. Saluez la belle Rosa. Dites-lui que je conserverai son bouquet, toute ma vie, même si... mais vous entendrez parler de moi.

Adieu ! mes braves compagnons !

Et il s'échappa à travers la campagne. — Il y a quelque chose de singulier dans ce garçon, dit Reinhold, nous ne pouvons juger son action à la mesure ordinaire. Peut-être saurons-nous un jour ce mystère.

IX

Reinhold quitte la maison de maître Martin.

Autant l'atelier de maître Martin avait offert un joyeux aspect, autant alors l'apparence en était triste. Reinhold, incapable de travailler, se tenait dans sa chambre ; maître Martin, le bras en écharpe, pestait et jurait sans cesse contre le méchant compagnon qui l'avait quitté. Rosa, femme Marthe elle-même et ses enfants, évitaient le lieu de cette scène folle, et les coups du maillet de Frédéric, qui travaillait seul à la grande tonne de l'évêque, retentissaient solitairement dans l'atelier, comme, au triste temps d'hiver, la cognée du bûcheron retentit dans les bois.

Un chagrin profond remplissait l'âme de Frédéric ; car il croyait avoir vu clairement que ses soupçons étaient fondés. Il ne doutait pas que Rosa n'aimât Reinhold. Elle lui avait toujours adressé de doux sourires, d'aimables paroles, et maintenant elle préférait rester seule dans sa chambre, et ne se montrait plus dans l'atelier où elle ne devait pas le revoir. Un dimanche, par une belle journée, maître Martin, qui était rétabli de sa blessure, engagea son jeune compagnon à venir avec lui et sa fille, sur la prairie commune; mais Frédéric refusa cette invitation, et courut, accablé de douleur, errer près du hameau, où pour la première fois il avait vu Rosa. Il se jeta sur la petite pelouse émaillée de fleurs; et en songeant que la lueur d'espoir, qui l'avait ramené dans sa ville natale, venait de s'obscurcir au moment où il se croyait au but, ses larmes coulèrent sur les fleurs qui inclinaient mélancoliquement leurs têtes, comme si elles eussent partagé les chagrins du jeune compagnon. Ces larmes le soulagèrent[18]. Le vent du soir murmurait dans les noirs feuillages comme des paroles consolantes, et de longues bandes dorées, qui s'élevaient sur le ciel sombre, lui semblaient des indices de joie et de bonheur. Frédéric se leva, et se dirigea vers le hameau. Il crut alors entendre comme le pas de Reinhold retentir derrière lui, ainsi qu'il l'avait entendu le jour où il l'avait rencontré en ce lieu. Toutes les paroles que Reinhold lui avait dites se réveillèrent à sa pensée, lorsqu'enfin il se souvint du récit que Reinhold lui avait fait de la lutte des deux peintres, il lui sembla qu'un voile tombait de ses yeux. Il était bien certain que Reinhold avait déjà vu Rosa, qu'il l'avait déjà aimée. Cet amour seul l'amenait à Nuremberg, et les deux peintres n'étaient autres que lui-même et Frédéric; le prix pour lequel ils rivalisaient, que la belle Rosa. — Frédéric crut entendre une voix lui répéter les paroles que Reinhold avait dites: Des amis doivent rivaliser noblement, sans envie et sans haine. — Oui! s'écria-t-il, c'est à un ami que je vais m'adresser; il m'ouvrira son cœur, il me dira lui-même si tout espoir est perdu!

La matinée était déjà avancée, lorsque Frédéric vint frapper à la chambre de Reinhold. Comme rien ne se faisait entendre, il poussa la porte qui n'était pas fermée, et entra. Mais tout à coup il recula de surprise. Rosa, dans l'éclat de toutes ses grâces, de tous ses charmes, son image du moins, admirablement peinte, et de grandeur naturelle, s'offrait à lui merveilleusement éclairée par les rayons du soleil levant. Le bâton de peintre jeté sur la table, les couleurs fraîchement broyées, étendues sur la palette, témoignaient qu'on venait de travailler au tableau. — O Rosa ! Rosa ! murmura Frédéric perdu dans ses pensées.

Reinhold, qui était entré doucement derrière lui, lui frappa sur l'épaule en riant : Eh bien, Frédéric, lui dit-il, que penses-tu de mon tableau ? — Frédéric le pressa contre son cœur et s'écria : O mon ami, je comprends tout maintenant. Peintre habile, tu as remporté le prix, et j'étais trop chétif pour te le disputer ! Que suis-je près de toi ? qu'est mon art près du tien ? Hélas ! et moi aussi, j'avais quelques pensées en l'âme ! Ne ris pas de moi, mon cher Reinhold... Vois, je songeais à reproduire Rosa dans une attitude gracieuse, et à modeler son buste en argent le plus fin ! Mais toi ! toi !... Qu'elle est belle ! comme elle nous sourit, comme elle brille de tous ses charmes ! Ah ! Reinhold, Reinhold ! homme plus qu'heureux ! oui, ce que tu as prédit est arrivé ! nous avons lutté ensemble, tu as vaincu, tu devais vaincre, et cependant mon cœur t'appartient tout entier. Mais il faut que je quitte cette maison, que j'abandonne cette ville ; je ne puis le supporter plus longtemps ; j'expirerais, s'il me fallait revoir Rosa maintenant. Pardonne-moi, mon digne, mon noble ami. Aujourd'hui même, dans ce moment, il faut que je fuie, et que je fuie bien loin ! partout où me poussera mon désespoir, la blessure de mon cœur.

A ces mots, Frédéric voulut sortir ; mais Reinhold le retint et lui dit doucement : — Tu ne partiras pas, car tout peut s'arranger autrement que tu ne le penses. Il est temps de dire tout ce que je t'ai caché jusqu'à ce jour. Tu sais maintenant que je ne suis pas un tonnelier, mais un peintre ; j'espère qu'en voyant ce tableau, tu as aussi appris que j'ai acquis quelque gloire dans ma profession. Dans les premières années de ma jeunesse, je passai en Italie, le pays de l'art ; là je parvins à attirer sur moi l'attention de quelques grands maîtres, dont le feu divin entretint l'étincelle que je portais en moi. Je parvins à la célébrité ; mes tableaux furent recherchés dans toute l'Italie, et le noble duc de Florence m'appela à sa cour.

Dans ce temps, je ne voulais pas entendre parler de la peinture allemande, et, sans avoir vu vos tableaux, je parlais sans cesse de la sécheresse et du mauvais dessin de vos Dürer et de vos Cranach. Mais un jour, un brocanteur de tableaux apporta un petit tableau de Madone du vieux Dürer dans la galerie du grand-duc. Cette composition me saisit vivement; elle fit cesser tout cet engouement pour la douceur des tableaux d'Italie, et je résolus sur l'heure d'aller contempler en Allemagne les chefs-d'œuvre pour lesquels j'éprouvais déjà de l'enthousiasme. J'arrivais ici, à Nuremberg, et en voyant Rosa, je crus retrouver l'image animée de cette madone qui m'avait causé tant d'extases délicieuses. Il m'arriva comme à toi, mon cher Frédéric, je devins tout amour. Je ne voyais plus que Rosa; je ne songeais qu'à elle: toute autre pensée avait disparu de mon âme, et l'art même ne me semblait valoir quelque chose que parce que je pouvais peindre et dessiner mille fois cette figure céleste. Je songeais à approcher de la jeune fille avec le sans-façon de l'Italie, mais tous mes efforts furent vains. Il m'était impossible de pénétrer dans la maison de maître Martin sous un prétexte spécieux. Je songeais enfin à m'annoncer comme un prétendu; mais j'appris que maître Martin avait résolu de ne donner sa fille qu'à un compagnon tonnelier. J'eus alors l'aventureuse idée d'aller apprendre cette profession à Strasbourg, et de revenir travailler dans l'atelier de maître Martin; j'abandonnai le reste à la Providence. Tu sais comment j'ai exécuté mon projet, mais il faut que tu saches aussi que maître Martin m'a dit, il y a quelques jours, que je ferais un excellent maître tonnelier, et qu'il m'accepterait avec plaisir pour gendre, car il voyait bien que Rosa m'écoutait avec plaisir. — Peut-il en être autrement! s'écria Frédéric au désespoir. Oui, Rosa doit t'appartenir. Je n'étais pas digne de posséder un tel trésor! — Tu oublies, frère, reprit Reinhold, que Rosa n'a pas encore confirmé les paroles du rusé père Martin? Il est vrai que Rosa s'est toujours montrée amicale et bienveillante avec moi; mais qu'il y a loin de là à l'amour! — Promets-moi, mon frère, de rester calme trois jours encore, et de travailler comme d'ordinaire à l'atelier. Je pourrais y travailler aussi, mais depuis que je m'occupe de ce tableau, ce misérable métier que nous faisons là dehors me cause un dégoût horrible. Je ne pourrais jamais reprendre un maillet à la main, quoi qu'il en pût arriver. Le troisième jour, je te dirai sincèrement où j'en suis avec Rosa. Si j'étais réellement le plus heureux, celui à qui elle donne son amour, il te faudra partir et apprendre que le temps guérit les plus cruelles blessures !

Frédéric promit d'attendre son destin. Le troisième jour (Frédéric avait soigneusement évité les regards de Rosa), le cœur lui trembla de crainte et d'attente. Il se glissa, tout en rêvant, dans l'atelier, et sa maladresse excita plusieurs fois l'humeur de maître Martin. En général, le maître semblait avoir éprouvé quelque chose qui lui ravissait toute sa gaieté. Il parla beaucoup de vile ruse et d'ingratitude, sans expliquer plus clairement ce qu'il entendait par ces mots. Lorsque le soir fut enfin venu, et que Frédéric revint à la ville, un cavalier, qu'il reconnut pour Reinhold, s'avança à sa rencontre. Dès que Reinhold aperçut Frédéric, il lui cria : — Ah ! je te cherchais. A ces mots, il descendit de son cheval dont il passa la bride sous son bras, et prit son ami par la main. — Marchons un peu ensemble, dit-il.

Frédéric remarqua que Reinhold était vêtu comme à leur première rencontre, et que son cheval portait une valise. Reinhold était pâle et défait. — Bien du bonheur [19] ! s'écria-t-il, non sans quelque violence. Allons, mon frère, tu peux frapper maintenant sans relâche sur tes tonneaux, je te cède la place. Je viens de prendre congé de la belle Rosa et du digne maître Martin. — Quoi ! s'écria Frédéric qui sembla frappé d'une commotion électrique, quoi ! tu pars lorsque maître Martin t'agrée pour gendre, lorsque tu es aimé de sa fille ! — Frère, répondit Reinhold, c'est ta jalousie qui t'a fait supposer tout cela. Il est certain que Rosa m'eût accepté pour mari, par obéissance, mais il n'y a pas dans son cœur une étincelle d'amour. Ah ! ah ! j'aurais pu devenir un parfait tonnelier, cercler et rogner toute la semaine, aller le dimanche avec ma digne femme à l'église de Sainte-

Catherine ou à celle de Saint-Sébald, et le soir me promener sur la prairie commune, une année comme l'autre, jusqu'à la dernière ! — Ne raille pas de la vie simple et innocente des paisibles bourgeois, dit Frédéric en interrompant les amers éclats de rire de Reinhold. Si Rosa ne t'aime pas, ce n'est pas sa faute; mais tu es si vif, si emporté. — Tu as raison, dit Reinhold. Mais c'est ma sotte manie de me plaindre comme un enfant, lorsque je me crois offensé. Tu penses sans doute que j'ai parlé à Rosa de mon amour et de la bonne disposition de son père. Des larmes ont alors coulé de ses yeux, sa main a tremblé dans les miennes. En détournant son visage, elle a murmuré : « Il faut bien que j'obéisse à mon père ! » J'en ai eu assez. Il faut que je te fasse bien comprendre mon singulier mécontentement, cher Frédéric. Tu sentiras que je me suis trompé moi-même. En travaillant au portrait de Rosa, mon cœur était redevenu calme; j'avais satisfait en peintre une passion de peintre. Ce misérable état de tonnelier me semblait odieux, et lorsque la vie réelle se trouve si proche, que je me vis à la veille de m'affubler d'un mariage et d'une maîtrise, je crus que j'allais entrer dans un cachot et me faire garrotter tout le reste de ma vie. Comment la vierge céleste que je porte en mon cœur, peut-elle devenir ma femme ? Non ! Elle doit éternellement briller de la jeunesse, de la grâce et de la beauté que mon imagination lui a départies. Ah ! que mes désirs sont impatients ! Comment pourrais-je renoncer à mon art divin ? Bientôt je me baignerai de nouveau dans ton atmosphère embrasée, magnifique pays, patrie de tous les arts !

Les deux amis étaient arrivés à un endroit où le chemin que devait suivre Reinhold prenait une autre direction. — Séparons-nous ici, dit-il; il pressa longtemps Frédéric contre son cœur, s'élança sur son coursier et partit en plein galop. Frédéric le regarda longtemps sans proférer une parole, et revint lentement au logis, assiégé par les pensées les plus contradictoires.

X

Comment Frédéric fut chassé de l'atelier de maître Martin.

Le jour suivant, maître Martin travailla silencieusement et d'un air sombre à la tonne de l'évêque de Bamberg, et Frédéric, de son côté, fort affligé du départ de Reinhold, ne prononçait pas une parole, et se gardait surtout de chanter. Enfin, maître Martin jeta son maillet de côté, croisa ses bras, et dit d'un ton d'accablement : — Voilà Reinhold parti aussi ! C'était un peintre distingué, et il se moquait de moi avec sa tonnellerie. Si j'avais soupçonné cela, lorsqu'il vint dans ma maison avec toi, comme je lui aurais montré la porte ! Un visage aussi ouvert, aussi honnête, et un cœur rempli de mensonges et de ruse ! — Allons, il est parti ; et tu t'en tiendras fidèlement à ton métier. Qui sait jusqu'où nous nous rapprocherons, si tu deviens un bon maître et que Rosa te trouve à son gré ? — Tu me comprends, tu pourras me la demander. Il reprit son maillet et se mit à travailler avec ardeur. Frédéric ne pouvait se rendre compte de l'impression qu'il éprouvait ; mais les paroles de maître Martin déchiraient son cœur et lui ôtaient tout espoir. Rosa reparut dans l'atelier, pour la première fois après une longue absence ; mais elle était triste, et Frédéric crut remarquer qu'elle avait les yeux rouges. — Elle a pleuré pour lui, elle l'aime donc, se dit-il, et il n'osa pas lever une seule fois les yeux vers celle qu'il chérissait inexprimablement.

La grande tonne était achevée, et ce ne fut qu'en contemplant ce bel ouvrage, que maître Martin recouvra sa bonne humeur. — Oui, mon fils, dit-il en frappant sur l'épaule de Frédéric, j'en reste là, si tu réussis à gagner les bonnes grâces de Rosa, et si tu fais un digne chef-d'œuvre, tu deviendras mon gendre. Et tu pourras aussi te faire agréger à la noble corporation des maîtres chanteurs, et t'acquérir beaucoup d'honneur.

La tâche augmenta tellement chez maître Martin, qu'il se vit forcé de prendre deux compagnons, vigoureux travailleurs, mais gens grossiers, démoralisés dans leurs longues tournées. Au lieu des propos joyeux et agréables des jeunes compagnons, on n'entendait plus dans l'atelier de maître Martin que des plaisanteries vulgaires; et de disgracieuses chansons de taverne avaient remplacé les chants harmonieux de Reinhold et de Frédéric. Rosa ne se montrait plus dans l'atelier, et Frédéric ne la voyait que rarement et à la dérobée. Lorsque alors il la regardait en soupirant et qu'il lui disait: — Ah! Rosa, si je vous revoyais aussi contente qu'au temps de Reinhold!... Elle baissait les yeux en rougissant et murmurait: « Avez-vous quelque chose à me dire, Frédéric? » Mais Frédéric gardait timidement le silence, et l'heureux moment s'enfuyait aussi rapidement qu'un éclair qui resplendit dans la nuit et disparaît aussitôt qu'on l'aperçoit. Maître Martin insistait pour que Frédéric fît son chef-d'œuvre. Il avait choisi son plus beau bois de chêne, sans la moindre rayure, conservé depuis cinq ans dans son atelier, et personne, que le vieux Valentin, ne devait aider Frédéric dans son travail. Mais la présence des grossiers compagnons, avec lesquels il vivait, avait rendu sa profession de tonnelier odieuse au pauvre Frédéric, et il frémissait en songeant que cette œuvre allait décider de sa vie. Il savait qu'il serait malheureux en se livrant à un genre de vie entièrement contraire à sa vocation. Le portrait de Rosa peint par Reinhold, était sans cesse présent à sa pensée; et son art lui semblait plus noble que jamais. Souvent, lorsque le sentiment déchirant de sa situation s'emparait trop fortement de son âme, il se rendait dans l'église de Saint-Sébald. Là, il restait, durant plusieurs heures, à contempler le beau monument de Peter Fischer, et il s'écriait: — Est-il une plus belle tâche sur la terre, que celle d'exécuter ces sublimes travaux! Et lorsqu'il lui fallait revenir à ses douves et à ses cercles, lorsqu'il songeait à la manière dont il fallait mériter la main de Rosa, il lui semblait qu'une main de fer comprimât son cœur, et que les tourments qu'il éprouvait dussent bientôt terminer ses jours. Reinhold venait souvent à lui, dans ses rêves, et il lui présentait d'admirables dessins, de magnifiques esquisses de sculpture, dans lesquels Rosa apparaissait d'une façon merveilleuse, tantôt sous la forme d'une fleur, tantôt sous l'apparence d'un ange avec des ailes. Mais il y remarquait toujours quelque chose, et il s'aperçut que Reinhold avait oublié de placer un cœur dans le sein de Rosa, et Frédéric le dessinait lui-même. — Sa situation devenait chaque jour plus cruelle, chaque jour l'état de tonnelier lui inspirait plus de dégoût, et il allait chercher des consolations auprès de son vieux maître Holzschuer. Celui-ci permit à Frédéric de commencer dans son atelier un ouvrage dont il avait eu l'idée et pour lequel il avait réservé depuis longtemps ses économies. Il arriva donc que Frédéric ne travaillât plus dans l'atelier de maître Martin, et que plusieurs mois se passèrent sans qu'il touchât à son chef-d'œuvre. Maître Martin lui reprocha doucement son oisiveté, et Frédéric fut contraint de reprendre le maillet et la hache. Tandis qu'il travaillait, maître Martin s'approcha de lui et regarda les douves qu'il avait préparées. Tout à coup, le vieux maître devint rouge de colère : — Eh quoi ! est-ce là un travail ? dit-il. Un apprenti qui serait depuis trois jours dans l'atelier se montrerait plus habile. Frédéric, quel démon te harcèle depuis quelque temps ? Maudit compagnon, quel plaisir trouves-tu à me gâter ainsi mon beau bois de chêne ?

Frédéric ne put se contenir plus longtemps, il jeta sa hache loin de lui, et s'écria : — Maître, tout est fini ! Non, et dût-il m'en coûter la vie, je ne puis plus travailler à ce vil métier, quand mon âme m'appelle à une plus noble profession. J'adore votre Rosa ; c'est pour elle que j'ai travaillé depuis si longtemps ; maintenant, je le sais, elle est perdue pour moi, j'en mourrai de chagrin, mais je ne puis résister ; je retourne chez mon digne et vieux maître Jean Holzschuer que j'avais indignement abandonné.

Les yeux de maître Martin brillaient comme des charbons ardents. Il se trouvait hors d'état de parler, et balbutiait seulement : — Quoi ! toi aussi ? Ruse et mensonge !... me tromper... la tonnellerie, un vil métier !... loin de moi, misérable !... éloigne-toi...

A ces mots, maître Martin prit Frédéric par les épaules, et le jeta hors de son atelier. Les ris moqueurs des compagnons et des apprentis le poursuivirent. Le vieux Valentin seul joignit les mains et dit à voix basse : — J'avais bien remarqué que notre jeune compagnon avait en tête quelque chose de mieux que nos tonneaux. Femme Marthe pleura et ses petits enfants se lamentaient, car Frédéric jouait souvent avec eux et leur apportait maintes friandises.

Quelle que fût la colère de maître Martin contre Reinhold et Frédéric, il ne pouvait se dissimuler que toutes les joies, que tous les plaisirs avaient disparu avec eux [20]. Ses nouveaux compagnons ne lui causaient que des ennuis et des tourments. Il était forcé de s'occuper de tous les détails, et nul ouvrage ne se faisait à son gré. Un jour qu'il était accablé de soucis, il se mit à soupirer et s'écria : — Ah ! Reinhold ; ah ! Frédéric ; si vous ne m'aviez pas si indignement trompé, vous seriez devenus d'excellents tonneliers ! Il se trouvait si découragé, qu'il songeait quelquefois à renoncer entièrement au travail.

C'est dans une telle disposition, qu'il se trouvait un soir assis devant sa porte, lorsque maître Jacobus Paumgartner et le vieux Johannes Holzschuer vinrent inopinément à lui. Maître Martin pensa qu'il serait question de Frédéric, et en effet, après avoir pris place dans la grand-salle, maître Jacobus amena la conversation sur le jeune ciseleur, et Holzschuer se mit à le louer de toutes façons. Il dit que Frédéric était destiné non pas seulement à devenir un habile orfèvre, mais un célèbre fondeur, et à marcher sur les traces glorieuses de Peter Fischer. Maître Paumgartner reprit à son tour, et plaignit le pauvre garçon si fort maltraité par maître Martin ; puis ils intercédèrent de concert en sa faveur, car Rosa ne pouvait, à leur avis, trouver un meilleur époux. Maître Martin les laissa parler jusqu'à la fin, alors il ôta sa barrette et leur dit en riant : — Mes chers maîtres, vous défendez bien ce jeune gars qui m'a joué si honteusement ; aussi je lui pardonne : mais pour Rosa, qu'il n'en soit jamais question.

En ce moment Rosa parut, pâle et les yeux rouges. Elle posa des verres, du vin sur la table — Allons, dit Holzschuer, il faudra donc que je cède à ce pauvre Frédéric, qui veut quitter son pays pour toujours. Il a fait un bel ouvrage chez moi, et si vous le permettez, mon cher maître, il l'offrira à Rosa en souvenir de lui.

A ces mots, maître Holzschuer tira de sa poche une petite coupe d'argent supérieurement travaillée, et la présenta à maître Martin, qui était grand amateur des ustensiles précieux et qui l'examina avec beaucoup d'intérêt. Il était difficile alors de voir un travail plus fini. De légères guirlandes de vignes et de roses serpentaient autour de la coupe, et du fond de chaque rose se montraient de charmantes figures d'anges. Le fond de la coupe était doré, et on y avait gravé des groupes de chérubins ailés. Quand on versait un vin doré dans la coupe, il semblait que tous ces anges nageassent dans des flots jaunissants. — Cette coupe est d'un beau travail, dit maître Martin, et je la garderai si Frédéric veut accepter le double de sa valeur en bonnes pièces d'or.

En parlant ainsi, maître Martin remplit la coupe et la porta à ses lèvres. Au même moment, la porte s'ouvrit, et Frédéric, pâle et défait, s'avança pour dire un dernier adieu à celle qu'il devait quitter pour toujours. — O mon cher Frédéric ! s'écria Rosa en l'apercevant, et elle courut se jeter dans ses bras. Maître Martin posa la coupe sur la table ; à la vue de Frédéric il se frotta les yeux, comme s'il apercevait un spectre. Puis, il reprit la coupe et l'examina attentivement. Enfin il se leva, et s'écria d'une voix forte : Rosa, aimes-tu Frédéric ? — Ah ! balbutia Rosa, je ne puis le cacher plus longtemps, je l'aime comme ma vie ; mon cœur s'est brisé lorsque vous l'avez chassé ! — Frédéric, embrasse donc ta fiancée. — Oui, oui, ta fiancée ! dit maître Martin.

Paumgartner et Holzschuer se regardèrent, muets d'étonnement ; mais Martin continua, en tenant toujours la coupe : — Tout n'est-il pas arrivé comme la grand-mère l'avait prédit ? Il apportera une brillante maisonnette où de joyeux angelots s'agiteront dans des flots écumeux. La voici ! voici les anges et voici le fiancé. Eh ! eh ! messieurs, tout est au mieux ; le gendre est trouvé ! — O mon cher maître ! s'écria Frédéric. Est-il possible ? Vous m'accorderez Rosa et je puis me livrer à mon art ! — Oui,

oui, dit maître Martin. La prédiction est accomplie. Ton chef-d'œuvre restera ici. — Non, maître, dit Frédéric en souriant, j'achèverai ma dernière tonne; et puis, je reprendrai le ciseau. — O mon brave garçon! s'écria Martin les yeux étincelants de joie. Fais donc ton chef-d'œuvre, et après, les noces!

Frédéric tint parole, il acheva sa tonne et tous les maîtres déclarèrent qu'il était difficile de produire une plus belle pièce. Maître Martin était fier et joyeux d'avoir un tel gendre. Le jour de la noce arriva enfin. La tonne de Frédéric remplie de noble vin et ornée de fleurs, s'élevait devant la maison de Martin où se trouvaient les maîtres des métiers avec leurs femmes, les maîtres orfèvres, Paumgartner et Holzschuer. On se disposait à se mettre en marche pour l'église de Saint-Sébald où le mariage devait avoir lieu, lorsqu'un bruit de trompettes retentit dans la rue, et des chevaux s'arrêtèrent devant la demeure du tonnelier. C'était le seigneur Henri de Spangenberg en habit de gala, et à quelques pas de lui venait sur un coursier fougueux, un jeune chevalier, ayant au côté une épée étincelante, et sur la tête une barrette ornée de longues plumes et de pierreries. Maître Martin aperçut près du chevalier, sur un palefroi blanc comme la neige fraîchement tombée, une jeune dame merveilleusement belle. Des pages et des écuyers, couverts de riches livrées, les entouraient. Les fanfares cessèrent, et le seigneur de Spangenberg s'avança. — Eh! eh! maître Martin, cria-t-il; je ne viens ici ni pour les vins de votre cave, ni pour vos batzens d'or, je viens uniquement parce que c'est la noce de Rosa. Voulez-vous me laisser entrer?

Maître Martin se souvenant de ses paroles, eut un peu de honte, et courut recevoir le noble seigneur. Le vieux gentilhomme descendit de cheval, et entra dans la maison, en saluant courtoisement. Les pages accoururent, la jeune dame fut descendue par eux de son palefroi, le chevalier lui offrit la main, et ils suivirent le vieux seigneur. Mais dès que maître Martin aperçut le chevalier, il recula de trois pas, se frappa les mains et s'écria: — Ciel! Conrad!

Le chevalier se mit à rire: — Oui, sans doute, mon

cher maître, dit-il, je suis votre compagnon Conrad. Pardonnez-moi la blessure que je vous ai faite. Après tout, maître Martin, j'aurais dû vous tuer, vous devez voir cela vous-même; mais tout s'est arrangé.

Maître Martin, fort troublé, répondit qu'il avait mieux fait de ne pas le tuer, et qu'il ne songeait plus à la petite égratignure qu'il avait reçue. Tout le monde s'étonnait de la ressemblance singulière de la jeune dame avec la fiancée. Le chevalier s'approcha avec grâce de Rosa: Permettez, dit-il, que Conrad assiste à cette fête; n'est-ce pas, vous n'êtes plus irritée contre le compagnon étourdi qui a failli vous causer tant de peine? — Il faut bien que je fasse cesser votre surprise, dit Spangenberg. Ceci est mon fils Conrad, et vous voyez sa fiancée qui se nomme aussi Rosa. Souvenez-vous de notre entretien, maître Martin. J'avais mes raisons pour vous parler ainsi. Le pauvre garçon était amoureux fou de votre fille; il m'avait enfin amené à céder à ses instances, et à demander Rosa pour lui. Lorsque je lui dis la manière dont vous m'aviez congédié, il s'échappa à mon insu, et courut se faire tonnelier chez vous, pour séduire votre fille et peut-être pour l'enlever. — Vous l'avez guéri par le coup vigoureux que vous lui avez donné sur les épaules. Je vous en remercie, car il a trouvé une noble demoiselle qui est sans doute la Rosa qu'il portait en son cœur.

Pendant ce temps, la dame avait agréablement salué la fiancée, et lui avait remis un collier de perles, pour présent de noces. — Voyez, chère Rosa, lui dit-elle, en lui montrant un bouquet de fleurs desséchées, ce sont les fleurs que vous donnâtes un jour à mon Conrad; il les a toujours conservées; mais lorsqu'il devint infidèle, il me les sacrifia. Ne lui en voulez pas.

On allait se rendre à l'église, lorsqu'un jeune homme, vêtu de velours noir à la mode d'Italie, la poitrine couverte de riches chaînes d'honneur, se présenta dans l'assemblée. — Reinhold, mon Reinhold, s'écria Frédéric, et il se jeta dans ses bras. — Notre brave Reinhold! le voilà donc revenu! s'écrièrent aussi la fiancée et maître Martin. — Ne t'ai-je pas dit que tes vœux seraient exaucés? dit Reinhold en rendant à Frédéric ses embrassements. Je viens fêter avec toi ton mariage, et voici mon présent de noces. Il appela ses gens, et deux valets apportèrent un grand tableau, entouré d'un beau cadre doré ; il représentait maître Martin dans son atelier, avec ses compagnons Reinhold, Conrad et Frédéric travaillant à la grande tonne, tandis que Rosa les regardait. Tout le monde fut frappé de la vérité et du coloris de ce bel ouvrage. — Eh ! dit Frédéric, c'est sans doute ton chef-d'œuvre comme tonnelier, le mien est là sous le portique ; mais bientôt j'en ferai un autre. — Je sais tout, dit Reinhold, et je t'estime heureux. Tiens-toi à ton art qui procure plus de bonheur domestique que le mien.

A table, Frédéric fut assis entre les deux Roses ; et en face de lui, maître Martin entre Conrad et Reinhold. On but tout le soir à la santé de maître Martin et à celle de ses braves compagnons.

L'ÉGLISE DES JÉSUITES [1]

Enfoncé dans une misérable chaise de poste, que les vers avaient abandonnée par instinct, comme le navire de Prospero [2], j'arrivai enfin, après avoir couru vingt fois danger de la vie, devant une auberge sur le marché de G**. Tous les malheurs que j'avais évités, étaient tombés sur ma voiture, qui resta brisée à la porte du maître de poste de la dernière station. Quatre chevaux, maigres et exténués, amenèrent en quelques heures, à l'aide de plusieurs paysans et de mon domestique, l'équipage vermoulu; les gens entendus [3] arrivèrent, secouèrent la tête, et prétendirent qu'il fallait une réparation générale, qui durerait au moins deux ou trois jours. La ville me parut amicale; ses environs pittoresques, et cependant je m'effrayai du séjour forcé dont j'étais menacé. Si jamais, lecteur bénévole, tu as été contraint de séjourner trois jours dans une petite ville où tu ne connaissais personne, — personne! Si jamais tu as éprouvé cette douleur profonde que cause le besoin non satisfait de communiquer ce qu'on éprouve, tu sentiras avec moi ma peine et mon tourment. En nous autres, l'esprit de la vie se ranime par la parole; mais les habitants d'une petite ville sont comme un orchestre d'amateurs qui ne s'exercent qu'entre eux, et qui ne jouent avec justesse que leurs parties habituelles; chaque son d'un musicien étranger cause une disparate dans leurs concerts et les réduit aussitôt au silence.

Je me promenais de long en large dans ma chambre, en proie à ma mauvaise humeur; tout à coup, je me souvins qu'un de mes amis qui avait habité cette ville durant deux ans, m'avait souvent parlé d'un homme savant et spirituel qu'il avait connu jadis. Je me souvins même de son nom : c'était le professeur Aloysius Walter du collège des Jésuites. Je résolus d'aller le trouver, et de profiter de la connaissance de mon ami pour moi-même. On me dit au collège que le professeur Walter était occupé à enseigner, mais qu'il aurait bientôt terminé sa leçon. On me laissa le choix de revenir ou de me promener, en l'attendant, dans les salles extérieures. Je choisis ce dernier parti. Les maisons, les collèges et les églises des jésuites sont toujours construits dans ce style italien, dérivé de la forme et de la manière antique, qui préfère la grâce et l'éclat, à la gravité sacrée et à la dignité religieuse. Ainsi, dans l'édifice que je parcourais, les salles hautes, vastes et bien aérées, étaient enrichies d'une brillante architecture ; et des images des saints placées çà et là entre des colonnes ioniques, ressortaient singulièrement sur des supports chargés d'amours et de génies dansants, d'ornements représentant des fruits, des fleurs et même les productions les plus appétissantes de la cuisine.

Le professeur arriva. Je le fis souvenir de mon ami, et je réclamai l'hospitalité pendant mon séjour forcé dans la ville. Je trouvai le professeur tel que mon ami me l'avait dépeint, s'exprimant avec goût, homme du monde ; bref, toutes les manières d'un ecclésiastique distingué, versé dans les sciences, et qui a souvent regardé par-dessus son bréviaire, dans la vie, pour savoir au juste comme les choses s'y passent. En trouvant sa chambre ornée avec toute l'élégance moderne, je revins à mes réflexions sur les salles, et je les communiquai au professeur. — Il est vrai, dit-il, nous avons banni de nos édifices cette sombre gravité, cette majesté écrasante qui resserre le cœur dans les constructions gothiques, et qui excite même une horreur secrète ; et l'on doit nous savoir gré de nous être approprié l'agréable sérénité des temples antiques. — Mais, repris-je, cette sainte grandeur, cette majesté de la construction gothique n'expriment-elles pas l'esprit véritable du christianisme, de ce culte infini et inexprimable qui combat directement l'esprit du paganisme, dont les dieux ont pris leurs formes sur la terre [4] !

Le professeur se mit à rire. — Eh! dit-il, il faut reconnaître la nature divine dans ce monde, et cette reconnaissance ne peut avoir lieu que par des symboles agréables tels qu'en offre la vie qui n'est aussi qu'un esprit céleste descendu dans ce monde terrestre. Sans doute, notre patrie est là-haut; mais tant que nous séjournons ici-bas, notre empire est aussi de ce monde. — Sans doute, pensais-je à part moi, dans tout ce que vous avez fait, vous avez bien démontré que votre empire est de ce monde. Mais je ne dis nullement ce que je pensais au professeur Aloysius Walter, et il continua: — Ce que vous dites, au sujet de notre bâtiment, ne peut se rapporter qu'à l'élégance de ses formes. Ici où le marbre manque entièrement, où les grands peintres ne voudraient pas travailler, on ne s'est élevé à la tendance nouvelle, que par artifice. Nous faisons beaucoup en employant le stuc, et le peintre se borne d'ordinaire à imiter le marbre, comme on le fait en ce moment dans notre église qu'on décore à neuf, grâce à la libéralité de nos patrons.

J'exprimai le désir de voir l'église; le professeur m'y conduisit, et entrant dans l'avenue de colonnes corinthiennes que formait la nef, je sentis vivement l'impression agréable que produisait cette architecture élégante. Au côté gauche du maître-autel, on avait élevé un grand échafaud sur lequel se tenait un homme qui peignait le mur en *gallio antique*. — Eh! comment cela va-t-il, Berthold? lui cria le professeur.

Le peintre se retourna vers nous, mais il se remit aussitôt à travailler, en disant d'une voix sourde des paroles presque inintelligibles. — Beaucoup de tourments, — un mur contourné, — point de lignes à employer, — des animaux, — des singes, des visages d'hommes. O pauvre fou que je suis!

Ces derniers mots, il les prononça avec cette voix qui exprime les plus effroyables douleurs de l'âme; je me sentis frappé de la manière la plus singulière; chacune de ses paroles, l'expression de son visage, le regard qu'il avait lancé au professeur, me mettaient devant les yeux toute l'existence déchirée d'un artiste malheureux [5]. — L'homme pouvait avoir quarante ans au plus; en dépit de son sale accoutrement de peintre, sa tournure avait quelque chose de fort noble; et si le chagrin avait décoloré ses traits, il n'avait pas pu éteindre le feu qui brillait dans ses yeux noirs. Je demandai au professeur quel était ce peintre? — C'est, me dit-il, un artiste étranger qui se trouvait ici justement au temps où la réparation de l'église fut résolue. Il entreprit avec joie le travail que nous lui offrîmes, et, en vérité, son arrivée fut un coup de fortune pour nous; car nous n'eussions jamais trouvé, ni dans la ville, ni dans les environs, un peintre assez habile pour exécuter ce travail. Au reste, c'est le meilleur homme du monde; nous l'aimons tous, et il a été accueilli avec plaisir dans le collège. Outre les honoraires que nous lui donnons pour son travail, nous le défrayons de ses dépenses; mais cette générosité nous coûte fort peu, car il est presque trop sobre, ce qu'il faut attribuer à son état maladif. — Mais, dis-je, il me semble aujourd'hui si sombre, si irrité! — Ceci tient à une cause particulière, répondit le professeur. Mais allons voir quelques tableaux d'autel qu'un heureux hasard nous a procurés, il y a quelque temps. Il ne se trouve qu'un seul original, un dominichino. Les autres sont de maîtres inconnus de l'école italienne [6]; mais si vous êtes sans préjugés, vous conviendrez qu'ils pourraient porter les noms les plus célèbres.

Je trouvai les choses telles qu'avait dit le professeur. Le morceau original était l'un des plus faibles, s'il n'était le plus faible de tous, tandis que la beauté de plusieurs autres m'attirait irrésistiblement. Une toile était tendue sur un des tableaux d'autel. J'en demandai le motif. — Ce tableau, dit le professeur, est le plus beau de tous ceux que nous possédons. C'est l'ouvrage d'un jeune artiste des temps modernes; — son dernier sans doute, car son vol a cessé. Nous devons, dans ces jours-ci, pour de certains motifs, laisser ce tableau couvert de la sorte; mais peut-être demain ou après-demain, pourrai-je vous le montrer.

Je voulus en demander davantage, mais le professeur doubla le pas en entrant dans la travée; ce fut assez pour me faire comprendre qu'il ne voulait pas me répondre.

Nous revînmes dans le collège, et j'acceptai volontiers l'invitation du professeur, pour visiter, le soir, avec lui, un lieu de plaisance près de la ville. Nous rentrâmes fort tard, un orage s'était élevé, et à peine regagnais-je ma demeure, que la pluie tomba à torrent. Vers minuit, le ciel s'éclaircit, et le tonnerre ne gronda plus que dans le lointain. L'air, purifié et embaumé par de doux parfums, pénétrait dans ma chambre par les fenêtres ouvertes ; bien que je fusse fatigué, je ne pus résister à la tentation de faire une promenade. Je parvins à réveiller un valet grondeur, et plus difficilement, à lui persuader que sans être entièrement fou, on pouvait avoir la fantaisie de se promener à minuit. Enfin, je me trouvai dans la rue. En passant devant l'église des Jésuites, j'aperçus à travers les vitraux une vive lumière. La petite porte était entrouverte, j'entrai et je vis un grand cierge allumé devant une niche immense. En m'approchant, je remarquai qu'un filet de cordes était étendu devant la niche, et sous ce filet une longue figure montait et descendait sur une échelle, tout en traçant des lignes sur la muraille. C'était Berthold qui recouvrait exactement de couleur noire l'ombre que projetait le filet. Près de l'échelle, sur un grand chevalet, se trouvait le dessin d'un autel. Je m'émerveillai de cette ingénieuse idée. Si le lecteur[7] est quelque peu familier avec l'art de la peinture, il saura, sans autre explication, ce que Berthold prétendait faire avec ce filet dont il dessinait l'ombre sur la niche. Berthold avait à peindre dans cette niche, un autel en saillie. Pour transporter exactement son dessin sur de plus grandes dimensions, il fallait qu'il couvrît de lignes croisées son dessin et le plan sur lequel il voulait tracer sa grande esquisse ; mais ce n'était pas une surface plane sur laquelle il avait à peindre, c'était une niche demi-circulaire, et il était impossible de trouver autrement que de la manière ingénieuse qu'il avait imaginée les rapports des lignes droites et des lignes courbes. Je me gardai de me placer devant le flambeau, car ma présence eût été trahie par mon ombre ; mais je me tins assez près pour observer le peintre. Il me parut tout autre, peut-être était-ce l'effet de la lueur du flambeau ; mais son visage était animé, ses yeux étincelaient d'un contentement intérieur, et lorsqu'il eut achevé de tirer ses lignes, il se plaça devant son ouvrage, les mains sur les côtés, et se mit à siffler joyeusement. Puis, il se retourna pour détacher le filet. Ma figure s'offrit alors à lui. — Eh! là; eh là! s'écria-t-il, est-ce vous, Christian?

Je m'approchai en lui disant ce qui m'avait attiré dans l'église; et vantant l'heureuse idée du filet, je me donnai à lui pour un connaisseur et un amateur en peinture.

Sans me répondre, Berthold reprit: — Christian n'est rien qu'un paresseux. Il voulait m'aider bravement toute la nuit, et sûrement, il est couché quelque part sur l'oreille! — il faut que mon ouvrage avance; car demain, il ne fera peut-être plus bon à peindre dans cette niche; et seul, je ne puis rien faire!

Je m'offris à lui servir d'aide. Il se mit à rire, me prit par les épaules, et s'écria: — C'est une excellente plaisanterie. Que dira Christian, lorsqu'il verra demain qu'il est un âne et que je me suis passé de lui? Allons, venez, frère inconnu et compagnon étranger, venez donc m'aider!

Il alluma quelques flambeaux, nous traversâmes l'église; nous apportâmes des bancs et des planches, et bientôt un bel échafaudage s'éleva dans la niche. — Allons, à votre ouvrage, s'écria Berthold en montant.

Je m'étonnais de la rapidité avec laquelle Berthold transportait son dessin sur de grandes dimensions; il tirait hardiment ses lignes, toujours pures et exactes. Accoutumé de bonne heure à de pareilles choses, je lui aidais fidèlement, tantôt en me tenant au-dessus de lui, tantôt au-dessous, en arrêtant les lignes aux points indiqués, en lui taillant des charbons et les lui présentant, etc. — Vous êtes un excellent aide! s'écria Berthold tout joyeux. — Et vous, répondis-je, le peintre d'architecture le plus exercé qu'il y ait. N'avez-vous jamais, avec une main aussi sûre que la vôtre, tenté d'autres genres de peinture? Pardonnez-moi ma question. — Qu'entendez-vous par là, dit Berthold? — Eh bien! je pense que vous êtes appelé à quelque chose de mieux que de peindre du marbre sur des murs d'église. La peinture architecturale est toujours un genre en sous-ordre : le peintre d'histoire, le peintre de paysage, sont placés plus haut. Le génie et l'imagination partent à plein vol, lorsqu'ils ne sont pas contenus dans les limites étroites des lignes géométriques. Ce qu'il y a d'imagination et d'effet dans votre peinture, cette perspective qui trompe l'œil, tient à un calcul exact, et n'est qu'une spéculation mathématique.

Tandis que je parlais ainsi, le peintre avait déposé ses pinceaux, et il avait appuyé sa tête sur sa main. — Ami inconnu, dit-il d'une voix sourde et solennelle, tu blasphèmes en voulant assigner des rangs aux branches diverses de l'art, comme aux vassaux d'un même roi. C'est un plus grand blasphème encore que d'estimer seulement les audacieux qui, sourds au bruit de leurs chaînes d'esclaves, inaccessibles aux atteintes de la rivalité, se font libres, se croient dieux et veulent manier et dominer la lumière éternelle de la vie. — Connais-tu la fable de Prométhée, qui voulut être créateur, et qui vola le feu du ciel pour animer ses figures mortes avant la vie ? Il réussit, mais il fut condamné à des tourments éternels. Un vautour que la vengeance avait envoyé, déchiqueta cette poitrine dans laquelle s'était allumé le désir de l'infini. Celui qui avait voulu le ciel, sentit éternellement une douleur terrestre [8] !

Le peintre s'arrêta, plongé en lui-même ! — Mais, Berthold, m'écriai-je, comment rapportez-vous cela à votre art ? Je ne pense pas que personne regarde jamais comme un crime de reproduire des hommes, soit par la peinture, soit par la plastique.

Berthold se mit à rire amèrement : — Ah ! ah ! dit-il, un jeu d'enfant n'est pas un crime ! Et c'est un jeu d'enfant, comme le font certaines gens qui trempent tranquillement leurs pinceaux dans des pots de couleur, et barbouillent une toile. Ce ne sont pas des criminels, ni des pécheurs, ceux-là, ce sont de pauvres fous innocents ! Mais, Seigneur ! quand on s'efforce d'atteindre ce qu'il y a de plus élevé. Non pas le goût de la chair, comme le Titien, non, mais la nature divine ; quand on veut dérober le feu de Prométhée, Seigneur ! c'est un rocher escarpé, un fil étroit sur lequel on marche. L'abîme est ouvert ! le hardi navigateur passe au-dessus, et une illusion diabolique lui fait voir, au-dessous de lui, ce qu'il cherchait aux étoiles !

Le peintre soupira profondément, passa sa main sur son front, et contempla quelque temps la voûte. — Mais je reste là à dire des folies avec vous, compagnon, et l'ouvrage n'avance pas. Regardez un peu. Voilà ce que je nomme bien dessiner. Toutes les lignes aboutissent à un but, une disposition exacte. — Ce qui est surnaturel tient du dieu ou du diable. Ne faut-il pas penser que Dieu ne nous a créés que pour représenter ce qui est exact et régulier, pour ne pas transporter notre pensée au-delà de ce qui est commensurable, pour fabriquer ce qui nous est nécessaire, des machines à tisser et des meules de moulins ? Le professeur Walter prétendait dernièrement que certains animaux n'ont été créés que pour être mangés par d'autres, et que cela tournait, à la fin, à notre avantage ; ainsi, par exemple, les chats ont reçu l'instinct de dévorer les souris, afin que celles-ci ne mangent point notre sucre et ne rongent pas nos papiers. Après tout, le professeur a raison. — Les animaux et nous ne sommes que des machines organisées pour confectionner certaines étoffes et fournir certains mets pour le lit et la table du roi inconnu... Allons, allons, à l'ouvrage ! — Tendez-moi les pots, compagnon ! J'ai bien déterminé hier tous les tons à la belle clarté du soleil, afin que la lumière ne me trompe point ; ils sont numérotés dans ce coin. Allons, mon garçon, passez-moi le numéro un ! — Gris sur gris ! — Et que serait cette vie sèche et laborieuse, si le Seigneur ne nous avait mis quelques jouets bariolés comme celui-ci dans les mains ! — L'homme sage ne songe pas à briser, comme un enfant curieux, la serinette dont il joue en tournant une manivelle ! — Il se dit tout simplement : Il est naturel que cela résonne là-dedans, puisque je tourne la manivelle ! — En peignant cette poutre de cette façon, je sais qu'elle se présentera autrement aux yeux du spectateur. — Passez-moi le numéro deux, garçon ! — En mettant cette teinte, cela grandira de quatre aunes, à distance. Je sais cela à ne pas me tromper. — Oh ! on est merveilleusement entendu. — Comment se fait-il que les objets diminuent dans l'éloignement ? Cette sotte et simple demande d'un Chinois pourrait jeter dans l'embarras le professeur Eytelwein lui-même ; mais il pourrait s'en tirer avec la serinette, en disant qu'il a souvent tourné la manivelle et toujours obtenu les mêmes effets ! — Le violet numéro un, garçon ! — Une autre règle ! — De gros pinceaux lavés ! Ah ! que sont tous nos efforts vers l'infini, sinon les coups impuissants d'un enfant dont la faible main blesse le sein qui le nourrit ! Le violet numéro deux. Vivement, garçon ! — L'idéal est un songe trompeur, un tableau qu'on ne peint qu'avec son sang. — Enlevez les pots, mon garçon. Je descends. — Le diable nous pipe avec des poupées auxquelles il attache des ailes d'ange !

Il ne me serait pas possible de rapporter mot pour mot tout ce que dit Berthold en continuant de peindre et en m'employant entièrement comme un apprenti. Il continua de railler de la façon la plus amère sur l'étroite limitation de toutes les entreprises humaines ; mais c'étaient les plaintes d'une âme blessée à mort, qui perçait dans cette sanglante ironie. Le jour commençait à grisonner ; la lueur des flambeaux pâlissait devant les rayons du soleil qui pénétraient dans l'église. Berthold continua de peindre avec ardeur ; mais il devint de plus en plus silencieux, et il ne s'échappait plus de sa poitrine oppressée que des saillies rares et quelques soupirs. Il avait teint tout l'autel en grisailles, et la peinture ressortait déjà merveilleusement, quoique inachevée. — C'est admirable, admirable ! m'écriai-je plein d'admiration. — Pensez-vous que cela deviendra quelque chose ? dit Berthold d'une voix faible, je me suis du moins donné toute la peine possible pour faire un dessin exact ; mais je ne peux faire davantage. — Ne donnez pas un coup de pinceau de plus, mon cher Berthold ! lui dis-je. Il est presque inouï qu'on ait produit un si grand travail en aussi peu d'heures ; mais vous vous appliquez avec trop d'ardeur, et vous consumerez vos forces. — Et cependant, répondit-il, ce sont mes moments les plus heureux. Je bavarde trop, peut-être, mais ce sont des paroles que m'arrache une douleur poignante. — Vous vous sentez donc bien malheureux, mon pauvre ami, lui dis-je, quel terrible événement a donc troublé votre vie ?

Le peintre porta lentement ses ustensiles dans la sacristie, éteignit les flambeaux, puis vint à moi, me prit la main, et me dit d'une voix brisée : — Pourriez-vous avoir un instant de repos, conserver quelque sérénité, si vous vous accusiez d'un crime horrible et irréparable ?

Je restai stupéfait. Les brillants rayons du soleil levant tombaient sur le visage pâle et défait du peintre, et il me sembla presque comme un spectre, lorsqu'il passa par la petite porte pour se rendre dans l'intérieur du collège. A peine eus-je la patience d'attendre l'heure que le professeur Walter m'avait assignée le lendemain pour nous trouver ensemble. Je lui racontai toute la scène de la nuit précédente ; je lui peignis avec vivacité la singulière conduite du peintre, et je répétai tout ce qu'il m'avait dit, même ce qui concernait le professeur. Mais plus je m'efforçais d'exciter l'intérêt du professeur, plus il restait indifférent ; il souriait même d'une façon repoussante lorsque j'insistais sur les malheurs de Berthold. — C'est un homme bizarre [9], ce peintre, dit enfin le professeur. Doux, bienveillant, laborieux, sobre comme je vous l'ai déjà dit, mais d'une faible intelligence ; car autrement, il ne se fût pas laissé déchoir, par aucun événement, même par un crime qu'il aurait commis, de l'honorable profession de peintre d'histoire au misérable métier de barbouilleur de murailles [10].

Cette expression de barbouilleur de murailles ne m'aigrit pas moins que l'indifférence du professeur. Je cherchais à le convaincre que Berthold était un peintre recommandable, digne du plus vif intérêt. — Allons, dit le professeur, puisque notre Berthold vous intéresse à un si haut degré, il faut que vous sachiez tout ce que je sais moi-même à son sujet ; et ce n'est pas peu de chose. Pour vous préparer à cette histoire, allons dans l'église ! Puisque Berthold a travaillé toute la nuit sans relâche, il se repose sans doute maintenant. Si nous le trouvions dans l'église, mon but serait manqué.

Nous nous rendîmes dans l'église. Le professeur fit enlever le drap qui couvrait le cadre, et un tableau, tel que je n'en avais jamais vu, s'offrit à moi, dans un éclat enchanteur. Cette composition était dans le style de Raphaël, simple, élevée, céleste ! — Marie et Élisabeth dans un beau jardin, assises sur le gazon ; devant elles, les enfants, Jean et le Christ, jouant avec des fleurs ; au fond, sur le côté, une figure d'homme priant à genoux. — La touchante et divine figure de Marie ; la piété, la sérénité de ses traits, me remplirent d'étonnement et d'admiration. Elle était belle, plus belle que femme sur terre ! mais comme la Marie de Raphaël, dans la galerie de Dresden, son regard annonçait la mère de Dieu. Ces regards qui s'échappaient du milieu d'ombres profondes, réveillaient le désir de l'éternité. Ces lèvres à demi-ouvertes semblaient raconter les joies infinies du ciel. Un sentiment irrésistible me porta à m'agenouiller dans la poussière, devant la reine des cieux ; je ne pouvais détourner mes regards de cette image sans égale. — Les figures de Marie et des enfants étaient les seules achevées, les mains manquaient à celle d'Élisabeth, et l'homme à genoux n'était que dessiné. En m'approchant davantage, je reconnus, dans cet homme, les traits de Berthold. Je pressentis ce que le professeur me dit presque aussitôt. — Ce portrait est le dernier ouvrage de Berthold. Nous l'avons tiré de la Haute-Silésie, où il fut acheté, il y a quelques années, dans un encan, pour un de nos collègues. Bien qu'il ne soit pas achevé, nous l'avons mis en place du mauvais tableau d'autel qui était ici. Lorsque Berthold aperçut ce tableau, en arrivant, il poussa un grand cri, et tomba sans mouvement sur le pavé. Dans la suite, il évita toujours de le regarder, et me confia que c'était son dernier travail en ce genre. J'espérais le déterminer peu à peu à l'achever ; mais il repousse toujours mes propositions avec horreur ; j'ai même été forcé de faire couvrir ce tableau, dont la vue le troublait si cruellement, que lorsque ses regards s'arrêtaient par hasard de ce côté, il retombait dans le même paroxysme et devenait incapable de travailler durant quelques jours. — Pauvre, pauvre infortuné ! m'écriai-je. Quelle main infernale a flétri ainsi sa vie ? — Oh ! dit le professeur, la main et le bras lui sont poussés à son propre corps. — Oui, oui ! il a été lui-même son démon, le Lucifer qui a porté le feu dans sa vie.

Je priai le professeur de me communiquer ce qu'il avait

appris de la vie du malheureux peintre. — Cela serait trop long, répondit-il, et me coûterais trop d'haleine. Ne gâtons pas cette belle journée par de sombres histoires. Allons déjeuner; puis nous irons visiter un de nos moulins où nous attend un bon dîner.

Je ne cessai pas de presser le professeur, et après beaucoup de sollicitations, je tirai de lui que, peu de temps après l'arrivée de Berthold, un jeune homme qui étudiait dans le collège avait conçu une vive affection pour lui; que peu à peu Berthold lui avait confié toutes les circonstances de sa vie, et que le jeune écolier les avait consignées dans un manuscrit qui se trouvait dans les mains du professeur. — Ce jeune homme-là était un enthousiaste comme vous, monsieur, avec votre permission! dit le professeur. Mais la rédaction des aventures merveilleuses du peintre, lui a été fort utile, en exerçant son style. — J'obtins à grand-peine du professeur, qu'il me communiquerait ces papiers, au retour de notre promenade. Soit que ce fût l'effet de la curiosité excitée, soit que le professeur en fût réellement la cause, je n'éprouvai jamais autant d'ennui que ce jour. La froideur glaciale qu'il avait montrée au sujet de Berthold lui avait déjà été fatale dans mon esprit: mais les discours qu'il tint avec ses collègues qui assistaient au repas, me convainquirent qu'en dépit de son érudition, de sa connaissance du monde, son âme était fermée à toutes les idées élevées, et que c'était le plus crasse matérialiste qui eût jamais existé. Il avait réellement adopté le système de manger ou d'être mangé, dont Berthold m'avait parlé. Il faisait dériver tous les efforts de l'esprit humain, toutes les forces créatrices de l'homme, du ventre et de l'estomac, et il soutenait son système d'une foule d'arguments bizarres et attristants. Je compris combien le professeur devait tourmenter le pauvre Berthold, qui niait, par une ironie désespérée, les résultats favorables des idées supérieures; et combien de fois il avait dû lui retourner le poignard dans ses blessures sanglantes. Le soir enfin, le professeur me remit quelques pages écrites, en me disant: Voici, mon cher enthousiaste, le barbouillage de l'écolier. Ce n'est pas mal écrit, mais fort bizarre, et contre toutes les règles ; monsieur l'auteur répète les paroles du peintre à la première personne, sans rien indiquer. Au reste, comme je sais que vous n'êtes pas un écrivain, je vous fais présent de ce thème dont ma qualité me permet de disposer. L'auteur des Contes fantastiques, à la manière de Callot, l'aurait arrangé à sa folle manière et fait imprimer incontinent. Je n'ai pas cela à craindre de vous [11].

Le professeur Aloysius Walter, ignorait qu'il avait affaire au voyageur enthousiaste lui-même, bien qu'il eût pu s'en apercevoir facilement ; et c'est ainsi, mon cher lecteur, que je puis te donner l'histoire du peintre Berthold, écrite par l'écolier des jésuites. La manière dont il s'offrit à moi s'y trouve éclaircie, et toi, ô mon lecteur ! tu y verras à quelles erreurs fatales nous livre la bizarrerie de nos destinées.

LE CAHIER DE L'ÉLÈVE DES JÉSUITES [12]

« Laissez voyager votre fils en Italie ! c'est déjà un habile artiste ; il ne lui manque pas à Dresden [13] de beaux tableaux originaux à étudier, mais cependant il ne doit pas rester ici. La libre vie d'artiste se révélera à lui dans le pays des arts, ses études seront plus vivantes, et il rendra mieux ses propres pensées. Il ne lui sert plus à rien de copier. Cette plante a grandi, elle a besoin de plus de soleil pour produire des fleurs et des fruits. Votre fils a une véritable âme d'artiste, ne vous inquiétez pas du reste. » Ainsi parlait le vieux peintre Stephan Birkner aux parents de Berthold. Ceux-ci ramassèrent tout ce qui n'était pas indispensable pour les faire subsister pauvrement, et fournirent au jeune homme les moyens de faire un long voyage. De cette sorte, s'accomplit le plus ardent désir de Berthold, celui de voir l'Italie. « Lorsque Birkner m'annonça la résolution de mes parents, je sautai de joie et de ravissement. Jusqu'à mon départ, ma vie fut comme un rêve. Je ne pouvais plus toucher un pinceau. L'inspecteur des jeunes artistes qui vont en Italie, fut forcé de me faire sans cesse des récits de cette contrée où l'art fleurit [14]. Enfin, le jour, l'heure arrivèrent. Les adieux de mes parents furent douloureux; ils avaient de tristes pressentiments, ils pensaient qu'ils ne me reverraient plus et ne voulaient pas que je partisse. Mon père lui-même, homme ferme et résolu, eut peine à se décider. — L'Italie! tu vas voir l'Italie! me criaient mes camarades; et mes désirs rallumés surmontaient ma douleur. Je partis. Il me semblait que, dès la porte de la maison paternelle, commençait déjà ma carrière d'artiste.» Berthold avait étudié dans tous les genres, mais il préférait le paysage, auquel il s'adonna avec ardeur. Il crut trouver à Rome d'amples matériaux pour cette partie de l'art; il n'en fut pas ainsi. Dans le cercle de ses camarades et de ses amis, il entendait dire sans cesse que la peinture d'histoire était la plus noble, et que tous les autres genres lui étaient subordonnés. On lui conseilla de changer de manière s'il voulait devenir un grand artiste, et ces propos, joints à l'impression que produisirent sur lui les fresques de Raphaël au Vatican, le déterminèrent à abandonner le paysage. Il dessina d'après Raphaël; il se mit à copier de petits tableaux à l'huile des autres maîtres célèbres. Grâce à son habileté et à son opération, il réussit parfaitement dans ses travaux; mais il voyait clairement que toute la vie de l'original manquait dans ses copies. Les pensées célestes de Raphaël, de Corregio, l'échauffaient (il le croyait du moins) d'un feu créateur; mais dès qu'il voulait fixer les jets de son imagination, ils disparaissaient dans un nuage. Cette lutte sans fruit, ces efforts sans cesse renaissants, lui inspiraient une tristesse extrême, et souvent il s'échappait du milieu de ses amis pour aller dessiner secrètement des groupes d'arbres et des parties de paysage dans le voisinage de Rome. Mais ces travaux aussi ne lui réussissaient plus comme autrefois; et, pour la première fois, il douta de la réalité de sa vocation d'artiste. Ses plus belles espérances semblaient se perdre. «Ah! mon digne ami, mon maître, écrivait Berthold à Birkner, tu as beaucoup fondé sur moi; mais ici où la lumière devait pénétrer dans mon âme, j'ai acquis la conviction que ce que tu nommais le génie d'un artiste n'était qu'un peu de talent et de facilité. Dis à mes parents que je reviendrai bientôt pour apprendre un métier qui puisse me faire vivre, etc. » — Birkner répondit : « Que ne suis-je près de toi, mon fils, pour t'arracher à ton découragement ! Mais, crois-moi, tes doutes mêmes témoignent de ta vocation d'artiste. Celui qui marche plein de confiance en ses forces seules, est un fou qui se trompe ; car il lui manque cette impulsion de volonté qui ne réside que dans la pensée de notre impuissance. Persiste ! Bientôt tu te sentiras des forces ; alors, suis paisiblement la route que t'indique la nature, sans te laisser troubler par les conseils de tes amis. Tu seras alors peintre de paysage, peintre d'histoire ; quoi que ce soit, peu importe : tu seras toi ! » Il arriva que, justement dans ce temps où Berthold reçut cette lettre consolante de son vieux maître, la réputation de Philippe Hackert commença à se répandre dans Rome. Quelques-uns de ses tableaux, exposés publiquement, furent beaucoup admirés ; et les peintres d'histoire eux-mêmes convinrent qu'il y avait de la grandeur et du génie dans ses imitations de la nature. Berthold respira. Il ne voyait plus dédaigner son genre favori, et un homme qui le cultivait était prisé et honoré. Il éprouva un violent désir d'aller à Naples étudier sous Philippe Hackert. Il écrivit, plein de joie, à Birkner et à ses parents qu'il avait enfin trouvé la route qui lui convenait, et qu'il espérait devenir un jour un grand peintre. L'honnête Hackert accueillit avec bonté son compatriote, et bientôt l'élève marcha sur les traces du maître. Berthold acquit une grande habileté à représenter les divers genres de végétation ; et il réussit fort bien à donner à ses tableaux la profondeur et la teinte vaporeuse qu'on trouve dans ceux de Hackert. Sa manière lui valut beaucoup de louanges ; mais pour lui, il pensait qu'il manquait encore dans ses paysages, et même dans ceux de son maître, quelque chose qu'il ne savait dire, et qui se dévoilait à lui dans les chaudes compositions de Claude Lorrain et dans les déserts sauvages de Salvator Rosa. Il s'éleva en lui mille doutes contre son maître, et il se sentait surtout découragé lorsqu'il voyait Hackert peindre avec un soin infini le gibier mort que lui envoyait le roi. Mais il surmonta ces pensées qu'il regardait comme coupables, et continua de suivre avec ardeur les enseignements de son maître, qu'il égala bientôt. Aussi Hackert l'engagea-t-il à exposer, au milieu de ses propres tableaux de nature morte, un grand paysage que le jeune élève avait composé avec beaucoup de soin. Il plut généralement aux connaisseurs et aux artistes ; un petit vieillard, singulièrement habillé, gardait seul le silence et se mettait à sourire chaque fois qu'on vantait le talent du jeune peintre. Berthold l'aperçut arrêté devant son tableau, le contemplant d'un air de compassion et secouant la tête. Un peu enflé par les louanges dont il avait été l'objet, Berthold ne put se défendre de ressentir une humeur secrète contre cet étranger. Il s'approcha de lui et lui dit d'un ton plus aigre qu'il n'était nécessaire : — Vous ne me semblez pas content de ce tableau, bien que des artistes célèbres et des connaisseurs renommés le trouvent à leur gré ?

L'étranger regarda Berthold d'un œil perçant : — Jeune homme, dit-il, tu aurais pu devenir quelque chose ! Berthold se sentit saisi jusqu'au fond de l'âme, du regard de cet homme et de ses paroles. Il n'eut pas la force de l'interroger davantage, et n'osa pas le suivre tandis qu'il s'éloignait lentement. Bientôt après, Hackert lui-même entra, et Berthold lui conta ce qui venait de lui arriver avec cet homme singulier. — Ah ! dit Hackert en riant, que cela ne t'embarrasse pas. C'est notre vieux grondeur à qui rien ne plaît. Je l'ai rencontré dans la première salle. Il est né à Malte, de parents grecs ; c'est un singulier personnage. Il peint fort bien ; mais tout ce qu'il produit a une apparence fantastique, qui vient sans doute de ce qu'il a conçu des opinions absurdes sur la manière de représenter les arts, et de ce qu'il s'est créé un système qui ne vaut pas le diable. Je sais fort bien qu'il ne fait pas grand cas de moi ; mais, je le lui pardonne, car il ne pourra m'ôter la réputation que j'ai acquise. — Il semblait à Berthold que ce Grec eût touché une de ses blessures intérieures, attouchement douloureux, mais salutaire, comme celui du chirurgien qui sonde une plaie. Bientôt il oublia cette rencontre, et se remit à travailler avec ardeur.

Le succès de ce grand tableau lui avait donné l'envie d'en faire un second. Hackert lui choisit lui-même un des plus beaux points de vue de Naples, et comme le premier tableau représentait un coucher de soleil, il l'engagea à faire un lever. Berthold avait à peindre beaucoup d'arbres exotiques, beaucoup de coteaux chargés de vignes; mais surtout beaucoup de nuages et de vapeurs. Il était un jour assis sur une grande pierre, au lieu choisi par Hackert, terminant sa grande esquisse d'après nature. — Bien touché, vraiment! dit quelqu'un derrière lui. Berthold leva les yeux; le Maltais regardait son dessin, et ajouta en riant ironiquement: Vous n'avez oublié qu'une seule chose, mon jeune ami. Regardez là-bas cette muraille peinte en vert! La porte est à demi-ouverte; il vous faut reproduire cela avec l'ombre portée: une porte à demi-ouverte fait un effet prodigieux! — Vous raillez sans motif, monsieur, répondit Berthold. De tels accidents ne sont pas autant à dédaigner que vous le pensez, et mon maître les reproduit volontiers. Souvenez-vous de ce drap blanc étendu dans le paysage d'un vieux peintre flamand, qu'on ne pouvait enlever sans détruire l'harmonie du tout. Mais vous ne me semblez pas un grand ami du paysage [15], auquel je me suis adonné de corps et d'âme; veuillez donc me laisser travailler en paix. — Tu es tombé dans une grande erreur, jeune homme, dit le Maltais. Je te dis encore une fois que tu aurais pu devenir quelque chose; car tes ouvrages montrent visiblement un effort pour tendre à des idées élevées; mais tu n'atteindras jamais à ton but, car le chemin que tu suis n'y conduit pas. Retiens bien ce que je vais te dire: Peut-être parviendras-tu à ranimer la flamme qui dort en toi, et à t'éclairer de sa lueur, alors tu reconnaîtras l'esprit véritable des arts. Me crois-tu assez insensé pour subordonner le paysage au genre de l'histoire, et pour ne pas reconnaître que ces deux branches de l'art tendent au même but. — Saisir la nature dans l'expression la plus profonde, dans le sens le plus élevé, dans cette pensée qui élève tous les êtres vers une vie plus sublime, c'est la sainte mission de tous les arts. Une simple et exacte copie de la nature peut-elle conduire à ce but? — Qu'une inscription dans une langue étrangère, copiée par un scribe qui ne la comprend point et qui a laborieusement imité les caractères inintelligibles pour lui, est misérable, gauche et forcée ! C'est ainsi que les paysages de ton maître ne sont que des copies correctes d'un original écrit dans une langue étrangère pour lui. — L'artiste, initié au secret divin de l'art, entend la voix de la nature qui raconte ses mystères infinis par les arbres, par les plantes, par les fleurs, par les eaux et par les montagnes ; puis vient sur lui, comme l'esprit de Dieu, le don de transporter ses sensations dans ses ouvrages. Jeune homme ! n'as-tu pas éprouvé quelque chose de singulier, en contemplant les paysages des anciens maîtres ? Sans doute, tu n'as pas songé que les feuilles des tilleuls, que les pins, les platanes, étaient plus conformes à la nature, que le fond était plus vaporeux, les eaux plus profondes ; mais l'esprit qui plane dans cet ensemble t'élevait dans une sphère dont l'éclat t'enivrait. — Étudie donc la nature avec assiduité, avec exactitude, afin de t'approprier la pratique nécessaire pour la reproduire ; mais ne prends pas la pratique pour l'art même. — Le Maltais se tut, et après quelques instants de silence, durant lesquels Berthold resta la tête baissée, sans proférer une parole, il ajouta : Je sais qu'un génie élevé sommeille en toi, et je l'ai appelé d'une voix forte, afin qu'il se réveille et qu'il agite librement ses ailes. Adieu. Il semblait que l'étranger eût en effet réveillé les sensations que Berthold portait en lui. Il lui fut impossible de travailler davantage à son tableau. Il abandonna son maître, et dans son trouble, il appelait à grands cris l'esprit que le Maltais avait évoqué. « Je n'étais heureux que dans mes rêves. Là, se réalisait tout ce que le Maltais m'avait dit. J'allais m'étendre au milieu des verts buissons, agités par des vapeurs légères, et je croyais entendre des sons mélodieux s'échapper de la profondeur du bois. Écoutez ! Écoutez ! Entendons les voix de la création, qui prennent une forme palpable à nos sens ! et les accords devenaient de plus en plus sensibles à mon oreille, et il me semblait que j'étais pourvu d'un sens nouveau, qui me faisait comprendre, avec une clarté merveilleuse, ce qui m'avait semblé inexplicable. — Le secret enfin découvert, je traçais dans l'espace un hiéroglyphe de feu; mais cet écrit hiéroglyphique était un paysage ravissant, dans lequel s'agitaient, comme balancés par des accords voluptueux, les arbres, les buissons, les eaux et les fleurs [16]. » Un tel bonheur n'arrivait au pauvre Berthold qu'en songe, ses forces étaient brisées, et son âme était en proie à un désordre plus grand encore qu'au temps où il apprenait à Rome l'état de peintre d'histoire. S'il entrait dans un bois sombre, un frisson mortel s'emparait de lui; s'il en sortait, s'il apercevait un horizon lointain, des montagnes bleues, des plaines resplendissantes de tons lumineux, sa poitrine se resserrait avec douleur. Toute la nature, qui lui souriait jadis, était devenue menaçante pour lui, et les voix qui le charmaient dans le murmure des ruisseaux, des brises du soir, dans le frémissement des feuillages, ne lui annonçaient plus que misère et chagrins. Enfin son mal se calma un peu; mais il évita d'être seul dans la campagne; ce fut ainsi qu'il se joignit à deux jeunes peintres allemands pour faire des excursions dans les magnifiques environs de Naples. L'un deux, nous le nommerons Florentin, s'occupait moins d'étudier profondément son art que de jouir d'une vie joyeuse et animée. Ses cartons en témoignaient. Des groupes de paysans dansant, des processions, des fêtes champêtres, Florentin savait jeter rapidement, d'une main légère, toutes ces scènes sur le papier. Chacun de ses desseins, à peine esquissé, avait de la vie et du mouvement. En même temps, l'esprit de Florentin n'était nullement fermé aux pensées élevées, et il pénétrait au contraire, plus qu'aucun autre peintre moderne, dans l'esprit des tableaux des anciens maîtres. Il avait esquissé à grands traits, dans son livre de croquis, les fresques peintes d'une vieille église de moines à Rome, dont les murs étaient à demi abattus; elles représentaient le martyre de sainte Catherine: on ne pouvait voir rien de plus gracieux et de plus pur que ce trait qui produisit sur Berthold une impression profonde! Il se prit de passion pour *le faire* de Florentin, et comme celui-ci tendait toujours à rendre avec vivacité les charmes de la nature, sous son aspect humain, Berthold reconnut que cet aspect était le principe auquel il devait se tenir pour ne pas flotter à l'aventure. Tandis que Florentin était occupé à dessiner rapidement un groupe qu'il venait de rencontrer, Berthold avait ouvert le livre de son ami, et s'efforçait de reproduire la figure de sainte Catherine, ce qui lui réussit, bien qu'à Rome, il ne pût jamais animer ses figures à l'égal des originaux. Il se plaignit beaucoup à son ami de cette impuissance, et lui rapporta tout ce que le Maltais lui avait dit au sujet de l'art. — Eh ! mon cher frère Berthold, dit Florentin, le Maltais a complètement raison, et j'estime autant un beau paysage que le plus beau tableau d'histoire. Je pense en même temps que l'étude de la nature vivante nous initie dans les secrets de la nature inanimée. Je te conseille donc de t'habituer à copier des figures ; tes idées deviendront plus lucides [17]. — Florentin avait remarqué l'état d'exaltation de son ami : il s'efforça de l'encourager, en lui disant que cette disposition annonçait une prochaine amélioration dans ses vues d'artiste ; mais Berthold consumait sa vie dans ses rêves, et tous ses essais ressemblaient aux efforts d'un enfant débile.

Non loin de Naples, était située la villa d'un duc, d'où l'on découvrait le Vésuve et la mer. Elle était hospitalièrement ouverte aux artistes étrangers, et particulièrement aux peintres de paysages. Berthold allait souvent travailler en ce lieu ; il affectionnait une grotte du parc où il s'abandonnait à ses rêveries. Un jour qu'il s'y trouvait, écrasé par les désirs sans nom qui rongeaient son cœur, versant des larmes brûlantes, et suppliant le ciel d'éclairer son âme, un léger bruit se fit entendre dans le feuillage, et une femme ravissante apparut à l'entrée de la grotte. « Les rayons du soleil tombaient sur sa face angélique. Elle me jeta un regard inexprimable. — C'était sainte Catherine. Non, c'était mon idéal ! Éperdu de ravissement, je tombai à genoux, et elle disparut en souriant. — Ma prière de tous les jours était donc exaucée ! » Florentin entra dans la grotte et fut frappé de surprise en voyant Berthold se jeter sur son sein, en s'écriant : Ami, ami ! je suis heureux ! Elle est trouvée !

A ces mots, il s'éloigna rapidement, regagna en toute

hâte son atelier, tendit une toile et commença de peindre. Comme animé d'un esprit divin, il représenta, dans tout le feu de la vie, cette image céleste qui lui avait apparu. Toutes ses sensations se trouvèrent changées depuis ce moment. Au lieu de ce chagrin dévorant qui desséchait le plus pur sang de son cœur, il montrait une satisfaction et un bien-être extrêmes. Il étudia avec ardeur les chefs-d'œuvre des vieux maîtres, et bientôt il produisit des pages originales qui excitèrent l'étonnement des connaisseurs. Il n'était plus question de paysages; Hackert convint lui-même que son jeune élève avait enfin deviné sa vocation. Berthold eut à peindre de grands tableaux d'église. Il choisit quelques scènes riantes de légendes chrétiennes[18]; mais partout se retrouvait l'image merveilleuse de son idéal. On reconnut dans cette figure les traits et la tournure de la princesse Angiolina T***, d'une ressemblance frappante; on le dit au peintre lui-même, et le bruit courut que le jeune Allemand avait été profondément blessé au cœur par les yeux de la belle dona. Berthold s'irrita fort de ces propos qui donnaient un corps matériel à ses affections célestes. — « Croyez-vous donc, disait-il, qu'une semblable créature puisse errer sur la terre ? Elle m'a été révélée dans une vision ; ç'a été la consécration de l'artiste. » Berthold vécut content et heureux, jusqu'au jour où les victoires de Bonaparte en Italie conduisirent aux portes de Naples l'armée française, dont l'approche fit éclater une terrible révolution. Le roi avait abandonné Naples avec la reine, comme on le sait. Le vicaire général conclut un armistice honteux avec le général français, et bientôt arrivèrent les commissaires républicains pour recevoir les sommes stipulées. Le vicaire général s'enfuit pour échapper à la rage du peuple qui se croyait abandonné de tous ceux qui devaient le protéger, et tous les liens de la société se trouvèrent rompu. La populace brava toutes les lois dans sa sauvage furie, et des hordes effrénées aux cris de : *Viva la santa fede,* coururent piller et brûler les maisons des grands seigneurs qu'ils regardaient comme vendus à l'ennemi. Les efforts que firent, pour rétablir l'ordre, Moliterno et de Roca Romana, les deux favoris du peuple, furent infructueux. Les ducs Della Torre et Clément Filomarino avaient été égorgés ; mais la soif sanguinaire du peuple n'était pas apaisée.

Berthold s'était échappé à demi-vêtu d'une maison en flammes, il tomba au milieu d'une bande de furieux qui se rendaient avec des torches allumées au palais du duc de T***. Le prenant pour un des leurs, ils l'entraînèrent avec eux. — *Viva la santa fede!* criaient-ils, et en quelques instants le palais fut en feu ; les domestiques, tout ce qui s'opposa à leur rage, furent égorgés. Berthold avait involontairement pénétré dans le palais. Une épaisse fumée remplissait ses longues galeries. Il parcourut rapidement les chambres qui s'écroulaient, au péril de tomber dans les flammes, cherchant partout une issue. Un cri perçant retentit près de lui, il entra dans un salon voisin.

Une femme luttait avec un lazzarone qui l'avait saisie d'une main vigoureuse, et qui se disposait à lui plonger un couteau dans le sein [19]. — Prendre la femme dans ses bras, l'emporter à travers les flammes, descendre les degrés, fuir à travers le plus épais du peuple, Berthold fit tout cela en un moment. Le couteau à la main, noirci de fumée, les vêtements déchirés et en désordre, Berthold fut respecté ; car on le prit pour un brigand et un assassin. Il arriva enfin dans un lieu retiré de la ville, déposa, près d'une maison en ruine, celle qu'il avait sauvée, et tomba sans mouvement. Lorsqu'il reprit ses sens, la princesse était à genoux devant lui, et lavait son front avec de l'eau fraîche. — O grâce aux saints ! te voilà rendu à la lumière, toi qui m'as sauvé la vie ! dit-elle d'une voix attendrie et d'une douceur extrême.

Berthold se leva, il crut rêver, il regarda longtemps la princesse. — Oui, c'était elle. La figure céleste qui avait réveillé son génie. — Est-il possible ! est-il vrai, dit-il, suis-je donc au monde ? — Oui, tu vis, dit la princesse. Tu vis pour moi ; ce que tu n'osais pas espérer est arrivé par un miracle. Oh ! je te connais bien. Tu es le peintre Berthold, tu m'aimes et tu éternises mon image dans tes plus beaux tableaux. Pouvais-je donc être à toi ? Mais maintenant je t'appartiens, et pour toujours. — Fuyons ! oh ! fuyons ensemble.

Un sentiment singulier, comme si une douleur subite détruisait ses plus doux rêves, traversa l'âme de Berthold, en entendant ces paroles brûlantes. Mais lorsqu'elle le serra dans ses bras d'une blancheur de neige, lorsqu'il la pressa avec ardeur dans les siens, des frémissements inconnus, une douleur enivrante l'arrachèrent à la terre : — Oh ! non, s'écria-t-il ; ce n'est point un rêve qui m'abuse ! Non, c'est ma femme que j'étreins pour ne plus jamais la quitter, c'est elle qui apaise les désirs dont l'ardeur me dévorait !

Il était impossible de fuir de la ville. Les troupes françaises étaient devant les portes, et le peuple, quoique mal armé, lui en défendit l'entrée durant deux jours. Enfin Berthold et Angiolina parvinrent à s'échapper. Angiolina, remplie d'amour pour son libérateur, insista pour quitter l'Italie, afin qu'il fût assuré de la posséder. Les diamants qu'elle avait emportés suffirent à tous leurs besoins, et ils arrivèrent heureusement à M** dans le midi de l'Allemagne, où Berthold avait dessein de se fixer et de vivre de son art. — N'était-ce pas une félicité inouïe qu'Angiolina, cette beauté céleste, l'idéal de ses rêves, lui appartînt enfin, malgré tous les obstacles qui élevaient une barrière insurmontable entre elle et son bien-aimé ? Berthold pouvait à peine comprendre son bonheur, et il resta plongé dans une extase perpétuelle, jusqu'à ce qu'enfin une voix intérieure l'avertît de songer à son art. Il résolut de faire sa réputation à M**, par un grand tableau pour l'église de Sainte-Marie. L'idée simple de représenter Marie et Élisabeth dans un jardin, avec le Christ et saint Jean, jouant sur l'herbe, lui fournit le sujet de son tableau, mais il ne parvint jamais à s'en former une idée nette. Comme au temps de sa crise fâcheuse, les images se montraient à lui sous une forme incertaine, et devant ses yeux s'offrait sans cesse, non pas la divine vierge Marie, mais une femme terrestre, mais Angiolina, les traits flétris et décolorés [20]. Il voulut surmonter cette influence ennemie, et se mit à peindre ; mais ses forces étaient brisées, et tous ses efforts furent infructueux, comme autrefois à Naples. Sa peinture était sèche et sans vie, et Angiolina elle-même, son idéal, lui semblait, lorsqu'elle posait devant lui, une froide automate, aux yeux de verre. Le découragement se glissa de plus en plus dans son âme ; toutes les joies de sa vie s'effacèrent. Il voulait, et il ne pouvait travailler ; ainsi il tomba dans la misère, qui le courba d'autant plus que Angiolina ne laissait pas échapper une plainte. « Cette douleur, qui me dévorait, me jeta bientôt dans un état semblable à la folie. Ma femme me donna un fils, ce qui mit le comble à ma misère ; et mon chagrin, longtemps renfermé, se changea en haine. Elle, elle seule, avait causé tout mon malheur. Non, elle n'était pas l'idéal qui m'avait apparu ; elle n'avait emprunté cette figure céleste que pour me jeter dans un abîme. Dans mon désespoir, je la maudissais, elle et son enfant innocent. Je souhaitais leur mort, pour être délivré d'un affreux tourment qui me déchirait sans cesse ! — Des pensées infernales s'élevèrent en moi. Vainement, lisais-je tout mon crime dans les traits pâles d'Angiolina, dans ses larmes. Tu as anéanti ma vie, maudite femme, lui criai-je en rugissant, et je la repoussai du pied loin de moi, lorsqu'elle tomba presque sans mouvement pour embrasser mes genoux. — La conduite folle et cruelle de Berthold envers sa femme et son enfant, attira l'attention de l'autorité. On voulut l'arrêter, mais lorsque les gens de police se présentèrent chez lui, il avait disparu avec sa famille. Berthold se montra bientôt après, à R** [21], dans la Haute-Silésie. Il s'était débarrassé de sa femme et de son enfant, et se remit à travailler au tableau qu'il avait commencé à M**. Mais il ne put achever que la Vierge et les enfants ; il tomba malade et vit longtemps de près la mort qu'il désirait ardemment. Les soins qu'exigea sa maladie le forcèrent de laisser vendre ses meubles et ce tableau. A son rétablissement, il se trouva réduit à la mendicité. — Dans la suite, il vécut péniblement en peignant des murailles, et en faisant des travaux obscurs qu'il trouvait, çà et là.

— L'histoire de Berthold a quelque chose d'effroyable, dis-je au professeur. Quoiqu'il n'en parle pas, je le regarde comme le meurtrier de sa femme et de son enfant. — C'est un fou, un insensé à qui je n'accorde pas l'énergie de commettre une telle action, dit le professeur. Rien n'est expliqué sur ce point, et il est à savoir s'il ne se figure pas tout simplement qu'il est un meurtrier. La nuit prochaine, il termine son ouvrage ; dans ces moments-là il est de bonne humeur, et vous pourrez vous-même lui toucher un mot sur ce sujet scabreux.

Je dois avouer que l'idée de me trouver seul avec Berthold dans l'église, après avoir lu son histoire, me causait un léger frisson. Je pensais, qu'après tout, en dépit de sa bonhomie et de ses manières sincères, il pourrait bien être le diable, et je préférais l'aborder en plein jour, à la douce clarté du soleil. Je le trouvai sur son échaufaud, grondeur et renfermé ; il s'occupait à peindre des veines de marbre. Arrivé jusqu'à lui, je lui tendis les pots en silence. Il se retourna et me regarda avec étonnement. — Je suis votre apprenti, lui dis-je doucement. — Ces paroles lui arrachèrent un sourire. Je me mis alors à lui parler de sa vie, en homme instruit de toutes les particularités qui le concernaient, et de manière à lui faire croire qu'il m'avait lui-même tout raconté dans la nuit précédente. Doucement, bien doucement, j'arrivai à la terrible catastrophe, et j'ajoutai tout à coup : « Ainsi dans votre délire, vous avez tué votre femme et votre enfant ? A ces mots, il laissa tomber son pot de couleur et son pinceau, me lança un regard horrible, et s'écria : — Ces mains sont pures du sang de ma femme et de mon fils ! Encore un tel mot, et je me précipite avec vous du haut de cet échaufaud sur le pavé de l'église où nos crânes se briseront !

Je me trouvais dans une situation critique. — Oh ! voyez donc, mon cher Berthold, lui dis-je d'un air aussi calme qu'il me fut possible de l'affecter, voyez comme cette teinte brune découle le long de la muraille. — Il regarda de ce côté, et tandis qu'il étendait la couleur avec son pinceau, je descendis doucement de l'échafaud, et sortis de l'église pour me rendre auprès du professeur, qui se moqua singulièrement de moi.

Ma voiture était réparée, je quittai G**. Le professeur Aloysius Walter me promit de m'écrire, s'il apprenait encore quelque chose sur Berthold. Six mois plus tard, je reçus en effet une lettre du professeur, dans laquelle il s'étendait longuement sur le plaisir que lui avait causé mon séjour à G**. Sa lettre se terminait ainsi :

« Bientôt après votre départ, un singulier changement « s'opéra dans la personne de notre peintre. Il devint tout « à coup fort jovial, et acheva son grand tableau d'autel, « qui excite aujourd'hui l'admiration de tous les voya- « geurs. Puis il disparut. Comme on n'a plus entendu « parler de lui, et qu'on a trouvé son chapeau et sa canne « sur le bord de la rivière, nous pensons tous qu'il s'est « volontairement donné la mort. Portez-vous bien. »

L'HOMME AU SABLE*

I[1]

Nathanaël à Lothaire.

Sans doute, vous êtes tous remplis d'inquiétude, car il y a bien longtemps que je ne vous ai écrit. Ma mère se fâche, Clara pense que je vis dans un tourbillon de joies, et que j'ai oublié entièrement la douce image d'ange si profondément gravée dans mon cœur et dans mon âme. Mais il n'en est pas ainsi ; chaque jour, à chaque heure du jour, je songe à vous tous, et la charmante figure de ma Clara passe et repasse sans cesse dans mes rêves ; ses yeux transparents me jettent de doux regards, et sa bouche me sourit comme jadis lorsque j'arrivai auprès de vous. Hélas ! comment eussé-je pu vous écrire dans la violente disposition d'esprit qui a jusqu'à présent troublé toutes mes pensées ? Quelque chose d'épouvantable a pénétré dans ma vie ! Les sombres pressentiments d'un avenir cruel et menaçant s'étendent sur moi, comme des nuages noirs, impénétrables aux joyeux rayons du soleil. Faut-il donc que je te dise ce qui m'arriva ? Il le faut, je le vois bien ; mais rien qu'en y songeant, j'entends autour de moi comme des ricanements moqueurs. Ah ! mon bien-aimé Lothaire ! comment te ferai-je comprendre un peu seulement que ce qui m'arriva, il y a peu de jours, est de nature à troubler ma vie d'une façon terrible. Si tu étais

* Walter Scott, dans sa *Notice sur Hoffmann*, a traduit le titre de ce conte (Der Sandmann) par : *Le Sablier*. Cette traduction est inexacte.

ici, tu pourrais voir par tes yeux ; mais maintenant tu me tiens certainement pour un visionnaire absurde. Bref, l'horrible vision que j'ai eue, et dont je cherche vainement à éviter l'influence mortelle, consiste simplement, en ce qu'il y a peu de jours, à savoir le 30 octobre à midi, un marchand de baromètres entra dans ma chambre, et m'offrit ses instruments. Je n'achetai rien, et je le menaçai de le précipiter du haut de l'escalier, mais il s'éloigna aussitôt[2].

Tu soupçonnes que des circonstances toutes particulières, et qui ont fortement marqué dans ma vie, donnent de l'importance à ce petit événement. Cela est en effet. Je rassemble toutes mes forces pour te raconter avec calme et patience quelques aventures de mon enfance, qui éclaireront toutes ces choses à ton esprit. Au moment de commencer, je te vois rire, et j'entends Clara qui dit : — Ce sont de véritables enfantillages ! — Riez, je vous en prie, riez-vous de moi du fond de votre cœur ! — Je vous en supplie ! — Mais, Dieu du ciel !... mes cheveux se hérissent, et il me semble que je vous conjure de vous moquer de moi, dans le délire du désespoir, comme Franz Moor conjurait Daniel*[3]. Allons, maintenant, au fait. Hors les heures des repas, moi, mes frères et mes sœurs, nous voyions peu notre père. Il était fort occupé du service de sa charge. Après le souper, que l'on servait à sept heures, conformément aux anciennes mœurs, nous nous rendions tous, notre mère avec nous, dans la chambre de travail de mon père, et nous prenions place autour d'une table ronde. Mon père fumait du tabac et buvait de temps en temps un grand verre de bière. Souvent il nous racontait des histoires merveilleuses, et ses récits l'échauffaient tellement qu'il laissait éteindre sa longue pipe ; j'avais l'office de la rallumer, et j'éprouvais une grande joie à le faire. Souvent aussi, il nous mettait des livres d'images dans les mains, et restait silencieux et immobile dans son fauteuil, chassant devant lui d'épais nuages de fumée qui nous enveloppaient tous comme dans des brouillards. Dans ces soirées-là, ma mère était

* Dans *Les Brigands* de Schiller. *Le Tr.*

fort triste, et à peine entendait-elle sonner neuf heures, qu'elle s'écriait : « Allons, enfants, au lit... l'Homme au Sable va venir. Je l'entends déjà. » En effet, chaque fois, on entendait des pas pesants retentir sur les marches ; ce devait être l'Homme au Sable. Une fois entre autres, ce bruit me causa plus d'effroi que d'ordinaire, je dis à ma mère qui nous emmenait : Ah ! maman, qui donc est ce méchant Homme au Sable qui nous chasse toujours ? — Comment est-il ? — Il n'y a point d'Homme au Sable, me répondit ma mère. Quand je dis : l'Homme au Sable vient ; cela signifie seulement que vous avez besoin de dormir, et que vos paupières se ferment involontairement, comme si l'on vous avait jeté du sable dans les yeux.

La réponse de ma mère ne me satisfit pas, et, dans mon imagination enfantine, je devinai que ma mère ne me niait l'existence de l'Homme au Sable que pour ne pas nous effrayer. Mais je l'entendais toujours monter les marches. Plein de curiosité, impatient de m'assurer de l'existence de cet homme, je demandai enfin à la vieille servante qui avait soin de ma plus jeune sœur, quel était ce personnage. — Eh ! mon petit Nathanaël, me répondit-elle, ne sais-tu pas cela ? C'est un méchant homme qui vient trouver les enfants lorsqu'ils ne veulent pas aller au lit, et qui leur jette une poignée de sable dans les yeux, à leur faire pleurer du sang. Ensuite, il les plonge dans un sac et les porte dans la pleine lune pour amuser ses petits enfants qui ont des becs tordus comme les chauves-souris, et qui leur piquent les yeux, à les faire mourir. Dès lors l'image de l'Homme au Sable se grava dans mon esprit d'une façon horrible ; et le soir, dès que les marches retentissaient du bruit de ses pas, je tremblais d'anxiété et d'effroi ; ma mère ne pouvait alors m'arracher que ces paroles étouffées par mes larmes : l'Homme au Sable ! l'Homme au Sable ! Je me sauvais aussitôt dans une chambre, et cette terrible apparition me tourmentait durant toute la nuit. — J'étais déjà assez avancé en âge pour savoir que l'anecdote de la vieille servante n'était pas fort exacte, cependant l'Homme au Sable restait pour moi un spectre menaçant. J'étais à peine maître de moi, lorsque je l'entendais monter pour se rendre dans le cabinet de mon père. Quelquefois son absence durait longtemps; puis ses visites devenaient plus fréquentes, cela dura deux années. Je ne pouvais m'habituer à cette apparition étrange, et la sombre figure de cet homme inconnu ne pâlissait pas dans ma pensée. Ses rapports avec mon père occupaient de plus en plus mon esprit, et l'envie de le voir augmentait en moi avec les ans. L'Homme au Sable m'avait introduit dans le champ du merveilleux où l'esprit des enfants se glisse si facilement[4]. Rien ne me plaisait plus que les histoires épouvantables des génies, des démons et des sorcières; mais pour moi, dans toutes ces aventures, au milieu des apparitions les plus effrayantes et les plus bizarres, dominait toujours l'image de l'Homme au Sable que je dessinais à l'aide de la craie et du charbon, sur les tables, sur les armoires, sur les murs, partout enfin, et toujours sous les formes les plus repoussantes. Lorsque j'eus atteint l'âge de dix ans, ma mère m'assigna une petite chambre pour moi seul. Elle était peu éloignée de la chambre de mon père. Chaque fois, qu'au moment de neuf heures, l'inconnu se faisait entendre, il fallait encore nous retirer. De ma chambrette, je l'entendais entrer dans le cabinet de mon père, et, bientôt après, il me semblait qu'une vapeur odorante et singulière se répandît dans la maison. La curiosité m'excitait de plus en plus à connaître cet Homme au Sable. J'ouvris ma porte, et je me glissai de ma chambre dans les corridors; mais je ne pouvais rien entendre; car l'étranger avait déjà refermé la porte. Enfin, poussé par un désir irrésistible, je résolus de me cacher dans la chambre même de mon père pour attendre l'Homme au Sable.

A la taciturnité de mon père, à la tristesse de ma mère, je reconnus un soir que l'Homme au Sable devait venir. Je prétextai une fatigue extrême, et, quittant la chambre avant neuf heures, j'allai me cacher dans une petite niche pratiquée derrière la porte. La porte craqua sur ses gonds, et des pas lents, tardifs et menaçants retentirent depuis le vestibule jusqu'aux marches. Ma mère et tous les enfants se levèrent et passèrent devant moi. J'ouvris doucement, bien doucement, la porte de la chambre de mon père. Il était assis comme d'ordinaire, en silence et le dos tourné vers l'entrée. Il ne m'aperçut pas, je me glissai légèrement derrière lui, et j'allai me cacher sous le rideau qui voilait une armoire où se trouvaient appendus ses habits. Les pas approchaient de plus en plus, l'Homme toussait, soufflait et murmurait singulièrement. Le cœur me battait d'attente et d'effroi. — Tout près de la porte, un pas sonore, un coup violent sur le bouton, les gonds tournent avec bruit. — J'avance malgré moi la tête avec précaution, l'Homme au Sable est au milieu de la chambre, devant mon père; la lueur des flambeaux éclaire son visage! — L'Homme au Sable, le terrible Homme au Sable, est le vieil avocat Coppelius qui vient quelquefois prendre place à notre table! Mais la plus horrible figure ne m'eût pas causé plus d'épouvante que celle de ce Coppelius. Représente-toi un homme aux larges épaules, surmontées d'une grosse tête informe, un visage terne, des sourcils gris et touffus sous lesquels étincellent deux yeux verts arrondis comme ceux des chats, et un nez gigantesque qui s'abaisse brusquement sur ses lèvres épaisses. Sa bouche contournée se contourne encore davantage pour former un sourire; deux taches livides s'étendent sur ses joues, et des accents à la fois sourds et siffleurs s'échappent d'entre ses dents irrégulières. Coppelius se montrait toujours avec un habit couleur de cendre, coupé à la vieille mode, une veste et des culottes semblables, des bas noirs et des souliers à boucles de strass, complétaient cet ajustement. Sa petite perruque qui couvrait à peine son cou, se terminait en deux boucles à boudin que supportaient ses grandes oreilles d'un rouge vif, et allait se perdre dans une large bourse noire qui, s'agitant çà et là sur son dos, laissait apercevoir la boucle d'argent qui retenait sa cravate. Toute cette figure composait un ensemble affreux et repoussant; mais ce qui nous choquait tout particulièrement en lui, nous autres enfants, c'étaient ses grosses mains velues et osseuses; et dès qu'il les portait sur quelque objet, nous avions garde d'y toucher. Il avait remarqué ce dégoût, et il se faisait un plaisir de toucher les gâteaux ou les fruits que notre bonne mère plaçait sur nos assiettes. Il jouissait alors singulièrement en voyant nos yeux se remplir de larmes, et il se délectait de la privation que nous imposait notre dégoût pour sa personne. Il en agissait ainsi aux jours de fêtes, lorsque notre père nous versait un verre de bon vin. Il étendait la main, saisissait le verre qu'il portait à ses lèvres livides, et riait aux éclats de notre désespoir et de nos injures. Il avait coutume de nous nommer les petits animaux ; en sa présence il ne nous était pas permis de prononcer une parole, et nous maudissions de toute notre âme ce personnage hideux et ennemi, qui empoisonnait jusqu'à la moindre de nos joies. Ma mère semblait haïr aussi cordialement que nous le repoussant Coppelius ; car dès qu'il paraissait, sa douce gaieté et ses manières pleines d'abandon, s'effaçaient pour faire place à une sombre gravité. Notre père se comportait envers lui comme si Coppelius eût été un être d'un ordre supérieur, dont on doit souffrir les écarts, et qu'il faut se garder d'irriter : on ne manquait jamais de lui offrir ses mets favoris, et de déboucher en son honneur quelques flacons de réserve.

En voyant ce Coppelius, il se révéla à moi que nul autre que lui ne pouvait être l'Homme au Sable ; mais l'Homme au Sable n'était plus à ma pensée cet ogre du conte de la nourrice, qui enlève les enfants pour les porter dans la lune à sa progéniture à bec de hibou. Non ! — C'était plutôt une odieuse et fantasque créature, qui partout où elle paraissait, portait le chagrin, le tourment et le besoin, et qui causait un mal réel, un mal durable. J'étais comme ensorcelé, ma tête restait tendue entre les rideaux, au risque d'être découvert et cruellement puni. Mon père reçut solennellement Coppelius. — Allons à l'ouvrage ! s'écria celui-ci d'une voix sourde, en se débarrassant de son habit. Mon père, d'un air sombre, quitta sa robe de chambre, et ils se vêtirent tous deux de longues robes noires. Je n'avais pas remarqué le lieu d'où ils les avaient tirées. Mon père ouvrit la porte d'une armoire, et je vis qu'elle cachait une niche profonde où se trouvait un fourneau. Coppelius s'approcha, et du foyer s'éleva une flamme bleue. Une foule d'ustensiles bizarres apparut à cette clarté. Mais mon Dieu ! quelle étrange métamorphose s'était opérée dans les traits de mon vieux père ! —

Une douleur violente et mal contenue semblait avoir changé l'expression honnête et loyale de sa physionomie qui avait pris une contraction satanique. Il ressemblait à Coppelius ! Celui-ci brandissait des pinces incandescentes, et attisait les charbons ardents du foyer. Je croyais apercevoir tout autout de lui des figures humaines, mais sans yeux. Des cavités noires, profondes et souillées en tenaient la place. — Des yeux ! des yeux ! s'écriait Coppelius, d'une voix sourde et menaçante.

Je tressaillis, et je tombai sur le parquet, violemment terrassé par une horreur puissante. Coppelius me saisit alors. — Un petit animal ! un petit animal ! dit-il en grinçant affreusement les dents. A ces mots, il me jeta sur le fourneau dont la flamme brûlait déjà mes cheveux. — Maintenant, s'écria-t-il, nous avons des yeux, — des yeux, — une belle paire d'yeux d'enfant ! Et il prit de ses mains dans le foyer une poignée de charbons en feu qu'il se disposait à me jeter au visage, lorsque mon père lui cria, les mains jointes : — Maître ! maître ! laisse les yeux à mon Nathanaël.

Coppelius se mit à rire d'une façon bruyante. — Que l'enfant garde donc ses yeux, et qu'il fasse son pensum dans le monde ; mais, puisque le voilà, il faut que nous observions bien attentivement le mécanisme des pieds et des mains [5].

Ses doigts s'appesantirent alors si lourdement sur moi, que toutes les jointures de mes membres en craquèrent, et il me fit tourner les mains, puis les pieds, tantôt d'une façon, tantôt d'une autre. — Cela ne joue pas bien partout ! cela était bien comme cela était ! Le vieux de là-haut a parfaitement compris cela !

Ainsi murmurait Coppelius en me retournant ; mais bientôt tout devint sombre et confus autour de moi ; une douleur nerveuse agita tout mon être ; je ne sentis plus rien. Une vapeur douce et chaude se répandit sur mon visage ; je me réveillai comme du sommeil de la mort ; ma mère était penchée sur moi. — L'Homme au Sable est-il encore là ? demandai-je en balbutiant. — Non, mon cher enfant, il est bien loin ; il est parti depuis longtemps, il ne te fera pas de mal !

Ainsi parla ma mère, et elle me baisa, et elle serra contre son cœur l'enfant chéri qui lui était rendu.

Pourquoi te fatiguerais-je plus longtemps de ces récits, mon cher Lothaire ? Je fus découvert et cruellement maltraité par ce Coppelius. L'anxiété et l'effroi m'avaient causé une fièvre ardente dont je fus malade durant quelques semaines. « L'Homme au Sable est encore là. » Ce fut la première parole de ma délivrance, et le signe de mon salut. Il me reste à te raconter le plus horrible instant de mon enfance ; puis tu seras convaincu qu'il n'en faut pas accuser mes yeux si tout me semble décoloré dans la vie ; car un nuage sombre s'est étendu au-devant de moi sur tous les objets, et ma mort seule peut-être pourra le dissiper.

Coppelius ne se montra plus, le bruit courut qu'il avait quitté la ville. Un an s'était écoulé, et selon la vieille et invariable coutume, nous étions assis un soir à la table ronde. Notre père était fort gai, et nous racontait une foule d'histoires divertissantes, qui lui étaient arrivées dans les voyages qu'il avait faits pendant sa jeunesse. A l'instant où l'horloge sonna neuf heures, nous entendîmes retentir les gonds de la porte de la maison, et des pas d'une lourdeur extrême, résonner depuis le vestibule jusqu'aux marches. — C'est Coppelius ! dit ma mère en pâlissant. — Oui ! c'est Coppelius, répéta mon père d'une voix entrecoupée.

Les larmes s'échappèrent des yeux de ma mère. — Mon ami, mon ami ! s'écria-t-elle, faut-il que cela soit ? — Pour la dernière fois, répondit celui-ci. Il vient pour la dernière fois ; je te le jure. Va, va-t'en avec les enfants ! bonne nuit !

J'étais comme pétrifié, la respiration me manquait. Me voyant immobile, ma mère me prit par le bras. — Viens, Nathanaël ! me dit-elle. Je me laissai entraîner dans ma chambre. — Sois bien calme et dors. Dors ! me dit ma mère en me quittant. Mais, agité par une terreur invincible, je ne pus fermer les paupières. L'horrible, l'odieux Coppelius était devant moi, les yeux étincelants ; il me souriait d'un air hypocrite, et je cherchais vainement à éloigner son image. Il était à peu près minuit lorsqu'un coup violent se fit entendre. C'était comme la détonation d'une arme à feu. Toute la maison fut ébranlée, et la porte se referma avec fracas. — C'est Coppelius ! m'écriai-je hors de moi, et je m'élançai de mon lit. Des gémissements vinrent à mon oreille ; je courus à la chambre de mon père. La porte était ouverte, une vapeur étouffante se faisait sentir, et une servante s'écriait : — Ah ! mon maître, mon maître !

Devant le fourneau allumé, sur le parquet, était étendu mon père, mort, le visage déchiré. Mes sœurs, agenouillées autour de lui, poussaient d'affreuses clameurs. Ma mère était tombée sans mouvement auprès de son mari ! — Coppelius ! monstre infâme ! tu as assassiné mon père ! m'écriai-je, et je perdis l'usage de mes sens. Deux jours après, lorsqu'on plaça le corps de mon père dans un cercueil, ses traits étaient redevenus calmes et sereins, comme ils l'étaient durant sa vie. Cette vue adoucit ma douleur, je pensai que son alliance avec l'infernal Coppelius ne l'avait pas conduit à la damnation éternelle. L'explosion avait réveillé les voisins. Cet événement fit sensation, et l'autorité qui en eut connaissance somma Coppelius de paraître devant elle. Mais il avait disparu de la ville, sans laisser de traces.

Quand je te dirai, mon digne ami, que ce marchand de baromètres n'était autre que ce misérable Coppelius, tu comprendras l'excès d'horreur que me fit éprouver cette apparition ennemie. Il portait un autre costume ; mais les traits de Coppelius sont trop profondément empreints dans mon âme pour que je puisse les méconnaître. D'ailleurs, Coppelius n'a pas même changé de nom. Il se donne ici pour un mécanicien piémontais, et se fait nommer Giuseppe Coppola.

Je suis résolu à venger la mort de mon père, quoi qu'il en arrive. Ne parle point à ma mère de cette cruelle rencontre. — Salue la charmante Clara ; je lui écrirai dans une disposition d'esprit plus tranquille [6].

II

Clara à Nathanaël.

Il est vrai que tu ne m'as pas écrit depuis longtemps, mais cependant je crois que tu me portes dans ton âme et dans tes pensées ; car tu songeais assurément à moi avec beaucoup de vivacité, lorsque, voulant envoyer ta dernière lettre à mon frère Lothaire, tu la souscrivis de mon nom. Je l'ouvris avec joie, et je ne m'aperçus de mon erreur qu'à ces mots : *Ah! mon bien-aimé Lothaire!* — Alors, sans doute, j'aurais dû n'en pas lire davantage, et remettre la lettre à mon frère. — Tu m'as quelquefois reproché en riant que j'avais un esprit si paisible et si calme que si la maison s'écroulait, j'aurais encore la constance de remettre en place un rideau dérangé, avant que de m'enfuir ; cependant je pouvais à peine respirer, et tout semblait tourbillonner devant mes yeux. — Ah ! mon bien-aimé Nathanaël ! je tremblais et je brûlais d'apprendre par quelles infortunes ta vie avait été traversée ! Séparation éternelle, oubli, éloignement de toi, toutes ces pensées me frappaient comme autant de coups de poignard. — Je lus et je relus ! Ta peinture du repoussant Coppelius est affreuse. J'appris pour la première fois de quelle façon cruelle était mort ton excellent père. Mon frère, que je remis en possession de ce qui lui appartenait, essaya de me calmer, mais il ne put réussir. Ce Giuseppe Coppola était sans cesse sur mes pas, et je suis presque confuse d'avouer qu'il a troublé, par d'effroyables songes, mon sommeil toujours si profond et si tranquille. Mais bientôt, dès le lendemain déjà, tout s'était présenté à ma pensée sous une autre face. Ne sois donc point fâché contre moi, mon tendrement aimé Nathanaël, si Lothaire te dit qu'en dépit de tes funestes pressentiments au sujet de Coppelius, ma sérénité n'a pas été le moindrement altérée. Je te dirai sincèrement ma pensée. Toutes ces choses effrayantes que tu nous rapportes me semblent avoir pris naissance en toi-même : le monde extérieur et réel n'y a que peu de part. Le vieux Coppelius était sans doute peu attrayant; mais, comme il haïssait les enfants, cela vous causa, à vous autres enfants, une véritable horreur pour lui. Le terrible Homme au Sable de la nourrice se rattacha tout naturellement, dans ton intelligence enfantine, au vieux Coppelius, qui, sans que tu puisses t'en rendre compte, est resté pour toi un fantôme de tes premiers ans. Ses entrevues nocturnes avec ton père n'avaient sans doute d'autre but que de faire des expériences alchimiques, ce qui affligeait ta mère, car il en coûtait vraisemblablement beaucoup d'argent; et ces travaux, en remplissant son époux d'un espoir trompeur, devaient le détourner des soins de sa famille. Ton père a sans doute causé sa mort par sa propre imprudence, et Coppelius ne saurait en être accusé. Croirais-tu que j'ai demandé à notre vieux voisin l'apothicaire si, dans les essais chimiques, ces explosions instantanées pouvaient donner la mort? Il m'a répondu affirmativement, en me décrivant longuement à sa manière comment la chose pouvait se faire, et en me citant un grand nombre de mots bizarres, dont je n'ai pu retenir un seul dans ma mémoire. — Maintenant tu vas te fâcher contre ta Clara. Tu diras: Il ne pénètre dans cette âme glacée nul de ces rayons mystérieux qui embrassent souvent l'homme de leurs ailes invisibles; elle n'aperçoit que la surface bariolée du globe, et elle se réjouit comme un fol enfant à la vue des fruits dont l'écorce dorée cache un venin mortel[7].

Mon bien-aimé Nathanaël, ne penses-tu pas que le sentiment d'une puissance ennemie qui agit d'une manière funeste sur notre être, ne puisse pénétrer dans les âmes riantes et sereines? — Pardonne, si moi, simple jeune fille, j'entreprends d'exprimer ce que j'éprouve à l'idée d'une semblable lutte. Peut-être ne trouverai-je pas les paroles propres à peindre mes sentiments, et riras-tu, non de mes pensées, mais de la gaucherie que je mettrai à les rendre. S'il est en effet une puissance occulte qui plonge ainsi traîtreusement en notre sein ses griffes ennemies, pour nous saisir et nous entraîner dans une route dangereuse que nous n'eussions pas suivie, s'il est une telle puissance, il faut qu'elle se plie à nos goûts et à nos convenances, car ce n'est qu'ainsi qu'elle obtiendra de nous quelque créance, et qu'elle gagnera dans notre cœur la place dont elle a besoin pour accomplir son ouvrage. Que nous ayons assez de fermeté, assez de courage pour reconnaître la route où doivent nous conduire notre vocation et nos penchants, pour la suivre d'un pas tranquille, notre ennemi intérieur périra dans les vains efforts qu'il fera pour nous faire illusion. Lothaire ajoute que la puissance ténébreuse, à laquelle nous nous donnons, crée souvent en nous des images si attrayantes, que nous produisons nous-mêmes le principe dévorant qui nous consume. C'est le fantôme de notre propre *nous*, dont l'influence agit sur notre âme, et nous plonge dans l'enfer ou nous ravit au ciel. — Je ne comprends pas bien les dernières paroles de Lothaire, et je pressens seulement ce qu'il pense ; et cependant il me semble que tout cela est rigoureusement vrai. Je t'en supplie, efface entièrement de ta pensée l'avocat Coppelius et le marchand de baromètres Giuseppe Coppola. Sois convaincu que ces figures étrangères n'ont aucune influence sur toi ; ta croyance en leur pouvoir peut seule les rendre puissantes. Si chaque ligne de ta lettre ne témoignait de l'exaltation profonde de ton esprit, si l'état de ton âme ne m'affligeait jusqu'au fond du cœur, en vérité, je pourrais plaisanter sur ton Homme au Sable et ton avocat chimiste. Sois libre, esprit faible ! sois libre ! — Je me suis promis de jouer auprès de toi le rôle d'ange gardien, et de bannir le hideux Coppola par un fou rire, s'il devait jamais revenir troubler tes rêves. Je ne redoute pas le moins du monde, lui et ses vilaines mains, et je ne souffrirai pas qu'il me gâte mes friandises, ni qu'il me jette du sable aux yeux.

A toujours, mon bien-aimé Nathanaël.

III

Nathanaël à Lothaire.

Je suis très fâché que Clara, par une erreur que ma négligence avait causée, il est vrai, ait brisé le cachet de la lettre que j'écrivais. Elle m'a adressé une épître remplie d'une philosophie profonde, par laquelle elle me démontre explicitement que Coppelius et Coppola n'existent que dans mon cerveau, et qu'ils sont des fantômes de mon *moi* qui s'évanouiront en poudre dès que je les reconnaîtrai pour tels. On ne se douterait jamais que l'esprit qui scintille de ses yeux clairs et touchants, comme une aimable émanation du printemps, soit aussi intelligent et qu'il puisse raisonner d'une façon aussi méthodique! Elle s'appuie de ton autorité. Vous avez parlé de moi ensemble! on lui fait sans doute un cours de logique pour qu'elle voie sainement les choses et qu'elle fasse des distinctions subtiles. — Renonce à cela! je t'en prie. Au reste, il est certain que le mécanicien Giuseppe Coppola n'est pas l'avocat Coppelius. J'assiste à un cours chez un professeur de physique nouvellement arrivé dans cette ville, qui est d'origine italienne et qui porte le nom du célèbre naturaliste Spalanzani. Il connaît Coppola depuis de longues années, et d'ailleurs, il est facile de reconnaître à l'accent du mécanicien qu'il est véritablement Piémontais. Coppelius était un Allemand, bien qu'il n'en eût pas le caractère. Cependant, je ne suis pas entièrement tranquillisé. Tenez-moi toujours, vous deux, pour un sombre rêveur, mais je ne puis me débarrasser de l'impression que Coppola et son affreux visage ont produite sur moi. Je suis heureux qu'il ait quitté la ville, comme l'a dit Spalanzani. Ce professeur est un singulier personnage, un homme rond, aux pommettes saillantes, le nez pointu et les yeux perçants. Mais tu le connaîtras mieux que je ne pourrais te le peindre, en regardant le portrait de Cagliostro, gravé par Chodowiecki; tel est Spalanzani. Dernièrement, en montant à son appartement, je m'aperçus qu'un rideau, qui est ordinairement tiré sur une porte de verre, était un peu écarté. J'ignore moi-même comme je vins à regarder à travers la glace. Une femme de la plus riche taille, magnifiquement vêtue, était assise dans la chambre, devant une petite table sur laquelle ses deux mains jointes étaient appuyées. Elle était vis-à-vis de la porte, et je pouvais contempler ainsi sa figure ravissante. Elle sembla ne pas m'apercevoir, et en général ses yeux paraissaient fixes, je dirai même qu'ils manquaient des rayons visuels; c'était comme si elle eût dormi les yeux ouverts. Je me trouvai mal à l'aise, et je me hâtai de me glisser dans l'amphithéâtre qui est voisin de là. Plus tard j'appris que la personne que j'avais vue, était la fille de Spalanzani, nommée Olimpia, qu'il renfermait avec tant de rigueur que personne ne pouvait approcher d'elle. — Cette mesure cache quelque mystère, et Olimpia a sans doute une imperfection grave. Mais, pourquoi t'écrire ces choses? j'aurais pu te les raconter de vive voix. Sache que, dans quinze jours, je serai près de vous autres. Il faut que je revoie mon ange, ma Clara; alors s'effacera l'impression qui s'est emparée de moi (je l'avoue) depuis sa triste lettre si raisonnable. C'est pourquoi je ne lui écris pas aujourd'hui. Adieu.

IV

On ne saurait imaginer rien de plus bizarre et de plus merveilleux que ce qui arriva à mon pauvre ami, le jeune étudiant Nathanaël, et que j'entreprends aujourd'hui de raconter. Qui n'a [8], un jour, senti sa poitrine se remplir de pensées étranges? qui n'a éprouvé un bouillonnement intérieur qui faisait affluer son sang avec violence dans ses veines, et colorait ses joues d'un sombre incarnat? Vos regards semblent alors chercher des images fantasques dans l'espace, et vos paroles s'exhalent en sons entrecoupés. En vain vos amis vous entourent et vous interrogent sur la cause de votre délire. On veut peindre avec leurs brillantes couleurs, leurs ombres et leurs vives lumières, les figures vaporeuses que l'on aperçoit, et l'on s'efforce inutilement de trouver des paroles pour rendre sa pensée. On voudrait reproduire au premier mot, tout ce que ces apparitions offrent de merveilles, de magnificences, de sombres horreurs, de gaietés inouïes, afin de frapper ses auditeurs comme par un coup électrique; mais chaque lettre vous semble glaciale, décolorée, sans vie. On cherche et l'on cherche encore, on balbutie et l'on murmure, et les questions timides de vos amis viennent frapper, comme le souffle des vents de la nuit, votre imagination brûlante qu'elles ne tardent pas à tarir et à éteindre. Mais, si, en peintre habile et hardi, on a jeté en traits rapides une esquisse de ces images intérieures, il est facile d'en ranimer peu à peu le coloris fugitif, et de transporter ses auditeurs au milieu de ce monde que notre âme a créé. Pour moi, personne, je dois l'avouer, ne m'a jamais interrogé sur l'histoire du jeune Nathanaël; mais on sait que je suis un de ces auteurs qui, dès qu'ils se trouvent dans l'état que je viens de décrire, se figurent que ceux qui les entourent et même le monde entier, brûlent du désir de connaître ce qu'ils ont en l'âme. La singularité de l'aventure m'avait frappé, c'est pourquoi je me tourmentais pour en commencer le récit d'une manière séduisante et originale. « Il était une fois ! » beau commencement pour assoupir dès le début. « Dans la petite ville de S***, vivait... » ou bien d'entrer aussitôt *medias in res,* comme : « Qu'il aille au diable ! s'écriait, la fureur et l'effroi peints dans ses yeux égarés, l'étudiant Nathanaël, lorsque le marchand de baromètres, Giuseppe Coppola... » J'avais en effet commencé d'écrire de la sorte, lorsque je crus voir quelque chose de bouffon dans les yeux égarés de l'étudiant Nathanaël; et vraiment l'histoire n'est nullement facétieuse. Il ne me vint sous ma plume aucune phrase qui reflétât le moins du monde l'éclat du coloris de mon image intérieure. Je résolus alors de ne pas commencer du tout. On voudra donc bien prendre les trois lettres que mon ami Lothaire a eu la bonté de me communiquer, pour l'esquisse de mon tableau que je m'efforcerai, durant le cours de mon récit, d'animer de mon mieux. Peut-être réussirai-je, comme les bons peintres de portrait, à marquer maint personnage d'une touche expressive, de manière à le faire trouver ressemblant sans qu'on ait vu l'original, à éveiller le souvenir d'un objet encore inconnu ; peut-être aussi parviendrai-je à persuader à mon lecteur que rien n'est plus fantastique et plus fou que la vie réelle, et que le poète se borne à en recueillir un reflet confus, comme dans un miroir mal poli. Et afin que l'on sache dès le commencement ce qu'il est nécessaire de savoir, je dois ajouter, comme éclaircissement à ces lettres, que, bientôt après la mort du père de Nathanaël, Clara et Lothaire, enfants d'un parent éloigné, mort aussi depuis peu, furent recueillis par la mère de Nathanaël, dans sa famille. Clara et Nathanaël se sentirent un vif penchant l'un pour l'autre, contre lequel personne sur la terre n'eut rien à opposer. Ils étaient donc fiancés l'un à l'autre, lorsque Nathanaël quitta sa ville natale pour aller terminer ses études à Gœttingue [9]. Il se trouve là dans sa dernière lettre, et il suit des cours chez le célèbre professeur de physique Spalanzani. Maintenant, je pourrais continuer bravement mon récit, mais l'image de Clara se présente si vivement à mon esprit que je ne saurais en détourner les yeux. Ainsi m'arrivait-il toujours lorsqu'elle me regardait avec un doux sourire. — Clara ne pouvait point passer pour belle ; c'est ce que prétendaient tous ceux qui s'entendent d'office à juger de la beauté. Cependant les architectes louaient la pureté des lignes de sa taille, les peintres trouvaient son dos, ses épaules et son sein formés d'une façon peut-être trop chaste ; mais tous, ils étaient épris de sa ravissante chevelure, qui rappelait celle de la Madeleine de Corregio, et ne tarissaient point sur la richesse de son teint, digne de Battoni. L'un d'eux, en véritable fantasque, comparait ses yeux à un lac de Ruisdael, où se mirent l'azur du ciel, l'émail des fleurs et les feux animés du jour. Les poètes et les virtuoses allaient plus loin. — Que me parlez-vous de lac, de miroir ! disaient-ils. Pouvons-nous contempler cette jeune fille sans que son regard fasse jaillir de notre âme des chants et des harmonies célestes ! Clara avait l'imagination vive et animée d'un enfant joyeux et innocent, un cœur de femme tendre et délicat, une intelligence pénétrante et lucide. Les esprits légers et présomptueux ne réussissaient point auprès d'elle ; car, tout en conservant sa nature silencieuse et modeste, le regard pétillant de la jeune fille et son sourire ironique semblaient leur dire : Pauvres ombres que vous êtes, espérez-vous passer à mes yeux pour des figures nobles, pleines de vie et de sève ? — Aussi accusait-on Clara d'être froide, prosaïque et insensible ; mais d'autres, qui voyaient mieux la vie, aimaient inexprimablement cette charmante fille. Toutefois, nul ne l'aimait plus que Nathanaël, qui cultivait les sciences et les arts avec goût et énergie. Clara chérissait Nathanaël de toutes les forces de son âme; leur séparation lui causa ses premiers chagrins. Avec quelle joie elle se jeta dans ses bras lorsqu'il revint à la maison paternelle, comme il l'avait annoncé dans sa lettre à Lothaire. Ce que Nathanaël avait espéré arriva. Dès qu'il vit sa fiancée, il oublia et l'avocat Coppelius, et la lettre méthaphysique de Clara, qui l'avait choqué; tous ses soucis se trouvèrent effacés. Mais, cependant, Nathanaël avait dit vrai en écrivant à son ami Lothaire: la figure du repoussant Coppola avait exercé une funeste influence sur son âme. Dès les premiers jours de son arrivée, on s'aperçut que Nathanaël avait entièrement changé d'allure. Il s'abandonnait à de sombres rêveries, et se conduisait d'une façon singulière. La vie pour lui n'était plus que rêves et pressentiments; il parlait toujours de la destinée des hommes qui, se croyant libres, sont ballottés par les puissances invisibles et leur servent de jouet, sans pouvoir leur échapper. Il alla même plus loin, il prétendit que c'était folie que de croire à des progrès dans les arts et dans les sciences, fondés sur nos forces morales, car l'exaltation, sans laquelle on est incapable de produire, ne vient pas de notre âme, mais d'un principe extérieur, dont nous ne sommes pas les maîtres. Clara éprouvait un éloignement profond pour ces idées mystiques, mais elle s'efforçait vainement de les réfuter. Seulement, lorsque Nathanaël démontrait que Coppelius était le mauvais principe qui s'était attaché à lui depuis le moment où il s'était caché derrière un rideau pour l'observer, et que ce démon ennemi troublerait leurs heureuses amours d'une manière cruelle, Clara devenait tout à coup sérieuse, et disait: Oui, Nathanaël, Coppelius est un principe ennemi qui troublera notre bonheur, si tu ne le bannis de ta pensée: sa puissance est dans ta crédulité.

Nathanaël, irrité de voir Clara rejeter l'existence du démon, et l'attribuer à la seule faiblesse d'âme, voulut procéder à ses preuves par toutes les doctrines mystiques de la Dæmonologie; mais Clara rompit la discussion avec humeur en l'interrompant par une phrase indifférente, au grand chagrin de Nathanaël. Celui-ci pensa alors que les âmes froides renfermaient ces mystères à leur propre insu, et que Clara appartenait à cette nature secondaire ; aussi se promit-il de ne rien négliger pour l'initier à ces secrets. Le lendemain matin, tandis que Clara préparait le déjeuner, il vint se placer près d'elle et se mit à lui lire divers passages de ses livres mystiques. — Mais, mon cher Nathanaël, dit Clara après quelques instants d'attention, que dirais-tu si je te regardais comme le mauvais principe qui influe sur mon café ? Car, si je passais mon temps à t'écouter lire et à te regarder dans les yeux, comme tu l'exiges, mon café bouillonnerait déjà sur les cendres, et vous n'auriez tous rien à déjeuner [10].

Nathanaël referma le livre avec violence, et parcourut la chambre d'un air irrité. Jadis, il excellait à composer des histoires agréables et animées qu'il écrivait avec art, et Clara trouvait un plaisir excessif à les entendre ; mais depuis, ses compositions étaient devenues sombres, vagues, inintelligibles, et il était facile de voir au silence de Clara qu'elle les trouvait peu agréables. Rien n'était plus mortel pour Clara, que l'ennui ; dans ses regards et dans ses discours, se trahissaient aussitôt un sommeil et un engourdissement insurmontables ; et les compositions de Nathanaël étaient devenues véritablement fort ennuyeuses. Son humeur contre la disposition froide et positive de sa fiancée s'accroissait chaque jour, et Clara ne pouvait cacher le mécontentement que lui faisait éprouver le sombre et fastidieux mysticisme de son ami ; c'est ainsi qu'insensiblement leurs âmes s'éloignaient de plus en plus l'une de l'autre. Enfin, Nathanaël nourrissant toujours la pensée que Coppelius devait troubler sa vie, en vint à le prendre pour le sujet d'une de ses poésies. Il se représenta avec Clara, liés d'un amour tendre et fidèle ; mais au milieu de leur bonheur, une main noire s'étendait de temps en temps sur eux, et leur ravissait quelqu'une de leurs joies [11]. Enfin, au moment où ils se trouvaient devant l'autel où ils devaient être unis, l'horrible Coppelius apparaissait et touchait les yeux charmants de Clara qui s'élançaient aussitôt dans le sein de Nathanaël, où ils pénétraient avec l'ardeur de deux charbons ardents. Coppelius s'emparait de lui et le jetait dans un cercle de feu qui tournait avec la rapidité de la tempête, et l'entraînait au milieu de sourds et bruyants murmures. C'était un déchaînement, comme lorsque l'ouragan fouette avec colère les vagues écumantes qui grandissent et s'abaissent dans leur lutte furieuse, ainsi que des noirs géants à têtes blanchies. Du fond de ces gémissements, de ces cris, de ces bruissements sauvages, s'élevait la voix de Clara: « Ne peux-tu donc pas me regarder ? » disait-elle. « Coppelius t'a abusé, ce n'étaient pas mes yeux qui brûlaient dans ton sein, c'étaient les gouttes bouillantes de ton propre sang pris au cœur. J'ai mes yeux, regarde-moi ! » Tout à coup le cercle de feu cessa de tourner, les mugissements s'apaisèrent, Nathanaël vit sa fiancée; mais c'était la mort décharnée qui le regardait d'un air amical avec les yeux de Clara.

En composant ce morceau, Nathanaël resta fort calme et réfléchi; il lima et améliora chaque vers, et comme il s'était soumis à la gêne des formes métriques, il n'eut pas de relâche jusqu'à ce que le tout fût bien pur et harmonieux. Mais lorsqu'il eut enfin achevé sa tâche, et qu'il relut ses stances, une horreur muette s'empara de lui, et il s'écria avec effroi : Quelle voix épouvantable se fait entendre ! — Ensuite il reconnut qu'il avait réussi à composer des vers remarquables, et il lui sembla que l'esprit glacial de Clara devait s'enflammer à leur lecture, quoiqu'il ne se rendît pas bien compte de la nécessité d'enflammer l'esprit de Clara, et du désir qu'il avait de remplir son âme d'images horribles et de pressentiments funestes à leur amour. — Nathanaël et Clara se trouvaient dans le petit jardin de la maison. Clara était très gaie, parce que, depuis trois jours que Nathanaël était occupé de ses vers, il ne l'avait pas tourmentée de ses prévisions et de ses rêves. De son côté, Nathanaël parlait avec plus de vivacité et semblait plus joyeux que de coutume. Clara lui dit : Enfin, je t'ai retrouvé tout entier; tu vois bien que nous avons tout à fait banni le hideux Coppelius ? — Nathanaël se souvint alors qu'il avait ses vers dans sa poche. Il tira aussitôt le cahier où ils se trouvaient, et se mit à les lire. Clara, s'attendant à quelque chose d'ennuyeux, comme de coutume, et se résignant, se mit à tricoter paisiblement. Mais les nuages noirs s'amoncelant de plus en plus devant elle, elle laissa tomber son ouvrage et regarda fixement Nathanaël. Celui-ci continua sans s'arrêter, ses joues se colorèrent, des larmes coulèrent de ses yeux ; enfin, en achevant, sa voix s'éteignit, et il tomba dans un abattement profond. — Il prit la main de Clara, et prononça plusieurs fois son nom en soupirant. Clara le pressa doucement contre son sein, et lui dit d'une voix grave : Nathanaël, mon bien-aimé Nathanaël ! jette au feu cette folle et absurde histoire !

Nathanaël se leva aussitôt, et s'écria en repoussant Clara : — Loin de moi, stupide automate ! et il s'échappa. Clara répandit un torrent de larmes. — Ah ! s'écria-t-elle, il ne m'a jamais aimée, car il ne me comprend pas. Et elle se mit à gémir. — Lothaire entra dans le bosquet. Clara fut obligée de lui conter ce qui venait de se passer. Il aimait sa sœur de toute son âme, chacune de ses paroles excita sa fureur, et le mécontentement qu'il nourrissait contre Nathanaël et ses rêveries fit place à une indignation profonde. Il courut le trouver, et lui reprocha si durement l'insolence de sa conduite envers Clara, que le fougueux Nathanaël ne put se contenir plus longtemps. Les mots de fat, d'insensé et de fantasque furent échangés contre ceux d'âme matérielle et vulgaire. Le combat devint dès lors inévitable. Ils résolurent de se rendre le lendemain matin derrière le jardin, et de s'attaquer, selon les usages académiques, avec de courtes rapières. Ils se séparèrent d'un air sombre. Clara avait entendu une partie de ce débat ; elle prévit ce qui devait se passer. — Arrivés sur le lieu du combat, Lothaire et Nathanaël venaient de se dépouiller silencieusement de leurs habits, et ils s'étaient placés vis-à-vis l'un de l'autre, les yeux étincelants d'une ardeur meurtrière, lorsque Clara ouvrit précipitamment la porte du jardin, et se jeta entre eux. — Vous me tuerez avant que de vous battre, forcenés que vous êtes ! Tuez-moi ! oh ! tuez-moi ! Voudriez-vous que je survécusse à la mort de mon frère ou à celle de mon amant ! Lothaire laissa tomber son arme, et baissa les yeux en silence ; mais Nathanaël sentit renaître en lui tous les feux de l'amour ; il revit Clara telle qu'il la voyait autrefois ; son épée s'échappa de sa main, et il se jeta aux pieds de Clara. — Pourras-tu jamais me pardonner, ô ma Clara, ma chérie, mon unique amour ! Mon frère Lothaire, oublieras-tu mes torts ?

Lothaire s'élança dans ses bras ; ils s'embrassèrent tous les trois en pleurant, et se jurèrent de rester éternellement unis par l'amour et par l'amitié. Pour Nathanaël, il lui semblait qu'il fût déchargé d'un poids immense qui l'accablait, et qu'il eût trouvé assistance contre les influences funestes qui avaient terni son existence. Après trois jours de bonheur, passés avec ses amis, il repartit pour Goettingen, où il devait séjourner un an, puis revenir pour toujours dans sa ville natale. On cacha à la mère de Nathanaël tout ce qui avait trait à Coppelius ; car on savait qu'elle ne pouvait songer sans effroi à cet homme à qui elle attribuait la mort de son mari.

V

Quel fut l'étonnement de Nathanaël, lorsque voulant entrer dans sa demeure, il vit que la maison tout entière avait brûlé, et qu'il n'en restait qu'un monceau de décombres, autour desquels s'élevaient les quatre murailles nues et noircies. Bien que le feu eût éclaté dans le laboratoire du chimiste, situé au plus bas étage, les amis de Nathanaël étaient parvenus à pénétrer courageusement dans sa chambre, et à sauver ses livres, ses manuscrits et ses instruments. Le tout avait été transporté dans une autre maison, où ils avaient loué une chambre dans laquelle Nathanaël s'installa. Il ne remarqua pas d'abord qu'il demeurait vis-à-vis du professeur Spalanzani, et il ne s'attacha pas beaucoup à contempler Olimpia, dont il pouvait distinctement apercevoir la figure, bien que ses traits restassent couverts d'un nuage causé par l'éloignement. Mais enfin il fut frappé de voir Olimpia rester durant des heures entières dans la même position, telle qu'il l'avait entrevue un jour à travers la porte de glace; inoccupée, les mains posées sur une petite table et les yeux invariablement dirigés vers lui. Nathanaël s'avouait qu'il n'avait jamais vu une si belle taille; mais l'image de Clara était dans son cœur, et il resta indifférent à la vue d'Olimpia; seulement, de temps en temps, il jetait un regard furtif, par-dessus son compendium, vers la belle statue. C'était là tout. Un jour, il était occupé à écrire à Clara, lorsqu'on frappa doucement à sa porte. A son invitation, on l'ouvrit, et la figure repoussante de Coppola se montra dans la chambre. Nathanaël se sentit remué jusqu'au fond de l'âme; mais songeant à ce que Spalanzani lui avait dit au sujet de son compatriote Coppola, et à ce qu'il avait promis à sa bien-aimée touchant l'Homme au Sable Coppelius, il eut honte de sa faiblesse enfantine, et il fit un effort sur lui-même pour parler avec douceur à cet étranger. Je n'achète point de baromètres, mon cher ami, lui dit-il. Allez, et laissez-moi seul.

Mais Coppola s'avança jusqu'au milieu de la chambre et lui dit d'une voix rauque, en contractant sa vaste bouche pour lui faire former un horrible sourire : — Vous ne voulez point de baromètres ? mais z'ai aussi à vendre des youx, des zolis youx [12] ! — Des yeux, dis-tu ? s'écria Nathanaël hors de lui, comment peux-tu avoir des yeux ?

Mais en un instant, Coppola se fut débarrassé de ses tubes, et fouillant dans une poche immense, il en tira des lunettes qu'il déposa sur la table. — Ce sont des lunettes, des lunettes pour mettre sur le nez ! Des youx ! des bons youx, signor ! En parlant ainsi, il ne cessait de retirer des lunettes de sa poche, en si grand nombre, que la table où elles se trouvaient, frappée par un rayon du soleil, étincela tout à coup d'une mer de feux prismatiques. Des milliers d'yeux semblaient darder des regards flamboyants sur Nathanaël; mais il ne pouvait détourner les siens de la table; Coppola ne cessait d'y amonceler des lunettes, et ces regards devenant de plus en plus innombrables, étincelaient toujours davantage et formaient comme un faisceau de rayons sanglants qui venaient se perdre sur la poitrine de Nathanaël. Frappé d'un effroi sans nom, il s'élança sur Coppola, et arrêta son bras au moment où il plongeait encore une fois sa main dans sa poche pour en tirer de nouvelles lunettes, bien que toute la table en fût encombrée. — Arrête, arrête, homme terrible ! lui cria-t-il.

Coppola se débarrassa doucement de lui, en ricanant et en disant : — Allons, allons, ce n'est pas pour vous, signor ! Mais voici les lorgnettes, des zolies lorgnettes ! Et en un clin-d'œil, il eut fait disparaître toutes les lunettes, et tiré d'une autre poche une multitude de lorgnettes de toutes les dimensions. Dès que les lunettes eurent disparu, Nathanaël redevint calme, et songeant à Clara, il se persuada que toutes ces apparitions naissaient de son cerveau. Coppola ne fut plus à ses yeux un magicien et un spectre effrayant, mais un honnête opticien dont les instruments n'offraient rien de surnaturel ; et pour tout réparer, il résolut de lui acheter quelque chose. Il prit donc une jolie lorgnette de poche, artistement travaillée, et pour en faire l'essai, il s'approcha de la fenêtre. Jamais il n'avait trouvé un instrument dont les verres fussent aussi exacts et aussi bien combinés pour rapprocher les objets sans nuire à la perspective, et pour les reproduire dans toute leur exactitude. Il tourna involontairement la lorgnette vers l'appartement de Spalanzani. Olimpia était assise comme de coutume, devant la petite table, les mains jointes. Nathanaël s'aperçut alors pour la première fois de la beauté des traits d'Olimpia. Les yeux seuls lui semblaient singulièrement fixes et comme morts : mais plus il regardait à travers la lunette, plus il semblait que les yeux d'Olimpia s'animassent de rayons humides. C'était comme si le point visuel se fût allumé subitement, et ses regards devenaient à chaque instant plus vivaces et plus brillants. Nathanaël, perdu dans la contemplation de la céleste Olimpia, était enchaîné près de la fenêtre, comme par un charme. Le bruit qui se fit entendre près de lui, le réveilla de son rêve. C'était Coppola qui le tirait par l'habit. — *Tre Zechini,* trois ducats, disait-il.

Nathanaël avait complètement oublié l'opticien ; il lui paya promptement le prix qu'il lui demandait. — N'est-ce pas, une belle lorgnette, une belle lorgnette ? dit

Coppola en laissant échapper un gros rire. — Oui, oui! répondit Nathanaël avec humeur. Adieu, mon cher ami. Allez, allez. Et Coppola quitta la chambre, non sans lancer un singulier regard à Nathanaël, qui l'entendit rire aux éclats, en descendant. — Sans doute il se moque de moi, parce que j'ai payé trop cher cette lorgnette! se dit-il.

En ce moment, un soupir plaintif se fit entendre derrière lui. Nathanaël put à peine respirer, tant fut grand son effroi. Il écouta quelques instants. — Clara a bien raison de me traiter de visionnaire, dit-il enfin. Mais n'est-il pas singulier que l'idée d'avoir payé trop cher cette lorgnette à Coppola m'ait causé un sentiment d'épouvante! Il se remit alors à sa table pour terminer sa lettre à Clara, mais un regard jeté vers la fenêtre, lui apprit qu'Olimpia était encore là; et au même instant, poussé par une force irrésistible, il saisit la lorgnette de Coppola et ne se détacha des regards séducteurs de sa belle voisine qu'au moment où son camarade Sigismond vint l'appeler pour se rendre au cours du professeur Spalanzani. Le rideau de la porte de glace était soigneusement abaissé, il ne put voir Olimpia. Les deux jours suivants, elle se déroba également à ses regards, bien qu'il ne quittât pas un instant la fenêtre, la paupière collée contre le verre de sa lorgnette. Le troisième jour même, les rideaux des croisées s'abaissèrent. Plein de désespoir, brûlant d'ardeur et de désir, il courut hors de la ville. Partout l'image d'Olimpia flottait devant lui dans les airs; elle s'élevait au-dessus de chaque touffe d'arbre, de chaque buisson, et elle le regardait avec des yeux étincelants, du fond des ondes claires de chaque ruisseau. Celle de Clara était entièrement effacée de son âme; il ne songeait à rien qu'à Olimpia, et il s'écriait en gémissant : — Astre brillant de mon amour, ne t'es-tu donc levé que pour disparaître aussitôt, et me laisser dans une nuit profonde!

VI

En rentrant dans sa demeure, Nathanaël s'aperçut qu'un grand mouvement avait lieu dans la maison du professeur. Les portes étaient ouvertes, on apportait une grande quantité de meubles ; les fenêtres des premiers étages étaient levées, des servantes affairées allaient et venaient, armées de longs balais ; et des menuisiers, des tapissiers faisaient retentir la maison de coups de marteau. Nathanaël s'arrêta dans la rue, frappé de surprise. Sigismond s'approcha de lui, et lui dit en riant : — Hé bien, que dis-tu de notre vieux Spalanzani ? Nathanaël lui répondit qu'il ne pouvait absolument rien dire du professeur, attendu qu'il ne savait rien sur lui, mais qu'il ne pouvait assez s'étonner du bruit et du tumulte qui régnaient dans cette maison toujours si monotone et si tranquille. Sigismond lui apprit alors que Spalanzani devait donner le lendemain une grande fête, concert et bal, et que la moitié de l'université avait été invitée. On répandait le bruit que Spalanzani laisserait paraître, pour la première fois, sa fille Olimpia qu'il avait cachée jusqu'alors, avec une sollicitude extrême à tous les yeux. Nathanaël trouva chez lui une lettre d'invitation, et se rendit, le cœur agité, chez le professeur, à l'heure fixée, lorsque les voitures commençaient à affluer, et que les salons resplendissaient déjà de lumières. La réunion était nombreuse et brillante. Olimpia parut dans un costume d'une richesse extrême et d'un goût parfait. On ne pouvait se défendre d'admirer ses formes et ses traits. Ses épaules, légèrement arrondies, la finesse de sa taille qui ressemblait à un corsage d'une guêpe, avaient une grâce extrême, mais on remarquait quelque chose de mesuré et de raide dans sa démarche qui excita quelques critiques. On attribua cette gêne à l'embarras que lui causait le monde si nouveau pour elle. Le concert commença. Olimpia joua du piano avec une habileté sans égale, et elle dit un air de bravoure, d'une voix si claire et si argentine, qu'elle ressemblait au son d'une cloche de cristal. Nathanaël était plongé dans un ravissement profond ; il se trouvait placé aux derniers rangs des auditeurs ; et l'éclat des bougies l'empêchait de bien reconnaître les traits d'Olimpia. Sans être vu, il tira la lorgnette de Coppola, et se mit à contempler la belle cantatrice. Dieu ! quel fut son délire ! il vit alors que les regards pleins de désirs de la charmante Olimpia cherchaient les siens, et que les expressions d'amour de son chant, semblaient s'adresser à lui. Les roulades brillantes retentissaient aux oreilles de Nathanaël comme le frémissement céleste de l'amour heureux, et lorsque enfin le morceau se termina par un long trillo qui retentit dans la salle en éclats harmonieux, il ne put s'empêcher de s'écrier dans son extase : Olimpia ! Olimpia ! Tous les yeux se tournèrent vers Nathanaël ; les étudiants, qui se trouvèrent près de lui, se mirent à rire. L'organiste de la cathédrale prit un air sombre et lui fit signe de se contenir. Le concert était terminé, le bal commença. — Danser avec elle ! Avec elle ! — Ce fut là le but de tous les désirs de Nathanaël, de tous ses efforts ; mais comment s'élever à ce degré de courage ; l'inviter, elle, la reine de la fête ? Cependant il ne sut lui-même comment la chose s'était faite ; mais la danse avait déjà commencé lorsqu'il se trouva tout près d'Olimpia, qui n'avait pas encore été invitée, et après avoir balbutié quelques mots, sa main se plaça dans la sienne. La main d'Olimpia était glacée, et dès cet attouchement, il se sentit lui-même pénétré d'un froid mortel. Il regarda Olimpia ; l'amour et le désir parlaient dans ses yeux, et alors il sentit aussitôt les artères de cette main froide battre avec violence, et un sang brûlant circuler dans ces veines glaciales. Nathanaël frémit, son cœur se gonfla d'amour ; de son bras, il ceignit la taille de la belle Olimpia et traversa, avec elle, la foule des valseurs. Jusqu'alors il se croyait danseur consommé et fort attentif à l'orchestre ; mais à la régularité toute rythmique avec laquelle dansait Olimpia, et qui le mettait souvent hors de toute mesure, il reconnut bientôt combien son oreille avait jusqu'alors défailli. Toutefois, il ne voulut plus danser avec aucune autre femme, et il eût volontiers égorgé quiconque se fût approché d'Olimpia pour l'inviter. Mais cela n'arriva que deux fois, et, à la grande surprise de Nathanaël, il put danser avec elle durant toute la fête.

Si Nathanaël eût été en état de voir quelque chose outre Olimpia, il n'eût pas évité des querelles funestes ; car des murmures moqueurs, des rires mal étouffés s'échappaient de tous les groupes de jeunes gens dont les regards curieux s'attachaient à la belle Olimpia, sans qu'on pût en connaître le motif. Échauffé par la danse, par le punch, Nathanaël avait déposé sa timidité naturelle ; il avait pris place auprès d'Olimpia, et, sa main dans la sienne, il lui parlait de son amour en termes exaltés que personne ne pouvait comprendre, ni Olimpia, ni lui-même. Cependant elle le regardait invariablement dans les yeux, et soupirant avec ardeur, elle faisait sans cesse entendre ces exclamations : Ah ! ah ! ah ! — O femme céleste, créature divine, disait Nathanaël, rayon de l'amour qu'on nous promet dans l'autre vie ! Ame claire et profonde dans laquelle se mire tout mon être ! Mais Olimpia se bornait à soupirer de nouveau et à répondre : Ah ! ah !

Le professeur Spalanzani passa plusieurs fois devant les deux amants et se mit à sourire avec satisfaction, mais d'une façon singulière, en les voyant ensemble. Cependant du milieu d'un autre hémisphère où l'amour l'avait transporté, il sembla bientôt à Nathanaël, que les appartements du professeur devenaient moins brillants ; il regarda autour de lui, et ne fut pas peu effrayé, en voyant que les deux dernières bougies qui étaient restées allumées, menaçaient de s'éteindre. Depuis longtemps la musique et la danse avaient cessé. — Se séparer, se séparer ! s'écria-t-il avec douleur et dans un profond désespoir. Il se leva alors pour baiser la main d'Olimpia, mais elle s'inclina vers lui et des lèvres glacées reposèrent sur ses lèvres brûlantes ! — La légende de la Morte Fiancée [13] lui vint subitement à l'esprit, il se sentit saisi d'effroi, comme lorsqu'il avait touché la froide main d'Olimpia ; mais celle-ci le retenait pressé contre son cœur, et dans leurs baisers, ses lèvres semblaient s'échauffer du feu de la vie. Le professeur Spalanzani traversa lentement la salle déserte ; ses pas retentissaient sur le parquet, et sa figure, entourée d'ombres vacillantes, lui donnait l'apparence d'un spectre. — M'aimes-tu ? — M'aimes-tu, Olimpia ? — Rien que ce mot ! — M'aimes-tu ? Ainsi murmurait Nathanaël. Mais Olimpia soupira seulement, et prononça en se levant : Ah ! ah ! — Mon ange, dit Nathanaël, ta vue est pour moi un phare qui éclaire mon âme pour toujours ! — Ah ! ah ! répliqua Olimpia en s'éloignant. Nathanaël la suivit ; ils se trouvèrent devant le professeur. — Vous vous êtes entretenu bien vivement avec ma fille, dit le professeur en souriant. Allons, allons, mon cher monsieur Nathanaël, si vous trouvez du goût à converser avec cette jeune fille timide, vos visites me seront fort agréables.

Nathanaël prit congé, et s'éloigna emportant le ciel dans son cœur.

VII

Le lendemain, la fête de Spalanzani fut l'objet de toutes les conversations. Bien que le professeur eût fait tous ses efforts pour se montrer d'une façon splendide, on trouva toutefois mille choses à critiquer, et l'on s'attacha surtout à déprécier la raide et muette Olimpia, que l'on accusa de stupidité complète ; on s'expliqua par ce défaut le motif qui avait porté Spalanzani à la tenir cachée jusqu'alors. Nathanaël n'entendit pas ces propos sans colère ; mais il garda le silence, car il pensait que ces misérables ne méritaient pas qu'on leur démontrât que leur propre stupidité les empêchait de connaître la beauté de l'âme d'Olimpia. — Fais-moi un plaisir, frère, lui dit un jour Sigismond, dis-moi comment il se fait qu'un homme sensé comme toi, se soit épris de cette automate, de cette figure de cire ?

Nathanaël allait éclater, mais il se remit promptement, et il répondit : — Dis-moi, Sigismond, comment il se fait que les charmes célestes d'Olimpia aient échappé à tes yeux clairvoyants ; à ton âme ouverte à toutes les impressions du beau ! Mais je rends grâce au sort de ne t'avoir point pour rival, car il faudrait alors que l'un de nous tombât sanglant aux pieds de l'autre !

Sigismond vit bien où en était son ami; il détourna adroitement le propos, et ajouta, après avoir dit qu'en amour on ne pouvait juger d'aucun objet : — Il est cependant singulier qu'un grand nombre de nous aient porté le même jugement sur Olimpia. Elle nous a semblé... — ne te fâche point, frère, — elle nous a semblé à tous sans vie et sans âme. Sa taille est régulière, ainsi que son visage, il est vrai, et elle pourrait passer pour belle, si ses yeux lui servaient à quelque chose. Sa marche est bizarrement cadencée, et chacun de ses mouvements lui semble imprimé par des rouages qu'on fait successivement agir. Son jeu, son chant, ont cette mesure régulière et désagréable, qui rappelle le jeu de la machine; il en est de même de sa danse. Cette Olimpia est devenue pour nous un objet de répulsion, et nous ne voudrions rien avoir de commun avec elle; car il nous semble qu'elle appartient à un ordre d'êtres inanimés, et qu'elle fait semblant de vivre. Nathanaël ne s'abandonna pas aux sentiments d'amertume que firent naître en lui ces paroles de Sigismond. Il répondit simplement et avec gravité : — Pour vous autres, âmes prosaïques, il se peut qu'Olimpia vous soit un être étrange. Une organisation semblable ne se révèle qu'à l'âme d'un poète ! Ce n'est qu'à moi que s'est adressé le feu de son regard d'amour; ce n'est que dans Olimpia que j'ai retrouvé mon être. Elle ne se livre pas, comme les esprits superficiels, à des conversations vulgaires; elle prononce peu de mots, il est vrai; mais ce peu de mots, c'est comme l'hiéroglyphe du monde invisible, monde plein d'amour et de connaissance de la vie intellectuelle en contemplation de l'éternité. Tout cela aussi n'a pas de sens pour vous, et ce sont autant de paroles perdues ! — Dieu te garde, mon cher camarade ! dit Sigismond avec douceur et d'un ton presque douloureux; mais il me semble que tu es en mauvais chemin. Compte sur moi, si tout... non, je ne veux pas t'en dire davantage.

Nathanaël crut voir tout à coup que le froid et prosaïque Sigismond lui avait voué une amitié loyale, et il lui serra cordialement la main. Nathanaël avait complètement oublié qu'il y avait dans le monde une Clara qu'il avait aimée autrefois. Sa mère, Lothaire, tous ces êtres étaient sortis de sa mémoire ; il ne vivait plus que pour Olimpia, auprès de laquelle il se rendait sans cesse pour lui parler de son amour, de la sympathie des âmes, des affinités psychiques, toutes choses qu'Olimpia écoutait d'un air fort édifié. Nathanaël tira des profondeurs de son pupitre tout ce qu'il avait écrit autrefois, poésies, fantaisies, visions, romans, nouvelles ; ces élucubrations s'augmentaient chaque jour de sonnets et de stances recueillies dans l'air bleu ou au clair de la lune, et il lisait toutes ces choses à Olimpia, sans se fatiguer. Mais aussi il n'avait jamais trouvé un auditeur aussi admirable. Elle brodait et ne tricotait pas, elle ne regardait pas la fenêtre, elle ne nourrissait pas d'oiseau, elle ne jouait pas avec un petit chien, avec un chat favori, elle ne contournait pas un morceau de papier dans ses doigts, elle n'essayait pas de calmer un bâillement par une petite toux forcée ; bref, elle le regardait durant des heures entières, sans se reculer et sans se remuer, et son regard devenait de plus en plus brillant et animé ; seulement, lorsque Nathanaël se levait enfin, et prenait sa main pour la porter à ses lèvres, elle disait : Ah ! ah ! puis : Bonne nuit, mon ami. — Ame sensible et profonde ! s'écriait Nathanaël en rentrant dans sa chambre, toi seule, toi seule au monde tu sais me comprendre ! — Il frémissait de bonheur, en songeant aux rapports intellectuels qui existaient entre lui et Olimpia, et qui s'augmentaient chaque jour, et il lui semblait qu'une voix intérieure lui eût exprimé les sentiments de la charmante fille du professeur. Il fallait bien qu'il en eût été ainsi ; car Olimpia ne prononçait jamais d'autres mots que ceux que j'ai cités. Mais lorsque Nathanaël se souvenait dans ses moments lucides (comme le matin en se réveillant, lorsque l'âme est à *jeûn* d'impressions), du mutisme et de l'inertie d'Olimpia, il se consolait en disant : Que sont les mots ? — Rien que des mots ! Son regard céleste en dit plus que tous les langages. Son cœur est-il donc forcé de se resserrer dans le cercle étroit de nos besoins, et d'imiter nos cris plaintifs et misérables, pour exprimer sa pensée ? Le professeur Spalanzani parut enchanté des liaisons de sa fille avec Nathanaël, et il en témoigna sa satisfaction d'une manière non équivoque, en disant qu'il laisserait sa fille choisir librement son époux. — Encouragé par ces paroles, le cœur brûlant de désirs, Nathanaël résolut de supplier, le lendemain, Olimpia de lui dire en paroles expresses, ce que ses regards lui donnaient à entendre depuis si longtemps. Il chercha l'anneau que sa mère lui avait donné en le quittant, car il voulait le mettre au doigt d'Olimpia, en signe d'union éternelle. Tandis qu'il se livrait à cette recherche, les lettres de Lothaire et de Clara tombèrent sous ses mains ; il les rejeta avec indifférence, trouva l'anneau, le passa à son doigt, et courut auprès d'Olimpia. Il montait déjà les degrés, et il se trouvait sous le vestibule, lorsqu'il entendit un singulier fracas. Le bruit semblait venir de la chambre d'étude de Spalanzani : un trépignement, des craquements, des coups sourds, frappés contre une porte, et entremêlés de malédictions et de jurements. — Lâcheras-tu ! lâcheras-tu ! infâme ! misérable ! Après y avoir sacrifié mon corps et ma vie ! — Ah ! ah ! ah ! ah ! Ce n'était pas là notre marché. Moi, j'ai fait les yeux !

— Moi, les rouages !

— Imbécile, avec tes rouages !

— Maudit chien !

— Misérable horloger !

— Éloigne-toi, satan !

— Arrête, vil manœuvre !

— Bête infernale ! t'en iras-tu ?

— Lâcheras-tu [14] ?

C'était la voix de Spalanzani et celle de l'horrible Coppelius, qui se mêlaient et tonnaient ensemble. Nathanaël, saisi d'effroi, se précipita dans le cabinet. Le professeur avait pris un corps de femme par les épaules, l'Italien Coppola le tenait par les pieds, et ils se l'arrachaient, et ils le tiraient d'un côté et de l'autre, luttant avec fureur pour le posséder. Nathanaël recula tremblant d'horreur, en reconnaissant cette figure pour celle d'Olimpia ; enflammé de colère, il s'élança sur ces deux furieux, pour leur enlever sa bien-aimée ; mais, au même instant, Coppola arracha avec vigueur le corps d'Olimpia des mains du professeur, et le soulevant, il l'en frappa si violemment, qu'il tomba à la renverse par-dessus la table, au milieu des fioles, des cornées et des cylindres qui se brisèrent en mille éclats. Coppola mit alors le corps sur ses épaules et descendit rapidement l'escalier, en riant aux éclats. On entendait les pieds d'Olimpia qui pendaient sur son dos, frapper les degrés de bois et retentir comme une matière dure. Nathanaël resta immobile. Il n'avait vu que trop distinctement que la figure de cire d'Olimpia n'avait pas d'yeux, et que de noires cavités lui en tenaient lieu. C'était un automate sans vie. Spalanzani se débattait sur le parquet; des éclats de verre l'avaient blessé à la tête, à la poitrine et aux bras, et son sang jaillissait avec abondance; mais il ne tarda pas à recueillir ses forces. — Poursuis-le! poursuis-le!... que tardes-tu. — Coppelius, le misérable Coppelius m'a ravi mon meilleur automate. J'y ai travaillé vingt ans... J'y ai sacrifié mon corps et ma vie!... les rouages, la parole, tout, tout était de moi. Les yeux... il te les avait volés. Le scélérat!... Cours après lui... rapporte-moi mon Olimpia..., en voilà les yeux...

Nathanaël aperçut alors sur le parquet une paire d'yeux sanglants qui le regardaient fixement. Spalanzani les saisit et les lui lança si vivement qu'ils vinrent frapper sa poitrine. Le délire le saisit alors et confondit toutes ses pensées. — Hui, hui, hui!... s'écria-t-il en pirouettant. Tourne, tourne, cercle de feu!... tourne, belle poupée de bois... allons, valsons gaiement!... gaiement belle poupée!...

A ces mots, il se jeta sur le professeur et lui tordit le col. Il l'eût infailliblement étranglé, si quelques personnes attirées par le bruit, n'étaient accourues et n'avaient délivré des mains du furieux Nathanaël le professeur, dont on pansa aussitôt les blessures. Sigismond eut peine à se rendre maître de son camarade, qui ne cessait de crier d'une voix terrible: « Allons, valsons gaiement! gaiement belle poupée! » et qui frappait autour de lui à coups redoublés. Enfin, on parvint à le renverser et à le garrotter. Sa parole s'affaiblit et dégénéra en un rugissement sauvage. Le malheureux Nathanaël resta en proie au plus affreux délire. On le transporta dans l'hospice des fous.

VIII

Avant que de m'occuper de l'infortuné Nathanaël, je dirai d'abord à ceux qui ont pris quelque intérêt à l'habile mécanicien et fabricant d'automates, Spalanzani, qu'il fut complètement guéri de ses blessures. Il se vit toutefois forcé de quitter l'université, parce que l'histoire de Nathanaël avait produit une grande sensation, et qu'on regarda comme une insolente tromperie la conduite qu'il avait tenue en menant sa poupée de bois dans les cercles de la ville où elle avait eu quelque succès. Les juristes trouvaient cette ruse d'autant plus punissable qu'elle avait été dirigée contre le public, et avec tant de finesse, qu'à l'exception de quelques étudiants profonds, personne ne l'avait deviné, bien que, depuis, chacun se vantât d'avoir conçu quelques soupçons. Les uns prétendaient avoir remarqué qu'Olimpia éternuait plus souvent qu'elle ne bâillait, ce qui choque tous les usages. C'était, disait-on, le résultat du mécanisme intérieur qui craquait alors d'une manière distincte. A ce sujet, le professeur de poésie et d'éloquence prit une prise, frappa sur sa tabatière, et dit solennellement : Vous n'avez pas trouvé le point où gît la question, messieurs. Le tout est une allégorie, une métaphore continuée. — Me comprenez-vous ? *Sapienti sat !* — Mais un grand nombre de gens ne se contenta pas de cette explication. L'histoire de l'automate avait jeté de profondes racines dans leur âme, et il se glissa en eux une affreuse méfiance envers les figures humaines. Beaucoup d'amants, afin d'être bien convaincus qu'ils n'étaient pas épris d'une automate, exigèrent que leurs maîtresses dansassent hors de mesure, et chantassent un peu faux ; ils voulurent qu'elles se missent à tricoter lorsqu'ils leur faisaient la lecture, et avant toutes choses, il exigèrent d'elles qu'elles parlassent quelquefois *réellement,* c'est-à-dire, que leurs paroles exprimassent quelquefois des sentiments et des pensées, ce qui fit rompre la plupart des liaisons amoureuses. Coppola avait disparu avant Spalanzani.

Nathanaël se réveilla un jour comme d'un rêve pénible

et profond. Il ouvrit les yeux, et se sentit ranimé par un sentiment de bien-être infini, par une douce et céleste chaleur. Il était couché dans sa chambre, dans la maison de son père ; Clara était penchée sur son lit, auprès duquel se tenaient sa mère et Lothaire. — Enfin, enfin, mon bien-aimé Nathanaël ! — Tu nous es donc rendu !

Ainsi parlait Clara d'une voix attendrie, en serrant dans ses bras son Nathanaël, dont les larmes coulèrent en abondance. — Ma Clara ! ma Clara ! s'écria-t-il, saisi de douleur et de ravissement.

Sigismond, qui avait fidèlement veillé près de son ami, entra dans la chambre. Nathanaël lui tendit la main : — Mon camarade, mon frère, lui dit-il, tu ne m'as donc pas abandonné !

Toutes les traces de la folie avaient disparu, et bientôt les soins de sa mère, de ses amis et de sa bien-aimée lui rendirent toutes ses forces. Le bonheur avait reparu dans cette maison. Un vieil oncle auquel personne ne songeait, était mort, et avait légué à la mère de Nathanaël une propriété étendue, située dans un lieu pittoresque, à une petite distance de la ville. C'est là où ils voulaient tous se retirer, la mère, Nathanaël avec sa Clara qu'il devait épouser, et Lothaire. Nathanaël était devenu plus doux que jamais ; il avait retrouvé la naïveté de son enfance, et il appréciait bien alors l'âme pure et céleste de Clara. Personne ne lui rappelait, par le plus léger souvenir, ce qui s'était passé. Lorsque Sigismond s'éloigna, Nathanaël lui dit seulement : — Par Dieu, frère ! j'étais en mauvais chemin, mais un ange m'a ramené à temps sur la route du ciel ! cet ange, c'est Clara ! — Sigismond ne lui en laissa pas dire davantage de crainte de le ramener à des idées fâcheuses. Le temps vint où ces quatre êtres heureux devaient aller habiter leur domaine champêtre. Dans la journée, ils traversèrent ensemble les rues de la ville pour faire quelques emplettes. La haute tour de la maison de ville jetait son ombre gigantesque sur le marché. — Si nous montions là-haut pour contempler encore une fois nos belles montagnes, dit Clara. Ce qui fut dit, fut fait. Nathanaël et Clara montèrent ; la mère retourna au logis avec la servante, et Lothaire, peu désireux de gravir tant de marches, resta au bas du clocher. Bientôt les deux amants se trouvèrent près l'un de l'autre, sur la plus haute galerie de la tour, et leurs regards plongèrent dans les bois parfumés, derrière lesquels s'élevaient les montagnes bleues, comme des villes de géants. — Vois donc ce singulier bouquet d'arbres qui semble s'avancer vers nous ! dit Clara. Nathanaël fouilla machinalement dans sa poche ; il y trouva la lorgnette de Coppelius. Il la porta à ses yeux et vit l'image de Clara ! Ses artères battirent avec violence, des éclairs pétillaient de ses yeux, et il se mit à mugir comme une bête féroce ; puis il fit vingt bonds dans les airs, et s'écria en riant aux éclats : Belle poupée ! valse gaiement ! gaiement, belle poupée. — Saisissant alors Clara avec force, il voulut la précipiter du haut de la galerie ; mais, dans son désespoir, Clara s'attacha nerveusement à la balustrade. Lothaire entendit les éclats de rire du furieux Nathanaël, il entendit les cris d'effroi de Clara ; un horrible pressentiment s'empara de lui, il monta rapidement ; la porte du second escalier était fermée. — Les cris de Clara augmentaient sans cesse. Éperdu de rage et d'effroi, il poussa si violemment la porte, qu'elle céda enfin. Les cris de Clara devenaient de plus en plus faibles : « Au secours... sauvez-moi, sauvez-moi... » Ainsi se mourait sa voix dans les airs. — Elle est morte, — assassinée par ce misérable ! s'écriait Lothaire. La porte de la galerie était également fermée. Le désespoir lui donna des forces surnaturelles, il la fit sauter de ses gonds. — Dieu du ciel ! Clara était balancée dans les airs hors de la galerie par Nathanaël ; une seule de ses mains serrait encore les barreaux de fer du balcon. Rapide comme l'éclair, Lothaire s'empare de sa sœur, l'attire vers lui, et frappant d'un coup vigoureux Nathanaël au visage, il le force de se dessaisir de sa proie. Lothaire se précipita rapidement jusqu'au bas des marches, emportant dans ses bras sa sœur évanouie. — Elle était sauvée. — Nathanaël, resté seul sur la galerie, la parcourait en tous sens et bondissait dans les airs en s'écriant : Tourne, cercle de feu ! tourne ! — La foule s'était assemblée à ses cris, et, du milieu d'elle, on voyait Coppelius qui dépassait ses voisins de la hauteur des épaules. On voulut monter au clocher pour s'emparer de l'insensé; mais Coppelius dit en riant: Ah! ah! attendez un peu, il descendra tout seul!. — Et il se mit à regarder comme les autres. Nathanaël s'arrêta tout à coup immobile. Il se baissa, regarda Coppelius, et s'écria d'une voix perçante: Ah! des beaux youx! des jolis youx! Et il se précipita par-dessus la galerie. Dès que Nathanaël se trouva étendu sur le pavé, la tête brisée, Coppelius disparut.

On assure que, quelques années après, on vit Clara dans une contrée éloignée, assise devant une jolie maison de plaisance qu'elle habitait. Près d'elle étaient son heureux mari et trois charmants enfants. Il faudrait en conclure que Clara trouva enfin le bonheur domestique que lui promettait son âme sereine et paisible, et que n'eût jamais pu lui procurer le fougueux et exalté Nathanaël.

LA COUR D'ARTUS

Quiconque a vu la ville commerçante de Dantzig, connaît, sans nul doute, la belle salle où s'assemblent les marchands, et qu'on nomme *la cour d'Artus* [1]. Vers midi, le négoce y fait affluer une multitude innombrable d'hommes de toutes les nations, et on y entend un bourdonnement perpétuel, comme au milieu d'une ruche d'abeilles industrieuses. Mais quand l'heure de la bourse est écoulée, quand on ne voit plus dans ces longues travées qui unissent deux rues, que quelques personnes passant rapidement, l'aspect de la cour d'Artus devient plus pittoresque, et c'est alors qu'il faut la visiter. Un clair-obscur magique se répand à travers les fenêtres assombries. Les sculptures bizarres et les peintures qui ornent la salle semblent s'animer et se mouvoir. Des cerfs avec leurs immenses ramures, des chiens haletants et furieux fixent sur vous leurs yeux brillants, et font baisser vos regards ; et la royale statue de marbre, qui s'élève au milieu de l'enceinte, paraît plus imposante par son isolement. Le grand tableau où sont représentés toutes les vertus et tous les vices, portant leurs noms écrits en latin, perd déjà sensiblement de sa moralité ; car les pâles vertus se distinguent à peine sous les couches grises de la vétusté, tandis que les belles figures des vices, relevées par leurs habits éclatants, semblent défier le temps, et séduisent encore les yeux, comme à leur premier jour. L'attention se porte aussi sur l'étroit bandeau, à fond doré, qui règne autour de la salle, et où l'on a représenté fort agréablement un cortège des magistrats de la ville, au temps de leur antique splendeur. Des honorables bourguemestres, au visage important et réfléchi, ouvrent la marche, montés sur de beaux chevaux richement caparaçonnés ; les timballiers, les tambours, les fifres, les hallebardiers, s'avancent si hardiment et d'un pas si décidé, qu'on croit entendre les joyeuses fanfares de la musique militaire, et qu'on s'attend presque à voir toute cette troupe défiler par l'immense croisée voisine, et gagner la place du grand marché. Et s'il vous prend envie de dessiner ce magnifique bourguemestre et le page, d'une beauté merveilleuse, qui tient la bride de son coursier, mettez-vous à cette table, que la munificence publique a couverte en abondance de papier, de plumes et d'encre, et qui semble vous inviter à consigner vos souvenirs et vos impressions. — Avisez donc notre correspondant de Hambourg de l'état actuel des affaires, mon cher Traugott !

Ainsi parlait, en ce lieu, le négociant Élias Roos à un jeune homme avec lequel il était associé, et qui devait prochainement épouser sa fille Christine. Traugott trouva avec peine une petite place à la table que je viens d'indiquer, prit une feuille de papier, teignit d'encre l'extrémité d'une plume, et il s'apprêtait à commencer par un beau jet calligraphique, lorsqu'en songeant encore une fois à l'affaire qu'il allait expliquer, il leva les yeux vers la voûte. Le hasard voulut qu'il se trouvât justement placé en face de deux figures du cortège, qui avaient toujours produit sur lui une impression singulière. — Un homme grave, presque sombre, avec une large barbe frisée, couvert de riches vêtements, s'avançait sur un cheval noir, dont un bel adolescent tenait les rênes. Une longue chevelure blonde et un costume d'une rare élégance, donnaient à celui-ci un air un peu efféminé. La démarche, le visage de l'homme, excitaient toujours une sorte d'effroi dans l'âme de Traugott ; mais il trouvait dans les traits du page la source des émotions les plus riantes. Jamais il ne pouvait détacher ses regards de cette figure attrayante, et il arriva, cette fois, qu'au lieu d'écrire la lettre d'avis de M. Élias Roos, il resta occupé à contempler les deux personnages merveilleux, traçant, dans sa distraction, quelques traits avec sa plume. Il se trouvait déjà depuis longtemps dans cette situation, lorsque quelqu'un, placé derrière lui, frappa sur son épaule, et s'écria d'une voix sourde : « Bien, très bien ! voilà ce que j'aime ; cela peut devenir quelque chose. » Traugott se retourna, réveillé comme d'un rêve ; mais il sembla frappé de la foudre. La surprise, l'effroi, lui ravirent la voix ; il voyait auprès de lui la figure sombre qu'il venait de contempler sur le lambris. C'était cet homme qui lui parlait ; il était accompagné du bel adolescent, dont le sourire avait une douceur inexprimable. Les ondulations de la foule mouvante eurent bientôt fait disparaître les deux personnages ; mais Traugott resta à la même place, et il s'y trouvait encore longtemps après que l'heure de la bourse fut passée. La salle était presque déserte, et M. Élias Roos, qui causait avec deux étrangers, l'aperçut et s'avança vers lui. — Que faites-vous donc là, si tard, mon cher ami ? lui dit-il. Avez-vous expédié la lettre d'avis ?

Perdu dans ses pensées, Traugott lui présenta la lettre. Au même instant, M. Élias Roos, frappant des mains avec désespoir, s'écria : Seigneur — Dieu ! quel enfantillage ! imprudent associé !... est-ce le diable qui vous possède ? Une lettre d'avis perdue, et la poste manquée ! M. Élias Roos était sur le point d'étouffer de colère, et les deux étrangers ne pouvaient s'empêcher de rire, à la vue de la lettre qui était en effet assez risible [2]. Immédiatement après ces mots : « Nous référant à notre dernière du 20 courant, » Traugott avait esquissé à traits rapides les deux figures singulières, le vieillard et le jeune homme. Les deux étrangers cherchèrent à apaiser M. Élias Roos ; mais celui-ci se promenait de long en large, en répétant d'un ton lamentable : Dix mille marcs ! ce sont dix mille marcs de moins ! — Consolez-vous, mon cher monsieur Roos, dit enfin le plus âgé des deux étrangers. La poste est partie, il est vrai ; mais dans une heure, j'expédierai un courrier à Hambourg ; je lui remettrai votre dépêche, et ainsi elle arrivera encore avant celle de vos concurrents.

M. Roos lui serra la main, et prenant la place de Traugott, il se hâta de faire la lettre d'avis, que celui-ci avait si étrangement rédigée. Pendant ce temps, le vieil étranger s'approcha de Traugott, qui gardait le silence d'un air confus. — Vous ne me semblez pas à votre place, lui dit-il. Un véritable négociant ne se fût pas amusé à tracer des figures, au lieu d'écrire des lettres d'avis. Traugott ne put s'empêcher de reconnaître que ce reproche était bien fondé. — Mon Dieu, dit-il, que d'excellentes lettres d'avis n'ai-je pas écrites ! C'est une folle idée qui m'a passé là ! — Je crois, répondit le jeune étranger, que de toutes vos lettres d'avis, aucune n'est aussi excellente que celle-ci, ni tracée avec autant d'habileté. — En disant ces mots, il avait pris la malencontreuse épître, l'avait soigneusement pliée et glissée dans sa poche. Traugott se persuada alors qu'il avait fait quelque chose de mieux qu'une simple lettre ; un orgueil inconnu s'empara de son âme, et lorsque Élias Roos lui dit, tout en pliant la lettre qu'il venait d'achever : Vos enfantillages auraient pu me coûter dix mille marcs, il répondit : — Mon cher associé, ne vous formalisez pas ainsi, ou nous nous séparerons pour toujours ! — Le vieil étranger eut grand-peine à rétablir la paix entre les deux associés. Il y parvint, toutefois, et se rendit avec eux et son jeune compagnon, à la maison de M. Élias, qui les avait invités à dîner avec lui. Mademoiselle Christine reçut avec une grâce extrême les hôtes de son père. Figurez-vous [3] une jeune fille de moyenne taille et bien nourrie, de vingt-deux ans au plus. Son visage est arrondi ; ses yeux bleus, couleur du jour, et d'une sérénité un peu banale, semblent dire à tous : Je me marie bientôt ! Sa peau est d'une blancheur éblouissante, et ses cheveux ne sont pas absolument roussâtres : ses lèvres appellent le baiser, la bouche dont elles forment les rives est un peu longue, mais elle laisse voir deux rangées de dents de neige. Le calme habite incessamment les traits de mademoiselle Christine. Jamais la confection d'un gâteau n'a manqué sous ses mains, et quand elle daigne donner ses soins à une sauce, elle s'épaissit toujours au point convenable, tant mademoiselle Christine met d'intelligence et d'attention à tourner sa cuiller en cercles réguliers. Après le repas, M. Élias Roos proposa à ses amis une promenade sur le rempart. Traugott chercha vainement à s'en dispenser; son associé le retint. — Un célèbre physicien prétendait que l'esprit créateur du monde, ce grand expérimentaliste, a placé sur le globe une immense machine électrique, d'où s'échappent des traînées d'étincelles que nous ne pouvons éviter, et dont la commotion change subitement toutes les dispositions de notre âme. Traugott se trouvait sans doute *en rapport* avec la grande machine, au moment où il dessina à son insu, dans la grande salle, les figures qui apparurent tout à coup derrière lui, et involontairement il ne put s'empêcher de ramener la conversation sur ce sujet. Le vieil étranger trouvait les peintures de la cour d'Artus du plus mauvais goût; le cortège militaire lui semblait surtout la plus ridicule des bambochades; mais Traugott s'écria avec chaleur qu'un monde entier s'était déroulé à ses yeux, à la vue de ces peintures, et qu'elles avaient parlé si vivement à son imagination, qu'il avait reconnu en lui-même la faculté de créer comme le puissant maître de l'atelier duquel elles étaient sorties. M. Élias Roos regarda son associé d'un air étonné, et le vieil étranger dit d'un ton ironique : — Je ne comprends pas, jeune homme, que le négoce puisse vous plaire, et que votre vie ne soit pas consacrée aux arts, que vous semblez chérir. — Oh! que j'envie votre talent! dit le plus jeune des étrangers. Ah! que ne puis-je dessiner comme vous! Ce n'est pas que le génie me manque; je copie fort bien des yeux, des nez et des oreilles; j'ai même dessiné trois ou quatre têtes; mais, mon Dieu! les affaires, les affaires! — Je pensais, dit Traugott, que dès qu'on se sent du génie, dès qu'on éprouve un véritable penchant pour les arts, il n'est plus d'autre affaire dans la vie. — Vous pensez qu'on doit se faire artiste? répondit le jeune homme. Eh! comment pouvez-vous dire une chose pareille? Voyez-vous, mon cher ami, j'ai plus médité sur ces matières que personne; en amateur passionné des arts, j'ai pénétré plus profondément dans la nature des choses que je ne saurais l'exprimer; aussi ne puis-je que vous indiquer mes idées. En parlant ainsi, les traits du jeune étranger avaient pris une expression de capacité et de méditation qui imposèrent le respect à son auditeur. — Vous m'accorderez, continua-t-il, que les arts répandent des fleurs sur notre vie. — La distraction, le délassement des affaires plus sérieuses, c'est là le but aimable auquel tendent tous les efforts de l'art, but d'autant plus complètement atteint, que les productions des arts sont plus accomplies. Ce but est même clairement indiqué dans la vie; car celui-là seul, qui pense ainsi, jouit du bien-être qui échappe à tout jamais à ceux pour qui les beaux-arts sont la grande affaire ici-bas. Ne vous laissez donc pas détourner des affaires sérieuses, mon cher ami, et gardez-vous de vous engager dans une route où vous marcheriez sans force et sans appui.

Traugott resta stupéfait; il ne savait que répondre. Tout ce que le jeune homme venait de lui débiter lui semblait incroyablement absurde. Il se borna à lui demander : Mais que nommez-vous donc les affaires sérieuses, les grandes affaires ici-bas ? — Mais, mon Dieu, vous conviendrez qu'il faut vivre dans la vie, et c'est ce que ne font presque jamais les artistes de profession.

Traugott conclut à peu près de ces paroles que vivre dans la vie, c'était n'avoir point de dettes, posséder beaucoup d'argent, bien boire, bien manger, se donner une jolie femme, des enfants bien sages, élégamment vêtus, bravement digérer, profondément dormir et surtout se garder des mauvais rêves. — Quelle misérable vie ! s'écria-t-il, lorsqu'il se retrouva seul dans sa chambre. Dans les belles matinées dorées de notre magnifique printemps, lorsqu'une molle brise d'ouest pénètre jusqu'au fond de nos rues sombres, et semble raconter, dans le doux langage de ses murmures, toutes les merveilles qu'elle a vues naître dans les prairies et dans les bois qu'elle a traversés, moi, je me glisse avec nonchalance entre les ais d'un comptoir enfumé. Là, sont assises de pâles figures devant d'informes pupitres noircis, et le bruit monotone des feuillets du registre, l'insolent cliquetis de l'argent qu'on amasse, interrompent seuls le silence que commande le travail. — Et quel travail ! Pourquoi tant de méditations, pourquoi tant d'écritures ! Afin que les coffres se remplissent, afin que le crédit recueille et dévore la substance de millions de malheureux. Un artiste quitte joyeusement les cités ; il va respirer, la tête haute, les émanations parfumées du printemps, il va se perdre au milieu des splendides tableaux que colorent les joyeux rayons du soleil de mai. Du fond des buissons obscurs s'avancent des apparitions gracieuses, que crée son esprit, et qui lui appartiennent à jamais, car en lui réside la mystérieuse magie des formes, du coloris et de la lumière. — Qui m'empêche de m'arracher à cette vie odieuse ? n'ai-je pas reconnu aujourd'hui ma mission, et ne puis-je à mon tour devenir un artiste ?

Traugott se mit à examiner tous les dessins qu'il avait faits. Quelques-uns lui semblèrent tracés avec habileté. Il s'arrêta surtout devant une esquisse faite depuis de longues années, où il avait copié jadis le vieux bourguemestre et le beau page ; il se souvint fort bien de l'attrait que ces figures avaient eu pour lui, et se rappela comme, dans son enfance, il s'était souvent glissé sous les voûtes de la cour d'Artus, pour aller les contempler. En examinant ce dessin, Traugott se sentit saisi de désirs vagues et douloureux ; il ne put se résoudre à descendre dans le comptoir ; il sortit de la ville et monta sur le Carlsberg qui l'avoisine. De là, ses regards se portèrent sur la mer écumante et sur les nuages amoncelés qui formaient mille figures bizarres au-dessus de Héla : c'était comme un miroir magique où il s'efforçait de lire sa destinée future. Ce n'est qu'après de longs efforts que s'éveillent en notre sein les révélations du monde idéal. L'âme de l'artiste flotte sans cesse dans une mer de doutes et d'incertitudes. Il voit l'infini, et il sent l'impuissance d'y atteindre. Mais bientôt il recouvre un courage divin ; il combat, il lutte, et le désespoir même lui donne la force de poursuivre le rêve chéri qu'il voit toujours plus près de lui, et qui le fuit sans cesse. Traugott ne tarda pas à éprouver cette douleur sans espoir. Le lendemain, en jetant un coup d'œil sur ses dessins qui étaient restés sur la table, ils lui semblèrent mesquins et misérables, et il se condamna lui-même à retourner au comptoir. Il revint aussitôt reprendre son travail, sans se laisser vaincre par le dégoût profond qui le forçait quelquefois à quitter la plume pour aller respirer un air pur. — Plusieurs semaines s'étaient écoulées, et l'époque du mariage de Traugott avec Christine approchait rapidement. Ce moment devait mettre fin à toutes ses espérances et à tous ses rêves, et il sentait son cœur oppressé, en voyant sa fiancée activement occupée des préparatifs de son mariage, comme s'il n'eût été question pour elle que d'une affaire domestique ordinaire. Traugott se rendait chaque jour à la cour d'Artus ; une fois, il entendit tout près de lui une voix qui le fit tressaillir. — « Ce papier, disait-on, a-t-il en effet une si mince valeur ? » — Traugott se retourna vivement et aperçut le vieillard merveilleux, qui était occupé à traiter avec un courtier, de la vente d'un papier dont le cours venait d'éprouver une forte baisse. Le bel adolescent se tenait auprès de lui, et jetait sur Traugott un regard tendre et douloureux. Celui-ci s'approcha vivement du vieillard. — Ce papier, lui dit-il, est en effet à bas prix ; mais le cours s'améliorera, selon toute apparence, dans peu de jours. Si vous voulez suivre mon conseil, vous en retarderez la vente. — Eh ! monsieur, répondit le vieillard, non sans humeur, que vous importent mes affaires ? Savez-vous si ce papier ne m'est pas utile en ce moment, et si je n'ai pas besoin d'argent comptant ? Traugott, mécontent de la brusquerie de cette réponse, se disposait à s'éloigner lorsqu'un regard suppliant qu'il surprit dans les yeux humides du jeune homme l'arrêta. — Mes intentions étaient bonnes, monsieur, dit-il, et j'avais dessein de prévenir la perte que vous allez faire. Vendez-moi ce papier sous la condition que je vous paierai dans peu de jours la différence entre son prix actuel et le cours auquel il ne peut manquer de s'élever. — Vous êtes un homme singulier, dit le vieillard. Qu'il soit fait selon votre volonté, bien que j'ignore le motif qui vous porte à vouloir m'enrichir. — A ces mots, il jeta un regard étincelant sur le jeune homme qui l'accompagnait, et celui-ci abaissa son bel œil bleu, en rougissant. Ils suivirent tous deux Traugott jusqu'au comptoir de M. Élias Roos, où l'argent fut compté au vieillard, qui le reçut d'un air sombre. Pendant ce temps, le jeune homme disait à voix basse à Traugott : N'est-ce pas vous qui dessiniez quelques figures dans la salle de la cour d'Artus, il y a plusieurs semaines ?

Traugott en convint, et ne put s'empêcher de rougir en songeant au rôle ridicule qu'il avait joué le jour de la lettre d'avis. — Oh ! alors, ajouta le jeune homme, votre conduite ne saurait m'étonner. — Le vieillard regarda avec colère son compagnon, et celui-ci garda le silence. Traugott ne pouvait surmonter un certain embarras en présence de ces deux étrangers, et il les laissa s'éloigner, sans avoir le courage de leur faire une seule question. L'apparition de ces deux figures avait en effet quelque chose de si singulier, que le personnel du comptoir en fut frappé. Le vieux teneur de livre avait placé sa plume derrière son oreille, et il regardait attentivement le vieillard qui s'éloignait. — Dieu nous garde de mal, dit-il dès qu'il eut disparu ; mais celui-ci ressemble, avec sa barbe frisée et son manteau noir, à un vieux tableau de l'année 1400, qu'on voit dans l'église de Saint-Johannis. — Pour M. Élias, la longue figure et l'épaisse barbe de l'étranger, lui donnèrent lieu de croire que c'était un juif polonais. Il ignorait les conditions du marché que son gendre futur venait de conclure, et il se moqua singulièrement de l'impéritie de ce lourd Sarmate, qui vendait une valeur dont le cours devait s'améliorer avant peu, de dix pour cent tout au moins, ce qui arriva en effet[4]. — Mon fils m'a fait souvenir que vous êtes un artiste, dit le vieillard en revoyant Traugott à la cour d'Artus, et, à ce titre, j'accepte de vous ce que j'eusse certainement refusé.

Ils se trouvaient en ce moment près des quatre colonnes de granit qui soutiennent le dôme de l'édifice, non loin des deux figures que Traugott avait dessinées dans la lettre d'avis ; et le jeune négociant parla sans embarras de la ressemblance qui existait entre ces deux visages et ceux du vieillard et de son jeune compagnon. Le vieillard sourit d'un air singulier, posa sa main sur l'épaule de Traugott, et lui dit à voix basse : Vous ne savez donc pas que je suis le peintre allemand Godofredus Berklinger, et que j'ai peint ces deux figures qui semblent vous plaire, il y a bien des années, lorsque j'étudiais mon art ? Dans ce bourguemestre, j'ai voulu me représenter moi-même, et le page qui tient le cheval est mon fils, comme vous l'avez reconnu vous-même. Traugott resta stupéfait ; il ne put douter que le vieillard, qui se donnait pour un maître mort depuis quelques cents ans [5], ne fût atteint d'une monomanie particulière. — C'était, continua le vieillard en relevant la tête et en regardant avec orgueil autour de lui, c'était un siècle splendide, éclatant, un temps florissant pour les arts, que celui où je décorai cette salle de toutes ces figures bariolées, en l'honneur du sage roi Artus et de sa table ronde ! Je crois même que c'est le roi Artus en personne, qui vint une fois ici tandis que je travaillais, et qui m'honora du titre de maître, qui ne m'avait pas encore été donné. — Mon père, dit le jeune homme en l'interrompant, est un artiste comme il en est peu, monsieur ; et vous n'aurez pas à vous repentir s'il vous permettait de voir ses ouvrages. Le vieillard s'était éloigné de quelques pas pour mieux juger de l'effet des peintures ; il revint, et Traugott le pria de vouloir bien lui montrer ses tableaux. Le vieillard le regarda longtemps d'un œil scrutateur, et lui dit enfin d'un ton sévère : Il y a quelque hardiesse à vous de vouloir pénétrer dans le sanctuaire avant que d'avoir commencé votre apprentissage ; mais je vous l'accorde. Si votre regard est encore trop timide pour bien contempler, vous devinerez peut-être ce que vous ne pouvez concevoir. Venez demain dès le matin.

Il lui indiqua sa demeure. Le lendemain, Traugott se débarrassa en toute hâte des affaires qui devaient l'occuper, et se dirigea vers la rue que le vieillard lui avait désignée. Le jeune homme, vêtu à l'ancienne mode allemande, vint lui ouvrir la porte, et le conduisit dans une vaste chambre, où il trouva le vieillard assis sur un petit escabeau, devant une immense toile grise, vide et nue, tendue sur un châssis. — Vous arrivez dans un moment favorable, monsieur, lui dit-il, car je viens de mettre la dernière main à ce grand tableau ; il m'occupe déjà depuis un an, et il ne m'a pas coûté peu de peine. C'est le pendant d'un grand tableau semblable, représentant le paradis perdu, que j'ai terminé l'an passé et que vous pourrez voir aussi dans mon atelier. Celui-ci est, comme vous le voyez, le paradis retrouvé, et je serais fâché pour vous, si vous ne démêliez pas cette allégorie. Les tableaux allégoriques n'appartiennent en général qu'aux esprits faibles et aux imaginations usées ; mon tableau, à moi, n'est pas une fantaisie, c'est un *fait*, il ne désigne pas, il *est* [6]. Vous trouverez que tous ces riches groupes d'hommes, d'animaux, de fruits, de fleurs et de rochers se lient au tout harmonieux, dont l'accord céleste et parfait constitue la lumière éternelle. Le vieillard se mit alors à détailler les différents groupes, il fit remarquer à Traugott la mystérieuse distribution de la lumière et de l'ombre, l'éclat des fleurs et des métaux, les émanations merveilleuses qui s'élevaient du calice des roses et des lis épanouis, et se répandaient autour des rangs à perte de vue de jeunes filles, d'adolescents et d'hommes mûrs, tous dans l'éclat de la force, de la grâce et de la beauté. Les paroles du vieillard devenaient toujours plus énergiques et plus inintelligibles. — Laisse briller ta couronne d'or, s'écria-t-il enfin ; rejette le voile d'Isis dont tu couvres ta tête. — Mais pourquoi détourner tes regards ? pourquoi t'avancer vers moi d'un air menaçant ? veux-tu donc lutter avec ton maître ? Approche donc ! approche ! attaque celui qui t'a créé, car je suis...

Ici, la parole du vieillard s'éteignit, et ses forces l'abandonnèrent. Traugott le reçut dans ses bras, et le porta, à l'aide de son fils, dans un fauteuil où il s'assoupit profondément. — Vous savez maintenant, mon cher monsieur, ce qu'il en est de mon bon vieux père, dit le jeune homme d'une voix douce et basse ; une rigoureuse destinée a répandu l'amertume sur sa vie, et déjà, depuis bien des années, il est mort pour l'art auquel il avait consacré uniquement ses veilles. Il reste, durant des jours entiers, les yeux fixés sur ce fond intact ; il appelle cela peindre, et vous avez vu dans quel état d'exaltation le jette la description du tableau qu'il croit avoir tracé. Une malheureuse pensée qui le poursuit en outre et qui me prépare une vie sombre et chagrine, m'entraîne avec lui dans la voie fatale qu'il parcourt... Mais je veux tâcher de vous distraire de cette triste scène. Suivez-moi dans la chambre voisine ; nous y trouverons quelques tableaux du bon temps de mon père.

Quel fut l'étonnement de Traugott, en voyant une longue rangée de tableaux qui semblaient avoir été peints par les maîtres les plus célèbres de l'école flamande ! Plusieurs scènes de la vie active, comme une société revenant de la chasse, des musiciens ambulants, une promenade à cheval, étincelaient de verve et de coloris, et les têtes surtout étaient animées d'une expression toute vitale. Traugott revenait vers la première salle, lorsqu'il s'arrêta tout à coup près d'un tableau, devant lequel il resta comme attaché par un charme. Il représentait une jeune fille dans l'ancien costume germanique. Ses traits étaient parfaitement semblables à ceux du fils du peintre ; seulement les joues de la jeune fille étaient plus vermeilles, et sa stature paraissait plus haute. Un ravissement indicible fixait Traugott à cette place, et il ne pouvait se lasser de contempler cette charmante figure, touchée à la manière de Van Dick. — Mon Dieu ! mon Dieu ! s'écria Traugott en soupirant, c'est elle que je porte depuis si longtemps dans mon cœur ! Où pourrai-je jamais la trouver ? A ces mots, les yeux du jeune Berklinger se remplirent de larmes. — Venez, dit-il en s'efforçant de contenir sa douleur. Ce portrait représente ma pauvre sœur Félicité. Elle nous a été ravie pour toujours. Vous ne la verrez jamais.

Traugott se laissa conduire machinalement dans l'antichambre. Le vieillard était encore endormi ; mais il se réveilla tout à coup, et en apercevant Traugott, il s'écria d'un air irrité : — Que voulez-vous ici, monsieur ? Le jeune homme s'approcha alors, et le fit souvenir qu'il venait de montrer à Traugott son nouveau tableau. — Votre nouveau tableau, maître Berklinger, dit Traugott, est bien merveilleux, et je n'en ai jamais vu de semblable. Mais il faut beaucoup d'étude et de travail avant que d'arriver à peindre ainsi !

Le vieillard se calma. Il embrassa Traugott et lui promit d'être son maître. — Traugott se rendit donc chaque jour chez le vieux peintre, et il ne tarda pas à faire de grands progrès. Pour les affaires, il les négligea si complètement, que M. Élias Roos vit avec plaisir que Traugott remis son mariage à un temps plus reculé, sous le prétexte d'une maladie de langueur. — S'il n'avait pas cent cinquante mille écus dans ma maison de commerce, dit le vieux négociant à un de ses amis, je sais bien ce que j'aurais à faire.

La vie que menait Traugott eût été un beau jour sans nuages, sans l'amour qu'il nourrissait pour la belle Félicité, dont l'image ne pouvait s'effacer de son cœur. Le portrait avait disparu. Le vieux peintre l'avait enlevé, et Traugott n'osait pas le questionner sur ce sujet. Au reste, le vieux Berklinger lui témoignait chaque jour plus de confiance, et il avait consenti à accepter quelques honoraires pour les leçons qu'il lui donnait. Traugott avait appris de la bouche du jeune Berklinger que le papier vendu par son père était leur dernière ressource et le reste de leur fortune, mais il ne put en savoir davantage, car le vieux peintre les observait sans cesse et renvoyait rudement son fils, chaque fois qu'il le voyait converser avec le jeune négociant[7]. L'hiver était passé, un nouveau printemps faisait déjà refleurir les bois et les prés. Traugott avait été retenu un jour entier dans son comptoir, et il ne put se rendre à la maison de Berklinger que fort tard dans la soirée. En pénétrant dans le vestibule, qui était désert, il entendit le son d'un luth dans la chambre voisine. Il écouta. — Un chant entrecoupé voltigeait entre les accords comme de légers soupirs. Il poussa la porte. Une femme, vêtue exactement dans l'ancien costume, comme celle du portrait, s'offrit à lui, le dos tourné. Au bruit que fit Traugott en entrant, elle posa le luth sur la table, et se leva. C'était elle ! — Félicité ! s'écria Traugott dans son ravissement; et il allait tomber aux pieds de cette image céleste, lorsqu'une main vigoureuse s'abattit sur lui et l'entraîna. — Misérable sans pareil ! s'écriait le vieux Berklinger en le repoussant, c'était donc là le motif de ton amour pour les arts ! Tu voulais m'assassiner ! Un couteau levé brillait dans sa main. Traugott prit la fuite, éperdu d'effroi et de bonheur.

Traugott attendit le jour avec impatience, résolu de connaître, à quelque prix que ce fût, le mystère que recelait la maison de Berklinger. Il y courut. Toutes les portes étaient ouvertes. Le peintre et son fils avaient quitté dans la nuit leur demeure, et on ignorait le lieu où ils s'étaient retirés. Une voiture attelée de deux chevaux avait emporté les caisses, les tableaux et le petit nombre de meubles qui composaient le misérable avoir de Berklinger. Toutes les recherches de Traugott furent inutiles. Il revint dans un profond désespoir. Son avenir était détruit; il se condamna lui-même à reprendre les travaux fastidieux qu'il avait abandonnés [8]. — Depuis quelque temps, Traugott travaillait de nouveau dans son comptoir, et le jour de son mariage avec Christine avait été invariablement fixé. La veille de ce jour, Traugott se rendit, comme de coutume, à la cour d'Artus, il contemplait encore une fois les deux figures du bourguemestre et son page, qui lui rappelaient tant de souvenirs, lorsque ses regards tombèrent sur le courtier à qui le vieux peintre avait voulu vendre son papier. Il s'approcha de lui, et lui demanda s'il connaissait ce vieillard à la longue barbe. — Qui ne connaît ce vieux fou ? répondit le courtier. C'est le peintre Gottfried Berklinger. — Savez-vous où il a fixé sa demeure ? — Sans doute ; il vit maintenant bien tranquille à Sorrente avec sa fille. — Avec sa fille Félicité ? s'écria Traugott d'une voix si éclatante, que tous les négociants tournèrent la tête pour le regarder. — Eh ! sans doute, dit le courtier. C'est le jeune homme qui l'accompagne toujours. Tout Dantzig savait que c'était une fille, bien que le vieux fou s'imaginât que tout le monde l'ignorait. On dit qu'il lui avait été prédit que le premier amour de sa fille coûterait la vie à son père, et il a trouvé ce moyen pour éloigner d'elle les galants. — A Sorrente, s'écrie Traugott hors de lui. Et il s'échappa à travers la foule. Le lendemain, il avait déjà quitté Dantzig, et deux chevaux rapides l'entraînaient vers l'Italie. Traugott se sentit ranimé en touchant cette terre des arts. Les artistes allemands établis à Rome l'admirent dans le cercle de leurs travaux, et il séjourna plus longtemps au milieu d'eux que ne semblait le permettre l'ardent désir qui l'avait amené en Italie ; mais ce désir, adouci par la réflexion, se changea en un rêve perpétuel qui se répandit sur sa vie tout entière. L'image de Félicité se présentait sans cesse sous ses pinceaux, et ses traits ravissants, répétés dans les compositions de Traugott, devinrent bientôt célèbres dans Rome, et surtout parmi les peintres, qui accablèrent de questions leur jeune confrère. Un jour enfin, un d'eux, nommé Matuszewski, vint trouver Traugott, et lui confia qu'il avait aperçu dans Rome la jeune fille qu'on retrouvait dans tous ses tableaux. On peut se figurer le ravissement de Traugott. Les recherches qu'il fit avec son ami furent heureuses, et ils eurent bientôt découvert la retraite de la jeune fille dont le père était en effet un pauvre peintre, alors occupé à décorer de fresques l'église de *Trinita del Monte,* Traugott courut lui-même à l'église, s'assurer de l'identité du peintre, et il crut reconnaître le vieux Berklinger, juché sur un immense échafaud. De là, les deux amis se rendirent à la demeure de la jeune fille, qu'ils aperçurent de loin sur un balcon. — C'est elle! s'écria Traugott en se précipitant dans la chambre. La jeune fille recula avec effroi. Elle avait tous les traits de Félicité, mais ce n'était pas elle. Traugott resta confondu, et Matuszewski expliqua toute la méprise à la jeune fille. Celle-ci se tenait dans une attitude charmante, les yeux baissés et les joues couvertes de rougeur, et Traugott, qui avait voulu aussitôt s'éloigner, s'arrêta et la contempla avec intérêt. Dorine le regardait en souriant. Son père revint de son travail, et Traugott vit que l'effet de la hauteur de l'échafaud sur lequel s'était trouvé le peintre, l'avait singulièrement abusé. Au lieu du vigoureux Berklinger, il voyait devant lui un petit homme pâle, maigre et timide, courbé par la misère. Le petit vieillard fit preuve de connaissances pratiques dans la conversation qu'ils eurent ensemble, et Traugott se plut à la prolonger. Dorine laissa voir, avec une simplicité enfantine, le penchant qu'elle éprouvait pour le jeune peintre, et bientôt on vit Traugott passer des journées entières dans l'atelier du pauvre artiste italien [9]. Nous n'essaierons pas de peindre la lutte que se livra Traugott, dont le cœur était à la fois doublement rempli par la même image; enfin il s'arracha de Rome, et partit pour Sorrente.

Un an s'écoula en recherches sans nombre. Un jour il reçut à Naples des lettres de sa patrie. M. Élias Roos lui annonçait que le temps de leur association étant expiré, sa présence était indispensable pour régler leurs affaires respectives. Traugott prit le chemin direct, et se rendit à Dantzig. — Il se trouva dans la cour d'Artus, près de la colonne de granit, vis-à-vis du bourguemestre et de son page, qui semblaient le regarder en souriant, et lui reprocher avec tendresse sa longue absence. — Je ne me trompe pas ! je vous vois bien portant et guéri de votre mélancolie ? C'était le courtier bien connu de Traugott, qui lui parlait de la sorte. — Je ne l'ai pas trouvée ! dit Traugott en soupirant. — Qui donc n'avez-vous pas trouvé ? demanda le courtier. — Le peintre Godofredus Berklinger, et sa fille Félicité. Je les ai cherchés dans toute l'Italie, à Naples et à Sorrente ; personne ne les connaît !

Le courtier le regarda d'un air étonné. — Où avez-vous cherché le peintre et sa fille ? en Italie ? à Naples ? à Sorrente ? — Eh ! sans doute, répondit Traugott avec aigreur. — Eh ! mon Dieu, monsieur Traugott, qu'avez-vous fait là ? s'écria le courtier en frappant ses deux mains l'une contre l'autre : ne savez-vous pas que M. Aloysius Brandstetter, notre digne sénateur et doyen des échevins, a donné à sa petite maison de plaisance, située dans le bois de sapins, au pied du Carlsberg, le nom de Sorrente ? C'est lui qui a recueilli Berklinger, dont il estime fort les tableaux. Il y a demeuré plusieurs années avec sa fille, et vous n'aviez qu'à aller vous planter de vos pieds sur le Carlsberg, pour voir mademoiselle Félicité se promener dans le jardin avec son joli costume gothique. Ce n'était pas la peine d'aller en Italie ! Quant au vieux peintre, — c'est une triste histoire. — Oh ! parlez, parlez, s'écria Traugott d'une voix étouffée. — Le jeune Brandstetter revint d'Angleterre, continua le courtier. Il vit mademoiselle Félicité, et en devint épris. Il la surprit dans le jardin, tomba à ses genoux, et lui jura de l'épouser et de la délivrer de l'esclavage dans lequel la retenait son père. Le vieux peintre s'était avancé près d'eux sans qu'ils le vissent, et au moment où Félicité dit qu'elle consentait à tout, il poussa un grand cri et tomba mort. Une veine s'était rompue, et il était déjà tout noir quand on le releva. Mademoiselle Félicité prit alors le jeune Brandstetter en aversion, et elle épousa le conseiller[10] Mathésius. Elle demeure à Marienwerder, et vous pouvez lui rendre visite ; ce n'est pas aussi loin que Sorrente. Traugott ne l'entendait déjà plus ; il riait et pleurait à la fois ; dans son délire, il gagna la porte d'Oliva, et se rendit, comme jadis, sur le Carlsberg. On ignore combien de temps il y demeura, mais on ne le revit jamais à Dantzig.

On assure qu'un peintre allemand, nommé Traugott, se rendit célèbre en Italie, et on montre encore au palais Pitti un tableau de lui, qui le représente entre deux femmes parfaitement semblables ; la plus jeune des deux lui sourit tendrement.

DON JUAN

Un bruit assourdissant, le cri répété : « Le théâtre commence ! » me tirèrent du doux sommeil dans lequel j'étais tombé. Les basses murmuraient de concert, — un coup de timbales, — un accord de trompettes, un *ut* échappé lentement d'un hautbois, — les violons qui s'accordent : je me frotte les yeux. Le diable se serait-il joué de moi dans mon enivrement ? Non, je me trouve dans la chambre de l'hôtel où je suis descendu hier, à demi-rompu. Précisément au-dessus de mon nez, pend le cordon rouge de la sonnette. Je le tire avec violence. Un garçon paraît. — Mais, au nom du ciel, que signifie cette musique confuse, si près de moi ? va-t-on donner un concert dans la maison ? — Votre Excellence (j'avais bu du vin de Champagne à la table d'hôte), Votre Excellence, ne sait peut-être pas que cet hôtel touche au théâtre ? Cette porte tapissée conduit à un petit corridor, d'où l'on entre dans la loge n° 23 : c'est la loge des étrangers. — Comment ? la loge des étrangers ? — Oui, une petite loge qui ne contient que deux personnes, trois au plus ; elle est réservée aux gens de distinction, tout proche du théâtre, grillée et tapissée de vert. S'il plaisait à Votre Excellence... on donne aujourd'hui *Don Juan*, du célèbre Mozart. Le prix de la place est d'un écu et de huit gros ; nous le mettrons sur le compte.

Il prononça ces derniers mots en ouvrant déjà la porte de la loge, tant, au seul nom de Don Juan, je m'étais empressé de me précipiter dans le corridor par la porte tapissée. La salle était vaste, décorée avec goût et éclairée d'une façon brillante ; les loges et le parterre étaient chargés de monde. Les premiers accords de l'ouverture me convainquirent que l'orchestre était excellent ; et si les chanteurs le secondaient quelque peu, je devais m'attendre à toutes les jouissances que me promettait le chef-d'œuvre. — Dans l'andante, l'effroi du terrible et souterrain *regno all pianto* s'empara de moi ; l'horreur pénétra dans mon âme. La joyeuse fanfare, placée à la septième mesure de l'allégro, résonna comme les cris de plaisir d'un criminel [1] ; je crus voir des démons menaçants sortir de la nuit profonde, puis des figures animées par la gaieté danser avec ivresse sur la mince surface d'un abîme sans fond. Le conflit de la nature humaine, avec les puissances inconnues qui la circonviennent pour la détruire, s'offrit clairement à mon esprit : enfin, la tempête s'apaisa, et le rideau fut levé. Gelé et malcontent sous son manteau, Léporello s'avance vers le pavillon, par la nuit noire, et commence : *Notte e giorno fatigar*. — Ainsi de l'italien [2], me dis-je : *Ah! che piacere!* Je vais donc entendre tous les airs, tous les récitatifs tels que le grand maître les a reçus dans son esprit, et tels qu'il nous les a transmis ! — Don Juan se précipite sur la scène, et derrière lui dona Anna, retenant le coupable par son manteau. Quel aspect ! Elle eût pu être plus légère, plus élancée, plus majestueuse dans sa démarche ; mais, quelle tête ! des yeux d'où s'échappent, comme d'un point électrique, l'amour, la haine, la colère, le désespoir ; des cheveux dont les anneaux flottants volent sur le cou d'un cygne ; ce blanc négligé, qui recouvre et trahit à la fois des charmes qu'on ne vit jamais sans danger. Encore soulevé par l'émotion, son sein s'abaisse et s'élève violemment. Et quelle voix ! écoutez-la chanter : *Non sperar se non m'uccidi*. — A travers le tumulte des instruments s'échappent, comme par éclairs, les accents infernaux ; en vain Don Juan cherche à se débarrasser. Le veut-il donc ? pourquoi ne repousse-t-il pas d'une main puissante cette faible femme ? pourquoi ne prend-il pas la fuite ? Le crime qu'il vient de commettre a-t-il brisé ses forces, ou le combat que se livrent en lui l'amour et la haine, lui ravit-il son courage ? Le vieux père a payé de sa vie la folie qu'il a commise de combattre dans le nuit ce terrible adversaire. Don Juan et Léporello s'avancent ensemble sur le devant de la scène. Don Juan se débarrasse de son manteau, et reste en costume de satin rouge richement brodé ; une noble et vigoureuse stature ! Son visage est mâle, ses yeux perçants, ses lèvres mollement arrondies ; le singulier jeu des muscles de son front lui donne une expression diabolique [3], qui excite une légère terreur sans affaiblir la beauté de ses traits ; on dirait qu'il peut exercer la magie de la fascination ; il semble que les femmes, dès qu'elles ont subi son regard, ne puissent plus s'en détacher, et soient contraintes d'accomplir elles-mêmes leur perdition. — Long et fluet, couvert d'une veste rayée de rouge et de blanc, d'un petit manteau gris, d'un chapeau blanc à plumes rouges, Léporello arpente le plancher ; les traits de son visage offrent un singulier mélange de bonhomie, de finesse, d'ironie et de jovialité : on voit que le vieux coquin mérite d'être le serviteur et le complice de Don Juan. Ils ont heureusement escaladé le mur, ils ont pris la fuite. — Des flambeaux. Dona Anna et Don Ottavio paraissent : un petit homme paré, maniéré, léché, de vingt et un ans au plus. Comme fiancé d'Anna, il demeure sans doute dans la maison, pour qu'on ait pu l'appeler si promptement : il a entendu le bruit tout d'abord, et il aurait pu accourir, et peut-être sauver le père ; mais il fallait auparavant qu'il se parât, et le beau jeune homme craint peut-être la froideur de la nuit. — «*Ma qual mai s'offre, o Dei, spectacolo funesto agli occhi miei !*» Il y a plus que du désespoir sur cet effroyable attentat, dans les accents de ce duo et de ce récitatif. La maigre Dona Elvira, portant encore les traces d'une grande beauté, mais d'une beauté flétrie, vient se plaindre du traître Don Juan, et le compatissant Léporello remarquait fort ingénieusement qu'elle parlait comme un livre, *parla come un libro stampato*, lorsque je crus entendre quelqu'un derrière moi. On pouvait facilement avoir ouvert la porte de la loge, et s'être placé dans le fond. Cela me chagrina singulièrement. Je m'étais trouvé si heureux d'être seul dans cette loge, de pouvoir entendre, sans être troublé, le divin chef-d'œuvre si bien représenté ; de me laisser saisir par toutes les impressions qu'il porte, et de m'abandonner à moi-même! Un seul mot, un mot absurde, m'eût douloureusement arraché à mon enthousiasme [4]! Je résolus de ne faire aucune attention à mon voisin, et tout adonné à la représentation, d'éviter chaque mot, chaque regard. La tête appuyée sur ma main, tournant le dos à mon compagnon, je dirigeai mes yeux vers la scène. Tout y répondait à l'excellence du début. La petite Zerlina, vive et amoureuse, consolait par des traits charmants le pauvre sot de Mazetto. Don Juan épanchait son mépris pour ses semblables, dont il ne faisait que des instruments de plaisir, dans l'air brusque et coupé *Fin ch'han dalvino*. Le jeu de ses muscles exprimait admirablement sa pensée. Les masques parurent. Leur trio était une prière qui montait en accords purs vers le ciel. Le fond du théâtre s'ouvrit [5]. La joie éclata: le choc des verres retentit; les paysans et tous les masques que la fête de Don Juan avait attirés, dansaient et formaient des groupes animés. — Les trois masques conjurés pour la vengeance s'avancèrent. Tout devint solennel; puis on se remit à danser jusqu'au moment où Zerlina est sauvée, et où Don Juan s'avance courageusement, l'épée haute, au-devant de son ennemi. Il fait sauter l'épée des mains de son rival, et se fraie un chemin à travers la multitude qu'il met en désordre.

Déjà depuis longtemps, je croyais entendre derrière moi une haleine fraîche et voluptueuse, et comme le frôlement d'une robe de soie: je soupçonnais la présence d'un être féminin; mais, entièrement plongé dans le monde poétique que m'ouvrait l'harmonie, je ne me laissai pas distraire de mes rêves. Quand [6] le rideau se fut abaissé, je me retournai. — Non, il n'est pas de paroles pour exprimer mon étonnement: Dona Anna, entièrement habillée comme je l'avais vue sur le théâtre, se trouvait là et dirigeait sur moi son regard plein d'âme et d'expression! Je restai sans voix, la contemplant d'un œil effaré; sa bouche (à ce qu'il me sembla du moins) forma un sourire ironique et léger, dans lequel je crus voir se réfléchir ma figure stupide. Je sentis la nécessité de lui parler, et cependant la surprise, je dirai presque l'effroi, appesantissaient ma langue et la rendaient immobile. Enfin, ces mots s'échappèrent involontairement: Comment se fait-il, madame, que je vous voie ici? — Elle me répondit dans le plus pur toscan, que si je ne comprenais pas l'italien, elle se verrait privée du plaisir de causer avec moi, car elle n'entendait et ne parlait que cette langue. Ses mots étaient pleins de douceur et résonnaient comme du chant. En parlant, l'expression de ses yeux, d'un bleu foncé, prenait plus de force, et chaque regard qui s'en échappait faisait battre toutes mes artères. C'était Dona Anna, sans nul doute. Il ne me vint pas à la pensée de discuter la possibilité de sa double présence dans la salle et sur la scène [7]. Avec quel plaisir je rapporterais ici l'entretien qui eut lieu entre la signora et moi; mais en traduisant, chaque mot me semble trop raide et trop pâle, chaque phrase trop alourdie, pour rendre la grâce et la légèreté de l'idiome toscan.

Tandis qu'elle parlait de Don Juan et de son rôle, il me semblait que tous les trésors secrets de ce chef-d'œuvre s'ouvraient à moi, et que je pénétrais pour la première fois dans un monde étranger [8]. Elle me dit que la musique était sa vie entière, et que souvent elle croyait comprendre, en chantant, mainte chose qui gisait ignoré en son cœur. — Oui, je comprends tout alors, dit-elle, l'œil étincelant et la voix animée; mais tout reste froid et mort autour de moi; et lorsqu'au lieu de me sentir, de me deviner, on m'applaudit pour une roulade difficile ou pour une *fioritura* agréable, il me semble qu'une main de fer vienne comprimer mon cœur! — Mais vous, vous me comprenez, car je sais que l'empire de l'imagination et du merveilleux, où se trouvent les sensations célestes, vous est ouvert aussi! — Quoi! femme divine!... tu... vous connaissez [9] ?... — Elle sourit et prononça mon nom.

La clochette du théâtre retentit: une pâleur rapide décolora le visage dépouillé de fard de dona Anna, elle porta sa main à son cœur comme si elle eût éprouvé une douleur subite, et disant d'une voix éteinte: « Pauvre Anna, voici tes moments les plus terribles! » Elle disparut de la loge. Le premier acte m'avait ravi, mais après ce merveilleux incident, la musique opéra sur moi un effet bien autrement puissant. C'était comme l'accomplissement longtemps attendu de mes plus doux rêves, comme la réalisation de mes pressentiments les plus secrets. Dans la scène de dona Anna, je me sentis soulevé par une voluptueuse atmosphère qui me balançait légèrement; mes yeux se fermaient malgré moi, et j'éprouvais comme la sensation d'un baiser sur mes lèvres, mais ce baiser avait toute la ténuité et la durée du son le plus harmonieux. — Le final : *« Gia la mensa è preparata! »* s'exécuta avec la gaieté la plus désordonnée. Don Juan était assis et coquetait entre les deux jeunes filles, faisant sauter les bouchons les uns après les autres, et donnant libre issue aux esprits impétueux qui frémissaient de leur joug. C'était dans une chambre peu profonde, terminée par une haute fenêtre gothique, à travers laquelle on apercevait la nuit. Déjà, tandis qu'Elvire rappelait à l'infidèle tous ses serments, on voyait les éclairs traverser le ciel, et on entendait l'approche sourde de l'orage. Enfin on frappa violemment. Elvire! les jeunes filles s'enfuirent, et, au milieu des accords effroyables des esprits infernaux, s'avança le colosse de pierre, auprès duquel don Juan semblait un pygmée. Le sol tremblait sous les pas tonnants du géant. — Don Juan prononce à travers la tempête, le tonnerre et les affreux hurlements des démons, son terrible *no!* et l'heure de l'anéantissement est arrivée. La statue disparaît, une épaisse vapeur remplit la salle, elle se dissipe et laisse voir des figures effroyables; don Juan se démène au milieu des tourments de l'enfer, et on ne l'aperçoit plus que de temps en temps parmi les démons. Une explosion effrayante a lieu tout à coup. — Don Juan, les démons ont disparu, on ignore comment. Léporello est étendu sans mouvement dans le coin de la salle. — Que de bien fait l'apparition des autres personnages qui cherchent, inutilement, don Juan! Il semble qu'on vienne d'échapper à la puissance des divinités infernales. Dona Anna parut alors; qu'elle était changée! une pâleur mortelle couvrait son visage, son œil était éteint, sa voix tremblante et inégale; mais dans le petit duo avec le doux fiancé qui veut faire la noce aussitôt que le ciel l'a affranchi du dangereux métier de vengeur, elle ne fut que plus ravissante. Le chœur avait consommé l'œuvre par une franche exécution, et je courus, dans la disposition la plus exaltée où je me fusse jamais trouvé, me renfermer dans ma chambre. On ne tarda pas à m'appeler pour souper à table d'hôte, et je m'y rendis machinalement. La société était nombreuse, et la représentation de don Juan fut le sujet de la conversation. On vanta généralement les Italiens et le prestige de leur jeu ; mais de petites observations sarcastiques, jetées çà et là, me prouvèrent qu'aucun des assistants ne soupçonnait même l'intention profonde de l'opéra des opéras. — Don Ottavio avait beaucoup plu. Dona Anna s'était montrée trop passionnée. On devait, disait quelqu'un, se modérer sur la scène pour éviter de frapper trop vivement. Ce quelqu'un-là prit une prise de tabac, et approuva grandement son voisin qui assura que l'Italienne était au reste une très belle femme, mais trop peu soigneuse de sa toilette ; car dans sa grande scène, sa coiffure s'était dérangée et avait nui à l'air de son visage. Un autre se mit à fredonner l'air : *fin ch'han dal vino,* et une dame remarqua que don Juan était trop sombre, et qu'il ne savait pas se donner un air évaporé. — Au reste, on vanta beaucoup l'explosion de la fin.

Las de tout ce bavardage, je m'enfuis dans ma chambre.

De la loge n° 23.

Je me sentais à l'étroit, j'étouffais dans cette triste chambre d'auberge. Vers minuit, je crus entendre du bruit [10] près de la porte tapissée. — Qui m'empêche de visiter encore une fois le lieu de cette singulière aventure ? Peut-être la reverrai-je encore ! Il m'est facile d'y porter cette petite table, deux bougies, ce pupitre. J'y cours. Le garçon vient m'apporter le punch que j'ai demandé ; il trouve ma chambre vide, la petite porte ouverte ; il me suit dans ma loge, et me lance un regard équivoque. A un signe que je lui fais, il pose le bol sur la table et s'éloigne, tout en se retournant encore vers moi, une question sur les lèvres. J'appuie mes deux coudes sur le bord de la loge, et je contemple la salle déserte, dont l'architecture magiquement éclairée par mes deux lumières se projette bizarrement en reflets merveilleux. Le vent, qui pénètre à travers les portes entrouvertes, agite le rideau. — S'il se levait ! Si dona Anna venait encore m'apparaître ! — Dona Anna ! m'écriai-je involontairement. Mon cri se perdit dans l'espace vide, mais il réveilla les esprits des instruments de l'orchestre. — Il en sortit un accent faible et singulier, comme s'ils eussent murmuré ce nom chéri. Je ne pus me défendre d'une terreur secrète, mais qui n'était pas dépourvue de charme.

Maintenant, je suis plus maître de mes sensations, et je me sens en état, mon cher Théodore, de t'indiquer ce que j'ai cru saisir dans l'admirable composition de ce divin maître. — Le poète seul comprend le poète [11] ; les âmes qui ont reçu la consécration dans le temple devinent seules ce qui reste ignoré des profanes. — Si l'on considère le poème de don Juan sans y chercher une pensée plus profonde, si l'on ne s'attache qu'à la fable qui en fait le sujet, on doit à peine comprendre que Mozart ait pensé et composé sur ce motif une semblable musique. Un bon vivant qui aime outre mesure le vin et les filles, qui invite follement à sa table la statue de pierre d'un vieil homme qu'il a tué en défendant sa propre vie ? — En vérité, il n'y a pas là beaucoup de poésie, et il faut en convenir, un tel homme ne vaut guère la peine que prennent les puissances infernales de monter sur la terre pour venir se l'approprier ; il ne mérite pas qu'une statue prenne une âme et descende tout exprès de son cheval de marbre dans le dessein de l'avertir de la colère du ciel ; enfin, que la foudre gronde et qu'elle éclate en sa faveur. — Tu peux me croire, Théodore : la nature pourvut don Juan, comme le plus cher de ses enfants, de tout ce qui élève l'homme au-dessus de la foule commune, condamnée à souffrir et à travailler ; elle lui prodigua tous les dons qui rapprochent l'humanité de l'essence divine ; elle le destina à briller, à vaincre, à dominer. Elle anima d'une organisation magnifique ce corps vigoureux et accompli ; elle fit tomber dans cette poitrine une étincelle de ce feu qui réchauffe d'idées célestes ; il eut une âme profonde, une intelligence vive et rapide. — Mais c'est une suite effroyable de notre origine que l'ennemi de notre race ait conservé la puissance de consumer l'homme par l'homme lui-même, en lui donnant le désir de l'infini, la soif de ce qu'il ne peut atteindre. Ce conflit du Dieu et du démon, c'est la lutte de la vie morale et de la vie matérielle [12]. — Les désirs qu'enfantait la puissante organisation de don Juan l'enivrèrent, et une ardeur incessamment entretenue fit bouillonner son sang, et le porta sans cesse vers les plaisirs sensuels, avec l'espoir d'y trouver une satisfaction qu'il chercha en vain. Il n'est rien sur la terre qui élève plus l'homme dans sa plus intime pensée que l'amour; c'est l'amour dont l'influence immense et mystérieuse éclaire notre cœur et y porte à la fois le bonheur et la confusion. Peut-on s'étonner que don Juan ait espéré d'apaiser par l'amour les désirs qui déchirent son sein, et que là le démon ait tendu son piège? C'est lui qui inspira à don Juan la pensée que par l'amour, par la jouissance des femmes, on peut déjà accomplir sur la terre les promesses célestes que nous portons écrites au fond de notre âme, désir infini qui nous apparente, dès notre premier jour, avec le ciel. Volant sans relâche de beauté en beauté, jouissant de leurs charmes jusqu'à satiété, jusqu'à l'ivresse la plus accablante; se croyant sans cesse trompé dans son choix, espérant atteindre l'idéal qu'il poursuivait, don Juan se trouva enfin écrasé par les plaisirs de la vie réelle; et méprisant surtout les hommes, il dut surtout s'irriter contre ces fantômes de volupté qu'il avait si longtemps regardés comme le bien suprême, et qui l'avaient si amèrement trompé. Chaque femme dont il abusait, n'était plus pour lui une joie des sens, mais une insulte audacieuse à la nature humaine et à son créateur. Un profond mépris pour la manière vulgaire d'envisager la vie, au-dessus de laquelle il se sentait élevé; la gaieté ironique et intarissable qu'il éprouvait à la vue du bonheur, selon les idées bourgeoises; le dédain que lui inspiraient le calme et la paix de ceux en qui le besoin de remplir les hautes destinées de notre nature divine ne s'est pas fait sentir, le portaient à se faire un jeu cruel de ces créatures douces, humbles et plaintives, à les faire servir de but à son humeur blasée. Chaque fois qu'il enlevait une fiancée chérie, qu'il troublait le repos d'une famille unie, c'était un triomphe remporté sur la nature et sur son Dieu. L'enlèvement d'Anna, avec les circonstances qui l'accompagnent, est la plus haute victoire de ce genre à laquelle il puisse prétendre. Dona Anna est placée en opposition à don Juan, par les hautes perfections qu'elle a également reçues. Comme à don Juan, la beauté du corps et de l'âme lui a été départie; mais elle a conservé la pureté idéale, et l'enfer ne peut la perdre que sur la terre. Dès que ce mal est accompli, la vengeance doit arriver.

Dona Anna était faite pour être l'idéal de don Juan, pour l'arracher à ce désespoir qui lui inspire des ardeurs si funestes; mais il l'a vue trop tard, et il ne peut accomplir que la pensée diabolique de la perdre. Elle n'est pas sauvée : elle succombe ! car lorsque don Juan apparaît au début de l'action, l'attentat est consommé. Le feu de l'enfer, qui brûle en son âme, a rendu toute résistance inutile [13]. Lui seul, lui, don Juan, pouvait exciter en elle ce voluptueux égarement qui l'a mise dans ses bras. Après sa chute, toutes les suites funestes de sa faute s'accomplissent à la fois. La mort de son père, tué par la main de don Juan, son mariage avec le froid, l'ordinaire, l'efféminé don Ottavio, qu'elle croyait aimer autrefois; l'amour même qui la dévore, qui a brûlé son sein dès le moment où elle s'est livrée : tout lui fait sentir que la perte de don Juan peut seule lui rendre le repos, mais que ce repos sera la mort pour elle ! Aussi elle excite sans cesse son fiancé glacial à la vengeance; elle poursuit elle-même le traître, et elle ne recouvre un peu de calme qu'après l'avoir vu en proie aux vengeances éternelles. Seulement elle ne veut pas céder à ce fiancé si avide de noces : *lascia, o caro, un anno encora, allo sfogo del cor mio!* Mais elle ne survivra pas à cette année ! Don Ottavio ne verra jamais dans ses bras celle qui a été marquée de l'empreinte brûlante de la passion de don Juan ! Avec quelle vivacité je ressentis toutes ces impressions pendant les accords du premier récitatif et le récit de l'attaque nocturne ! — La scène même de dona Anna dans le second acte : *Crudele'*, qui, considérée superficiellement, semble n'avoir trait qu'à don Ottavio, a des accords secrets qui expriment tous les troubles de son âme ; car que penser de ces mots, jetés peut-être sans dessein par le poète :

> Forse un giorno il cielo encora sentirà
> Pieta di me !

Deux heures sonnent ! — Une commotion électrique me saisit. Je sens les douces vapeurs des parfums italiens qui me firent pressentir hier la présence de ma voisine : un sentiment indéfinissable, que je ne pourrais exprimer que par le chant, s'empare de moi. Le vent s'engouffre avec plus de bruit dans la salle, les cordes du piano de l'orchestre frémissent. — Ciel ! Il me semble entendre, comme dans le lointain, porté sur les sons ailés d'un orchestre vaporeux, la voix d'Anna, qui chante : *Non mi dir bell' idol mio!* — Ouvre-toi, royaume éloigné et inconnu, patrie des âmes [14] ! paradis plein de charmes, où une douleur céleste et indicible remplit mieux qu'une joie infinie toutes les espérances semées sur la terre ! laisse-moi pénétrer dans le cercle de tes ravissantes apparitions ; puissent les rêves qui tantôt m'inspirent l'effroi, et tantôt se changent en messagers de bonheur, tandis que le sommeil retient mon corps sous des liens de plomb, délivrer mon esprit et le conduire aux plaines éthérées [15] !

CONVERSATION A LA TABLE D'HÔTE

UN HOMME RAISONNABLE, frappant sur le couvercle de sa tabatière.

Il est bien fatal que nous ne puissions entendre de sitôt un opéra bien exécuté ! Mais cela vient de cette maudite exagération.

UN HOMME BASANÉ

Oui, oui ! je l'ai dit assez souvent ! le rôle de dona Anna lui fait toujours mal ! — Hier, elle était comme possédée. On dit que pendant tout l'entracte, elle est restée évanouie, et après la scène du second acte, elle a eu des attaques de nerfs [16].

UN INSIGNIFIANT

Oh ! contez-moi donc cela ?...

L'HOMME BASANÉ

Eh ! sans doute, des attaques de nerfs, et de si terribles, qu'on n'a pas pu l'emporter du théâtre.

MOI

Au nom du ciel ! ces attaques sont-elles dangereuses ? Reverrons-nous bientôt la signora ?

L'HOMME RAISONNABLE, prenant une prise de tabac

Difficilement, car la signora est morte cette nuit, au coup de deux heures [17].

GLUCK

La fin de l'été a souvent de beaux jours à Berlin. Le soleil perce joyeusement les nuages, et l'air humide, qui se balance sur les rues de la cité, s'évapore légèrement à ses rayons. On voit alors de longues files de promeneurs, un mélange chamarré d'élégants, de bons bourgeois avec leurs femmes et leurs enfants en habits de fête, d'ecclésiastiques, de juifs, de filles de joie, de professeurs, d'officiers et de danseurs, passer sous les allées de tilleuls, et se diriger vers le jardin botanique. Bientôt toutes les tables sont assiégées chez Klaus et chez Weber; le café de chicorée fume en pyramides tournoyantes, les jeunes gens allument leurs cigares, on parle, on dispute sur la guerre ou la paix, sur la chaussure de madame Bethmann, sur le dernier traité de commerce et la dépréciation des monnaies, jusqu'à ce que toutes les discussions se perdent dans les premiers accords d'une ariette de Fanchon, avec laquelle une harpe discorde, deux violons fêlés et une clarinette asthmatique viennent tourmenter leurs auditeurs et se tourmenter eux-mêmes. Tout proche de la balustrade qui sépare de la rue la rotonde de Weber, sont plusieurs petites tables environnées de chaises de jardin; là, on respire un air pur, on observe les allants et les venants, et on est éloigné du bourdonnement cacophonique de ce maudit orchestre [1]: c'est là que je viens m'asseoir, m'abandonnant aux légers écarts de mon imagination, qui m'amène sans cesse des figures amies avec lesquelles je cause à l'aventure, des arts, des sciences et de tout ce qui fait la joie de l'homme. La masse des promeneurs passe devant moi, toujours plus épaisse, toujours plus mêlée, mais rien ne me trouble, rien ne m'enlève à mes amis fantastiques[2]. Une aigre valse échappée des maudits instruments me rappelle quelquefois du pays des ombres; je n'entends que la voie criarde des violons et de la clarinette qui brait; elle monte et elle descend le long d'éternelles octaves qui me déchirent l'oreille, et alors la douleur aiguë que je ressens m'arrache une exclamation involontaire. — Oh! les infernales octaves! m'écriai-je un jour.

J'entendis murmurer auprès de moi: Fâcheux destin! encore un chasseur d'octaves! Je me levai et je m'aperçus qu'un homme avait pris place à la même table que moi. Il me regardait fixement, et je ne pus à mon tour détacher mes regards des siens[3]. Jamais je n'avais vu une tête et une figure qui eussent fait sur moi une impression aussi subite et aussi profonde. Un nez doucement aquilin regagnait un front large et ouvert, où des saillies fort apparentes s'élevaient au-dessus de deux sourcils épais et à demi-argentés. Ils ombrageaient deux yeux étincelants, presque sauvages à force de feu, des yeux d'adolescents jetés sur un visage de cinquante ans. Un menton gracieusement arrondi contrastait avec une bouche sévèrement fermée, et un sourire involontaire, que produisait le jeu des muscles, semblait protester contre la mélancolie répandue sur ce vaste front. Quelques boucles grises pendaient seulement derrière sa tête chauve, et une large houppelande enveloppait sa haute et maigre stature. Dès que mes regards tombèrent sur cet homme, il baissa les yeux, et reprit sa tâche, que mon exclamation avait sans doute interrompue: elle consistait à secouer complaisamment, de plusieurs petits cornets dans une grande tabatière, du tabac qu'il arrosait de temps en temps de quelques gouttes de vin. La musique ayant cessé, je ne pus me défendre de lui adresser la parole. — Il est heureux que la musique se taise, lui dis-je, elle n'était pas supportable.

Il me jeta un regard à la dérobée, et versa son dernier cornet. — Il vaudrait mieux qu'on ne jouât pas du tout, que de jouer aussi mal, repris-je. N'êtes-vous pas de mon avis? — Je ne suis d'aucun avis, dit-il. Vous êtes musicien et connaisseur de profession ?... — Vous vous trompez. Je ne suis ni l'un ni l'autre. J'ai appris autrefois à jouer un peu du piano et de la contrebasse, comme une chose qui tient à une bonne éducation, et mon maître me disait que rien ne faisait plus mauvais effet qu'une voix de haute-contre procédant par octaves vers la basse. Voilà mon autorité, je vous la donne pour ce qu'elle vaut. — Vraiment, répondit-il. Quittant alors son siège, il se dirigea lentement et d'un air pensif vers les musiciens, en levant à plusieurs reprises les yeux au ciel et se frappant le front avec la paume de sa main, comme quelqu'un qui voudrait éveiller en lui un souvenir. Je le vis de loin parler aux exécutants, qu'il traita avec une dignité hautaine. Il revint, et à peine eut-il repris sa place, qu'on se mit à jouer l'ouverture d'*Iphigénie en Aulide*. Il écouta l'*andante* les yeux à demi-fermés, et les bras croisés sur la table. Par un léger mouvement de son pied gauche, il marquait les intonations ; il releva la tête, jeta un regard derrière lui, étendit sur la table sa main gauche, dont les doigts ouverts semblaient plaquer un accord sur un piano, et éleva la droite en l'air : c'était un maître d'orchestre qui donnait le signal d'une autre mesure. — Sa main droitc retomba, et l'*allegro* commença. Une rougeur brûlante couvrit ses joues pâles, ses sourcils se rejoignirent entre les plis de son front, et une fureur divine dissipa le sourire forcé qui voltigeait autour de ses lèvres. Il se recula, ses sourcils se relevèrent, les muscles de ses joues se contractèrent de nouveau, ses yeux brillèrent, une expression de douleur couvrit ses traits ; son haleine s'échappa péniblement de sa poitrine, des gouttes de sueur vinrent mouiller son front, et son doigt levé annonça le *tutti* et le morceau d'ensemble. Sa main droite ne cessa pas de battre la mesure ; mais de la gauche il tira son mouchoir et s'essuya le visage. C'est ainsi qu'il anima le squelette d'ouverture que nous offraient deux violons, et qu'il lui donna de la chair et des couleurs. J'entendais les sons tendres et plaintifs de la flûte, dans ses tons ascendants, lorsque la tempête des violons et des basses a cessé, et que le tonnerre des timbales garde le silence ; j'entendais les accents brefs et rapides des violoncelles, du hautbois, qui exprime la douleur, jusqu'à ce que le *tutti*, revenant tout à coup, eût, comme un géant, écrasé toutes les plaintes et les douces lamentations, sous ses pas cadencés et retentissants.

L'ouverture était achevée : l'homme laissa tomber ses deux bras et resta les yeux fermés, comme quelqu'un dont une application extrême a épuisé les forces. La bouteille qui se trouvait devant lui était vide. Je remplis son verre avec du vin de Bourgogne que je m'étais fait apporter. Je l'invitai à boire ; il but sans cérémonie, et vidant son verre d'un trait, il s'écria : Je suis content de l'exécution ! L'orchestre s'est bravement comporté. — Et cependant, repris-je, on ne nous a donné qu'une pâle esquisse d'un chef-d'œuvre composé des couleurs les plus éclatantes. — Si je juge bien, vous n'êtes pas de Berlin ? — En effet, je ne suis ici que momentanément. — Mais il fait froid, si nous allions dans la salle [4] ? — L'idée est bonne. — Je ne vous connais pas, mais vous ne me connaissez pas non plus. Nous ne nous demanderons pas nos noms ; des noms sont souvent une chose embarrassante. Je bois avec vous du vin de Bourgogne qui ne me coûte rien, nous sommes bien ensemble ; tout est au mieux.

Il me dit ces paroles avec bonhomie. Nous étions entrés dans la salle ; en s'asseyant, sa houppelande s'ouvrit, et je remarquai avec surprise qu'il portait sous ce vêtement une veste brodée, une culotte de velours et une petite épée d'argent. Il boutonna sa houppelande avec soin. — Pourquoi, lui dis-je, pourquoi m'avez-vous demandé si je suis de Berlin ? — Parce que, dans ce cas, j'aurais été forcé de vous quitter. — Cela est fort énigmatique. — Nullement, si je vous dis que... Eh bien ! oui, je suis un compositeur. — Je ne vous comprends pas encore. — Alors pardonnez-moi ma question, car je vois que vous n'entendez rien ni à Berlin ni aux Berlinois.

Il se leva et fit rapidement le tour de la chambre ; puis il s'approcha de la fenêtre, et fredonna le chœur des prêtresses d'*Iphigénie en Tauride*, en s'accompagnant du bruit de ses doigts sur les vitres. Je remarquai avec étonnement qu'il y introduisait de nouvelles phrases musicales, dont l'énergie m'agita. Il revint prendre sa place. J'étais singulièrement frappé des manières de ce personnage et de son talent musical [5]. Je gardai involontairement le silence. — N'avez-vous jamais composé? me dit-il. — Je me suis essayé dans cet art; mais j'ai trouvé que ce que j'écrivais dans mes moments d'enthousiasme me paraissait ensuite pâle et ennuyeux. Alors j'ai renoncé à ce travail. — Vous avez eu tort, car c'est déjà bon signe que de n'être pas content de ses essais. On apprend la musique quand on est petit garçon, parce que papa et maman le veulent ainsi, et dès lors on racle et on clapotte à plaisir; mais tout doucement l'âme devient sensible à la mélodie. Peut-être le thème à demi-oublié d'un air qu'on chantait autrefois, est-il la première idée qu'on ait en propre, et cet embryon, péniblement nourri par d'autres idées également étrangères, devient un colosse! — Ah! comment serait-il possible d'indiquer seulement les mille manières dont on arrive à composer? C'est une large route, où la foule se presse, en s'agitant et en criant: Nous sommes élus! nous sommes au but! — On arrive par une porte d'ivoire dans le royaume des rêveries [6]. Il est peu d'hommes qui aient vu cette porte une seule fois; il en est moins encore qui l'aient franchie! — Là tout est merveilleux; de folles images flottent çà et là; il en est de sublimes; mais on ne les trouve qu'au-delà des portes d'ivoire. Il est encore plus difficile de sortir de cet empire. On y vogue, on y tourne, on y tourbillonne. Beaucoup de ces voyageurs oublient leur rêve dans le pays des rêves; ils deviennent eux-mêmes des ombres au milieu de tous ces brouillards. Quelques-uns s'éveillent et sentent; ils s'élèvent, et gravissent ces cimes mobiles: enfin ils arrivent à la vérité! Le moment est venu; ils touchent à ce qui est éternel, à ce qui est indicible! — Voyez ce soleil; c'est le diaposon d'où les accords, semblables à des astres, vous plongent et vous enveloppent dans des flots de lumière. Des langues de feu vous environnent, et vous garrottent comme un nouveau-né, jusqu'à ce que Psyché * vous dégage et vous entraîne au séjour de l'harmonie.

* L'âme.

A ces derniers mots, il se dressa sur ses pieds, et leva les yeux vers le ciel; puis il se remit à sa place, et vida son verre, que j'avais rempli. Nous étions seuls, un silence profond régnait autour de nous, et je me serais gardé de le rompre, de crainte de troubler les méditations de cet homme extraordinaire. Enfin il reprit la parole, mais avec plus de calme. — Quand je pénétrai dans ce vaste champ, j'étais poursuivi par mille anxiétés, par mille douleurs. Il était nuit, et des masques grimaçants venaient m'effrayer et s'accroupir autour de moi; des spectres m'entraînaient jusqu'au fond des mers, et du même trait, me ramenaient dans les plaines lumineuses du ciel. Tout redevenait ténèbres, et des éclairs perçaient la nuit, et ces éclairs étaient des tons d'une pureté admirable, qui me berçaient doucement. — Je me réveillai, et je vis un œil vaste et limpide, qui plongeait son regard dans un orgue; et chaque fois que son éclatant rayon visuel colorait une des touches, il en sortait des accords magnifiques, tels que je n'en avais jamais ouïs. Des flots de mélodie débordaient de toutes parts, et moi, je nageais délicieusement dans ce frais torrent qui menaçait de m'engloutir. L'œil se dirigea vers moi, et me soutint à la surface des ondes écumantes. Les ténèbres revinrent. Alors deux géants, couverts d'armures brillantes, m'apparurent : c'étaient la *basse fondamentale* et la *quinte*. Ils m'entraînèrent de nouveau dans l'abîme; mais l'œil me souriait : Je sais, dit-il, que ton cœur est animé de désirs; la douce *tierce* va venir pour toi se placer entre ces deux colosses; tu entendras sa voix légère, et tu me reverras avec le cortège de mes mélodies.

Il se tut. — Et vous revîtes cet œil divin ? — Oui, je le revis. Je me retrouvai dans le pays des songes. J'étais dans un vallon ravissant; et les fleurs y chantaient ensemble. Un tournesol gardait seul le silence, et inclinait tristement vers la terre son calice fermé. Un attrait irrésistible m'entraînait vers lui. — Il releva sa tête. — Le calice se rouvrit, et, du milieu de ses feuilles, je vis apparaître l'*œil* dont les regards étaient tournés vers moi. Alors s'échappèrent de mon front des sons harmonieux qui se répandaient au milieu des fleurs et semblaient les raviver; elles les aspiraient en frémissant, comme une pluie bienfaisante qui vient après une longue sécheresse. Des vapeurs odorantes s'élevèrent du milieu des fleurs, et me plongèrent dans l'ivresse; les feuilles du calice s'élevèrent au-dessus de ma tête, et je perdis mes sens.

A ces derniers mots, il se leva et s'échappa d'un pas rapide. J'attendis vainement son retour: je résolus de regagner seul la ville. J'approchais déjà de la porte de Brandenbourg, lorsque, dans l'ombre, je vis marcher devant moi une longue figure que je reconnus pour mon original. Je lui adressai la parole. — Pourquoi m'avez-vous si brusquement quitté ? — Il commençait à faire trop chaud, et l'Euphon commençait à résonner. — Je ne vous comprends pas. — Tant mieux. — Tant pis, car je voudrais bien vous comprendre. — N'entendez-vous rien? — Rien. — C'est passé. — Marchons. Je n'aime pas beaucoup la compagnie; mais vous ne composez pas, et vous n'êtes pas de Berlin [7]. — Je ne puis deviner la cause de votre rancune pour les Berlinois. Dans cette ville, où on estime tant la musique et où on la cultive si généralement, un homme tel que vous devrait se trouver très heureux. — Vous êtes dans l'erreur. Pour mon tourment, je suis condamné à errer, comme un ange déchu, dans une contrée déserte. — Une contrée déserte, ici, à Berlin? — Oui, c'est un désert que ce lieu, car aucun esprit [8] ne s'approche de moi. Je suis seul. — Mais les artistes !... les compositeurs ! — Loin de moi ces gens-là ! ils griffonnent, raffinent, arrangent tout, jusqu'à ce que tout soit mignon et compassé; ils mettent tout en branle pour trouver une misérable pensée, et au bout de tous ces bavardages sur l'art et le génie des arts, ils ne peuvent arriver à produire; ou bien, s'ils se sentent assez de cœur pour mettre une ou deux idées en lumière, la froideur glaciale de leur œuvre témoigne leur éloignement du soleil. — C'est un travail de Lapon. — Votre jugement me semble trop rigoureux. Les belles représentations du théâtre doivent au moins vous satisfaire. — J'avais pris sur moi d'aller encore une fois au théâtre, pour entendre l'opéra de mon jeune ami. — Comment se nomme-t-il donc? — Ah! le monde entier est dans cet opéra! les esprits de l'enfer se montrent tout au milieu de la foule brillante des gens du monde; tout y a une voix et un accent tout-puissant. — Diable!... je parle de *Don Juan*. Mais je ne pus assister jusqu'à la fin de l'ouverture, qui fut tripotée prestissimo, sans tact et sans âme. Et je m'étais préparé à l'entendre par le jeûne et par la prière! — Si je dois convenir qu'ici les chefs-d'œuvre de Mozart sont trop souvent négligés d'une manière coupable, du moins ceux de Gluck sont-ils représentés avec une pompe digne de leur mérite. — Vous pensez? — J'ai voulu une fois entendre *Iphigénie en Tauride* [9]. — En entrant au théâtre, je m'aperçois qu'on joue l'ouverture d'*Iphigénie en Aulide*. Hem! me dis-je, c'est une erreur. On donne cette *Iphigénie*-là. Mais je tombe de mon haut, en entendant arriver l'andante par lequel commence *Iphigénie en Tauride*, et puis l'ouragan. Tout l'effet, toute l'exposition calculée du drame se trouve perdue. Une mer calme. — Une tempête. — Les Grecs jetés sur le rivage; tout l'opéra est là! Quoi? le compositeur a-t-il écrit son ouverture sur un tambour, pour qu'on la souffle comme on veut et où on veut, comme un morceau de trompettes? — Je conviens de la faute. Cependant on fait tout pour relever les ouvrages de Gluck! — Oh! oui, dit-il d'un ton bref, et en souriant amèrement. Tout à coup il repartit, et rien ne put l'arrêter. En un instant, il eut disparu. Durant plusieurs jours, je le cherchai vainement dans le jardin botanique.

Quelques mois s'étaient écoulés. Je m'étais attardé, par une froide soirée pluvieuse, dans un quartier éloigné, et je regagnais en toute hâte ma demeure, située dans la rue Frédéric. Mon chemin me conduisait devant le théâtre; la musique bruyante des timbales et des trompettes que j'entendis en passant, me fit souvenir qu'on donnait l'*Armide* de Gluck, et j'étais sur le point d'entrer, lorsqu'un singulier monologue qui vint à moi au-dessous de la fenêtre d'où l'on distinguait presque tous les tons de l'orchestre, fixa mon attention. — Voici que vient le roi. — Ils jouent la marche. — Roulez, roulez, timbales! — Bien! vigoureusement! Oui, oui, il faut recommencer ce trait onze fois; autrement, la marche ne serait plus une marche. — Ah ! ah ! Maestoso. — Graduez cela lentement, mes enfants. — Voyez, voilà un violon qui traîne la semelle ! — Allons, reprenez pour la douzième fois, et frappez toujours à la dominante ! — Maintenant, il fait son compliment. — Armide le remercie gracieusement. — Encore une fois. — Là, il manque encore deux soldats ! Maintenant, entrons vigoureusement dans le récitatif. — Quel mauvais génie m'a attaché ici ? — L'enchantement est rompu, lui dis-je. Venez.

Je pris par le bras mon original du jardin botanique, car ce n'était nul autre, et je l'entraînai avec moi. Il parut surpris et me suivit en silence. Mais nous nous trouvions déjà dans la rue Frédéric, lorsqu'il s'arrêta tout à coup. — Je vous connais, dit-il. Vous étiez au jardin botanique. — Nous parlâmes beaucoup. Je bus du vin qui m'échauffa. — Ensuite l'Euphon résonna durant deux jours. J'ai beaucoup souffert, mais c'est passé. — Je me réjouis que le hasard m'ait ramené auprès de vous. Faisons plus ample connaissance. Je ne demeure pas loin d'ici, si... — Je ne puis aller chez personne. — Eh bien, vous ne m'échapperez pas, je vous suivrai. — Alors, vous aurez quelques centaines de pas à courir avec moi. Ne vouliez-vous pas aller au théâtre ? — Je voulais entendre *Armide*, mais maintenant... — Vous entendrez *Armide !* venez.

Nous remontâmes silencieusement la Fredericstrasse ; il prit vivement une petite rue latérale, et à peine pus-je le suivre, tant il courut rapidement, jusqu'à ce qu'il fût enfin arrivé devant une maison de chétive apparence. Il frappait depuis longtemps, lorsque la porte s'ouvrit enfin. En tâtonnant dans l'ombre nous atteignîmes à un escalier et parvînmes jusque dans une chambre de l'étage supérieur ; mon guide la referma avec soin. J'entendis ouvrir encore une porte ; bientôt il reparut avec une lumière à la main, qui me permit de distinguer ce lieu, dont le singulier arrangement ne me surprit pas peu. Des chaises antiques, richement garnies, une horloge dans une grande boîte dorée, et un large miroir entouré d'arabesques de formes massives, donnaient à l'ensemble de l'ameublement l'aspect affligeant d'une splendeur ternie. Au milieu de la chambre se trouvait un petit piano sur lequel on voyait une grande écritoire de porcelaine, et non loin de là quelques feuilles de papier réglé. Un second regard jeté sur ce petit établissement de compositeur, me convainquit qu'on n'en avait pas fait usage depuis longtemps, car le papier avait entièrement jauni, et une épaisse toile d'araignée s'étendait sur toute la surface de l'écritoire. L'homme s'approcha d'une armoire placée dans l'angle de la chambre, et tira un rideau qui la masquait. Je vis alors une suite de grands livres bien reliés, avec des inscriptions en lettres d'or, telles que : *Orfeo, Armida, Alceste, Iphigenia;* bref, je vis réunis à la fois tous les chefs-d'œuvre de Gluck. — Vous possédez toute l'œuvre de Gluck ? m'écriai-je. Il ne répondit rien, mais un sourire convulsif contracta sa bouche ; et le jeu des muscles de ses joues tombantes, mis tout à coup en mouvement, changea son visage en un masque chargé de plis. Les regards fixés sur moi, il saisit un des livres, — c'était *Armide;* et s'avança d'un pas solennel vers le piano. Je l'ouvris vitement, et j'en déployai le pupitre ; il sembla voir cette attention avec plaisir. Il ouvrit le livre, et quel fut mon étonnement ! je vis du papier réglé, et pas une note ne s'y trouvait écrite. Il me dit : Je vais jouer l'ouverture ; tournez les feuillets, et à temps ! — Je le promis, et il joua magnifiquement et en maître, à grands accords fortement plaqués, et presque conformément à la partition, le majestueux *Tempo di Marcia,* par lequel commence l'ouverture : mais l'allégro ne fut que parsemé des principales pensées de Gluck. Il y introduisit tant de phrases originales, que mon étonnement s'accrut de plus en plus. Ses modulations étaient surtout frappantes, et il savait rattacher à tant de variations brillantes le motif principal, qu'il semblait sans cesse rajeunir et paraître sous une forme nouvelle. Son visage était incandescent ; tantôt ses sourcils se rejoignaient, et une fureur longtemps contenue semblait sur le point d'éclater ; tantôt ses yeux, remplis de larmes, exprimaient une douleur profonde. Quelquefois, tandis que ses deux mains travaillaient d'ingénieuses variations, il chantait le thème avec une agréable voix de ténor ; puis, il savait imiter d'une façon toute particulière, avec sa voix, le bruit sourd du roulement des timbales. Je tournais assidûment les feuillets en suivant ses regards. L'ouverture s'acheva, et il tomba dans son fauteuil, épuisé et les yeux fermés. Bientôt il se releva, et tournant avec vivacité plusieurs pages blanches de son livre, il dit d'une voix étouffée : Tout ceci, monsieur, je l'ai écrit en revenant du pays des rêves. Mais j'ai découvert à des profanes ce qui est sacré, et une main de glace s'est glissée dans ce cœur brûlant. Il ne s'est pas brisé ; seulement j'ai été condamné à errer parmi les profanes, comme un esprit banni, sans forme, pour que personne ne me connaisse, jusqu'à ce que l'*œil* m'élève jusqu'à lui, sur son regard[10]. — Ah ! chantons maintenant les scènes d'*Armide*. Et il se mit à chanter la dernière scène d'*Armide* avec une expression qui pénétra jusqu'au fond de mon âme. Mais il s'éloigna sensiblement de la version originale : sa musique était la scène de Gluck, dans un plus haut degré de puissance. Tout ce que la haine, l'amour, le désespoir, la rage, peuvent produire d'expressions fortes et animées, il le rendit dans toutes ses gradations. Sa voix semblait celle d'un jeune homme, et des cordes les plus basses elle s'élevait aux notes les plus éclatantes. Toutes mes fibres vibraient sous ses accords ; j'étais hors de moi. Lorsqu'il eut terminé la scène, je me jetai dans ses bras, et je m'écriai d'une voix émue : Quel est donc votre pouvoir ? Qui êtes-vous ? Il se leva et me toisa d'un regard sévère et pénétrant, et au moment où je me disposais à répéter ma question, il avait disparu avec la lumière, me laissant dans l'obscurité la plus complète. J'étais seul déjà depuis un quart d'heure, je désespérais de le revoir, et je cherchais, en m'orientant sur la position du piano, à gagner la porte, lorsqu'il reparut tout à coup avec la lumière : il portait un riche habit à la française, chargé de broderies, une belle veste de satin, et une épée pendait à son côté. Je restai stupéfait ; il s'avança solennellement vers moi, me prit doucement la main, et me dit en souriant d'un air singulier : JE SUIS LE CHEVALIER GLUCK !

AGAFIA

Quand on faisait mention du dernier siège de Dresden, mon jeune ami Anselme devenait toujours plus pâle que d'ordinaire. Il joignait les mains sur ses genoux, regardait fixement devant lui, perdu dans ses pensées, et murmurait des paroles inintelligibles. — Popowicz voulait me tuer... mais Agafia me couvrit de ses mains bienfaisantes ; elle m'entoura de ses voiles mouillés, comme la naïade du fleuve... — Pauvre Agafia ! — A ces mots, Anselme avait coutume de faire plusieurs bonds sur sa chaise et de s'agiter avec douleur. Il était complètement inutile dc demander à Anselme ce qu'il avait voulu dire, car il se bornait à répondre : Si je racontais ce qui m'est arrivé avec Popowicz et Agafia, on me prendrait pour un fou [1] !

Par une brumeuse soirée d'octobre, Anselme, que je croyais fort éloigné, entra dans ma [2] chambre où se trouvaient plusieurs de nos amis. Il semblait animé d'une surabondance de vie ; il était plus amical, plus tendre que de coutume, mélancolique même, et son humeur toujours si fantasque, se pliait, comme dominée par la pensée qui s'était emparée de son âme. — Il faisait entièrement sombre, un de nous voulut aller chercher des lumières ; Anselme lui saisit les deux bras et l'arrêta en lui disant : Veux-tu faire une fois quelque chose qui me plaise ? n'apporte donc pas de lumière, et laisse-nous causer à la lueur incertaine de la lampe qui brûle au fond du cabinet voisin. Tu peux faire tout ce qui te plaît. Bois du thé, fume, étends-toi avec mollesse ; mais ne choque pas ta tasse contre la table, n'aspire pas avec bruit les bouffées de ta pipe, et que le parquet ne retentisse pas du fracas de tes bottes[3]. Ces interruptions ne m'offenseraient pas seulement, mais elles me rappelleraient du cercle des souvenirs où je me délecte aujourd'hui. A ces mots il se jeta sur un sopha.

Après une pause passablement longue, il se mit à dire : Demain matin, à huit heures, il y aura juste deux ans que le général Mouton, comte de Lobau, sortit de Dresden avec douze mille hommes et vingt-quatre pièces de canon pour se frayer passage à travers les monts de Misnie. — J'avoue, s'écria en riant notre ami, j'avoue, mon cher Anselme, que je m'attendais au moins à quelque apparition céleste, en te voyant ainsi tout disposer pour te faire entendre. Que m'importent ton comte Lobau et sa sortie ? Et depuis quand les événements militaires se gravent-ils si bien dans ta mémoire, que tu te rappelles aussi mathématiquement les soldats et les canons ? — Ce temps, si riche en événements, dit Anselme, est-il donc déjà devenu si étranger pour toi, que tu ne saches plus comment nous nous trouvâmes tous atteints d'un vertige militaire ? Le *noli turbare* ne préservait pas plus nos veilles studieuses qu'il ne préserva celles du savant Archimède, et d'ailleurs nous ne voulions pas être préservés ; car dans tous les cœurs battait un désir de guerre, et chaque main saisissait des armes inaccoutumées, non plus pour se défendre, mais pour attaquer et venger par la mort l'offense de la patrie. Cette puissance qui planait alors sur nous m'apparaît aujourd'hui, et vient m'arracher aux doux travaux des sciences, pour me replonger dans le tumulte des batailles[4].

Nous ne pûmes nous empêcher de sourire de l'humeur guerrière du pacifique Anselme ; mais il ne s'en aperçut pas, grâce à l'obscurité, et après avoir de nouveau gardé le silence durant quelques moments, il reprit : Vous m'avez souvent dit qu'une influence secrète, qui règne en moi, me fait voir sans cesse des choses fabuleuses auxquelles personne ne veut ajouter foi, et qui semblent produites par mon imagination, bien qu'elles se représentent extérieurement à mes yeux comme un symbole du merveilleux qui s'offre à nous, sous toutes les formes, dans la vie. Telle est la nature de ce qui m'arriva, il y a deux ans, à Dresden, pendant le siège.

Ma journée entière se passa dans un sombre silence, gros de pressentiments : devant les portes, tout fut tranquille ; pas un coup ne fut tiré. Tard dans la soirée, vers dix heures environ, je me glissai dans un café, sur le vieux marché, où, dans une petite chambre retirée, quelques amis, unis par l'espoir et l'amour de la patrie, s'assemblaient, cachés aux yeux de nos dominateurs. C'est là qu'on foulait aux pieds les bulletins mensongers ; c'est là qu'on se parlait avec véracité, et qu'on se réjouissait des batailles de la Katzbach, d'Ulm et de celle de Leipzig, qui prépara notre délivrance. En passant devant le palais de Bruhl, où demeurait le maréchal Gouvion Saint-Cyr, j'avais été frappé de la vive clarté répandue dans les salons, ainsi que du mouvement qui avait lieu dans le vestibule. Je fis part de cette observation à mes amis, et nous commencions à nous livrer à mille conjectures, lorsqu'un nouveau venu arriva hors d'haleine. — « On tient un grand conseil de guerre chez le maréchal, nous dit-il. Le général Mouton va tenter un passage avec douze mille hommes et vingt-quatre pièces de canon. La sortie aura lieu demain, au point du jour. » — On discuta longtemps et l'on convint que cette attaque pouvait devenir fatale aux Français, vu la vigilance des assiégeants, et qu'elle amènerait peut-être la fin de nos angoisses. Nous nous séparâmes. — Comment, me dis-je, en gagnant vers minuit ma demeure, comment se fait-il que notre ami ait pu connaître si promptement la décision du conseil de guerre ? — Mais bientôt j'entendis un bruit sourd qui retentissait sur le pavé dans le silence de la nuit. Des pièces de canon et des caissons de poudre, dont les roues étaient soigneusement entourées de foin, passèrent devant moi, se dirigeant lentement vers le pont de l'Elbe. — La nouvelle était cependant vraie, me dis-je. Je suivis le convoi, et j'arrivai jusqu'au milieu du pont, où une arche qu'on avait fait sauter, avait été remplacée par des madriers de bois. De chaque côté s'élevaient de hautes palissades [5]. Je m'appuyai contre le parapet du pont, pour n'être pas remarqué. Tout à coup il me sembla qu'une des palissades s'agitait çà et là, se baissant vers moi, et qu'il en sortait des paroles confuses. L'épaisseur des ténèbres de cette nuit orageuse ne me laissait rien distinguer; mais lorsque l'artillerie eut passé et qu'un silence profond remplaça le lugubre roulement des canons, lorsqu'un léger murmure se fit entendre auprès de moi, et qu'un des lourds madriers se souleva sous mes pas, un froid glacial se répandit dans mes veines, et dans l'horreur que j'éprouvais, je demeurai immobile et comme cloué à la place que j'occupais. Un vent froid s'éleva, et chassant les masses noires qui se déployaient au-dessus des montagnes, laissa briller quelques pâles rayons de la lune à travers les déchirures des nuages. J'aperçus alors, non loin de moi, la figure d'un vieillard de haute taille, la tête couverte de longs cheveux blancs, qui rejoignaient une barbe grise. Il portait un manteau court et étroit, et son bras nu soutenait un long bâton blanc, qu'il étendait au-dessus du fleuve. Il me sembla que c'était lui qui murmurait et qui se plaignait ainsi. Au même moment, des armes brillèrent à l'extrémité du pont, et des pas mesurés se firent entendre. Un bataillon français traversa le pont dans le plus profond silence. Le vieillard commença alors une chanson plaintive, et tendit son bonnet comme pour quêter une aumône. — Voilà saint Pierre qui veut pêcher, dit un grenadier. Un des soldats, qui marchait dans le rang suivant, s'arrêta en disant : — Eh bien ! moi, pécheur, je l'aiderai à pêcher ! et il jeta une pièce de monnaie dans le bonnet du vieillard, qui le remercia par une sorte de hurlement. Plusieurs officiers et plusieurs soldats lui jetèrent en silence leur aumône, et chaque fois il les salua par ce hurlement singulier. Enfin, un officier, que je reconnus pour le comte Lobau, accourut si près du vieux mendiant que je craignis de le voir fouler aux pieds du coursier écumant du général. Le comte Lobau se tourna vivement vers un adjudant, et lui demanda d'une voix brusque, en raffermissant sur sa tête son chapeau vacillant : Qui est cet homme ? les cavaliers qui le suivaient s'arrêtèrent subitement, et un vieux sapeur barbu qui marchait hors des rangs, sa hache sur l'épaule, répondit d'un air insouciant : — C'est un pauvre maniaque bien connu ici; on l'appelle saint Pierre le pêcheur. Le convoi continua de défiler, non pas joyeusement et au milieu des saillies grivoises que faisaient entendre les soldats français dans leurs marches, mais dans un sombre découragement. Dès que le dernier bruit des pas s'éteignit, dès que le dernier éclat des armes se fut effacé dans l'ombre, le vieillard se tourna lentement, et leva son bâton avec dignité, comme s'il eût voulu commander aux flots agités du fleuve, qui murmuraient d'une voix toujours plus puissante. Je crus de nouveau entendre parler près de moi. — Michaël Popowicz! Michaël Popowicz... ne vois-tu pas le fanal? criait-on d'en bas en langue russe.

Le vieillard murmura quelques paroles, il semblait prier; tout à coup il s'écria à haute voix : — Agafia! et au même moment, son visage fut éclairé d'une clarté soudaine, qui s'élevait au-delà de l'Elbe. De hautes colonnes de flammes montaient en tourbillons vers la cime des monts de Misnie, et leur éclat se reflétait en longues lignes flamboyantes dans les eaux agitées du fleuve. Bientôt le bruit de l'eau qui frappe l'eau se fit entendre sous l'arche; il devint de plus en plus distinct, et une figure incertaine jaillit et grimpa avec peine le long d'un pilier, puis elle s'élança avec une agilité merveilleuse par-dessus le parapet. — Agafia! s'écria encore une fois le vieillard. — Jeune fille! au nom du ciel! Dorothée, quoi!... m'écriai-je à mon tour; mais au même moment, je me sentis étreint et entraîné avec force. — Pour l'amour de Jésus, garde le silence, cher Anselme, ou tu es mort! murmura la petite, qui se tenait devant moi, tremblante et grelottant de froid. Ses longs cheveux noirs, d'où l'onde ruisselait, pendaient sur son cou, et ses vêtements mouillés étaient étroitement plaqués autour de sa taille svelte et légère. Elle se laissa tomber, accablée de fatigue, et dit à voix basse : Ah! il fait si froid là-bas... ne dis rien, Anselme, sinon il nous faudrait mourir!

La clarté des feux frappait son visage, et je n'en pouvais douter, c'était bien Dorothée, la jolie villageoise qui, après avoir vu périr son père, avait abandonné son hameau dévasté, pour venir se réfugier chez mon hôte. — Le malheur l'a frappée de stupidité, me disait souvent celui-ci ; c'est dommage, car ce serait une bonne créature. En effet, elle ne disait jamais que des choses confuses, et un sourire insignifiant était sans cesse placé sur ses lèvres. Chaque matin, elle m'apportait du café dans ma chambre, et j'avais souvent remarqué que sa taille, que son teint, que la douceur de sa peau, ne pouvaient appartenir à une paysanne. — Eh ! mon cher monsieur Anselme, me disait mon hôte, Dorothée n'est pas non plus une paysanne ; c'est la fille d'un fermier, et une fille de Saxe, encore ! — En voyant à mes pieds la petite, inondée, tremblante et presque inanimée, je me hâtai de me dépouiller de mon manteau et de l'en couvrir. — Réchauffe-toi, ma chère Dorothée ; lui dis-je à voix basse ; tu expirerais de froid ! — Mais que faisais-tu dans ce fleuve glacé ? — Silence ! répondit la petite, en écartant le collet du manteau qui était tombé sur son visage, et en ramenant avec son petit doigt, sur ses tempes, ses cheveux noirs que l'eau faisait dresser. — Silence ! Viens sur ce banc de pierre. Mon père parle avec saint André, et ne nous entend pas.

Je l'entraînai vers le banc, saisi par cette scène merveilleuse, frappé de ravissement et de terreur. J'attirai vers moi la jeune fille ; elle s'assit sans façon sur mes genoux, et passa ses bras autour de mon cou. Je sentais l'eau froide et pénétrante dégoutter de sa chevelure sur mon sein et sur mon visage ; mais, en même temps, je sentais tout mon sang bouillonner d'ardeur et de désir. — Anselme, murmurait la petite, tu es bon et plein de douceur. Quand tu chantes, ta voix va à mon âme, et tes regards sont bien tendres ! Tu ne me trahiras pas ; et qui t'apporterait ton café le matin ? — Écoute ! Bientôt, quand vous serez tous affamés, quand personne ne voudra plus te nourrir, je viendrai toute seule, la nuit, auprès de toi, pour que tout le monde l'ignore, et je te cuirai dans ton âtre de belles piroges bien blanches et bien tendres. — J'ai de la fine fleur de farine cachée dans ma chambre. — Et nous mangerons des gâteaux de noces, de beaux gâteaux dorés ! La jeune fille se mit à rire ; puis elle pleura amèrement : Ah ! comme à Moscou ! dit-elle. — O ! mon Alexis ! mon Alexis !... Nage doucement ; viens à moi sur les flots, ta fiancée fidèle t'y attend... Que nous serons heureux, balancés ensemble!... Tu me réchaufferas par tes baisers...

Elle abaissa sa petite tête, et ses gémissements diminuèrent graduellement; elle respira à plus longs traits et sembla se bercer dans ses soupirs. Je regardai le vieillard; il comptait avec son bâton les feux qui apparaissaient sur les montagnes, et qui se multipliaient sans cesse davantage. — Neuf, dix... encore... Allons, courage... Hâtez-vous, mes amis, ils approchent... n'entendez-vous pas leurs chevaux?... Ah! ce sont eux.

Pendant que le vieillard parlait ainsi, les montagnes s'éclairaient de plus en plus, et les fanaux qu'on y avait allumés formaient un horizon de lumière. — Au secours, saint André! au secours! murmura la petite dans son assoupissement; puis elle se releva convulsivement, et me serrant fortement avec son bras gauche, elle me dit à l'oreille: Anselme, j'aime mieux te tuer! — et je vis un couteau briller dans sa main droite. — Malheureuse! m'écriai-je en reculant avec effroi. — Non, je ne puis, dit-elle: mais maintenant tu es perdu. — Agafia! lui cria le vieillard, avec qui parles-tu? veux-tu donc nous faire fusiller? Avant que j'eusse tourné la tête, il se trouva près de moi, et levant à deux mains son bâton, il le laissa tomber si vigoureusement, qu'il m'eût infailliblement brisé le crâne, si Agafia ne se fût jeté sur lui, et ne l'eût tiré en arrière. — Le bâton vola en éclats sur le pavé, et le vieillard tomba sur ses genoux. — Allons! allons! cria-t-on de toutes parts en français. Je n'eus que le temps de me jeter de côté, pour n'être pas broyé sous les roues des canons et des caissons qui arrivaient au grand trot des chevaux. C'était le corps d'armée du général Lobau qui avait été forcé de se replier. Les Français avaient trouvé tous les passages des montagnes gardés par les Russes [6]. On disait dans Dresden que les Russes avaient été informés de la marche du comte Lobau, au moyen de fanaux placés de distance en distance par les soins des espions qu'ils avaient dans la ville [7].

Le lendemain, Dorothée ne m'apporta pas mon café. Mon hôte, pâle de terreur, vint me trouver, et m'annonça qu'il avait vu la jeune fille et le vieux mendiant sortir de la maison du maréchal Gouvion Saint-Cyr, escortés par une garde nombreuse. On les avait conduits au-delà du pont de l'Elbe [8]. Anselme se tut et retomba dans ses rêveries profondes. Il résista à toutes nos instances, et refusa toujours de nous en apprendre davantage.

On sait comment finit le siège de Dresden. Le comte Lobau partagea le sort du maréchal Saint-Cyr. Il fut envoyé prisonnier en Hongrie, d'où il ne revint qu'en 1814.

LA LEÇON DE VIOLON [1]

J'étais à Berlin, très jeune, j'avais seize ans, et je me livrais à l'étude de mon art, du fond de l'âme, avec tout l'enthousiasme que la nature m'a départi. Le maître de chapelle Haak, mon digne et très rigoureux maître, se montrait de plus en plus satisfait de moi. Il vantait la netteté de mon coup d'archet, la pureté de mes intonations ; et bientôt il m'admit à jouer du violon à l'orchestre de l'Opéra et dans les concerts de la chambre du roi. Là j'entendais souvent Haak s'entretenir avec Duport, Ritter et d'autres grands maîtres, des soirées musicales que donnait le baron de B***, et qu'il arrangcait avec tant d'aptitude et de goût que le roi ne dédaignait pas de venir quelquefois y prendre part. Ils citaient sans cesse les magnifiques compositions de vieux maîtres presque oubliés qu'on n'entendait que chez le baron, — qui possédait la plus rare collection de morceaux de musique anciens et nouveaux ; — et s'étendaient avec complaisance sur l'hospitalité splendide qui régnait dans la maison du baron, sur la libéralité presque incroyable avec laquelle il traitait les artistes. Ils finissaient toujours par convenir d'un commun accord qu'on pouvait le nommer avec raison l'astre qui éclairait le monde musical du Nord.

Tous ces discours éveillaient ma curiosité ; elle s'augmentait encore bien davantage lorsqu'au milieu de leur entretien les maîtres se rapprochaient l'un de l'autre, et que, dans le bourdonnement mystérieux qui s'élevait entre eux, je distinguais le nom du baron, et que, par quelques mots qui m'arrivaient à la dérobée, je devinais qu'il était question d'études et de leçons musicales. Dans ces moments-là, je croyais surtout apercevoir un sourire caustique errer sur les lèvres de Duport; et mon maître était surtout l'objet de toutes les plaisanteries dont il se défendait faiblement jusqu'au moment où, appuyant son violon sur son genou pour le mettre d'accord, il s'écriait en souriant : — Après tout, c'est un charmant homme !

Je n'y tins plus. Au risque de me faire éconduire un peu rudement, je priai le maître de chapelle de me présenter au baron, et de m'emmener lorsqu'il allait à ses concerts. Haak me toisa avec de grands yeux. Je voyais déjà l'orage gronder dans ses regards; mais tout à coup sa gravité fit place à un singulier sourire. — Bon! dit-il. Peut-être as-tu raison. Il y a de bonnes choses à apprendre du baron. Je lui parlerai de toi, et je pense qu'il consentira à te recevoir; car il aime assez à recevoir les jeunes artistes. Quelques jours après, je venais de jouer avec Haak quelques concertos très difficiles; il me prit mon violon des mains, et me dit : — Allons, Carl ! c'est ce soir qu'il faut mettre ton habit des dimanches et des bas de soie. Viens me trouver : nous irons ensemble chez le baron. Il s'y trouvera peu de monde, et c'est une bonne occasion pour te présenter. Le cœur me battait de joie; car j'espérais, sans trop savoir pourquoi, apprendre là quelque chose d'inouï, d'extraordinaire. Nous allâmes. Le baron, un homme de moyenne taille, passablement vieux, en habit à la française brodé de toutes couleurs, vint à nous dès que nous entrâmes dans le salon, et secoua cordialement la main de mon maître. Jamais je n'avais ressenti autant de respect véritable, éprouvé une impression plus favorable à la vue d'un homme de distinction. On lisait dans les traits du baron une pleine expression de bonhomie et de bonté, tandis que dans ses yeux brillait ce feu sombre qui trahit toujours l'artiste pénétré de son art. Toute ma timidité de jeune homme disparut en un instant. — Comment vous va, mon bon Haak? avez-vous bien travaillé mon concerto? dit le baron d'une belle voix sonore. — Eh bien ! nous verrons demain ! — Ah ! voilà sans doute le jeune homme, le brave petit virtuose dont vous m'avez parlé ?

Je baissai les yeux avec honte; je sentais mes joues

rougir et brûler. Haak prononça mon nom, fit l'éloge de mes dispositions, et parla de mes progrès rapides. — Ainsi, dit le baron en se tournant vers moi, c'est le violon que tu as choisi pour ton instrument, mon garçon ? Mais as-tu bien pensé que le violon est le plus difficile de tous les instruments qui aient jamais été inventés ? Sais-tu que cet instrument cache, sous sa simplicité presque misérable, les plus voluptueux trésors de tons que la nature ait produits ; que ces cordes et ce bois sont un tout merveilleux qui ne se révèle qu'à un petit nombre d'hommes élus du ciel ? Sais-tu certainement [2], ton esprit te dit-il avec fermeté, que tu pénétreras au fond de ce mystère ? D'autres que toi, et en grand nombre, ont cru à leur vocation, et sont restés toute leur vie de pitoyables racleurs. Je ne voudrais pas te voir augmenter le nombre de ces malheureux, mon fils. — Bon ! tu vas me jouer quelque chose ; je te dirai où tu en es, et tu suivras mon conseil. Il t'arrivera peut-être ce qui est arrivé à Carl Stamitz, qui rêvait des miracles qu'il devait faire un jour sur son violon : je lui ouvris l'intelligence, et vite, vite il jeta son violon sous le poêle, prit la basse, et fit bien. Sur cet instrument-là il pouvait étendre à plaisir ses grands doigts pattus, et il joua passablement. Bon ! — Me voici prêt à t'entendre, mon garçon.

Je restai confondu de ce singulier discours. Les paroles du baron produisirent sur moi une impression profonde, et j'éprouvai un découragement affreux en songeant que j'avais entrepris une tâche pour laquelle je n'avais peut-être pas été créé. On se disposait à jouer les trois nouveaux quartetti de Haydn, qui étaient alors dans toute leur nouveauté. Mon maître tira son violon de sa boîte, mais à peine eut-il touché les cordes de l'instrument pour le mettre d'accord, que le baron se boucha les oreilles avec ses deux mains, et s'écria comme hors de lui : — Haak, Haak ! je vous en prie, pour l'amour de Dieu, comment pouvez-vous me gâter tout votre jeu avec ces misérables accords criards ! Or le maître de chapelle avait un des plus magnifiques et des plus merveilleux violons que j'eusse jamais vus et entendus, un véritable et authentique Antonio Stradivarius ; et rien ne l'irritait plus que de voir quelqu'un se refuser à rendre les honneurs convenables à son instrument favori. Aussi ne fus-je pas peu surpris en le voyant remettre tranquillement le violon dans la boîte. Il savait sans doute ce qui allait arriver, car à peine eut-il retiré la clef de la boîte, que le baron, qui venait de sortir du salon, reparut apportant avec précaution dans ses bras, comme un nouveau-né, une longue boîte recouverte de velours rouge et ornée de galons d'or. — Je veux vous faire un honneur, mon cher Haak ! dit-il. Vous vous servirez aujourd'hui du plus beau et du plus ancien de mes violons. C'est un véritable Gramulo, et auprès de ce vieux maître, son élève Stradivarius n'est qu'un apprenti. Tartini ne voulait jamais jouer sur d'autres violons que sur des Gramulo. Recueillez-vous bien, afin que mon Gramulo consente à vous ouvrir tous ses trésors. Le baron ouvrit la boîte, et j'aperçus un instrument dont la forme annonçait une haute antiquité. Tout auprès gisait l'archet le plus singulier du monde, qui semblait, par sa courbure exagérée, plutôt destiné à lancer des flèches qu'à arracher les sons des cordes. Le baron tira l'instrument de son coffre avec les précautions les plus solennelles, et le présenta au maître de chapelle, qui le reçut avec non moins de cérémonie. — Pour l'archet, dit le baron en souriant et en frappant légèrement sur l'épaule de mon maître, pour l'archet, je ne vous le remets pas ; car vous ne vous entendez pas à le conduire ; aussi de votre vie ne parviendrez-vous à la perfection véritable !

Cet archet, dit le baron en l'élevant et le contemplant d'un œil brillant d'enthousiasme, cet archet ne pouvait servir qu'au grand et immortel Tartini ; et, après lui, il n'est sur toute l'étendue de la terre que deux de ses écoliers qui aient été assez heureux pour s'approprier le jeu riche, pénétrant et moelleux qu'on n'obtient qu'avec un tel archet. L'un est Nardini. C'est maintenant un vieillard de soixante-dix ans, qui n'a plus de puissance en musique qu'au fond de son âme. L'autre, vous le connaissez déjà, messieurs ; c'est moi. Je suis donc le seul, l'unique en qui survit l'art de jouer du violon ; et je n'épargne pas mon zèle et mes efforts pour propager cet art, dont Tartini fut le créateur. — Mais ! — Commençons, messieurs! Les quartetti de Haydn furent alors joués, comme on le pense, avec une perfection telle que l'exécution ne laissa rien à désirer. Le baron était là, assis, les yeux fermés et se dandinant sur son siège. Tout à coup, il se leva, s'approcha des exécutants, jeta les yeux sur la partition en fronçant les sourcils, puis fit un léger pas en arrière, se recula tout doucement jusqu'à son fauteuil, s'y replaça, laissa tomber sa tête sur ses mains, souffla, gémit et gronda sourdement. — Halte! s'écria-t-il tout à coup à un passage en adagio, riche de chant et de mélodie; arrêtez! Par les dieux, c'est là du chant de Tartini tout pur; mais vous ne l'avez pas bien compris. Encore une fois, je vous en prie!

Et les maîtres reprirent en souriant et à grands coups d'archet ce passage, et le baron gémit et pleura comme un enfant. Lorsque les quartetti furent achevés, le baron s'écria: — Un homme divin, cet Haydn! Il sait aller à l'âme; mais quant à écrire pour le violon, il ne s'en doute guère. Peut-être aussi n'y a-t-il jamais songé; car il eût alors écrit dans la seule véritable manière, comme Tartini, et vous ne pourriez pas le jouer!

Ce fut mon tour de jouer quelques variations que Haak avait placées devant moi. Le baron se tint tout près de moi, le visage sur mes notes. On imagine la crainte dont je fus saisi en commençant, un si rude critique à mes côtés. Mais bientôt un vigoureux allégro m'entraîna tout entier. J'oubliai le baron, et je pus me mouvoir en liberté dans toute l'étendue du cercle de mes facultés, dont je disposai librement. Lorsque j'eus fini, le baron me frappa sur l'épaule et dit en souriant: — Tu peux t'en tenir au violon, mon fils; mais tu n'entends encore rien au coup d'archet et aux démanchés, ce qui provient sans doute de ce que tu as manqué jusqu'à ce jour d'un bon maître. On alla se mettre à table; elle était dressée dans la salle voisine; la profusion qui y régnait allait jusqu'à la prodigalité. Les maîtres firent bravement honneur au repas. La conversation, qui devenait de plus en plus animée, roulait exclusivement sur la musique. Le baron étala des trésors de connaissances précieuses; son jugement, vif et pénétrant, montrait non pas seulement un amateur distingué, mais un artiste achevé, un virtuose plein de pensée et de goût. Je fus surtout frappé des portraits des violonistes qu'il nous peignait tour à tour. J'en veux rassembler quelques souvenirs. — Copelli, dit le baron, ouvrit le premier la route. Ses compositions ne peuvent être jouées qu'à la manière de Tartini; et il est facile de prouver qu'il a reconnu toute la grandeur du rôle de son instrument. Pugnani est un violon passable : il a du ton et beaucoup d'intelligence; mais son trait est trop mou dans certains appogiamenti. Que ne m'avait-on pas dit de Gemianini ! Lorsque je l'entendis pour la dernière fois, à Paris, il y a trente ans, il jouait comme un somnambule qui gesticule en rêvant; et c'était aussi un rêve pénible que de l'entendre : ce n'était qu'un *tempo rubato* sans style et sans terme. Malédiction sur cet éternel *tempo rubato !* il perd les meilleurs violons. Je lui jouai mes sonates; il vit son erreur, et voulut prendre de mes leçons, ce que je lui accordai volontiers : mais l'enfant était déjà trop enfoncé dans sa méthode; il avait trop vieilli là-dessus : il était dans sa soixante-onzième [3] année. — Que Dieu pardonne à Giardini et ne lui fasse pas payer dans l'éternité ! mais c'est lui qui, le premier, a mangé le fruit de l'arbre de la science, et fait, de tous les violons qui l'ont suivi, de coupables pécheurs; c'est le premier de tous les extravagants. Il ne songe qu'à sa main gauche et aux doigts sautilleurs, et il ne se doute pas le moins du monde que l'âme du chant gît dans la main droite, et que, de chacune de ses pulsations s'échappent les battements du cœur tels qu'ils retentissent dans notre sein. A chacun de ces extravagants je souhaiterais un Jomelli, debout à leur côté, qui les réveillât de leur cauchemar par un vigoureux soufflet, comme le brave Jomelli le fit en effet lorsque Giardini gâta en sa présence un morceau magnifique. — Quant à Lulli, c'est un fou plus complet encore; le drôle est un véritable danseur de corde. Il ne saurait jouer un adagio, et tout son talent consiste dans les gambades ridicules qui lui valent l'admiration des ignorants. Je le dis hautement : avec moi et avec Nardini s'éteindra l'art de jouer du violon. Le jeune Viotti est un excellent artiste, plein de bonnes dispositions. Il me doit tout ce qu'il sait; car c'est un de mes élèves les plus assidus. Mais puis-je tout faire ? Point de persévérance, point de patience ! Il s'est échappé de mon école. J'espère mieux former Kreutzer : il a profité de mes leçons, et il les mettra en pratique à son retour à Paris. Mon concerto que vous étudiez avec moi maintenant, Haak, il ne le joue pas trop mal, en vérité ; mais il lui manque toujours un poignet pour se servir de mon archet. Pour Giarnowicki, je ne veux pas qu'il passe le seuil de ma porte ; c'est un fat et un ignorant qui se permet de mal parler de Tartini, le maître des maîtres, et qui se moque de mes leçons. Il y a aussi ce petit garçon, ce Rode, qui promet de s'instruire en m'écoutant, et qui pourra bien devenir un jour maître de son archet. — Il est de ton âge, mon garçon, dit le baron en se tournant vers moi, mais plus grave, d'une nature plus réfléchie. — Toi, tu me sembles un peu étourdi. Bon ! cela se passe. — Pour vous, mon cher Haak, je fonde maintenant de grandes espérances sur vous ! Depuis que je vous dirige, vous êtes devenu un tout autre homme. Continuez à persévérer dans votre zèle, et n'épargnez pas une heure. Vous savez que je ne badine pas là-dessus.

Je demeurai frappé de surprise de tout ce que j'avais entendu. J'eus la plus grande peine à attendre le moment d'interroger mon maître, et de lui demander s'il était vrai que le baron fût réellement le premier violon de l'époque, et si véritablement lui, mon maître, prenait de ses leçons ! Haak me répondit que, sans nul doute, il se faisait un devoir de prendre des leçons du baron, et que je ferais fort bien d'aller le trouver un matin, et de le supplier de vouloir bien m'honorer de ses conseils. A toutes mes questions sur le talent du baron, le maître de chapelle ne répondit rien et resta impénétrable, répétant seulement que je me trouverais fort bien de suivre son exemple. Au milieu de tous ces propos, le sourire singulier qui se montrait sans cesse sur les lèvres de Haak ne m'échappait pas. Et lorsque je m'en allai bien humblement présenter mes désirs au baron, lorsque je lui vins déclarer que l'amour le plus ardent, l'enthousiasme le plus vrai pour mon art m'animaient, son regard, d'abord fixe et surpris, prit insensiblement l'expression d'une douce bienveillance. — Mon garçon, mon garçon, lui dit-il, en t'adressant à moi, à moi, l'unique joueur de violon qui ait survécu aux grands maîtres, tu prouves que tu portes en toi un véritable cœur d'artiste. Je voudrais bien t'aider dans ta marche et te soutenir; mais le temps, le temps, où prendre le temps ? — Ton maître Haak me donne beaucoup à faire, et puis j'ai maintenant ce jeune homme, ce Durand qui veut se faire entendre en public, et qui s'est bien aperçu que cela ne pouvait avoir lieu avant que d'avoir fait un cours sous ma direction. — Voyons ! — Attends, attends ! — Entre le déjeuner et le dîner, — ou bien pendant le déjeuner. — Oui, j'ai alors une heure qui me reste. Mon garçon, viens me trouver ponctuellement tous les jours, à midi : je violonnerai avec toi jusqu'à une heure; ensuite vient Durand[4] !

Vous pouvez imaginer que dès le lendemain, à l'heure dite, j'accourus chez le baron, le cœur gros d'espoir. Il ne me permit pas de tirer un seul son du violon que j'avais apporté, et me mit dans les mains un gothique instrument d'Antonio Amati. Jamais je ne m'étais servi d'un semblable instrument. Le ton céleste qui s'élevait des cordes me ravit. Je me perdis en passages hardis, je laissai le torrent harmonique s'élever en bouillonnant comme une vague furieuse, et retomber légèrement en cascade murmurante. Je crois que je me surpassai, que je jouai mieux dans ce premier moment, sous l'influence de cette situation si nouvelle, que dans tout le reste de ma vie. Le baron secoua la tête d'un air mécontent, et me dit enfin, lorsque j'eus terminé le morceau : — Mon garçon, il faut oublier tout cela. D'abord, tu tiens ton archet d'une façon misérable ! Il me montra la manière dont il fallait tenir son archet, selon Tartini. Je crus d'abord que je ne pourrais pas produire un son de cette manière; mais, à mon grand étonnement, à peine eus-je repris tous les passages que je venais d'exécuter, que je m'aperçus de l'extrême facilité et des avantages que me donnait cette méthode. — Allons ! dit le baron, nous allons commencer la leçon. File un son, mon garçon, et soutiens-le le plus longtemps que tu pourras. Ménage l'archet, ménage l'archet : l'archet est pour le violon ce qu'est l'haleine pour le chanteur.

Je fis ce qu'il me disait, et je ne pus m'empêcher de me réjouir en voyant que je réussissais à produire un ton vigoureux, que je menai du *pianissimo* au *fortissimo*, et que je fis lentement descendre, à longs traits d'archet, par une belle dégradation. — Vois-tu bien, mon fils, s'écria le baron, tu peux exécuter de beaux passages, faire des bonds à la mode, des traits sautillants et des démanchés ; mais tu ne saurais soutenir le ton comme il convient. Allons, je vais te montrer ce qu'on peut faire sortir d'un violon.

Il me prit l'instrument des mains, posa l'archet tout près du chevalet. — Non. Ici les termes me manquent, en vérité, pour exprimer ce qui en résulta ! L'archet tremblottant fouetta la corde, la fit siffler, geindre, gémir et miauler d'une façon à crisper les nerfs les moins délicats : on eût dit d'une vieille femme, le nez comprimé par des lunettes, et s'efforçant de retrouver l'air d'une vieille chanson. En même temps, ses regards se portaient au ciel avec une expression de ravissement divin, et lorsqu'il cessa enfin de promener le maudit archet sur les cordes, ses yeux brillèrent de plaisir, et il s'écria avec une émotion profonde : — Voilà un ton ! voilà ce qu'on appelle filer un son !

Jamais je ne m'étais trouvé dans une situation semblable. Le fou rire qui me prenait à la gorge s'évanouissait à la vue du vénérable vieillard dont les traits étaient illuminés par l'enthousiasme ; et puis toute cette scène me faisait l'effet d'une apparition diabolique, si bien que le cœur me battait violemment, et que j'étais hors d'état de proférer une parole. — N'est-ce pas, mon fils, dit le baron, que cela t'a pénétré jusqu'au fond de l'âme ? Tu n'aurais jamais pu soupçonner qu'il y eût une si grande puissance dans cette pauvre petite affaire que voilà, avec ses quatre maigres cordes. Allons ! approche, mon garçon, et bois un coup pour te remettre.

Il me versa un verre de vin de Madère, qu'il me fallut vider, en l'accompagnant d'un biscuit qu'il prit sur la table. Une heure sonna. — C'est assez pour aujourd'hui, dit le baron. Va, mon fils, et reviens bientôt. — Tiens, prends ceci.

Le baron me remit une papillote, dans laquelle je

trouvai un beau ducat hollandais cordonné. Dans l'excès de ma surprise, je courus trouver mon maître, et je lui racontai tout ce qui s'était passé. Il se mit à rire aux éclats. — Tu vois maintenant comment les choses se passent avec notre baron et ses leçons, me dit-il. Il te traite en commençant, et ne te donne qu'un ducat par leçon. Quand tu auras fait des progrès, selon lui, il augmentera tes honoraires. Moi, je reçois maintenant un louis, et Durand a, je crois, deux ducats. Je ne pus m'empêcher de lui remontrer qu'il n'était pas bien de mystifier ainsi ce bon vieux gentilhomme, et de lui tirer ses ducats de la sorte. — Sache donc, lui dit le maître, que tout le bonheur du baron consiste à donner ses leçons; que si moi et d'autres maîtres nous repoussions ses conseils, il nous décrierait dans le monde musical, où il passe pour un juge infaillible; que d'ailleurs, exécution à part, c'est un homme qui entend parfaitement la théorie de l'art, et dont les réflexions sont extrêmement judicieuses. Visite-le donc assidûment, et, sans t'arrêter aux folies qu'il débite, tâche de profiter des éclairs de sens et de raison qu'il montre chaque fois qu'il parle de la philosophie de l'art: tu t'en trouveras bien.

Je suivis le conseil de mon maître. Plus d'une fois, j'eus peine à étouffer un éclat de rire qui me prenait lorsque le baron s'emparait de l'archet et le promenait d'une manière extravagante sur le dos du violon, en prétendant qu'il jouait le plus admirable solo de Tartini, et qu'il était le seul homme du monde en état d'exécuter pareille musique; mais bientôt, lorsqu'il déposait l'instrument et qu'il se livrait à des réflexions qui m'enrichissaient de connaissances profondes, je sentais au gonflement de mon sein, à l'enthousiasme qui m'animait pour l'art magnifique dont il décrivait si bien les merveilles, que mon cœur lui devait une reconnaissance profonde. Puis, lorsque je jouais dans ses concerts et que j'obtenais quelques applaudissements, le baron souriait avec orgueil et regardait autour de lui, en disant: — C'est à moi que ce jeune homme doit son talent; à moi, l'élève du grand Tartini!

Et, à mon grand profit, je continuai de prendre ses leçons — et ses beaux ducats.

LE SPECTRE FIANCÉ

PREMIÈRE PARTIE

Le vent grondait dans les airs, annonçant l'approche de l'hiver, et chassant devant lui de sombres nuages, dont les flancs noirs étaient chargés de pluie et de grêle. — Nous serons seuls ce soir, dit, au moment où la pendule sonnait sept heures, la femme du colonel Grenville à sa fille Angélique. Le mauvais temps retiendra nos amis.

En ce moment, le jeune major Maurice de Rheinberg entra dans le salon. Il était suivi d'un jeune avocat dont l'humeur spirituelle et inépuisable animait le petit cercle qui se rassemblait, tous les vendredis, dans la maison du colonel, et il se forma ainsi une petite réunion qui, selon la remarque d'Angélique, pouvait fort bien se passer d'être plus grande. Il faisait froid dans le salon; madame de Grenville fit allumer du feu dans la cheminée et apporter la machine à faire du thé.

— Pour vous autres hommes, dit-elle, qu'un héroïsme vraiment chevaleresque a amenés auprès de nous, à travers vents et tempêtes, je soupçonne que votre goût viril ne saurait s'accommoder de notre boisson fade et féminine; aussi mademoiselle Marguerite va-t-elle vous préparer un bon mélange du Nord, qui a le pouvoir de chasser les brouillards glacés [1].

Marguerite, jeune Française, placée chez la baronne pour enseigner sa langue maternelle à Angélique, parut et exécuta ce qui lui était commandé.

La flamme bleue du punch s'éleva bientôt du fond d'une jatte de la Chine, le feu pétilla dans le foyer, et l'on se resserra autour de la petite table. Alors il se fit un moment de silence, durant lequel on entendit distinctement siffler et mugir les voix merveilleuses que l'orage faisait passer par la cheminée comme par un immense porte-voix.

— Il est bien établi, dit enfin Dagobert, le jeune avocat, que l'automne, le vent d'orage, le feu de cheminée et le punch sont quatre choses inséparables, et qu'elles excitent en nous une secrète disposition à la terreur [2].

— Mais qui n'est pas sans charmes, ajouta Angélique. Pour moi, je ne connais pas de sensation plus douce que ce léger frisson qui parcourt tous nos membres, lorsque — le ciel sait comment — nous rêvons, à yeux ouverts, au monde imaginaire.

— C'est là justement la sensation que nous venons tous d'éprouver, dit Dagobert, et le petit voyage que notre esprit a fait dans l'autre monde a causé ce moment de silence. Félicitons-nous de ce que ce moment est passé, et d'être rendus sitôt à la belle réalité que nous offre ce délicieux breuvage !

— Mais, dit Maurice, si tu éprouves comme mademoiselle, comme moi-même, tout le charme de cet instant d'effroi, de cet état de rêverie, pourquoi ne pas vouloir y rester plus longtemps ?

— Permets-moi de remarquer, mon ami, dit Dagobert, qu'il n'est pas ici question de ces rêveries où l'esprit s'abandonne à un essor merveilleux et se complaît à s'égarer, et qu'inspirent les tempêtes et le feu d'hiver; mais de cette disposition qui se fonde sur notre nature, que nous cherchons vainement à surmonter, et à laquelle il faut toutefois se garder de s'abandonner; je veux dire la crainte des revenants. Nous savons tous que la foule ennemie des spectres et des esprits ne monte du fond de ses demeures sombres qu'à la nuit noire, et qu'elle affectionne surtout celles où les tempêtes se déchaînent; et il est bien juste qu'en de semblables temps nous redoutions quelque fâcheuse visite.

— Vous plaisantez, Dagobert, en disant que cette crainte est dans notre nature, dit la baronne ; je l'attribue plutôt aux contes de nourrice et aux folles histoires dont on nous berce dans notre enfance.

— Non ! s'écria Dagobert avec vivacité; non, baronne ! ces histoires, qui nous étaient si chères tandis que nous étions enfants, ne retentiraient pas éternellement dans notre âme, s'il ne se trouvait en nous des cordes qui les répercutent. On ne saurait nier l'existence du monde surnaturel qui nous environne, et qui se révèle souvent à nous par des accords singuliers et par des visions étranges. La crainte, l'horreur que nous éprouvons alors, tient à la partie terrestre de notre organisation : c'est la douleur de l'esprit, incarcéré dans le corps, qui se fait sentir.

— Vous êtes, dit la baronne, vous êtes un visionnaire, comme tous les hommes à imagination. Mais en entrant même dans vos idées, en croyant qu'il est réellement permis aux esprits inconnus de se révéler par des sons extraordinaires, par des visions, je ne vois pas pourquoi la nature a placé ces sujets du monde invisible d'une façon si hostile vis-à-vis de nous que nous ne puissions pressentir leur approche sans une terreur extrême.

— Peut-être, reprit Dagobert, est-ce la punition que nous réserve une mère dont nous tentons sans cesse de nous éloigner comme des enfants ingrats. Je pense que, dans l'âge d'or [3], lorsque notre race vivait dans une bienheureuse harmonie avec toute la nature, nulle crainte, nul effroi ne venait nous saisir, parce que, dans cette paix profonde, dans cet accord parfait de tous les êtres, il n'y avait pas d'ennemi dont la présence pût nous nuire. J'ai parlé de voix merveilleuses ; mais d'où vient que tous les sons de la nature, dont nous connaissons cependant l'origine, retentissent à nos oreilles comme un bruit effrayant, et réveillent en nous des idées tristes et lugubres ? — Mais le plus merveilleux de ces sons, c'est la musique aérienne, dite la musique du diable, dans l'île de Ceylan et dans les pays environnants, dont parle Schubert dans ses *Nuits d'histoire naturelle* [4]. Cette voix se fait entendre dans les soirées paisibles, semblable à une voix humaine et plaintive ; tantôt elle retentit de fort près et tantôt dans le lointain, s'éloignant peu à peu. Elle cause une impression si profonde que les observateurs les plus sensés et les plus calmes n'ont pu se défendre, en l'entendant, d'un vif effroi.

— Rien n'est plus vrai, dit Maurice en interrompant

son ami. Je ne suis jamais allé à Ceylan ; cependant j'ai entendu cette voix surnaturelle, et non pas moi seulement, mais tous ceux qui l'ont entendue avec moi ont éprouvé la sensation que vient de décrire Dagobert.

— Tu me feras donc plaisir de raconter la chose comme elle s'est passée, dit Dagobert. Peut-être parviendras-tu à convertir madame la baronne.

— Vous savez, commença Maurice, que j'ai combattu en Espagne contre les Français, sous Wellington. Avant la bataille de Vittoria, je bivouaquais une nuit en rase campagne, avec une division de cavalerie anglaise et espagnole. Accablé par la marche de la veille, j'étais profondément endormi, lorsqu'un cri bref et plaintif me réveilla. Je me levai, croyant qu'un blessé s'était couché près de nous, et que je venais d'entendre son dernier soupir ; mais mes camarades se moquèrent de moi, et rien ne se fit plus entendre. Cependant, aux premiers rayons que l'aurore lança à travers la nuit épaisse, je me levai encore, et, franchissant çà et là nos soldats endormis, je me mis à chercher le blessé ou le mourant. C'était une nuit silencieuse ; le vent du matin commençait seulement à souffler tout bas, tout bas, et à agiter bien doucement le feuillage. Tout à coup, pour la seconde fois, un long cri de douleur traversa les airs et retentit dans l'éloignement. C'était comme si les esprits des morts se levaient du champ de bataille et appelaient leurs compagnons. Mon sein se gonfla, je me sentis saisir d'une horreur sans nom. — Qu'étaient toutes les plaintes que j'avais entendues sortir d'une poitrine humaine auprès de ce cri perçant ! Mes camarades se réveillèrent de leur sommeil. Pour la troisième fois, le cri retentit dans l'espace, mais plus pénétrant et plus horrible. Nous restâmes immobiles d'épouvante ; les chevaux mêmes devinrent inquiets, frappèrent du pied et se dressèrent. Plusieurs des Espagnols tombèrent sur leurs genoux et se mirent à prier à haute voix. Un officier anglais assura qu'il avait déjà observé en Orient ce phénomène qui avait lieu dans l'atmosphère, et qui venait d'une cause électrique ; il ajouta qu'il annonçait un changement de temps. Les Espagnols, portés à croire les choses surnaturelles, croyaient entendre la voix des démons qui annonçaient une bataille sanglante. Cette croyance s'affermit parmi eux lorsque, le jour suivant, on entendit gronder d'une façon terrible le canon de Vittoria.

— Avons-nous donc besoin d'aller à Ceylan ou en Espagne pour entendre des voix surnaturelles ? dit Dagobert. Le sourd gémissement de l'aquilon, le bruit de la grêle qui tombe, le criaillement des girouettes qui tournaient sur leurs flèches, ne peuvent-ils, aussi bien que toutes les voix, nous remplir de terreur ? Et tenez ! prêtez seulement l'oreille à l'abominable concert de voix funèbres qui retentissent comme un orgue dans la cheminée, ou même écoutez la petite chansonnette de spectre que commence à chanter la bouilloire.

— C'est admirable ! c'est charmant ! s'écria la baronne. Dagobert voit des revenants jusque dans la machine à thé ; il entend leurs voix plaintives au fond de la bouilloire !

— Mais, dit Angélique, notre ami n'a pas tout à fait tort. Ces craquements et ces sifflements qui se font entendre dans la cheminée me font vraiment peur, et cette chansonnette que murmure si tristement la bouilloire me plaît si peu, que je vais éteindre cette lampe d'esprit de vin, afin qu'elle cesse promptement.

Angélique se leva en prononçant ces mots, et laissa tomber son mouchoir. Maurice le releva précipitamment, et le présenta à la jeune fille. Elle laissa tomber sur lui un regard plein de tendresse ; lui, il saisit sa main, et la pressa avec ardeur contre ses lèvres.

Au même moment, Marguerite trembla comme frappée d'un coup électrique, et elle laissa tomber le verre de punch qu'elle tendait à Dagobert ; le vase fragile se dispersa en mille morceaux sur le plancher. Marguerite se jeta en pleurant aux pieds de la baronne, s'accusa d'une maladresse sans égale, et la pria de lui permettre de se retirer dans sa chambre. Tout ce qu'on venait de raconter, dit-elle, avait excité en elle une singulière terreur, bien qu'elle n'eût pas tout compris. Elle se sentait malade, et elle avait besoin de repos. Elle baisa les mains de la baronne, qu'elle arrosa de larmes.

Dagobert sentit tout ce que cette scène avait de pénible, et éprouva le besoin d'en changer la direction. Il se jeta à son tour aux pieds de la baronne, et, d'un ton pleureur qu'il prenait à volonté, demanda grâce pour la coupable qui avait renversé le meilleur punch qui eût jamais réchauffé le cœur d'un robin; et, pour réparer sa faute, il promit de venir lui-même, le lendemain, frotter le salon, en dansant sur la brosse les contredanses les plus nouvelles.

La baronne, qui avait d'abord regardé Marguerite d'un air sévère, sourit de la conduite fine de Dagobert. Elle leur tendit à tous deux la main, en riant, et dit : — Levez-vous, et séchez vos larmes; vous avez trouvé grâce devant mon rigoureux tribunal. Toi, Marguerite, c'est à son dévouement héroïque que tu dois ton pardon. Mais je ne puis t'épargner toute punition. Je t'ordonne donc de rester au salon, sans songer à ta petite maladie, pour verser du punch à nos hôtes, et, avant toutes choses, je te commande de donner un baiser à ton libérateur.

— Ainsi la vertu ne reste pas sans récompense ! s'écria Dagobert d'un ton comique en prenant la main de Marguerite. Seulement, mademoiselle, croyez qu'il est encore sur la terre des avocats désintéressés qui plaideront votre cause sans l'espoir d'une telle récompense ! Mais il faut céder à notre juge ; c'est un tribunal sans appel.

A ces mots, il déposa un baiser sur la joue de Marguerite, et la reconduisit gravement à sa place. Marguerite était devenue d'une rougeur extrême, et elle riait tandis que les larmes roulaient encore dans ses yeux.

— Folle que je suis ! s'écria-t-elle en français; faut-il donc que je fasse tout ce que la baronne exige ? Allons ! je serai calme, je verserai du punch, et j'écouterai les histoires des revenants sans trembler.

— Bravo ! enfant céleste ! dit Dagobert. Votre baiser a excité mon imagination, et je suis disposé à évoquer toutes les horreurs du terrible *regno di pianto!*

— Je crois, dit la baronne, que nous ferions bien de ne plus penser à toutes ces histoires fatales.

— Ma mère, je vous en prie, dit Angélique, écoutons notre ami Dagobert. Je vous avoue que je suis bien enfant, et que je n'aime rien tant que ces récits qui vous font frissonner de tous les membres.

— Oh ! que je me réjouis ! s'écria Dagobert. Rien n'est plus aimable que les jeunes filles qui tremblent, et je ne voudrais pas, pour tout au monde, épouser une femme qui n'eût pas bien grand-peur des revenants.

— Tu prétendais tout à l'heure, lui dit Maurice, qu'on devait se garder de ces impressions ?

— Sans doute, répliqua Dagobert, quand on le peut ; car elles ont souvent des suites funestes : la crainte de la mort, un effroi continuel et une faiblesse d'esprit qui s'accroît de plus en plus par le monde fantasque dont nos rêveries nous entourent. Chacun n'a-t-il pas remarqué que, la nuit, le plus petit bruit trouble le sommeil, et que des rumeurs qu'on remarquerait à peine en d'autres temps nous agitent jusqu'à la folie ?

— Je me souviens encore très vivement, dit Angélique, qu'il y a quatre ans, dans la nuit du quatorzième anniversaire de ma naissance, je me réveillai saisie d'une terreur qui dura plusieurs jours. Je cherchai vainement depuis à me rappeler le rêve qui m'avait causé cet effroi ; mais un jour, à demi endormie auprès de ma mère, je rêvai que je lui racontais ce songe, et en effet, je lui parlai dans mon sommeil. Elle le reçut ainsi, et me le rapporta à moi-même ; mais je l'ai de nouveau complètement oublié.

— Ce phénomène merveilleux, dit Dagobert, tient certainement au principe magnétique.

— De plus fort en plus fort ! s'écria la baronne ; voilà maintenant que nous nous perdons dans des idées qui me sont insupportables. Maurice, je vous somme de nous raconter, à l'heure même, une histoire bien folle et bien plaisante, afin qu'il en soit fini de ces tristes contes de revenants.

— Je me conformerai bien volontiers à vos ordres, madame la baronne, dit Maurice, si vous me permettez de dire encore une seule histoire du genre que vous proscrivez. Elle occupe tellement ma pensée en ce moment, que j'essaierais vainement de parler d'autre chose.

— Déchargez donc une bonne fois votre cœur de toutes les horreurs qui le remplissent ! s'écria la baronne.

Mon mari va bientôt revenir, et je me sens vraiment disposée aujourd'hui à assister avec lui à une de ses batailles ou à parler de beaux chevaux avec enthousiasme, tant j'éprouve le besoin de sortir de la situation d'esprit où m'a jetée votre conversation.

« Dans la dernière campagne, commença Maurice, je fis connaissance d'un lieutenant-colonel russe, Livadien de naissance, âgé de trente ans environ. Le hasard fit que nous nous trouvâmes longtemps ensemble devant l'ennemi, et notre liaison se resserra promptement. Bogislav, c'était le prénom de cet officier, Bogislav possédait toutes les qualités qui nous acquièrent l'estime et l'amitié de nos semblables. Il était d'une haute taille, noble et dégagée; ses traits réguliers et agréables; d'une urbanité rare; bon, généreux, et surtout brave comme un lion. Il savait être convive aimable; mais souvent, au milieu de sa gaieté, une pensée sombre s'emparait tout à coup de lui, et son visage prenait une expression sinistre. Alors il devenait silencieux, quittait la société, et allait errer solitairement. En campagne, il avait coutume, durant la nuit, de galoper sans relâche de poste en poste, et de ne s'abandonner au sommeil qu'après avoir épuisé toutes ses forces; et en le voyant s'exposer sans nécessité aux plus grands dangers, chercher dans les batailles la mort, qui semblait le fuir, je ne pouvais douter qu'une perte irréparable ou une mauvaise action avait troublé sa vie.

Arrivés sur le territoire français, nous prîmes d'assaut une petite place forte, et nous nous y arrêtâmes quelques jours pour faire reposer nos soldats. La chambre dans laquelle Bogislav s'était logé était fort voisine de la mienne. Dans la nuit, j'entendis frapper doucement à ma porte. J'écoutai; on prononçait mon nom. Reconnaissant la voix de Bogislav, je me levai et j'ouvris. Il se présente devant moi presque nu, un flambeau à la main, pâle comme un cadavre, tremblant de tous ses membres, et ne pouvant parler.

— Au nom du ciel, mon cher Bogislav, qu'avez-vous? m'écriai-je en le soutenant et en le conduisant à un fauteuil, et lui tenant les mains, je le conjurai de m'apprendre la cause de son trouble.

Bogislav se remit peu à peu, soupira profondément, et me dit à voix basse : — Non, non ! si la mort que j'appelle ne vient pas, j'en deviendrai fou ! — Maurice, je veux te confier un horrible secret. — Tu sais que j'ai séjourné quelques années à Naples. Là, je vis la fille d'une des familles les plus considérées, et j'en devins éperdument épris. Cet ange s'abandonna entièrement à moi, ses parents m'agréèrent, et l'union, dont j'attendais le bonheur de ma vie, fut résolue. Le jour du mariage était déjà fixé, lorsqu'un comte sicilien se présenta dans la maison, et s'efforça de plaire à ma fiancée. Je cherchai une explication avec lui ; il me traita avec hauteur. Je l'attaquai alors ; nous nous battîmes, et je lui plongeai mon épée dans le sein. Je courus trouver ma fiancée. Je la trouvai en larmes ; elle me nomma l'assassin de son bien-aimé, elle me repoussa avec horreur, jeta des cris de désespoir, et lorsque je pris sa main, elle tomba sans vie, comme si elle eût été touchée par un scorpion ! — Comment te peindre ma surprise, ma douleur ! Les parents de la jeune fille ne pouvaient comprendre le changement qui s'était opéré en elle ; jamais elle n'avait prêté l'oreille aux propos du comte. Le père me cacha dans son palais, et mit tous ses soins à me faire évader de Naples. Fustigé par toutes les furies, je partis d'un trait pour Saint-Pétersbourg. — Non, ce n'est pas la trahison de ma maîtresse, c'est un secret terrible qui consume ma vie. Depuis cette malheureuse journée de Naples, je suis poursuivi par toutes les terreurs de l'enfer ! Souvent le jour, plus souvent encore la nuit, j'entends, tantôt de loin, tantôt près de moi, comme le râlement d'un agonisant. C'est la voix du comte que j'ai tué, qui retentit dans mon âme. Au milieu du grondement de la mitraille, à travers les feux roulants des bataillons, cet affreux gémissement retentit à mes oreilles, et toute la rage, tout le désespoir d'un insensé, s'allument dans mon sein ! — Cette nuit même…

« Bogislav s'arrêta plein d'horreur ainsi que moi, car un long cri plaintif se fit entendre. Il semblait que quelqu'un se traînât avec peine du bas des degrés et s'efforçât de monter jusqu'à nous d'un pas lourd et incertain. Bogislav se leva tout à coup, et s'écria, les yeux étincelants et d'une voix tonnante : — Misérable, parais ! parais, si tu l'oses ! je te défie, toi et tous les démons ! — Aussitôt nous entendîmes un coup violent et... »

En cet endroit du récit de Maurice [5] la porte du salon s'ouvrit à grand bruit.

On vit entrer un homme entièrement vêtu de noir, le visage pâle, le regard ferme et sévère. Il s'approcha de la baronne avec toute l'aisance d'un homme du grand monde, et la pria, en termes choisis, de l'excuser si, invité pour le soir, il venait si tard ; mais une visite dont il n'avait pu se débarrasser l'avait retenu, à son grand déplaisir. — La baronne, hors d'état de se remettre de son effroi, balbutia quelques mots inintelligibles qui tendaient, avec ses gestes, à faire prendre place à l'étranger. Il se choisit une chaise tout près de la baronne, vis-à-vis Angélique, s'assit, et laissa errer son regard imposant sur tout le cercle. Toutes les langues semblaient paralysées, et personne ne trouvait la force de prononcer une parole. L'étranger reprit la parole : il devait doublement s'excuser, et d'être arrivé si tard, et d'être entré avec autant d'impétuosité ; cette dernière circonstance ne devait pas, au reste, lui être attribuée, mais au laquais qu'il avait trouvé dans l'antichambre, et qui avait poussé avec violence la porte du salon. La baronne, combattant avec peine le sentiment étrange qui s'était emparé d'elle, demanda timidement à l'étranger qui elle avait l'honneur de recevoir chez elle. Celui-ci sembla n'avoir pas entendu cette question ; il était tout à Marguerite, dont la disposition avait entièrement changé, et qui lui disait, dans son jargon demi-allemand demi-français, tout en riant et sautillant auprès de lui, qu'on avait passé la soirée à se réjouir d'histoires noires, et que monsieur le major était en train d'annoncer l'apparition d'un méchant esprit lorsque la porte s'était ouverte et qu'on l'avait vu paraître. La baronne, sentant l'inconvenance de renouveler sa demande à un homme qui s'annonçait comme invité, réduite surtout au silence par la crainte qu'elle éprouvait, resta quelques moments rêveuse, et l'étranger mit fin au bavardage de Marguerite en parlant de choses indifférentes. La baronne lui répondit, et Dagobert essaya de se mêler à la conversation, qui se traîna languissamment. Pendant ce temps, Marguerite chantonnait quelques couplets de chansons françaises, et agitait ses pieds comme si elle eût cherché à se rappeler quelques pas de contredanse, tandis que personne n'osait bouger. Chacun se sentait à l'étroit dans sa poitrine ; la présence de l'étranger les accablait comme l'atmosphère d'un temps d'orage, et les paroles expiraient sur leurs lèvres en contemplant les traits livides de cet hôte inattendu. Cependant on ne pouvait rien découvrir d'inaccoutumé dans son ton et ses manières, qui indiquaient un homme bien élevé et plein d'usage. L'accent prononcé avec lequel il parlait le français et l'allemand donnait à croire qu'il n'était né ni en Allemagne ni en France.

La baronne respira enfin lorsqu'un bruit de chevaux se fit entendre devant la porte, et qu'elle distingua la voix du colonel.

Bientôt après le colonel Grenville entra dans le salon. Dès qu'il aperçut l'étranger, il courut à lui, et s'écria : — Soyez le bienvenu dans ma maison, mon cher comte ! Puis se retournant vers la baronne : Le comte Aldini, un ami cher et fidèle, que j'ai acquis dans le Nord et que j'ai retrouvé dans le Midi.

La baronne, dont la crainte s'était aussitôt dissipée, dit au comte en souriant agréablement qu'il ne devait pas s'en prendre à elle d'avoir été reçu d'une façon un peu singulière, mais au colonel, qui avait négligé de la prévenir de sa visite. Alors elle raconta à son mari comment on n'avait parlé durant toute la soirée que d'apparitions, et comme le comte avait paru au moment où Maurice disait, au milieu d'une lamentable histoire : Un coup violent se fit entendre, et la porte s'ouvrit avec fracas.

— C'est parfait ! On vous a pris pour un revenant, mon cher comte ! dit le colonel en riant aux éclats. En effet, il me semble que mon Angélique porte des traces de frayeur sur son visage ; le major a l'air encore tout peiné de son histoire, et Dagobert a presque perdu sa gaieté. Dites-moi donc, comte : n'est-ce pas fort mal de vous prendre pour un spectre, pour un génie malfaisant ?

— Aurais-je en moi quelque chose d'effrayant ? répondit le comte d'un ton singulier. On parle beaucoup maintenant d'hommes qui exercent un charme particulier par leurs regards et leurs attouchements ; peut-être suis-je en possession d'une puissance semblable ?

— Vous plaisantez, monsieur le comte, dit la baronne ; mais il est vrai qu'on réveille aujourd'hui tous les mystères des vieilles croyances.

— Oui, le monde est si vieux, qu'il croit se rajeunir en se berçant de contes de nourrices, répondit l'étranger. C'est une épidémie qui gagne chaque jour davantage. — Mais j'ai interrompu monsieur le major au point intéressant de son histoire. Je ne l'ai point intimidé, j'espère ; et je le prie de continuer, car je suis sûr que ses auditeurs attendent avec impatience le dénouement.

Le comte étranger n'intimidait pas seulement Maurice, il lui inspirait une répugnance extrême. Il trouvait dans ses paroles, surtout dans son sourire, quelque chose d'ironique et de méprisant ; et il répondit, d'un ton sec et les yeux enflammés, qu'il craindrait de troubler par son récit la gaieté que le comte avait rapportée dans le cercle, et qu'il préférait se taire.

Le comte n'accorda pas beaucoup d'attention aux paroles du major ; mais tout en jouant avec sa tabatière d'or, il se tourna vers le colonel, et lui demanda si cette dame si éveillée était née Française.

Il parlait de Marguerite qui continuait de sautiller dans le salon. Le colonel s'approcha d'elle et lui demanda à demi-voix si elle était folle. Marguerite se glissa effrayée, près de la table à thé, et s'assit en silence.

Le comte prit la parole, et parla avec beaucoup de charme de plusieurs choses récentes. Dagobert osait à peine prononcer une parole. Maurice, extrêmement rouge, les yeux animés, semblait guetter le signe d'une attaque. Angélique paraissait entièrement occupée de son travail d'aiguille, et ne leva pas les yeux une seule fois. On se sépara assez mécontent l'un de l'autre.

— Tu es un heureux mortel, s'écria Dagobert lorsqu'il se trouva seul avec Maurice. N'en doute pas plus longtemps : Angélique t'aime tendrement. J'ai lu aujourd'hui jusqu'au fond de ses regards, elle est tout amour pour toi.

Mais le démon est toujours occupé à troubler le bonheur des hommes. Marguerite est dévorée d'une passion folle. Elle t'aime avec toute la fureur qu'ait jamais inspirée le désespoir dans le cœur d'une femme. La conduite singulière qu'elle a tenue aujourd'hui n'était que l'explosion d'une affreuse jalousie qu'elle n'a pu contenir. Lorsque Angélique laissa tomber son mouchoir, lorsque tu le ramassas, et qu'en le lui rendant tu lui baisas la main, toutes les furies d'enfer s'emparèrent de la pauvre Marguerite. Et tu es l'unique cause du désordre qu'elle ressent; car autrefois tu te montrais d'une galanterie extrême avec la jolie Française. Je sais que tu ne songeais qu'à Angélique, que tous les hommages que tu dissipais auprès de Marguerite ne s'adressaient qu'à sa compagne, mais tes regards mal dirigés allaient souvent frapper la pauvre fille et l'embrasaient. Maintenant, le mal est fait, et je ne sais pas vraiment comment terminer cette affaire sans éclat et sans un terrible scandale.

— Cesse donc de me tourmenter avec Marguerite, dit le major. Si réellement Angélique m'aime, — j'en doute encore, — je suis le plus heureux des hommes, et toutes les Marguerites du monde et leurs folies ne sauraient me troubler. Mais une nouvelle crainte est venue me tourmenter. Cet étranger, ce comte mystérieux, qui s'est présenté au milieu de nous comme une sombre énigme, qui nous a tous troublés, ne semble-t-il pas venir se placer entre nous deux? J'ai comme un souvenir confus, je me rappelle presque un songe qui m'a montré ce comte au milieu de circonstances terribles! J'ai le pressentiment que, partout où il se montre, éclate un événement funeste. — As-tu remarqué comme ses regards se portaient souvent sur Angélique, comme alors une longue veine se colorait de sang sur ses joues pâles? Les paroles qu'il m'adressait avaient un son ironique qui me faisait tressaillir. Il en veut à notre amour; mais je serai sur son chemin jusqu'à la mort!

Il s'était écoulé quelque temps depuis cet entretien. Le comte, en visitant toujours de plus en plus souvent la maison du colonel, s'était rendu indispensable. On était tombé d'accord sur l'injustice qu'il y avait eu à lui trouver un air mystérieux et étrange. — Le comte lui-même ne devait-il pas nous trouver des gens fort mystérieux et fort étranges en voyant nos visages pâles et notre singulier maintien ? disait la baronne lorsqu'il était question de sa première venue. Dans chacune de ses conversations, le comte déroulait des trésors de connaissances les plus variées, et, bien qu'en sa qualité d'Italien il conservât un accent embarrassé, il discourait néanmoins avec une grâce et une facilité extrêmes. Ses récits animés, pleins de feu, entraînaient les auditeurs, et lorsqu'il parlait, et qu'un aimable sourire venait animer ses traits pâles, mais expressifs et réguliers, Dagobert, Maurice lui-même oubliaient leur rancune, et restaient, de même qu'Angélique et tous les autres, suspendus à ses lèvres, pour ainsi dire.

L'amitié du colonel et du comte avait pris naissance d'une manière fort honorable pour le dernier. Au fond du Nord, où ils s'étaient trouvés réunis par le hasard, le comte avait aidé le colonel de sa bourse et de sa fortune, avec un rare désintéressement, et l'avait ainsi tiré d'un embarras qui pouvait avoir les suites les plus fâcheuses pour son nom et son honneur. Aussi le colonel lui portait-il la reconnaissance la plus vive.

— Il est temps, dit-il à la baronne un jour qu'ils se trouvaient ensemble, il est temps que je te fasse connaître quel est le but du séjour du comte dans cette ville. Tu sais qu'il y a quatre ans nous nous étions liés si intimement ensemble, dans la garnison où je me trouvais, que nous habitions toujours la même maison. Il arriva que le comte, me visitant un matin, trouva sur ma table le portrait en miniature d'Angélique, que je porte constamment avec moi. Plus il l'examinait, plus son trouble devenait visible. Il ne pouvait en détourner ses regards, et il resta longtemps à le contempler en silence. — Jamais, s'écria-t-il enfin, jamais je n'ai vu un visage de femme plus touchant et plus beau ; jamais je n'ai senti l'amour se répandre comme en cet instant dans mon cœur ! — Je le plaisantai sur l'effet merveilleux de ce portrait, je le nommai un nouveau Kalaf *, et je lui souhaitai pour son

* Personnage des Contes persans. Le Vénitien Gozzi a fait une comédie intitulée *La Princesse Turandot*. *Le Tr.*

bonheur que mon Angélique ne fût pas une Turandot. Enfin je lui fis comprendre qu'à son âge — car, bien qu'il ne fût pas avancé dans la vie, on ne pouvait plus le nommer un jeune homme, — cette manière romanesque de s'éprendre subitement à la vue d'un portrait me surprenait un peu. Mais il me jura avec toute la vivacité et les gestes passionnés, particuliers à sa nation, qu'il aimait inexprimablement Angélique, et que, si je ne voulais le plonger dans le plus violent désespoir, je devais lui permettre de prétendre à sa main. C'est dans ce dessein que le comte s'est présenté dans notre maison. Il se croit certain du consentement d'Angélique, et hier il me l'a demandée formellement. Que penses-tu de sa demande, ma chère Élise ?

La baronne ne pouvait se rendre compte de l'effroi que lui avaient causé les dernières paroles du colonel.

— Au nom du ciel ! s'écria-t-elle. Angélique au comte étranger !

— Un étranger ! répondit le colonel en fronçant le sourcil. Celui à qui je dois l'honneur, la liberté, la vie peut-être, un étranger ! — J'avoue que son âge n'est pas absolument celui qui conviendrait à une jeune fille ; mais c'est un homme noble et grand, et en outre un homme riche, très riche...

— Et sans consulter Angélique, qui n'a peut-être pas autant de penchant pour lui qu'il se l'imagine dans son amoureuse folie !

Le colonel se leva vivement de sa chaise, et s'avança vers la baronne, les yeux animés de colère. — Vous ai-je jamais donné lieu de croire que je sois un père insensé et tyrannique, dit-il, et que je livrerais mon enfant chéri à des mains indignes d'elle ? Cessez de me tourmenter de vos sensibleries romanesques et de votre tendresse raffinée ! Angélique est tout oreilles quand le comte parle ; elle le regarde avec une bonté amicale, elle rougit lorsqu'il lui baise la main ; tout en elle annonce un penchant pur et innocent pour sa personne, un de ces sentiments qui rendent un homme heureux ; et il n'est pas besoin pour cela de cet amour romanesque qui ravage quelquefois vos têtes !

— Je crois, dit la baronne, que le cœur d'Angélique n'est plus assez libre pour faire un choix.

— Quoi ! s'écria le colonel irrité ; et il allait éclater, lorsque la porte s'ouvrit : Angélique entra, les traits animés par un ravissant sourire.

Le colonel perdit tout à coup son humeur et sa colère ; il alla vers elle, l'embrassa sur le front, la conduisit à un fauteuil, s'assit amicalement auprès d'elle, tout proche de son enfant tendre et chéri. Alors il parla du comte, vanta sa tournure noble, sa raison, ses sentiments élevés, et demanda à Angélique si elle le trouvait à son gré. Angélique répondit que d'abord le comte lui avait semblé effrayant et étrange, mais que peu à peu ce sentiment s'était entièrement effacé, et qu'elle le voyait avec plaisir.

— Eh bien ! s'écria le colonel plein de joie, le ciel soit loué ! Le comte Aldini, ce noble seigneur, il t'adore du fond de son âme, ma chère enfant ; il demande ta main, et tu ne la lui refuseras pas.

A peine le colonel eut-il prononcé ces paroles, qu'Angélique poussa un profond soupir et tomba presque sans vie. La baronne la reçut dans ses bras, en jetant un regard expressif sur le colonel, muet et consterné à la vue de la pauvre enfant, dont les traits étaient couverts d'une pâleur mortelle. — Angélique reprit ses sens peu à peu, un torrent de larmes s'échappa de ses yeux, et elle s'écria d'une voix lamentable : — Le comte, le terrible comte ! — Non, non, jamais !

Le colonel la conjura, à plusieurs reprises et avec toute la douceur imaginable, de lui dire au nom du ciel pourquoi le comte lui semblait si terrible. Angélique avoua alors que, au moment où son père lui avait dit que le comte l'aimait, un rêve affreux qu'elle avait fait, dans la nuit du quatorzième anniversaire de sa naissance, s'était représenté dans toute sa force à sa mémoire, d'où il s'était effacé depuis cette nuit même, sans qu'elle eût jamais pu se rappeler une seule de ses images. — Je me promenais dans un riant jardin, dit Angélique ; il s'y trouvait des arbustes rares et des fleurs étrangères. Tout à coup je m'arrêtai devant un arbre merveilleux dont les feuilles sombres, larges et odorantes, ressemblaient à celles d'un platane. Ses branches s'agitaient si doucement ! Elles murmuraient mon nom et m'invitaient à me reposer à leur ombre. Irrésistiblement entraîné par une force invisible, je tombai sur le gazon, au pied de l'arbre. Alors il me sembla que j'entendais de singuliers gémissements dans les airs ; et lorsqu'ils venaient, comme un souffle du vent, agiter le feuillage de l'arbre, il rendait de profonds soupirs. Une douleur inexprimable s'empara de moi, une vive compassion s'éleva dans mon sein, j'ignore à quel sujet ; et tout à coup un éclair brûlant traversa mon cœur et le déchira ! — Le cri que je voulus pousser ne put s'échapper de ma poitrine chargée d'un effroi sans nom, il se changea en un soupir profond. Mais l'éclair qui avait traversé mon cœur s'était échappé de deux yeux humains, fixés sur moi du fond d'une sombre feuillée. En cet instant, ces yeux étaient tout près de mon visage, et j'aperçus une main blanche comme la neige, qui traçait des cercles autour de moi. Et toujours, toujours les cercles devenaient plus étroits et m'environnaient de leurs lignes de feu, jusqu'à ce qu'enfin je me trouvai enlacée dans une toile lumineuse, semblable à celle de l'araignée. Et en même temps, c'était comme si le regard de ces deux yeux terribles se fût emparé de tout mon être ; je ne tenais plus à moi-même et au monde que par un fil auquel il me semblait que j'étais suspendue, et cette pensée était pour moi un affreux martyre. L'arbre inclina vers moi ses branches, et la voix touchante d'un jeune homme s'en échappa. Elle me dit : — Angélique, je te sauverai, — je te sauverai ! Mais...

Angélique fut interrompue : on annonça le major qui venait parler au colonel pour affaires de service. Dès qu'Angélique eut entendu prononcer le nom du major, elle s'écria en versant de nouvelles larmes, avec cet accent que donnent les douleurs de l'âme : — Maurice... Ah ! Maurice...

Le major avait entendu ces mots en entrant. Il aperçut Angélique baignée de pleurs, les bras étendus vers lui. Hors de lui, il jeta à terre son casque d'acier, qui roula à grand bruit, tomba aux pieds d'Angélique, la prit dans ses bras et la serra avec passion contre son cœur. — Le colonel contemplait ce groupe, la bouche béante; la surprise étouffait sa voix.

— Je soupçonnais qu'ils s'aimaient! dit la baronne à voix basse.

— Major, dit enfin le colonel en colère, qu'avez-vous de commun avec ma fille?

Maurice, revenant promptement à lui, remit Angélique à demi morte dans son fauteuil, releva violemment son casque, s'avança vers le colonel, les yeux baissés et les joues couvertes de rougeur, et lui jura sur son honneur qu'il aimait Angélique de toute son âme, mais que, jusqu'à ce jour, pas un mot qui ressemblât à un aveu ne s'était échappé de ses lèvres. Il n'avait que trop douté de l'amour d'Angélique; ce moment seul lui avait révélé tout son bonheur, et il espérait de la générosité d'un homme aussi noble, de la tendresse d'un père, un consentement qui devait tous les rendre heureux.

Le colonel toisa le major d'un regard, lança un sombre coup d'œil à Angélique, puis s'avança au milieu de la chambre, les bras croisés, immobile comme quelqu'un qui hésite à prendre un parti. Il marcha quelque temps, s'arrêta devant la baronne qui avait pris Angélique dans ses bras, et qui cherchait à la consoler. — Quel rapport, dit-il d'une voix sourde et cherchant à retenir sa colère, quel rapport a ton rêve absurde avec le comte?

Aussitôt Angélique se jeta à ses pieds, baisa ses mains, les couvrit de larmes, et lui dit d'une voix à demi étouffée : — Ah! mon père! — mon père chéri! Les yeux horribles qui me brûlaient le sein de leurs regards, c'étaient les yeux du comte! C'était sa main de spectre qui m'entourait de liens de feu! — Mais cette voix de jeune homme qui m'appelait du milieu des fleurs, c'était Maurice! mon Maurice!

— Ton Maurice! s'écria le colonel en se détournant si violemment, qu'Angélique tomba sur le parquet. Il se remit à marcher, en se disant à voix basse : — Ainsi, c'est à des visions enfantines, à un amour caché, que seront sacrifiés les sages projets d'un père, les espérances d'un homme d'honneur. Enfin il s'arrêta devant Maurice : — Major, dit-il, vous savez combien je vous estime : je n'aurais pas trouvé de gendre qui me fût plus cher que vous; mais le comte Aldini[6] a ma parole, et je lui dois autant qu'un homme peut devoir à un autre. Ne croyez pas cependant que je veuille jouer ici le rôle d'un père tyrannique et opiniâtre. Je cours auprès du comte, je lui dirai tout. Votre amour me coûtera peut-être un combat sanglant, il me coûtera peut-être la vie! n'importe, j'y cours! Attendez ici mon retour!

Le major jura avec enthousiasme qu'il aimerait mieux mille fois perdre la vie que de souffrir que le colonel s'exposât au moindre danger. Le colonel s'éloigna rapidement sans lui répondre.

A peine le colonel eut-il quitté la chambre que les deux amants se jetèrent dans les bras l'un de l'autre, et se jurèrent un amour invariable, une fidélité éternelle. Angélique dit que ce n'était qu'au moment où le colonel lui avait fait connaître les prétentions du comte qu'elle avait compris toute la force de son amour pour Maurice, et qu'elle aimerait mieux mourir que de devenir l'épouse d'un autre. Il lui semblait, dit-elle, qu'elle avait deviné combien Maurice la chérissait aussi; alors ils se rappelèrent et se redirent tous les moments où leur amour s'était trahi, et ils se livrèrent à leur ravissement, oubliant tous les obstacles, toute la colère du colonel, et se mirent à se réjouir comme des enfants. La baronne, profondément émue, leur promit de faire tout au monde pour détourner le colonel d'une union qui, sans qu'elle pût s'en rendre compte, lui faisait horreur.

Une heure à peu près s'était écoulée, lorsque la porte s'ouvrit; et, au grand étonnement de tous, on vit entrer le comte Aldini. Il était suivi du colonel, dont les regards étaient radieux. Le comte s'approcha d'Angélique, prit sa main, et la contempla en souriant douloureusement et d'un air amer. Angélique balbutia, et dit presque en défaillant : — Oh!... ces yeux!...

— Vous pâlissez comme la première fois que j'entrai dans ce salon, mademoiselle, dit le comte. Suis-je encore à vos yeux un spectre effrayant? Non. Remettez-vous, Angélique; ne craignez rien d'un homme inoffensif, qui vous aime avec toute la tendresse, avec toute l'ardeur d'un jeune homme; qui ne savait pas que vous aviez donné votre cœur, et qui était assez insensé pour prétendre à votre main. Non! — La parole même de votre père ne me donne pas le moindre droit à une félicité que vous seule pouvez dispenser. Vous êtes libre, mademoiselle! mon regard même ne doit plus vous rappeler l'effroi qu'il vous a causé; bientôt, demain peut-être, je retournerai dans ma patrie!

— Maurice! Maurice! s'écria Angélique au comble de ses vœux; et elle se jeta dans les bras de son bien-aimé.

Le comte frémissait de tous ses membres, un feu extraordinaire jaillissait de ses yeux, ses lèvres tremblaient, il laissa échapper un son inarticulé; mais, se tournant vivement vers la baronne, et lui faisant une question indifférente, il parvint à contenir le sentiment qui le dominait.

Pour le colonel, il s'écria plusieurs fois:

— Quelle grandeur d'âme! Quelle générosité! Qui pourrait l'égaler en noblesse! Vous serez mon ami pour la vie! — Puis il pressa sur son cœur le major, Angélique, la baronne, et dit en riant qu'il ne voulait rien savoir du complot qu'ils avaient formé, mais qu'il espérait qu'Angélique ne souffrirait plus du mal que lui causaient les yeux de revenants.

La journée était avancée; le colonel pria le major et le comte de prendre place à sa table. On envoya chercher Dagobert, qui arriva bientôt, brillant de joie et de gaieté.

En se mettant à table, on s'aperçut que Marguerite manquait. On annonça qu'elle s'était renfermée dans sa chambre, et qu'elle avait déclaré qu'elle était malade et hors d'état de paraître.

— Je ne sais, dit le baron, ce qui se passe depuis quelque temps dans la tête de Marguerite; elle est remplie d'humeurs capricieuses et d'obstination; elle pleure, elle rit sans motif, et ses idées chimériques sont souvent telles qu'elle se rend insupportable.

— Ton bonheur cause la mort de Marguerite, murmura Dagobert à l'oreille du major.

— Visionnaire! répondit le major, également à voix basse, ne le trouble pas, ce bonheur!

Jamais le colonel ne s'était montré d'une humeur plus charmante; jamais la baronne, qui avait si longtemps éprouvé des soucis pour le sort de son enfant, ne s'était trouvée plus complètement heureuse; et comme Dagobert se livrait à tous les élans de la joie, comme le comte, oubliant sa blessure encore toute récente, donnait un libre essor aux traits de son esprit varié, tous les convives semblaient former une guirlande d'heureux auprès du couple fortuné.

Le crépuscule était venu; le plus noble vin brillait dans le cristal, et l'on buvait gaiement aux deux époux, lorsque la porte de la salle s'ouvrit doucement, Marguerite s'avança d'un pas incertain, couverte d'une blanche robe de nuit, les cheveux épars, pâle, et les traits immobiles. — Marguerite, quelle est cette folie? s'écria le colonel. Mais Marguerite, sans le regarder, s'avança lentement vers le major, posa sa main glacée sur son sein, plaça un baiser presque insensible sur son front, et murmura d'une voix sourde : — Que le baiser d'une mourante porte bonheur au joyeux fiancé! — Et elle tomba sans mouvement.

— La malheureuse se meurt d'amour pour le major! dit Dagobert bas au comte.

— Je le sais! répondit le comte. Sans nul doute, elle a fait la folie de prendre du poison.

— Au nom du ciel! s'écria Dagobert épouvanté; et il s'élança sur le fauteuil où l'on avait déposé Marguerite. Angélique et la baronne étaient auprès d'elle, lui faisant respirer des sels et lui frottant le front d'eaux spiritueuses. Lorsque Dagobert s'approcha, elle venait d'ouvrir les yeux.

— Sois tranquille, ma chère enfant, dit la baronne, tu es malade; cela se passera.

— Oui, répondit Marguerite en souriant, cela se passera bientôt, car j'ai pris du poison!

Angélique et la baronne poussèrent de grands cris. — A tous les diables, la folle! s'écria le colonel en fureur. — Que l'on coure chez le médecin! Allez! Amenez sur l'heure le premier qu'on trouvera!

Les laquais, Dagobert lui-même, voulurent courir exécuter ses ordres. — Arrêtez! dit le comte, qui jusqu'à ce moment était resté fort tranquille, vidant avec complaisance son verre, rempli de vin de Syracuse, sa boisson favorite. — Arrêtez ! Si Marguerite a pris du poison, il n'est pas besoin de médecin ; dans ce cas, je suis le meilleur médecin possible. Laissez-moi faire.

Il s'approcha de Marguerite, qui était retombée dans un évanouissement, et qui éprouvait de temps en temps des secousses nerveuses. Il se baissa sur elle ; on remarqua qu'il tirait de sa poche un petit étui, dans lequel il prit une substance qui tint entre ses doigts, et dont il frotta le dos et la poitrine de Marguerite ; puis il dit, en s'éloignant d'elle : — Cette fille a pris de l'opium ; mais je puis la sauver par des remèdes qui me sont connus[7].

Sur l'ordre du comte, Marguerite fut transportée dans sa chambre, où il resta seul avec elle. — Pendant ce temps, la femme de chambre de la baronne avait trouvé dans la chambre de Marguerite la fiole qui contenait les gouttes d'opium recommandées depuis quelque temps à madame de Grenville. La malheureuse l'avait vidée tout entière.

— Le comte, dit Dagobert d'un air un peu ironique, est un homme bien merveilleux ! Il a tout deviné. Rien qu'en regardant Marguerite, il a su qu'elle avait pris du poison ; et il en a reconnu l'espèce et la couleur.

Une bonne heure après, le comte reparut et annonça que la vie de Marguerite était hors de danger. Jetant un regard sur Maurice, il ajouta qu'il espérait aussi bannir de son âme le principe même du mal. Il demanda que la femme de chambre passât la nuit auprès de Marguerite, lui-même il voulait veiller dans la chambre voisine pour se trouver prêt à la secourir au besoin ; pour se disposer à cette nuit fatigante, il se remit à table avec les hommes, tandis qu'Angélique et la baronne, agitées par cette scène, se retiraient dans leur chambre.

Le colonel donna un libre cours à l'humeur que lui causait ce qu'il nommait le mauvais procédé de Marguerite. Maurice et Dagobert gardaient tristement le silence. Mais plus ils se montraient abattus, plus le comte laissait éclater une gaieté qui ne lui était pas ordinaire, et qui avait en effet quelque chose de cruel.

— Ce comte, dit en se retirant Dagobert à son ami, ce comte produit toujours sur moi un effet étrange; il me semble toujours qu'il y a quelque chose de surnaturel en lui.

— Ah! répondit Maurice, l'idée d'un malheur qui menace notre amour m'accable et m'oppresse!

Dans la même nuit, le colonel fut réveillé par l'arrivée d'un courrier venu de la résidence. Le lendemain, il vint trouver la baronne, un peu troublé : — Nous serons bientôt forcés de nous séparer encore, ma chère Élise, dit-il en s'efforçant de paraître calme. La guerre va recommencer de nouveau, après un court intervalle de repos. Hier j'ai reçu l'ordre de me mettre en marche avec mon régiment dès qu'il sera possible, peut-être dès la nuit prochaine.

La baronne pâlit d'effroi et fondit en larmes. Le colonel chercha à la consoler en disait qu'il était convaincu que cette campagne serait courte et glorieuse, et que la satisfaction avec laquelle il la commençait lui faisait pressentir qu'il n'avait nul péril à redouter. — Jusqu'à notre retour, ajouta-t-il, tu pourras aller dans nos terres avec Angélique. Je vous donnerai un guide qui égaiera votre solitude. Le comte Aldini part avec vous.

— Le comte! au nom du ciel! s'écria la baronne. Le comte partir avec nous; après avoir rejeté son amour!... Un Italien adroit, qui sait cacher sa colère au fond de son cœur, et qui la laissera peut-être éclater au moment favorable! Partir avec ce comte qui, je ne sais pourquoi, m'est devenu hier plus odieux que jamais!

— Hum! c'est à n'y pas tenir avec l'imagination et les rêves des femmes? s'écria le colonel en frappant du pied. Elles ne comprennent pas la grandeur d'âme d'un homme supérieur, et elles se figurent qu'il n'y a que de l'amour dans la vie! Le comte a passé toute la nuit dans l'antichambre de Marguerite, comme il se le proposait. C'est à lui que j'ai porté d'abord la nouvelle de la guerre. Son retour dans sa patrie devient presque impossible, et il a été accablé de cette nouvelle. Je lui ai offert de séjourner dans mes domaines. Après beaucoup d'hésitation, il a enfin accepté, et il m'a donné sa parole de faire tout ce qui serait en son pouvoir pour vous protéger et pour adoucir les ennuis de notre séparation. Tu sais tout ce que je dois au comte; puis-je lui refuser un asile?

La baronne ne put, n'osa rien répondre. Le colonel tint parole. Dans la nuit suivante, les trompettes sonnèrent le départ, et les deux amants se séparèrent dans une douleur inexprimable.

Peu de jours après, lorsque Marguerite fut rétablie, la baronne partit pour sa terre avec Angélique. Le comte les suivit avec leurs gens.

Durant les premiers jours, le comte mit une délicatesse infinie dans ses rapports avec les deux dames; il ne leur rendit visite que lorsqu'elles en exprimèrent le désir, et demeura renfermé dans son appartement ou se livra à des promenades solitaires.

La guerre parut d'abord favorable à l'ennemi; mais bientôt le sort des armes changea, et la victoire se déclara dans les rangs où combattait le colonel. Le comte apportait toujours le premier les bonnes nouvelles, il était toujours le mieux instruit du sort des armées et de la marche du régiment du colonel. Dans plusieurs affaires sanglantes, ni le colonel ni le major n'avaient reçu la moindre blessure: les lettres les plus authentiques en faisaient foi. C'est ainsi que le comte paraissait toujours devant les deux dames comme un messager de bonheur; il se montrait plein de dévouement pour Angélique, l'ami le plus tendre et le plus inquiet pour son père; et la baronne ne pouvait s'empêcher de reconnaître que le colonel avait bien jugé le comte, et que les préjugés qu'elle nourrissait contre lui étaient souverainement injustes. Marguerite elle-même semblait guérie de sa folle passion, et le calme, ainsi que la confiance, étaient rentrés dans le petit cercle.

Une lettre du colonel, adressée à sa femme, et un billet que le major écrivait à Angélique, achevèrent de dissiper tous les soucis. La paix avait été conclue dans la capitale de la France. Angélique était ivre de joie et d'espérance, et c'était toujours le comte qui parlait avec feu des actions d'éclat de Maurice et du bonheur qui souriait à la jolie fiancée. Un jour enfin, il prit la main d'Angélique, et, la portant à son cœur, il lui demanda si elle le haïssait encore comme autrefois. Rougissant de honte, et les yeux humides de larmes, Angélique répondit qu'elle ne l'avait jamais haï, mais qu'elle aimait trop Maurice pour n'avoir pas rejeté avec horreur toute autre union. Le comte la regarda avec gravité, et lui dit solennellement : — Angélique, regardez-moi comme un père. — Et il déposa sur son front un baiser que la pauvre enfant souffrit, car elle se rappela que c'était ainsi que son père avait coutume de l'embrasser.

On s'attendait de jour en jour à voir revenir le colonel dans sa patrie, lorsqu'une lettre vint renverser toutes les espérances. Le major avait été assailli par des paysans, dans un village de la Champagne qu'il traversait pour regagner la frontière : on l'avait renversé de son cheval à coups de faux et de fléaux, et son domestique était parvenu à s'échapper. — Ainsi la joie qui remplissait déjà la maison fut changée en un désespoir sans égal.

SECONDE PARTIE [8]

Toute la maison du colonel était dans l'agitation. On voyait sans cesse monter et descendre les laquais couverts de riches livrées, et la cour était remplie de carrosses qui amenaient les personnes invitées que recevait avec empressement le colonel, la poitrine couverte de décorations acquises dans la dernière campagne.

Dans sa chambre solitaire, parée comme une fiancée, était assise Angélique dans l'éclat d'une beauté accomplie, embellie par la fraîcheur de la jeunesse. Sa mère était auprès d'elle. — Ma chère enfant, lui dit-elle, tu as librement fait choix du comte Aldini pour ton mari. Autant ton père insistait autrefois sur cette union, autant il s'est montré indifférent à ce sujet depuis la mort du malheureux Maurice. Oui, il me semble maintenant qu'il ait lui-même partagé le douloureux sentiment que je ne puis te cacher. Il reste incompréhensible pour moi que tu aies si promptement oublié Maurice. — Le moment décisif approche. — Tu vas donner ta main au comte. — Examine bien ton cœur. — Il est encore temps ! Puisse le souvenir du passé ne jamais obscurcir de son ombre le bonheur de ton union !

— Jamais, s'écria Angélique dont les yeux s'humectèrent de larmes ; jamais je n'oublierai Maurice. Jamais je n'aimerai comme je l'ai aimé ! Le sentiment que je ressens pour le comte est bien différent ! Je ne sais comment il a su gagner mon âme ! Non, je ne l'aime pas, je ne puis l'aimer comme j'aimais Maurice ; mais j'éprouve comme si je ne pouvais pas vivre sans le comte, comme si je ne pouvais penser, sentir que par lui ! Un esprit invisible me dit sans relâche que je dois devenir sa femme, que sans lui il n'est plus d'existence pour moi. — J'obéis à cette voix qui semble la parole mystérieuse du destin...

Une femme de chambre entra pour annoncer qu'on n'avait pas encore trouvé Marguerite qui avait disparu depuis le matin; mais que le jardinier avait apporté un billet qu'il tenait d'elle, et qu'elle l'avait chargé de remettre à la baronne lorsqu'il aurait achevé de porter ses fleurs au château.

Dans ce billet que la baronne ouvrit aussitôt, se trouvaient ces mots: « Vous ne me reverrez jamais. — Un sort fatal me chasse de votre maison. Je vous en supplie, vous qui m'avez tenu lieu de mère, de ne pas me faire poursuivre. La seconde tentative que je ferais pour me donner la mort serait plus heureuse que la première. — Puisse Angélique savourer à longs traits son bonheur dont la pensée déchire mon âme! Adieu, soyez heureuse. — Oubliez la malheureuse « MARGUERITE. »

— Cette folle a-t-elle juré de troubler toujours notre repos! s'écria la baronne irritée; viendra-t-elle toujours se placer en ennemie entre toi et l'époux que tu choisiras? — Qu'elle s'éloigne, qu'elle se retire où elle voudra, cette fille ingrate que j'ai traitée comme ma propre enfant; je ne veux plus me tourmenter à cause d'elle!

Angélique éclata en plaintes et en regrets, et pleura une sœur perdue; mais sa mère la pria sévèrement de ne pas troubler ce moment solennel par le souvenir d'une insensée. La société s'était réunie dans le salon; l'heure de se rendre à la chapelle, où un prêtre catholique devait unir les époux, venait de sonner. Le colonel conduisait la fiancée, et chacun se récriait sur la beauté ravissante que rehaussait encore la simplicité de sa toilette; on attendait le comte. Un quart d'heure s'écoula, et il ne parut point. Le colonel alla le chercher dans son appartement. Il y trouva le valet de chambre qui lui dit que son maître s'était complètement habillé, et que, se trouvant subitement indisposé, il était descendu dans le parc pour respirer plus librement. Il avait défendu à ses gens de le suivre.

Cette démarche du comte agita le colonel; son cœur

battit avec force; il ne put se rendre compte de l'inquiétude qu'il éprouvait.

Il fit dire à ses hôtes que le comte allait paraître à l'instant; en même temps, il fit prier un médecin célèbre, qui se trouvait dans la société, de se rendre auprès de lui, et ils descendirent ensemble dans le parc, suivis du valet de chambre, pour chercher le comte. En sortant d'une grande allée, ils se dirigèrent vers un massif où le comte avait coutume d'aller s'asseoir. Ils le virent assis sur un banc de gazon au pied d'un platane, la poitrine couverte de ses ordres étincelants et les mains jointes. Il était appuyé contre le tronc de l'arbre, et les regardait fixement, l'œil immobile. Ils tressaillirent à cette horrible vue, car les yeux brillants du comte avaient perdu tout leur feu.

— Comte Aldini! que vous est-il arrivé? s'écria le colonel. Mais point de réponse, point de mouvement, pas le plus léger souffle! Le médecin s'élança vers lui, ouvrit son habit, dénoua sa cravate, lui frotta le front; puis se tournant vers le colonel: — Tout secours est inutile. Il est mort. Il vient d'être frappé d'apoplexie. — Le colonel, rassemblant tout son courage, le pria de garder le silence sur cet événement. — Nous tuerons Angélique sur l'heure si nous n'agissons prudemment, lui dit-il. — Aussitôt il emporta lui-même le corps dans un pavillon voisin, le laissa sous la garde du valet de chambre, et revint au château avec le médecin. En chemin il changea vingt fois de résolution; il ne savait s'il devait cacher cet événement à la pauvre Angélique, ou se hasarder à tout lui dire avec calme.

En entrant dans la salle, il y trouva tout en désordre. Au milieu d'une conversation tranquille, les yeux d'Angélique s'étaient fermés tout à coup, et elle était tombée évanouie. Elle était étendue sur un sopha dans la chambre voisine. Non pas défaite, ni pâle; mais les couleurs de ses joues étaient plus vermeilles, un charme inexprimable, une sorte d'extase céleste était répandue sur ses traits. — Le médecin, après l'avoir longtemps contemplée avec étonnement, assura qu'elle ne courait pas le moindre danger, et que mademoiselle de Grenville se trouvait plongée, d'une manière inconcevable, il est vrai, dans un sommeil magnétique. Il n'osait prendre sur lui de l'arracher à ce sommeil; mais elle ne devait pas tarder à se réveiller elle-même.

Pendant ce temps, on se parlait d'un air mystérieux dans l'assemblée. La mort du comte s'était répandue on ne savait comment; chacun s'éloigna en silence; seulement, d'instant en instant, on entendait rouler une voiture qui partait.

La baronne, penchée sur sa fille, aspirait chaque trait de son haleine. Angélique murmurait des paroles que personne ne pouvait comprendre. Le médecin ne souffrit pas qu'on la déshabillât, il ne permit pas même qu'on la délivrât de ses gants; le moindre attouchement pouvait lui devenir funeste.

Tout à coup, Angélique ouvrit les yeux, se releva, et s'écria d'une voix retentissante : — Il est là. — Il est là! Puis elle s'élança vers la porte du salon qu'elle ouvrit avec violence, traversa les antichambres, et franchit les degrés avec une rapidité sans égale.

— Elle a perdu l'esprit! O Dieu du ciel! elle a perdu l'esprit! s'écria sa mère.

— Non, non, rassurez-vous, dit le médecin; ce n'est point de la folie; mais il se passe quelque chose d'extraordinaire. Et il s'élança sur les pas de la jeune fille.

Il vit Angélique passer comme un trait la porte du château et courir sur la route, les bras étendus; son riche voile de dentelle et ses cheveux, qui s'étaient détachés, flottaient au gré du vent.

Un cavalier accourut au-devant d'elle, se jeta à bas de son cheval et s'élança dans ses bras. Deux autres cavaliers qui le suivaient, s'arrêtèrent également et mirent pied à terre.

Le colonel, qui avait suivi en toute hâte le médecin, s'arrêta devant ce groupe dans un muet étonnement, et se frappa le front comme pour retenir ses pensées prêtes à l'abandonner.

C'était Maurice qui pressait avec ardeur Angélique sur son sein; auprès de lui étaient Dagobert et un jeune homme en uniforme de général russe.

— Non ! non ! s'écria plusieurs fois Angélique en serrant convulsivement son bien-aimé dans ses bras, non, jamais je n'ai été infidèle, mon tendre, mon loyal Maurice ! — Ah ! je le sais ! disait Maurice, je le sais, mon ange ! C'est un démon qui t'a entourée de ses pièges infernaux !

Et il emporta plutôt qu'il ne conduisit Angélique vers le château, tandis que les autres les suivaient en silence. Ce ne fut qu'à la porte de sa demeure que le colonel retrouva la force de parler. Il regarda autour de lui d'un air étonné, et s'écria : — Quelles sont donc toutes ces apparitions ?

— Tout s'éclaircira, répondit Dagobert ; et il présenta au colonel l'étranger comme le général russe Bogislav Sohilow, ami intime du major.

Arrivé dans le château, Maurice, sans faire attention à l'effroi de la baronne, demanda d'un ton brusque : — Où est le comte Aldini ?

— Chez les morts ! répondit le colonel d'une voix sourde. Il a été frappé d'apoplexie, il y a une heure.

Angélique trembla de tous ses membres.

— Oui, dit-elle, je le savais. Au moment où il mourut je ressentis une commotion comme si un cristal se brisait en moi ; j'éprouvai un état singulier, et sans doute mon rêve me revint, car lorsque je me réveillai, les yeux terribles n'avaient plus de puissance sur moi ; j'étais dégagée de tous les liens de feu qui m'avaient environnée ! — J'étais libre ! — Je vis Maurice ! — Il venait ! — Je courus au-devant de lui ! — A ces mots elle s'attacha tendrement à son bien-aimé, comme si elle eût craint de le perdre encore.

— Dieu soit béni ! dit la baronne en levant les yeux au ciel ; je sens diminuer le poids qui oppressait mon cœur ; je suis délivrée de l'inquiétude mortelle qui s'était emparée de moi depuis qu'Angélique devait donner sa main au comte !

Le général Sohilow demanda à voir le cadavre. On le conduisit au pavillon. Lorsqu'on découvrit le drap qu'on avait étendu sur le corps, le général recula tout à coup, et s'écria d'une voix troublée : — C'est lui ! — Par le Dieu du ciel, c'est lui !

Angélique était tombée profondément endormie dans les bras du major. On la transporta dans sa chambre. Le médecin prétendit que ce sommeil était bienfaisant, et calmerait l'agitation violente de ses esprits, qui la menaçait d'une maladie grave.

Nul des conviés ne restait au château. — Il est temps enfin, dit le colonel, de découvrir ces terribles mystères. Dis-nous, Maurice, quel ange sauveur t'a rappelé à la vie.

« — Vous savez, dit Maurice, par quelle trahison je fus attaqué dans un village près des frontières. Frappé par un coup de faux [9], je tombai de cheval, entièrement privé de mes sens. J'ignore combien de temps je restai dans cette situation. Dans un demi-réveil, et l'esprit encore voilé par la douleur, j'éprouvai la sensation qu'on ressent en voyageant en voiture. Il était nuit sombre. Plusieurs voix chuchotaient auprès de moi : c'était la langue française dont on se servait. Ainsi j'étais dans les mains de l'ennemi ! Cette pensée s'offrit à moi, entourée de terreurs, et je retombai dans mon évanouissement. Alors suivit un état qui ne m'a laissé d'autre souvenir que des douleurs violentes, dont ma tête était atteinte. Un matin, je me réveillai l'esprit parfaitement libre. Je me trouvai dans un lit élégant, presque somptueux, tendu de rideaux de soie, ornés de franges et de glands massifs. La chambre, vaste et élevée, était couverte de tapis, et remplie de meubles lourdement dorés, à l'antique mode française. Un inconnu me regardait, presque courbé sur moi, et s'élança vers un cordon de sonnette, qu'il tira fortement. Peu de minutes après, la porte s'ouvrit, et deux hommes entrèrent. L'un d'eux était âgé ; il portait un habit brodé et la croix de Saint Louis à sa boutonnière. Le plus jeune s'approcha de moi, tâta mon pouls, et dit à l'autre : — Tout danger est passé ! il est sauvé !

« Le plus vieux s'annonça alors à moi comme le chevalier de Tressan, dans le château duquel je me trouvais. Il était en voyage, me dit-il, et il passait par le village où j'avais été attaqué, au moment où les paysans se disposaient à me piller. Il parvint à me délivrer de leurs mains. Alors il me fit transporter dans sa voiture, et reprit avec moi le chemin de son château, qui était éloigné de toute communication avec les routes militaires. Là, il m'avait fait soigner des blessures que j'avais reçues à la tête par son chirurgien, homme fort habile. Il conclut en me disant qu'il aimait ma nation, qui l'avait bien accueilli dans les temps calamiteux de la révolution, et qu'il se réjouissait de pouvoir m'être utile. Tout ce qui pouvait me soulager ou me plaire dans son château était à mon service, et il ne souffrirait pas que je le quittasse avant que d'être parfaitement rétabli. Il déplorait, au reste, l'impossibilité où il se trouvait de faire connaître à mes amis le lieu de mon séjour.

« Le chevalier était veuf, ses fils absents ; ainsi je me trouvai seul avec lui, le chirurgien et les nombreux domestiques du château. Ma santé se rétablissait doucement, et le chevalier faisait tous ses efforts pour me rendre agréable le séjour de sa terre. Sa conversation était spirituelle, et ses vues plus profondes qu'elles ne le sont d'ordinaire chez sa nation. Il parlait d'arts, de sciences ; mais, autant qu'il le pouvait, il s'abstenait de faire mention des événements du temps. Ai-je besoin de dire que mon Angélique était mon unique pensée, et que ma plus vive douleur était de la savoir affligée de ma mort ! — Je tourmentais sans relâche le chevalier pour qu'il fît parvenir mes lettres au quartier général. Il s'excusa en me disant qu'il ne savait dans quelle direction se dirigeaient alors nos armées, et il me consola en m'assurant que, dès que je serais guéri, il m'aiderait à retourner dans ma patrie. D'après ses discours, je dus conclure que la guerre avait recommencé avec plus d'acharnement, et que les armes avaient été défavorables aux alliés, ce qu'il me taisait par délicatesse.

« Mais je n'ai besoin que de retracer quelques circonstances isolées pour justifier les soupçons que Dagobert a conçus.

« J'étais déjà à peu près délivré de la fièvre, lorsqu'une nuit je tombai dans un état de rêverie incroyable, dont le souvenir, bien que confus, me fait encore frémir. Je vis Angélique, mais c'était comme si son corps n'eût été qu'une vapeur tremblotante que je m'efforçais vainement de saisir. Une autre créature se glissait entre elle et moi, s'appuyait sur ma poitrine, y plongeait la main pour s'emparer de mon cœur, et au milieu des douleurs les plus affreuses, je me sentais saisir d'une volupté infinie. — Le lendemain matin, mon premier regard tomba sur un portrait qui était suspendu au pied de mon lit, et que je n'avais jamais remarqué. Je fus effrayé du fond de mon âme, car c'était Marguerite dont les yeux noirs et animés étaient fixés sur moi. Je demandai au domestique d'où venait ce portrait et qui il représentait. Il me dit que c'était celui de la nièce du chevalier, la marquise de Tressan; que ce portrait avait toujours été à cette place, et que je ne l'avais remarqué ce matin-là que parce qu'on avait enlevé la veille toute la poussière qui le couvrait. Le chevalier confirma cette réponse du domestique. Depuis, chaque fois que je voulais rêver à Angélique, Marguerite s'offrait devant moi. J'étais en quelque sorte étranger à mes propres sensations, une puissance extérieure disposait de mes pensées, et, dans le délire que me causait cette lutte, il me semblait que je ne pouvais me débarrasser de Marguerite. Je n'oublierai jamais les angoisses de cette cruelle situation.

« Un matin, j'étais étendu sur un sopha, près de la fenêtre, me ranimant aux douces exhalaisons que m'envoyait la brise matinale, lorsque j'entendis au loin les éclats de la trompette. — Aussitôt je reconnais la joyeuse fanfare de la cavalerie russe; mon cœur bondit de joie, il me semble que chaque son de cet air m'apporte les paroles consolantes de mes amis, qu'ils viennent me tendre la main, me relever du cercueil où une puissance ennemie m'avait renfermé! — Quelques cavaliers accourent avec la rapidité de l'éclair. Je les regarde. — Bogislav! mon Bogislav! m'écriai-je dans l'excès de mon ravissement. Le chevalier entre dans ma chambre, pâle et troublé; il m'annonce qu'on lui envoie inopinément des soldats à loger; il prononce quelques mots d'excuse. Moi, sans l'écouter, je m'élance au bas des marches, et je cours tomber dans les bras de Bogislav!

« A mon grand étonnement, j'apprends alors que la paix est conclue depuis longtemps, et que la plupart des troupes est en pleine retraite; toutes choses que le chevalier m'avait cachées, tandis qu'il me retenait comme un prisonnier dans son château. Personne de nous ne pouvait deviner les motifs de cette conduite, mais chacun soupçonnait une menée sourde et déloyale. Dès ce moment, le chevalier ne fut plus le même ; il se montra constamment grondeur, tracassier, et lorsque je le remerciais avec chaleur de m'avoir sauvé la vie, il ne me répondait que par un sourire rusé et ironique.

« Après vingt-quatre heures de halte, Bogislav se mit en route, et je laissai avec joie le vieux château derrière moi. » — Maintenant, Dagobert c'est à toi de parler.

« — Qui pourrait douter de la force des pressentiments que nous renfermons dans notre âme ? dit Dagobert. Pour moi, je n'ai jamais cru à la mort de mon ami. L'esprit qui nous révèle la destinée dans nos rêves me disait que Maurice vivait et qu'il était retenu loin de nous par des liens merveilleux. Le mariage d'Angélique avec le comte déchirait mon cœur. — Lorsque je vins ici, il y a quelque temps, lorsque je trouvai Angélique dans une disposition d'esprit qui, je l'avoue, me causa de l'horreur, parce que j'y voyais l'effet d'une puissance surnaturelle, je formai la résolution de faire un pèlerinage en pays étranger pour chercher mon Maurice. Je ne vous parlerai pas du bonheur, du ravissement que j'éprouvai en retrouvant, sur les bords du Rhin, Maurice qui revenait en Allemagne avec le général Sohilow.

« Tous les tourments de l'enfer s'emparèrent de lui en apprenant le mariage d'Angélique et du comte. Mais toutes ses malédictions, toutes ses plaintes cessèrent, lorsque je lui fis part de certains soupçons que je nourrissais, et lorsque je l'assurai qu'il était en mon pouvoir de détruire toutes intrigues du comte. Le général Sohilow tressaillit en entendant prononcer le nom du comte, et, lorsque je lui eus décris sa tournure, son langage et ses traits, il s'écria : — Sans nul doute, c'est lui ! c'est lui-même ! »

— Apprenez, dit le général en interrompant Dagobert, apprenez qu'il y a plusieurs années, ce comte Aldini m'a enlevé à Naples, par un art infernal qu'il possède, une femme que j'adorais. Au moment où je plongeai mon épée dans le corps de ce traître, ma fiancée fut séparée de moi pour jamais. Je fus forcé de m'enfuir, et le comte, guéri de sa blessure, parvint à obtenir sa main. Mais, le jour de leur mariage, elle fut atteinte d'une crise nerveuse dans laquelle elle succomba !

— Ciel ! s'écria la baronne, un sort semblable attendait cette enfant[10] ! — Et cette terrible apparition dont nous parlait Maurice le soir où le comte vint pour la première fois nous surprendre et nous causer tant d'effroi !

— Je vous disais dans ce récit, dit Maurice, que la porte s'était ouverte avec fracas ; il me sembla qu'une figure vague et incertaine traversait la chambre. Bogislav était près d'expirer d'effroi. Je parvins difficilement à le rappeler à lui-même ; enfin il me tendit douloureusement la main et me dit : — Demain, toutes mes souffrances seront terminées. — Sa prédiction se réalisa, mais d'une autre manière qu'il l'avait pensé. Le lendemain, dans le plus épais de la mêlée, il fut atteint à la poitrine d'un coup de biscayen qui le renversa de son cheval. La balle avait frappé sur son sein le portrait de la belle infidèle, et l'avait brisé en mille pièces. Il fut ainsi préservé d'une blessure mortelle, et ne reçut qu'une contusion dont il guérit facilement. Depuis ce temps, mon ami Bogislav a recouvré le calme de son cœur.

— Rien n'est plus vrai, dit le général, et le souvenir de la bien-aimée que j'ai perdue ne me cause plus qu'une mélancolie à laquelle je trouve des charmes. — Mais laissons notre ami Dagobert terminer son histoire.

« — Nous nous remîmes tous trois en route, dit Dagobert. Ce matin, au point du jour, nous arrivâmes dans la petite ville de P***, située à six milles d'ici. Nous comptions y rester quelques heures et repartir. Tout à coup je crus voir Marguerite s'élancer d'une chambre de l'auberge où nous étions, et accourir vers nous. C'était elle, pâle et les yeux égarés. Elle retomba aux genoux du major, les embrassa en s'accusant des crimes les plus noirs, jura qu'elle avait mille fois mérité la mort, et le supplia de l'égorger sur l'heure. Maurice la repoussa avec horreur, et s'échappa. »

— Oui ! s'écria le major en voyant Marguerite à mes pieds, toutes les souffrances que j'avais éprouvées dans le château s'emparèrent encore de moi, et j'éprouvai une fureur que je n'avais jamais ressentie. J'étais sur le point de plonger mon épée dans le sein de Marguerite, lorsque, rassemblant toutes mes forces, je parvins à m'enfuir.

« — Pour moi, reprit Dagobert, je relevai Marguerite, et je la portai dans sa chambre. Bientôt je parvins à la calmer, et j'appris, par ses discours entrecoupés, ce que j'avais soupçonné. Elle me donna une lettre qu'elle avait reçue la veille, à minuit, du comte Aldini. La voici. »

Dagobert tira une lettre de sa poche et lut ce qui suit :

« Fuyez, Marguerite ! tout est perdu ! l'homme odieux « approche ! Toute ma science ne peut rien contre le « destin, qui m'entraîne au moment de réussir. — Mar« guerite, je vous ai initiée dans des mystères dont la « connaissance eût anéanti une femme ordinaire ; mais « votre esprit robuste, votre intelligence élevée, ont fait « de vous un digne sujet. Vous m'avez bien assisté. Par « vous, j'ai dominé l'âme d'Angélique. Pour vous en « récompenser, j'ai voulu assurer le bonheur de votre « vie ; mais toutes mes opérations ont été vaines. Fuyez ! « fuyez pour éviter votre perte ! Pour moi, je le sens, le « moment qui approche me donnera la mort. Dès que ce « moment viendra, j'irai sous l'arbre à l'ombre duquel « nous avons si souvent parlé de cette science mysté« rieuse. — Marguerite, renoncez à ces secrets ! La na« ture est une mère cruelle, elle tourne ses forces contre « ses enfants audacieux, qui cherchent à soulever ses « voiles. — Je tuai jadis une femme au moment où « j'allais me plonger avec elle dans les délices de « l'amour. Et cependant, insensé que j'étais, j'espérais « encore faire servir ma science impuissante à me procu« rer le bonheur ! — Adieu, Marguerite ! Retournez dans « votre patrie ; le chevalier de Tressan aura soin de vous. « Adieu ! »

Un long silence suivit la lecture de cette lettre.

— Il faut donc, dit à voix basse la baronne, que je croie à des choses contre lesquelles mon cœur s'est toujours révolté. Mais comment Angélique a-t-elle pu oublier si promptement Maurice ? Je me souviens qu'elle était plongée dans une exaltation continuelle, et que son penchant pour le comte se déclara d'une façon singulière. Elle m'avoua que chaque nuit elle rêvait du comte, et que ces rêves lui procuraient de douces extases.

— Marguerite m'a avoué qu'elle murmurait chaque nuit le nom du comte à l'oreille d'Angélique, reprit Dagobert, et que le comte lui-même s'avançait quelquefois vers la porte, et y demeurait quelques instants les yeux fixés sur votre fille endormie, et les bras étendus vers elle. — Mais sa lettre n'a pas besoin de commentaire. Il est certain que le comte exerçait une grande puissance magnétique, et qu'il l'employait à captiver les forces psychiques. Il était en relation avec le chevalier de Tressan, et il appartenait à cette école qui compte beaucoup d'adeptes en France et en Italie, et dont le vieux Puységur était le chef. Je pourrais pénétrer plus avant dans ces moyens mystérieux, et je pourrais vous expliquer tout ce qui vous paraît surnaturel dans l'influence qu'exerçait le comte. — Mais laissons cela pour aujourd'hui !

— Oh ! pour toujours, s'écria la baronne. Plus rien de ce monde sinistre où règne l'épouvante ! Grâces soient rendues au ciel de nous avoir délivrés de cet hôte terrible.

Le lendemain, on revint à la ville. Le colonel et Dagobert restèrent seuls pour veiller à la sépulture du comte.

Depuis longtemps Angélique était l'heureuse femme du major. Un soir, par un temps orageux de novembre, toute la famille était rassemblée auprès du feu avec Dagobert, dans le même salon où le comte Aldini avait fait son apparition en manière de spectre. Comme alors, les voix mystérieuses des esprits, que l'ouragan et les vents avaient réveillés, sifflaient et mugissaient sur les toits.

— Vous rappelez-vous ?... dit la baronne, les yeux étincelants ; vous souvenez-vous encore ?...

— Surtout point d'histoires de spectres ! s'écria le colonel.

Mais Angélique et Maurice ne purent s'empêcher de dire ce qu'ils avaient ressenti ce soir-là, comme ils s'étaient déjà aimés au-delà de toute expression ; et ils se plurent à rappeler les plus petites circonstances qui s'étaient alors passées.

— N'est-ce pas, Maurice, dit Angélique : ces récits ne t'effraient pas ? Ne te semble-t-il pas, comme à moi, que la voix merveilleuse des vents ne nous parle plus que de notre amour ?

— Oui, sans doute, s'écria Dagobert. Et la machine à thé même, avec ses sifflements, ne me semble plus renfermer que des petits esprits domestiques qui fredonnent une chanson de berceau.

Angélique cacha sa figure, couverte de rougeur, dans le sein de l'heureux Maurice [11].

NOTICES ET NOTES

Pour connaître les objectifs de nos commentaires, le lecteur voudra bien consulter le tome Ier*, page 301.*

Les tomes I et II de la présente édition se fondent sur l'édition Garnier de 1843, qui représente une sélection des « principaux » textes traduits par Loève-Veimars et contenus dans les *Œuvres complètes* (Paris, Renduel, 1830-1833). Une sélection de textes à peu près semblable avait fait l'objet d'une réimpression — qualifiée de « deuxième édition » — en deux volumes (1832-1836). Il s'agit de contes qui, grâce aux *Œuvres complètes* publiées par Renduel et grâce aux autres traductions diffusées à partir de 1830, ont acquis le statut de textes « classiques ». Le tome III de la présente édition rassemblera des textes que Loève-Veimars a proposés en vain aux lecteurs français de son temps comme une *autre* illustration des talents d'Hoffmann.

L'édition Garnier de 1843 comprend tous les textes de la réimpression lancée en 1836 (t. V à VIII des *Œuvres complètes*) et, en outre, *Le Spectre fiancé* (t. IV des *Œuvres complètes*) ainsi qu'un texte qui avait été exclu des *Œuvres complètes : La Leçon de violon* (publié auparavant sous un autre titre).

Le tome II de la présente édition, qui correspond au tome II de l'édition Garnier, contient quelques-uns parmi les textes les plus célèbres d'Hoffmann, selon la perspective des spécialistes modernes *(Mademoiselle von Scuderi, Don Juan, Ritter Gluck, Der Sandmann)* et selon la perspective du XIXe siècle français (*Don Juan, L'Homme au sable, L'Église des jésuites* ont enchanté et même marqué Nerval, Sainte-Beuve, Balzac et plusieurs autres).

Dans la perspective adoptée par les éditeurs Renduel et Garnier, les deux volumes constituent un ensemble cohérent. *Don Juan* et *Gluck*, empruntés aux *Fantasiestücke in Callots Manier,* ne se distinguent pas des contes dits « fantastiques » empruntés aux *Nachtstücke* et aux *Serapionsbrüder*. On voit d'autant plus clairement que les titres « Contes fantastiques », « Contes nocturnes » et « Contes et Fantaisies » sont interchangeables : les récits puisés dans les « Nachtstücke » (Contes nocturnes) ou dans les « Serapionsbrüder » sont mis sur le même pied que les « Fantasiestücke », en tant que morceaux *fantastiques*. Il restera à déterminer quel fantastique le traducteur et l'éditeur ont eu en vue et quel fantastique a suscité des réserves de leur part.

Rappelons que les titres adoptés par Loève-Veimars ne sont pas toujours le résultat d'une simple traduction lexicale : dans certains cas, ils s'expliquent visiblement par une interprétation nouvelle du récit.

Das Fräulein von Scuderi. Erzählung aus dem Zeitalter Ludwig des Vierzehnten.
    Mademoiselle de Scudéry. Histoire du temps de Louis XIV.

Zacharias Werner.
    Zacharias Werner.

Meister Martin der Küfner und seine Gesellen.
    Maître Martin le tonnelier et ses apprentis.

Die Jesuiterkirche in G.
    L'Église des jésuites.

Der Sandmann.
    L'Homme au sable.

Der Artushof.
    La Cour d'Artus.

Don Juan.
    Don Juan.

Ritter Gluck.
    Gluck.

Erscheinungen.
    Agafia.

Der Baron von B.
    La Leçon de violon.

Der unheimliche Gast.
    Le Spectre fiancé.

L'adaptation des titres n'a rien d'exceptionnel chez Loève-Veimars. Elle est parfois très discrète (la suppression de la localisation géographique : Die Jesuiterkirche *in G.* ; la modification de la graphie : Scud*éry*). Dans trois cas, l'intervention est nette : le même personnage est désigné à l'aide d'une autre qualification *(Le Spectre fiancé)* ; le sens du récit est explicité par l'évocation d'un personnage et non par un thème *(La Leçon de violon)*, ou inversement *(Agafia)*. Ces interventions sont d'autant plus significatives que Loève-Veimars reproche à Walter Scott de traduire le titre « Der Sandmann » d'une façon « inexacte ». — Ajoutons enfin que le sous-titre de *Don Juan* (qui aurait dû piquer la fantaisie d'un Nerval : « Eine fabelhafte Begebenheit, die sich mit einem reisenden Enthusiasten zugetragen » « Un événement fabuleux qui est arrivé à un voyageur enthousiaste ») a été supprimé.

MADEMOISELLE DE SCUDÉRY (*Das Fräulein von Scuderi : Serapionsbrüder*, VI).

Jusqu'à nos jours, cette nouvelle est considérée comme un des chefs-d'œuvre d'Hoffmann. Elle valut à son auteur beaucoup de succès, dès sa publication, et la France littéraire s'attacha à l'histoire sous des formes adaptées plusieurs années avant de découvrir qu'elle avait été publiée par un auteur allemand sous le titre de « Mademoiselle de Scudéry ». Selon les spécialistes modernes, elle représente avec *Le Double Meurtre de la rue Morgue* d'E. A. Poe un des modèles du roman policier et du suspens. La tension et l'enquête « policière » — dans un décor à la fois historique et moderne : celui du Paris du XVIIe siècle — sont en effet des ficelles subtiles, commandées avec un art accompli par le conteur allemand. Au fur et à mesure que la nouvelle avance, il devient toutefois évident que *Mademoiselle de Scudéry* est plus qu'un roman policier. Le titre de l'original — renié par les adaptateurs français, mais non par Loève-Veimars — place au centre du récit une femme de lettres inoubliable, à laquelle l'âge et le prestige littéraire et mondain donnent des pouvoirs exceptionnels. Au-delà des péripéties et des coups de théâtre — des vols, des meurtres, des soupçons, etc. — *Mademoiselle de Scudéry* nous fait pénétrer au sein de l'âme d'une époque et nous fait découvrir l'attitude de toute une culture devant le langage, la cour, l'art, la peur. D'autre part, Cardillac, l'artiste hanté par la possession des objets qu'il a tirés des tréfonds de son être, est une incarnation tragique de l'artiste maudit. On ne s'étonne pas de constater que cet artiste-criminel inspira « le fameux mélodrame *Cardillac*, qui attira tout Paris à l'un des théâtres du boulevard » (Loève-Veimars, note). — Des personnages tels que Cardillac et Mademoiselle de Scudéry doivent beaucoup plus à l'imagination d'Hoffmann qu'à la chronique dont il se réclame et à laquelle Loève-Veimars se plaît à renvoyer : le conteur allemand n'entend pas concurrencer Walter Scott et ses disciples, quoi qu'en disent ces derniers. Sa nouvelle prend un relief supplémentaire en tant que texte appartenant aux « Serapionsbrüder » et axé sur les vicissitudes de la vie artistique et imaginaire.

Traducteur, Loève-Veimars s'est rarement montré aussi méticuleux et aussi scrupuleux que dans cette nouvelle. Nos notes se limiteront à l'essentiel, puisque ses démarches fondamentales ont déjà été éclairées dans le tome I et qu'il en sera question sous un autre angle dans le tome III. — Signalons à titre de rappel que le recours à une division en chapitres numérotés et la segmentation du texte en unités narratives plus petites, compte parmi les constantes de la traduction chez Loève-Veimars et, en général, à l'époque. Quant aux relations entre les différents récits et le cadre des *Serapionsbrüder* (cf. t. I), nous verrons qu'elles amènent le traducteur à changer de stratégie.

1. Cette notice sur les antécédents français de la nouvelle figure déjà dans les *Œuvres complètes*. Il est bien connu que, dans les années 1820-1840, de multiples textes étrangers ont ainsi eu les honneurs de l'adaptation (faut-il dire du plagiat ?) ; il est symptomatique que la plupart de ces œuvres appartiennent à la prose ou au théâtre « léger »

(vaudeville, etc.). Le recours à des titres différents favorise le camouflage des sources, bien entendu, mais il rend d'autre part manifeste le changement d'orientation. Dans le cas qui nous préoccupe, les trois. titres désignent chaque fois un personnage « important », mais dont la fonction est nettement différente par rapport à l'orientation thématique de la nouvelle. (Certaines revues ont publié des extraits sous le titre *René Cardillac*.) Loève-Veimars se garde bien d'afficher la moindre agressivité à l'égard de ses prédécesseurs. Précaution inutile, comme le montre Teichmann (*op. cit.*, pp. 44-45, 49-52 et *passim*).

— Dans l'édition de 1843, la notice suivante ouvre le volume :

Hoffmann portait les prénoms de *Ernest-Théodore-Guillaume*, et non pas *Amédée*, comme l'ont nommé des biographes. Un de ses amis lui demandait un jour pourquoi son nom était précédé, sur le titre de ses ouvrages, des initiales E.T.A. au lieu de E.T.G. Il lui répondit que cette faute d'impression avait été commise sur son premier livre ; et comme sa monnaie littéraire se trouvait ainsi frappée à ce chiffre dès sa première émission, il n'avait pas jugé à propos de la changer. Nous avons scrupuleusement imité son insouciance à cet égard.

2. La localisation dans le temps et dans l'espace, souvent vague et même elliptique chez Hoffmann (qui utilise de multiples abréviations comme signe de la fiction), tend à devenir systématiquement plus précise, bref plus historique et « réelle » chez Loève-Veimars. Ici, une probabilité (« es mochte ») devient certitude. On devine que des précisions de ce genre sont susceptibles d'influencer les liens entre vraisemblance et fantastique.

3. Contrairement à ses habitudes, Loève-Veimars fait preuve d'une certaine audace en maintenant dans les dialogues les marques du discours oral. Celui-ci porte les traces d'une ironie bien particulière qui permet au narrateur de persifler en quelque sorte ses personnages. — Dans ce passage, certaines nuances sont pourtant supprimées (le style direct ou indirect libre devient simplement style indirect : le narrateur retire la parole à ses personnages).

4. Loève-Veimars utilise une périphrase pour indiquer que l'identité du visiteur nocturne est tout à fait mystérieuse ; il imite en cela l'auteur, qui emploie un étrange substantif (« der Unterstehende »). Le texte français ne manque pas d'être gauche, de temps en temps, à la suite de ces efforts de fidélité.

5. C'est le traducteur qui introduit ces tirets dans le texte, comme un moyen de le rendre plus dramatique.

6. Hoffmann tient à prendre ses distances à l'égard de ses personnages, même et surtout aux moments dramatiques du récit : les illusions de ses personnages font partie de ses thèmes préférés. Loève-Veimars ne modifie guère ici les relations entre narrateur et personnages.

7. Le traducteur insère dans le récit une terminologie et un style qui renvoient au document historique (« lieutenant criminel, investi, prérogatives »), alors que rien dans le texte allemand ne l'y incite.

8. Hoffmann observe une certaine variation dans la manière de

désigner son personnage principal; le traducteur, lui, multiplie les « Mademoiselle de Scudéry », comme pour lui conférer encore un supplément de dignité.

9. La formule épistolaire a été mise en évidence dans la version française.

10. On notera le conflit entre le souci de la fidélité historique et le souci de la fidélité textuelle.

11. Ce qui est une manière de s'excuser : « blanc-bec » paraîtrait cru dans ce contexte.

12. Loève-Veimars supprime et ajoute des bouts de phrase dans ce passage : il ne peut s'empêcher d'expliquer que devant une si « affreuse vérité », le désespoir de Madelon est compréhensible.

13. C'est ici que Loève-Veimars oublie tout respect « religieux » du texte (voir sa note, plus haut) afin de mieux mettre en évidence ce qui importe, selon ses propres vues. En effet, la note n'est pas empruntée à Hoffmann même, mais à deux de ses personnages qui aident à encadrer les récits dans le recueil des *Serapionsbrüder*. Pour attribuer les deux paragraphes à un seul « je » (alors que chez Hoffmann Ottmar et Sylvester échangent leurs idées), le traducteur doit transformer le début du deuxième paragraphe. — Toute la notice permet ici de souligner un aspect de la nouvelle, à savoir que les extravagances d'un Cardillac n'ont rien d'*impossible*, étant attestées par l'histoire.

ZACHARIAS WERNER (*Zacharias Werner : Serapionsbrüder*, VII).

Il s'agit d'un texte qui, dans le recueil des *Serapionsbrüder*, ne porte pas de titre explicite : c'est plus tard qu'il a obtenu un titre et un statut autonomes. Ainsi on comprend qu'il ne soit pas trop aisé de l'isoler du récit-cadre dans lequel il est inséré. A peine est-il possible d'envisager *Zacharias Werner* comme un récit : c'est plutôt un épisode des conversations entre les frères de Sérapion dans lesquelles se dessinent des bribes de structures narratives. La fin du morceau, un monologue dithyrambique sur les talents de Zacharias Werner (de temps en temps interrompu), est encore moins un récit que ce qui précède. L'intérêt de ce texte réside évidemment dans son caractère ambigu en tant que document mi-fictif, mi-critique. Les discussions concernant l'art dramatique, le déclin de cet art, ses grands maîtres (Goethe, Schiller, Tieck, Werner) paraissent étroitement liées à une situation historique déterminée en Allemagne et aux préoccupations esthétiques d'Hoffmann en particulier. Bref, on se demande quels motifs ont pu amener Loève-Veimars à retenir ce texte plutôt local parmi ses *Œuvres complètes*, si ce n'est la recherche d'idées profondes et mystiques sur l'art, ou, hypothèse plus vraisemblable, la réputation, davantage : le mythe, de Werner en France.

La traduction même reflète un malaise étrange. Cette fois Lothaire, Cyprien, etc., les frères de Sérapion, interviennent dans le « récit » même comme des personnages fictifs, alors qu'ils sont systématiquement bannis des autres textes. Loève-Veimars met ainsi le récit-cadre sur le même pied que les narrations fictives. S'il le faut, il arrange les discussions entre les amis de manière à les rendre conformes aux exigences de la fiction narrative. Là où elles deviennent débordantes et gênent l'équilibre de (ce qu'il prend pour) l'ensemble, il procède à des suppressions. *Zacharias Werner* ne pénètre dans la construction des *Œuvres complètes* qu'au prix de plusieurs transformations.

Nous renonçons à expliquer toutes les allusions à la littérature de l'époque.

1. Zacharias Werner fut un des dramaturges les plus célèbres et les plus contestés de son temps, du moins en Allemagne. Sans intervenir dans les polémiques autour du romantisme, il prit une part active dans la vie littéraire à Berlin, notamment dans le cercle des « Serapionsbrüder », qui fournit à Hoffmann le récit-cadre de son recueil. Dans *De l'Allemagne,* Mme de Staël met nettement en évidence le caractère mystique des pièces de Werner. Le traducteur aide lui-même ses lecteurs à situer Werner (note en bas de page : voir plus loin).

2. C'est Loève-Veimars qui invente cette formule d'introduction. Le « nous » renvoie aux frères de Sérapion, mais toute allusion à leur confrérie ainsi qu'au cadre du recueil sera effacée dans la version française.

3. Junger, Bretzner, etc., étaient des célébrités à l'époque, et sont bel et bien oubliés de nos jours ; ils étaient du reste inconnus en France en 1830. Le traducteur réduit le nombre des allusions à cette catégorie de célébrités : quelques lignes plus haut, il laisse tomber une phrase relative à Kotzebue — qui, lui, était assez célèbre en France ; plus loin, il évite d'évoquer le nom de Hamann. A ses yeux, il n'importe nullement de brosser un panorama culturel de type encyclopédique.

4. Il n'importe guère, d'autre part, d'insister sur les discussions entre Lothaire, Sylvestre, etc., puisque le nombre des répliques a également été diminué.

5. D'une manière très romantique, les artistes réunis ici rêvent d'une réhabilitation de la scène nationale ; mais la traduction exploite une terminologie française assez traditionnelle pour interpréter une discussion conduite dans des termes propres aux romantiques allemands. Il en résulte une simplification manifeste des idées esthétiques d'Hoffmann, et ce tout au long de ce « conte ».

6. Ici et dans plusieurs autres passages, il est question des pièces stéréotypées contre lesquelles tous les romantiques, à commencer par Tieck, n'ont cessé de tonner. La « pièce à tiroirs » est destinée à mettre en vedette un seul et même acteur qui interprète différents rôles dans différents costumes.

7. Allusion à un personnage pédant dans *Wilhelm Meister* (III, ch. Ier).

8. Le renvoi aux pièces de Tieck *(Le Chat botté* étant plus célèbre que *Le Monde renversé)* s'impose dans la mesure où Hoffmann et

Werner s'en inspirent dans leurs réactions contre le théâtre conventionnel de leur temps. Au sujet de Tieck, on relira *De l'Allemagne*, deuxième partie.

9. Loève-Veimars montre ici que le véritable statut des frères de Sérapion ne lui est nullement inconnu : on sait qu'Hoffmann crée des personnalités fictives qui correspondent dans les grandes lignes aux personnalités réelles qu'il a fréquentées dans sa période berlinoise.

10. Shakespeare faisait l'objet d'un culte très fervent en Allemagne dès le XVIIIe siècle, mais ce sont surtout les romantiques qui se sont distingués par leur « shakespearomanie » : la traduction de Schlegel (et de ses amis romantiques) est sans doute la traduction la plus remarquable dans toutes les langues des œuvres du dramaturge élisabéthain. Schroeder était l'acteur le plus renommé de son temps, au-delà du Rhin.

11. La révolte de l'acteur contre l'auteur et le directeur du théâtre prend les allures d'un procédé dans la littérature allemande de cette époque depuis les innovations de Tieck (cf. note 8). Elle fait partie des procédés qui ont pour fonction de rompre l'illusion narrative; tout le recueil des *Serapionsbrüder* est construit sur l'exploitation systématique de ces procédés.

12. Phrase ajoutée par le traducteur, et qui fait écho à la première phrase du texte (cf. note 2).

13. Hoffmann invente une tempête de neige en plein automne...

14. Cette allusion aux idées de Lothaire et par conséquent au récit-cadre a échappé à la vigilance du traducteur.

15. Dans le texte allemand, ces paroles sont prononcées par Lothaire.

16. Loève-Veimars supprime deux pages; il ne s'agit pas d'une intervention exceptionnelle : au fur et à mesure que le « conte » progresse, la suppression de quelques phrases « superflues » devient un procédé.

17. Les révélations d'un autre monde dont il est question dans ce passage doivent beaucoup aux idées des romantiques allemands et d'Hoffmann en particulier; elles cadrent fort bien, d'autre part, avec la recherche du fantastique qui est à l'origine de l'édition Renduel.

18. La voix d'un « esprit obscur », selon Hoffmann, qui n'insiste d'ailleurs nullement sur sa douceur.

19. Les discussions entre les frères de Sérapion ont été supprimées.

20. Cette note, sauf la première phrase, figure déjà dans le texte original.

21. En français dans l'original.

22. Le punch est de nature à souligner ce que les discussions mystiques dans ce texte ont d'étrange, bref, de fantastique.

MAITRE MARTIN (*Meister Martin der Küfner und seine Gesellen: Serapionsbrüder*, IV).

Cette nouvelle historique constitue une excellente illustration de la manière dont les romantiques allemands entendent rajeunir la prose et même la littérature dans son ensemble. La formation intérieure de l'artiste avait déjà préoccupé le XVIIIe siècle et avait inspiré à Goethe son *Wilhelm Meister*. Les romantiques, Tieck *(Franz Sternbalds Wanderungen)* et Novalis *(Heinrich von Ofterdingen)* notamment, avaient transformé la formation de l'artiste en une aventure poétique totale et avaient ainsi jeté les bases de la narration poétique et symbolique. *Maître Martin* se rapproche surtout de *Sternbald*. L'aventure sentimentale et artistique est replacée dans le cadre de l'histoire médiévale de l'Allemagne. Le conflit entre l'honnête artisan et l'artiste est une variante des conflits entre le philistin et le bourgeois. L'exaltation de l'être féminin comme la source de l'inspiration est une autre obsession qui traverse toute l'œuvre d'Hoffmann, et celle de ses contemporains. On notera en outre le caractère passionnel des amitiés masculines.

Le traducteur s'est chargé de numéroter les chapitres.

1. La typographie et le terme « préface » distinguent cette introduction du récit proprement dit ; c'est là une mise au point qui ne doit rien à Hoffmann ; au contraire, car le conteur allemand tient plutôt à faire s'interpénétrer cadre et fiction.

2. Albert Dürer, la ville de Nuremberg et d'autres villes allemandes qui ont conservé l'esprit du Moyen Age, sont à l'origine de l'expérience romantique en Allemagne : on lira, pour s'en convaincre, les textes écrits en commun par Tieck et Wackenroder.

3. Cette date procure au récit le statut de document historique : le traducteur en est seul responsable. Hoffmann a utilisé, il est vrai, certaines sources historiques et notamment un tableau. Au même titre que *Mademoiselle de Scudéry*, *Maître Martin* relève autant de l'imaginaire que de l'histoire.

4. Les vers que contient l'œuvre allemande — ils sont empruntés à des sources historiques — seront tantôt traduits, tantôt écartés. Il en va de même dans la traduction française de *Franz Sternbalds Wanderungen* (1823), où la poésie et la prose alternent sans cesse.

5. Peter von Cornelius (1783-1867), un des principaux peintres de l'époque romantique.

6. Revoici le père effrayé par l'idée de devoir marier sa fille.

7. Loève-Veimars s'abstient de polir le style oral, au point de pratiquer un langage en quelque sorte germanisé.

8. Hoffmann passe ici au présent historique.

9. « où il peignait... » : résumé d'une chanson très romantique (18 vers).

10. Cette phrase synthétise fort bien le dilemme des artistes romantiques qui peuplent l'univers de *Maître Martin*.

11. L'enfant, objet de l'amour romantique : ce fut à la fois la suprême réalité et une source d'inspiration pour Hoffmann, pour Novalis, etc.

12. On reconnaît dans ce passage un des clichés de la thématique romantique du voyage (voir Tieck, Eichendorff et, dans la musique romantique, *La Belle Meunière* de Schubert).

13. Les larmes de l'amitié ne sont pas de nature à choquer Loève-Veimars ; elles disparaissent pourtant dans de multiples traductions de textes allemands de l'âge romantique.

14. Revoici le récit dans le récit.

15. Les renseignements sur l'art du maître chanteur, Hoffmann les tire d'une chronique.

16. On notera l'exaltation de la vie médiévale quotidienne.

17. Calque (« Frau Marthe »), destiné sans doute à donner au récit un vernis de primitivisme.

18. Ce passage est bien plus sentimental encore chez Hoffmann.

19. C'est la traduction littérale du salut « Glückauf ! »

20. Ce morceau est présenté comme une conclusion (« Beschluss ») dans la version allemande. Le traducteur l'a condensé, en vue de le rendre moins sentimental, bref, moins romantique.

L'ÉGLISE DES JÉSUITES (*Die Jesuiterkirche in G. : Nachtstücke*, I).

Les péripéties et les discussions contribuent à donner à ce morceau tiré des *Nachtstücke* toutes les qualités et particularités d'un « conte » d'Hoffmann. Comme dans *Le Majorat*, les deux parties du récit s'éclairent mutuellement. Le personnage-narrateur rencontre d'autres personnages qui l'initient à la vie mystérieuse d'un être bizarre : la révélation est favorisée par la découverte d'un autre récit — dans le récit. Berthold, le peintre fou, est une des incarnations de l'artiste maudit, le professeur Aloysius Walter, une des versions les plus explicites du philistin.

1. La localisation géographique (« in G. ») disparaît dans le titre, mais non dans le texte ; Hoffmann aurait eu en vue Glogau.

2. Dans *La Tempête* de Shakespeare.

3. Calque de « die Sachverständigen » (les gens qui s'y entendent).

4. L'inspiration religieuse du romantisme est bien plus poussée en Allemagne qu'en France, en dépit des conceptions très développées qu'on peut trouver chez Mme de Staël ou chez Chateaubriand.

5. Le « je » explicite ici en quoi les deux personnages s'opposent.

6. Les artistes italiens et Raphaël en particulier ont eu une influence capitale sur le renouveau des conceptions artistiques dans l'Allemagne romantique (voir aussi t. I : *Salvator Rosa*).

7. Loève-Veimars évite généralement d'imiter Hoffmann en s'adressant directement au lecteur : il préfère s'exprimer à la troisième personne.

8. Hoffmann interprète le mythe prométhéen à la manière romantique.

9. Les traducteurs et critiques français des années 1830 entendent souvent par « bizarre » ce qui est « merveilleux » (wunderlich) en allemand : la bizarrerie est en effet une des ressources du fantastique, du moins en France.

10. On retrouve ici l'opposition entre l'artisan et l'artiste qui caractérise par exemple *Maître Martin*.

11. Comme Tieck, Heine et tant d'autres de ses contemporains, Hoffmann utilise la rupture de la fiction et l'allusion à ses propres œuvres pour ridiculiser la critique conservatrice.

12. Ce titre fait défaut dans l'œuvre originale.

13. D. chez Hoffmann.

14. Loève-Veimars a saisi et rendu l'allusion à *Mignon* de Goethe. Le voyage en Italie remplit la fonction d'un pèlerinage artistique depuis longtemps, depuis l'époque du jeune Goethe par exemple, mais il favorise aussi, depuis le *Sternbald* de Tieck, les conversions au romantisme.

15. Ce passage porte sur une des clefs de l'idéal artistique chez les romantiques allemands : on sait que l'idée de l'imitation (et des règles) a été rejetée systématiquement, notamment par Novalis et Frédéric Schlegel. La véritable source de l'art, c'est le monde intérieur : « le chemin mystérieux mène vers l'intérieur », selon Novalis et selon ses contemporains.

16. Les hiéroglyphes permettent à l'artiste de déchiffrer et d'exprimer l'univers. Les « accords voluptueux » du paysage annoncent les correspondances baudelairiennes.

17. Plusieurs lignes sur les hiéroglyphes ont été supprimées ici.

18. On sait combien Mme de Staël s'est attachée au culte des légendes chrétiennes qu'elle a découvert notamment chez Tieck.

19. Loève-Veimars modifie la narration en refusant d'abord d'identifier la femme.

20. La femme idéale a des vertus que la femme réelle ne saurait que détruire.

21. Le traducteur s'embrouille dans les abréviations : Hoffmann écrit N.

L'HOMME AU SABLE (*Der Sandmann : Nachtstücke*, I).

L'intensité dramatique et les richesses thématiques font de ce conte un chef-d'œuvre, et un chef-d'œuvre dans l'art fantastique. Il n'a pas manqué, d'ailleurs, d'influencer les conceptions de Freud en matière de fantastique (« Das Unheimliche »). Dans la seule perspective de Loève-Veimars et de son temps, *L'Homme au sable* est déjà un conte fascinant. Il nous présente l'histoire tragique de Nathanaël. Marqué par les angoisses de son enfance (la peur de l'homme au sable, la mort de son père par les œuvres de l'homme au sable), il trouve un bonheur passager dans les délices de l'amour jusqu'au moment où il rencontre le sosie de l'homme au sable et tombe amoureux d'une marionnette ; son suicide est l'aboutissement logique d'une persécution — réelle ou imaginaire ? — qui a compromis son existence dès l'enfance. Les recettes du fantastique ne font pas défaut, mais elles n'ont rien de stéréotypé en 1830, après la vogue du « roman noir », et Hoffmann excelle dans l'art de les utiliser d'une manière inattendue. La légende de l'homme au sable n'a rien d'enfantin non plus ; Coppelius et son double, Coppola, sont des incarnations inquiétantes de l'homme au sable ; Olimpia ne se révèle être une marionnette qu'après avoir eu le pouvoir séducteur d'une femme en chair et en os. S'il s'agit là de mythes, ils ne peuvent que correspondre aux hantises les plus profondes de notre être. Toutes les ficelles de l'épouvante interviennent dans ce conte, grâce notamment à un changement subtil des techniques narratives : c'est un échange de lettres qui prépare la narration proprement dite. On sait que les changements de point de vue constituent un des secrets de la narration fantastique (cf. Tz. Todorov, *Introduction à la littérature fantastique*).

1. C'est Loève-Veimars qui, selon ses habitudes, tient à numéroter les chapitres.

2. Hoffmann introduit l'ironie dans les scènes fantastiques : on voit mal ce qu'il y a d'horrible dans la visite d'un marchand de baromètres, et le « je » ne manque pas d'être ridicule quand l'intrus menacé de mort « s'en va tout bonnement » : Loève-Veimars a été insensible à ce jeu de l'hyperbole ironique.

3. Cf. Schiller, *Les Brigands*, V, 1.

4. Ces souvenirs d'enfance et les leçons qu'en tire le narrateur sont aussi poétiques que fascinants : les passages extravagants et profonds alternent ainsi sans cesse dans les œuvres les plus diverses du conteur allemand.

5. De telles scènes d'horreur sont plutôt rares, et d'autant plus poignantes, dans les *Contes fantastiques*.

6. Hoffmann ajoute une formule stéréotypée dans le genre épistolaire (« Lebe wohl, etc., etc. ») : l'ironie qui perce dans le double « etc. » a sans doute amené le traducteur à supprimer la formule.

7. L'opposition Nathanaël-Clara correspond à l'opposition Initié-philistin. Mais Olimpia, la Femme appartenant au royaume des Initiés, causera la perte de Nathanaël.

8. Loève-Veimars évite, suivant ses habitudes, de s'adresser au lecteur à la seconde personne du singulier. Or, il s'agit d'un passage dans lequel Hoffmann exprime ses vues sur l'art narratif.

9. G. dans le texte allemand.

10. On reconnaîtra ici le conflit entre l'idéal et le réel.

11. Chez Hoffmann, les phrases qui suivent sont plus dramatiques, grâce au présent historique.

12. Il est rare que la prose française de l'âge romantique maintienne ainsi les particularités du discours oral : Loève-Veimars anticipe ici sur certains procédés que Balzac exploitera avec plus de cohérence. — Il va de soi que ce langage donne à Coppola des allures doublement inquiétantes.

13. En allemand : « von der toten Braut ». C'est le traducteur qui utilise des majuscules.

14. On observera la dramatisation de ce passage dans la version française, grâce à la mise en page.

LA COUR D'ARTUS (*Der Artushof : Serapionsbrüder*, II).

C'est dans une ville commerçante moderne, à Dantzig, et ensuite en Italie, le pays des vocations artistiques, que l'artiste Traugott vit son bonheur et ses déceptions. Il abandonne son milieu, sa profession et son pays afin de se consacrer tout entier à sa vocation et à son amour (les deux étant liés, une fois de plus). Ses désillusions seront bien cruelles, car il poursuit sa bien-aimée dans un pays où elle n'a jamais mis le pied et, lors de son retour, elle aura épousé un administrateur embourgeoisé ; le peintre amoureux n'a cultivé que des chimères.

Il est possible de lire *La Cour d'Artus* à la fois comme un ensemble d'aventures et comme l'histoire intérieure et exemplaire d'un artiste. On ne saurait dire avec certitude que Loève-Veimars ait opté pour l'une ou l'autre des deux interprétations. A en juger d'après sa méthode de traduction, *La Cour d'Artus* l'a en tout cas embarrassé d'une manière bien particulière : les coupures et même les interpolations (brèves, il est vrai) sont bien plus fréquentes et importantes que dans les autres *Contes fantastiques*.

1. Le « quiconque » est une forme peu personnelle du « Cher lecteur » auquel Hoffmann adresse la parole : l'image de Dantzig est ainsi très animée, le lecteur l'étudie avec toute l'attention d'un touriste. Il sera bientôt transporté des activités modernes vers les splendeurs des temps anciens, évoquées par les tableaux.

2. La peur de commettre des fautes dans les besognes administratives apparaît comme une véritable obsession dans *Le Vase d'or*.

3. A partir d'ici, le traducteur élague le texte sans trop de scrupules. Or, il est question des secrets intimes du rêve, du goût et de l'Univers entier.

4. Ces quelques lignes ont été ajoutées par le traducteur, qui s'attache ainsi aux péripéties plutôt qu'à leur valeur symbolique.

5. Plus de deux cents, selon Hoffmann, ce qui inspire à Loève-Veimars des scrupules quelque peu compréhensibles.

6. Le traducteur paraphrase et explicite ici dans sa terminologie à lui.

7. Des éléments de l'intrigue ont été supprimés ; ainsi Élias Roos, qui devient un personnage de plus en plus secondaire et peu sympathique, intervient beaucoup moins dans la traduction que dans l'original.

8. Un épisode burlesque dans la maison d'Élias Roos a été écarté.

9. Ici, c'est un épisode de la vie amoureuse de Traugott qui disparaît.

10. Dans l'univers d'Hoffmann, c'est une décision bien bourgeoise que d'épouser un conseiller après avoir hanté la vie entière d'un artiste ; en réalité, c'est celui-ci qui se trouve ridiculisé.

DON JUAN (*Don Juan. Eine fabelhafte Begebenheit, die sich mit einem reisenden Enthusiasten zugetragen : Fantasiestücke*, IV).

Cette brève fantaisie illustre l'intensité avec laquelle l'imagination d'Hoffmann se déchaîne au contact des œuvres artistiques, principalement au contact des œuvres musicales. L'intrigue de son *Don Juan* nous présente un « voyageur enthousiaste » qui s'identifie avec une véritable passion avec les personnages et la musique du *Don Juan* de Mozart et qui constate avec stupéfaction, pendant l'entracte, que dona Anna, le personnage de l'opéra, s'est en quelque sorte dédoublée pour partager avec lui toutes ses émotions, à partir de la même loge. L'histoire mise en scène par Mozart ne relève pas de la fiction, mais de la réalité : c'est ce que nous apprennent les philistins, en racontant que l'actrice qui interprétait le rôle de dona Anna a succombé à une crise de nerfs. Les émotions vécues par le personnage-narrateur contrastent vivement avec les réactions des simples spectateurs : en changeant de point de vue, Hoffmann montre toute la distance qui sépare les enthousiastes — bref, les artistes — des honnêtes bourgeois. Mais le pouvoir magique de la musique a raison de la vie quotidienne : la mort de l'actrice est bien réelle, autant que les visions du voyageur ; l'Art établit des liens au-delà des frontières entre la vie quotidienne et la fiction, mais il finit par tuer, comme dans *Le Conseiller Krespel*. — Loève-Veimars a été très sensible à la magie de ce conte, sinon à la magie de l'Art : il transpose les moments forts du monologue intérieur qui traverse *Don Juan* avec une finesse qui est celle d'un artiste. Mais la tension est mieux rendue dans son texte que les secrets des contemplations romantiques sur les beaux-arts.

1. Le traducteur éprouve ici bien de la peine à interpréter la virtuosité verbale du texte allemand : « wie ein jauchzender Frevel » (comme un crime jubilant), « grausenerregende Ahnungen des Entsetzlichen » (des pressentiments vertigineux de l'horreur) apparaissent chez lui sous des formules plus quotidiennes.

2. Calque de la tournure allemande (ainsi, on parle l'italien ici). C'est que le texte allemand est serré de près, dès le début.

3. Quelque chose de *méphistophélique*, selon le texte allemand ; à en croire les spécialistes, l'auteur aurait ainsi voulu se mettre lui-même en scène.

4. Les termes utilisés dans le texte allemand pour évoquer cet enthousiasme témoignent d'une vie intérieure bien plus riche encore.

5. Hoffmann marque le passage de la narration à la scène en recourant au présent historique.

6. « Jetzt, da... » : le texte allemand marque plus nettement l'émotion.

7. Le traducteur supprime huit lignes capitales dans lesquelles les liens secrets entre l'actrice et le voyageur se trouvent analysés. Il y est même question d'une « sorte de somnambulisme ». On sait que Loève-Veimars a inséré çà et là des notes sur le somnambulisme.

8. Dans un monde étrange de phénomènes fantastiques, selon le texte allemand.

9. L'Empire *romantique* de l'imagination et du merveilleux, selon le texte allemand. Il est curieux, d'autre part, que le voyageur hésite à tutoyer dona Anna.

10. La voix de Théodore, selon le texte allemand, à qui il adressera la parole plus loin.

11. Selon le texte allemand : « seule l'âme romantique est en état de pénétrer dans l'univers romantique ».

12. On voit se profiler l'ombre de Prométhée derrière ce don Juan romantique.

13. La chute de dona Anna est également interprétée dans un sens romantique.

14. Geisterreich : c'est un calque.

15. *Don Juan* est un des rares *Contes* dans lesquels l'édition Garnier limite le nombre des alinéas par rapport à l'original. Il est vrai que les deux premières éditions avaient auparavant multiplié leur nombre d'une manière bien plus considérable.

16. Le culte excessif de la musique déclenche ainsi souvent des crises de nerf, chez Hoffmann.

17. Cette « conversation » permet à l'auteur d'insérer sa fiction dans un cadre plus rationnel et d'amener ainsi le coup de théâtre ; Heine utilise des techniques semblables dans sa prose et dans sa poésie.

GLUCK (*Ritter Gluck : Fantasiestücke,* II).

Don Juan et *Gluck* se ressemblent par leur brièveté, par leur intensité sentimentale et, surtout, par l'exaltation des pouvoirs magiques de la musique. *Don Juan* représente davantage un « conte » ; *Gluck* tient encore de la recension musicale. Ce n'est guère plus qu'une série d'anecdotes combinées avec des conversations sur l'actualité musicale à Berlin. Le contraste entre la formule si peu fictionnelle (on lira les premières lignes) et l'invraisemblance des péripéties évoquées donnent à *Gluck* des caractéristiques vraiment fantastiques. On ne saura jamais si l'inconnu que rencontre le narrateur est réellement ce qu'il prétend être, dans la dernière phrase du texte, ou s'il est plutôt un fou génial. La chronologie extérieure du conte fait opter pour la seconde hypothèse — Gluck étant mort depuis 1787 — mais la cohérence et la richesse de ses propos, puis l'enthousiasme du narrateur nous amènent à interpréter le texte sur un autre plan : comme une expression privilégiée du culte de la musique. Hoffmann a toujours voué à Gluck une admiration sans bornes : la rédaction de *Ritter Gluck* lui permet de projeter dans un personnage extravagant ses aspirations et ses obsessions.

1. Le décor n'a plus rien ici des contes populaires qui ont fait la gloire de Tieck, de Novalis ou d'Eichendorff. Le fantastique d'Hoffmann est celui du monde moderne.

2. Il est clair que Loève-Veimars n'utilise pas sans maladresse le mot « fantastique », qu'il a lui-même rendu célèbre : Hoffmann parle de « meine fantastische Gesellschaft ».

3. Ici et plus loin, Loève-Veimars évite de suivre son modèle dans le recours au présent historique.

4. Les échanges de répliques ont subi quelques modifications dans ce passage.

5. « Les signes étranges d'un talent musical exceptionnel », selon le texte allemand.

6. Les pages qui suivent analysent les liens secrets entre le royaume des artistes et le pays des songes. On conviendra qu'elle sont de nature à séduire des auteurs comme Nodier, Nerval et tant d'autres.

7. Hoffmann prête à son personnage ses propres sentiments au sujet de Berlin.

8. « Aucune âme sœur » (verwandter Geist), selon Hoffmann.

9. Comme dans *Don Juan*, Loève-Veimars traduit ces espèces de monologues intérieurs avec un réel talent.

10. L'Élu qui divulgue les secrets du royaume des songes est condamné : c'est une des peines de l'artiste maudit. Hoffmann évoque, tout comme ses maîtres romantiques, les affres de l'initiation et de la chute.

AGAFIA (*Erscheinungen : Serapionsbrüder*, VII).

Le narrateur raconte comment Anselme évoque ses souvenirs de la bataille de Dresde. Comme c'est généralement le cas chez Hoffmann, les relations entre les différents niveaux du récit sont très étroites : Anselme est bouleversé par ses souvenirs, au point que ses propos paraissent tout sauf cohérents. Le lecteur finit par percer une partie des mystères : Anselme a assisté à une scène de magie qui a tourné au tragique, qui a même failli lui coûter la vie et qui lui a laissé un curieux sentiment de culpabilité. Le fantastique fait bien partie ici de la vie moderne, pour Anselme d'abord, pour ses amis ensuite, qui ne comprennent rien à ses soupirs, pour Hoffmann enfin, qui peuple ses souvenirs personnels de figures surnaturelles.

1. C'est le sort de quiconque entretient des relations avec la magie et avec le royaume des arts.

2. Chez Hoffmann, il s'agit d'un ami et, plus loin, de plusieurs amis. C'est le traducteur qui nous offre une narration à la première personne.

3. « n'aspire... bottes » : Loève-Veimars rend l'étudiant plus pittoresque qu'il n'est dans l'original.

4. Ici il supprime plusieurs lignes, contenant les discours loufoques d'Anselme.

5. Cette évocation saisissante, susceptible d'inspirer les âmes friandes de fantastique, n'a pas subi de transformations particulières.

6. Le traducteur ajoute ici une explication historique.

7. « On... ville » : en style direct chez Hoffmann.

8. Loève-Veimars modifie l'intrigue : selon la version allemande, Agafia fut sauvée *in extremis*. Il ajoute d'autre part le dernier paragraphe, comme pour accorder au récit une valeur historique plus évidente.

LA LEÇON DE VIOLON (*Der Baron von B. : Serapionsbrüder*, VI).

C'est en quelque sorte la caricature de *Ritter Gluck*. En effet, l'anecdote — puisque c'est à peine un récit — renvoie également aux cercles musicaux de Berlin. Cette fois, l'artiste fou suscite l'éclat de rire. Ainsi, une même situation artistique inspire à Hoffmann, ce maître de l'ironie, tantôt une satire, tantôt une œuvre profondément grave. A l'intérieur d'un seul texte, les deux tonalités coexistent d'ailleurs du début à la fin.

1. Une première traduction française avait paru dans *Le Gymnase*, sous le titre « L'Archet du Baron de B. ».

2. On devine le calque (« Weisst du gewiss... »)

3. Le traducteur le rajeunit ainsi de vingt ans.

4. Les marques du style oral et pittoresque ont été maintenues tout au long de ce monologue.

LE SPECTRE FIANCÉ (*Der unheimliche Gast : Serapionsbrüder*, V).

Comme *Le Majorat*, *Le Spectre fiancé* exploite une série de recettes du fantastique : le décor d'un château, la tempête, des morts mystérieuses. Les intrigues amoureuses y jouent un rôle plus important. En réalité, les péripéties sont si nombreuses et compliquées que ce conte finirait par devenir lassant, s'il ne contenait une série de réflexions intéressantes sur le magnétisme et d'autres phénomènes occultes. Ce fantastique est sans doute assez superficiel, mais il est bien visible et il est sans cesse analysé dans le texte même. Comme pour renchérir,

Loève-Veimars remplace le titre mystérieux (« L'Étrange visiteur ») par une formule plus expressive : un « spectre fiancé » ne nous donnerait-il pas le frisson ?

1. La tempête et les brouillards glacés annoncent le conte fantastique moderne ; parmi les autres romantiques, seul Tieck introduit de telles notes sur le décor dans l'univers du « Märchen ».

2. Les personnages se rendent compte eux-mêmes que l'ambiance n'en est pas moins propice au fantastique : Hoffmann met en évidence les ficelles de son art.

3. On connaît l'importance de l'Age d'or dans l'univers des romantiques allemands.

4. *Ansichten von der Nachtseite der Naturwissenschaften :* Loève-Veimars traduit ce titre avec beaucoup de nonchalance. Les théories sur le magnétisme qui foisonnent dans *Le Spectre fiancé* doivent beaucoup au livre de Schubert.

5. Le traducteur sépare nettement le récit-cadre et le récit dans le récit, en ajoutant « du récit de Maurice ». Or, une des techniques d'Hoffmann consiste à mélanger les niveaux : le coup de théâtre, c'est que la porte qui s'ouvre appartient — à plusieurs reprises — à un « autre » récit, qui finit par coïncider avec le premier.

6. S-i devient Aldini, en traduction.

7. Ce fantastique se rapproche du « merveilleux expliqué » qui a fait le succès des « romans noirs » d'Ann Radcliffe.

8. Hoffmann n'avait pas divisé son récit en deux parties.

9. Cette arme convient mieux aux campagnards que l'arme à feu qu'ils utilisent chez Hoffmann.

10. Le traducteur supprime ici d'autres péripéties.

11. Dans la traduction, Maurice n'a plus droit au dernier mot, qui est d'ailleurs purement sentimental.

TABLE DES MATIÈRES

DERNIÈRES PARUTIONS

ARISTOTE
Parties des animaux, livre I (784)

AUFKLÄRUNG. LES LUMIÈRES ALLEMANDES (793)

AVERROÈS
Discours décisif (bilingue) (871)

BACON
La Nouvelle Atlantide (770)

BALZAC
La Peau de chagrin (899)
La Rabouilleuse (821)
Le Père Goriot (826)

BARBEY D'AUREVILLY
Une vieille maîtresse (955)

BICHAT
Recherches physiologiques sur la vie et la mort (808)

LE BOUDDHA
Dhammapada (849)

BÜCHNER
La Mort de Danton. Léonce et Léna. Woyzeck. Lenz (888)

CALDERÓN
La vie est un songe (bilingue) (973)

CHRÉTIEN DE TROYES
Érec et Énide (bilingue) (763)
Perceval ou le Conte du graal (bilingue) (814)

CONFUCIUS
Entretiens avec ses disciples (799)

DESCARTES
Les Passions de l'âme (865)
Lettre-préface des Principes de la philosophie (975)

DOSTOÏEVSKI
Le Joueur (866)

DUMAS
La Dame de Monsoreau I (850)
La Dame de Monsoreau II (851)

ÉPICTÈTE
Manuel (797)

ÉSOPE
Fables (bilingue) (721)

FABLES FRANÇAISES DU MOYEN ÂGE (bilingue) (831)

FÉVAL
Le Bossu (997)

GOETHE
Écrits sur l'art (893)

GRADUS PHILOSOPHIQUE (773)

HAWTHORNE
La Maison aux sept pignons (585)

HEGEL
Préface de la Phénoménologie de l'esprit (bilingue) (953)

HÉLOÏSE ET ABÉLARD (827)

HISTOIRES D'AMOUR ET DE MORT DE LA CHINE ANCIENNE (985)

HISTOIRE DE LA LITTÉRATURE FRANÇAISE :
Le Moyen Âge (957)
De Villon à Ronsard (958)
De Montaigne à Corneille (959)

HUME
L'Entendement. Traité de la nature humaine, livre I (701)

IBSEN
Hedda Gabler (867)

JOYCE
Les Gens de Dublin (709)

KANT
Métaphysique des mœurs I (715)
Métaphysique des mœurs II (716)

LACLOS
Les Liaisons dangereuses (758)

LAFAYETTE
La Princesse de Clèves (757)

LA FONTAINE
Fables (781)

LAFORGUE
Les Complaintes (897)

LAIS DE MARIE DE FRANCE (759)

LAMARCK
Philosophie zoologique (707)

LEIBNIZ
Principes de la nature et de la grâce. Monadologie et autres textes (863)
Système de la nature et de la communication des substances (774)

LESSING
Nathan le Sage (bilingue) (994)

LE TASSE
La Jérusalem délivrée (986)

LOTI
Pêcheur d'Islande (898)

LUCRÈCE
De la nature (bilingue) (993)

MALEBRANCHE
Traité de morale (837)

MARLOWE
Le Docteur Faust (bilingue) (875)

MARX
Manuscrits de 1844 (784)

MAUPASSANT
Les Sœurs Rondoli (832)

MONTESQUIEU
Lettres persanes (844)

NERVAL
Leo Burckart. L'Imagier de Harlem (597)

NIETZSCHE
Ainsi parlait Zarathoustra (881)
Le Gai Savoir (718)
Généalogie de la morale (754)

PASTEUR
Écrits scientifiques et médicaux (825)

PLATON
Apologie de Socrate. Criton (848)
Lachès. Euthyphron (652)
Protagoras (761)

PLUTARQUE
Vies parallèles I (820)
Vies parallèles II (841)

PONGE
Comment une figue de paroles et pourquoi (901)

RILKE
Les Cahiers de Malte Laurids Brigge (566)
Lettres à un jeune poète (787)

ROBERT LE DIABLE (878)

LE ROMAN D'ALEXANDRE (788)

RONSARD
Le Bocage. Les Meslanges (810)

ROUSSEAU
Profession de foi du vicaire savoyard (883)

SAY
Cours d'économie politique (879)

SCHOPENHAUER
Sur la religion (794)

SHAKESPEARE
Antoine et Cléopâtre (bilingue) (89
Hamlet (bilingue) (762)
Le Roi Lear (bilingue) (882)
Le Songe d'une nuit d'été (bilingue) (891)

STRINDBERG
Mademoiselle Julie. Le Pélican (970)

SWIFT
Les Voyages de Gulliver (969)

TCHÉKHOV
Oncle Vania. Les Trois Sœurs (807)

TITE-LIVE
La Libération de la Grèce (989)

THOMAS D'AQUIN
Contre Averroès (713)

TURGOT
Formation et distribution des richesses (983)

VOLTAIRE
La Princesse de Babylone. L'Ingénu (85

WHARTON
Fièvre romaine (818)

ZOLA
Naïs Micoulin (984)

GF-CORPUS

L'Âme (3001)
Le Désir (3015)
Le Langage (3027)
Le Pouvoir (3002)
Le Scepticisme (3014)
La Sensation (3005)

GF-DOSSIER

CHATEAUBRIAND
Mémoires d'Outre-Tombe, livres I à V (906)

CORNEILLE
L'Illusion comique (951)

DIDEROT
Jacques le Fataliste (904)

HUGO
Hernani (968)
Ruy Blas (908)

MARIVAUX
La Double Inconstance (952)
Les Fausses Confidences (978)

MOLIÈRE
Le Misanthrope (981)
Tartuffe (995)

MUSSET
On ne badine pas avec l'amour (907)

RACINE
Bérénice (902)

ROUSSEAU
Les Rêveries du promeneur solitaire (9

SÉNÈQUE
Médée (992)

GF Flammarion

98/03/63542-III-1998 – Impr. MAURY Eurolivres, 45300 Manchecourt.
N° d'édition FG035809. – 4e trimestre 1980. – Printed in France.